Jane Shemilt

Am Anfang war die Schuld

Buch

Jenny Malcom ist Mutter und Ärztin aus Leidenschaft. Alles unter einen Hut zu bringen, fällt ihr zwar manchmal nicht leicht, doch eigentlich läuft ihr Leben perfekt. Als ihr jüngstes Kind, die fünfzehnjährige Naomi, aber eines Abends nach einer Schultheaterprobe nicht nach Hause kommt, muss Jenny sich schließlich eingestehen, dass sie doch nicht alles im Griff hat. Denn erst jetzt wird ihr bewusst, dass sich ihre früher so fröhliche und aufgeschlossene Tochter mehr und mehr zurückgezogen und kaum noch mit ihr gesprochen hat. Als Naomi spurlos verschwunden bleibt, nimmt die Polizei die Ermittlungen auf, und Jennys sorgsam organisiertes Leben droht auseinanderzubrechen. Nach und nach erfährt sie Einzelheiten über ihre Tochter, die ihr nicht bekannt waren, und immer mehr begreift sie, dass unter der scheinbar glatten Oberfläche nichts so ist, wie es scheint …

Autorin

Jane Shemilt ist praktische Ärztin und hat neben dieser Tätigkeit außerdem ein Diplom in Creative Writing an der Universität in Bristol erlangt. Daraufhin legte sie nach und machte auch noch ihren Master mit Auszeichnung. Die Autorin lebt mit ihrem Mann, einem Professor für Neurochirurgie, und ihren fünf Kindern in Bristol. *Am Anfang war die Schuld* ist Jane Shemilts erster Roman.

JANE SHEMILT

AM ANFANG WAR DIE SCHULD

Roman

Deutsch von Anja Schäfer

blanvalet

Die Originalausgabe erschien 2014 unter dem Titel
»Daughter« bei Penguin Books, London.

MIX
Papier aus verantwortungsvollen Quellen
FSC® C014496

Verlagsgruppe Random House FSC® N001967

1. Auflage
Taschenbucherstausgabe August 2016

Neumarkterstr. 28, 81673 München
Redaktion: Eva Seifert
Umschlaggestaltung: www.buerosued.de
nach einer Originalvorlage von Penguin
Umschlagmotiv: Getty Images/Photodisc/Martin Poole
AF · Herstellung: wag
Satz: KompetenzCenter, Mönchengladbach
Druck und Bindung: GGP Media GmbH, Pößneck
Printed in Germany
ISBN 978-3-7341-0123-6
www.blanvalet.de

TEIL EINS

1

DORSET 2010
EIN JAHR DANACH

Die Tage werden kürzer. Äpfel liegen im Gras, ihr Fleisch ist von Krähen zerpickt. Als ich heute Brennholz von dem Stapel unter dem Dachüberstand hole, trete ich auf eine weiche Kugel; sie zerbirst unter meinem Fuß zu Matsch.

November.

Ich friere ständig, aber sie vielleicht noch mehr. Warum sollte ich es behaglich haben? Wie könnte ich?

Am Abend schlottert auch der Hund. Es wird dunkler im Haus; ich zünde Feuer an und fühle mich von den Flammen angezogen. Die Reue beginnt in mir zu lodern, sie brennt und faucht in meinem Kopf.

Hätte ich bloß. Hätte ich bloß zugehört. Hätte ich bloß hingesehen. Könnte ich doch noch einmal neu anfangen – vor genau einem Jahr.

Das ledergebundene Skizzenbuch, das Michael mir geschenkt hat, liegt auf dem Tisch. In der Tasche des Morgenmantels finde ich einen angekauten roten Bleistiftstummel; er sagte, die Vergangenheit zu zeichnen, werde mir helfen. Die Bilder habe ich schon im Kopf: zitternde Finger, die ein Skalpell balancieren, eine Plastikballerina, die sich immerzu im Kreis dreht, ein Stapel Scheine, der ordentlich auf einem Nachttisch im Dunkeln liegt.

Ich schreibe den Namen meiner Tochter auf die erste leere Seite, und darunter zeichne ich die Umrisse zweier schwarzer Pumps, die auf der Seite liegen. Ihre langen Riemchen sind verheddert.

Naomi.

BRISTOL 2009
EIN TAG VORHER

Sie wiegte sich zur Musik auf ihrem iPod, deshalb bemerkte sie mich zuerst nicht. Sie hatte ihr orangefarbenes Tuch umgebunden, überall lagen Schulbücher herum. Ich schloss leise die Hintertür und stellte vorsichtig meine Tasche ab; mit all den Papieren, dem Stethoskop, den Spritzen, Ampullen und Dosen darin war sie schwer. Es war ein langer Tag gewesen – zwei medizinische Eingriffe, Hausbesuche, Schreibtischkram. An die Küchentür gelehnt, beobachtete ich meine Tochter, aber in Gedanken stand mir ein anderes Mädchen vor Augen. Jade lag mit Blutergüssen an den Armen im Bett.

Das war der Chili in meinen Augen gewesen. Elefanten spritzt man Chilisaft in die Augen, um sie abzulenken, wenn man ihr verletztes Bein verarztet. Theo hatte mir davon erzählt. Damals glaubte ich nicht, dass es wirklich funktioniert, aber ich hätte es als Warnung verstehen sollen. Man vergisst leichter, als man denkt, was wirklich zählt.

Während ich Naomi betrachtete, wie sie vor sich hin lächelte, stellte ich mir vor, den Schwung ihrer Wangen zu zeichnen. Ich würde sie mit einem helleren Schatten umranden, so, wie sich das Licht an ihre Wange schmiegte. Mit jedem kleinen Schritt hüpfte ihr der blonde Pony sanft gegen die Stirn. Wenn er sich hob, sah man Schweißperlen an ihrem Haaransatz glitzern. Sie hatte die Ärmel ihres Schulpullis nach oben geschoben; ihr Armband rutschte an der glatten Haut ihres Armes hinauf und hinunter und wieder hinauf und wäre beinahe heruntergefallen. Es freute mich, dass sie es trug; ich hatte gedacht, sie hätte es schon vor Jahren verloren.

»Mum! Ich habe dich gar nicht gesehen. Was denkst du?« Sie zog ihre Ohrstöpsel heraus und sah mich an.

»Ich wünschte, ich könnte so tanzen …«

Ich trat einen Schritt vor, küsste sie schnell auf den samtigen Flaum ihrer Wange und atmete ihren Duft ein. Zitronenseife und Schweiß.

Sie zog den Kopf weg und bückte sich. Mit einer ausweichenden Bewegung, die ihre schnelle flüchtige Anmut zeigte, hob sie ihre Bücher auf. In ihrer Stimme schwang Ungeduld mit: »Nein, ich meine doch meine Schuhe – sieh sie dir an.«

Sie mussten neu sein. Sie waren schwarz, hatten sehr hohe Absätze, und um ihre Füße und ihre schlanken Beine schlangen sich feste Lederriemchen; sie passten nicht zu ihr. Normalerweise trug sie bunte Ballerinas oder Chucks.

»Die Absätze sind unglaublich hoch.« Ich konnte selbst die Kritik in meiner Stimme hören, deshalb versuchte ich, dabei zu lachen. »Nicht wie deine anderen …«

»Ja, so sind sie nicht, oder?« Ihre Stimme klang triumphierend. »Sie sind total anders.«

»Sie müssen ein Vermögen gekostet haben. Ich dachte, du hättest dein Taschengeld schon ausgegeben?«

»Sie sind so bequem! Und sie passen genau.« Als könne sie ihr Glück kaum fassen.

»Du kannst sie aber nicht anziehen, wenn du ausgehst, Süße. Sie sehen viel zu eng an dir aus.«

»Gib zu, dass du neidisch bist. Du hättest sie gern.« Sie lächelte ein kleines schräges Lächeln, das ich noch nie an ihr gesehen hatte.

»Naomi ...«

»Du kriegst sie aber nicht. Ich liebe sie. Ich liebe sie fast so sehr wie Bertie.« Beim Sprechen streckte sie die Hand aus, um den Kopf des Hundes zu streicheln. Dann drehte sie sich um und lief langsam und mit lautem Gähnen die Treppe hinauf. Ihre Schuhe machten bei jedem Schritt ein hartes metallisches Geräusch wie von kleinen Hämmern.

Sie war geflohen. Meine Fragen hingen unbeantwortet in der warmen Küchenluft.

Ich goss mir ein Glas von Teds Wein ein. Normalerweise gab Naomi keine Widerworte oder lief einfach hinaus, wenn ich mit ihr sprach. Ich räumte die Arzttasche und die Papiere in eine Ecke der Garderobe und lief durch die Küche, nahm einen Schluck aus meinem Glas, strich Küchenhandtücher glatt. Früher hatte sie mir alles erzählt. Als ich ihren Mantel aufhängte, wurde mein Kopf durch die Schärfe des Alkohols klarer; es gehörte zur Abmachung, und ich hatte schon vor langer Zeit jedes Für und Wider erwogen. Die Sache war simpel: Ich arbeitete in dem Beruf, den ich liebte, und verdiente gutes Geld. Und das bedeutete andererseits auch, dass ich weniger zu Hause war als andere Mütter. Das Gute war, dass die Kinder dadurch ihren Freiraum hatten und unabhängig wurden, was uns schon immer wichtig war.

Ich nahm die Kartoffeln aus dem Schrank. Sie waren von kleinen Erdklumpen umhüllt, und ich wusch sie schnell unter dem Wasserhahn. Nun, da ich darüber nachdachte, fiel mir allerdings auf, dass sie schon seit Monaten nicht mehr mit mir reden wollte. Ted sagte immer, ich solle mir deshalb keine Sorgen machen. Sie sei eben ein Teenager und werde erwachsen. Unter dem eisigen Wasser wurden meine Hände kalt, und ich stellte es ab. Wurde sie erwachsen, oder wurde sie mir fremd? War sie bloß mit den Gedanken woanders, oder war sie verschlossen? Die Fragen schossen mir durch den Kopf, als ich in der Schublade nach dem Kartoffelschäler suchte. Letzten Sommer war eine verängstigte Jugendliche in meiner Praxis gewesen; in die zarte Haut ihrer Handgelenke hatte sie fein säuberlich rote Linien geritzt. Ich verscheuchte das Bild mit einem Kopfschütteln. Naomi war nicht depressiv. Es gab dieses neue Lächeln, das ihre Ungeduld ersetzte. Und gegen die Stille zu Hause spielte sie Theater. Wenn sie mit den Gedanken woanders war, dann nur, weil sie älter wurde, nachdenklicher. Die Schauspielerei hatte sie reifer gemacht. Im letzten Sommer hatte sie ein Praktikum in Teds Labor gemacht und angefangen, sich für Medizin zu interessieren. Als ich die Kartoffeln schälte, kam mir der Gedanke, dass ihr das neue Selbstbewusstsein bei Vorstellungsgesprächen entscheidend zugutekommen konnte. Vielleicht sollte ich feiern. Die Hauptrolle bei der Schulaufführung erhöhte ihre Chancen auf einen Studienplatz in Medizin. Die Hochschulen mochten Studierende mit vielseitigen Interessen; sie konnten ein

Ausgleich sein für den Stress als angehende Ärztin. Für mich war es die Malerei; sie war ein Gegengewicht zum Stress als Allgemeinmedizinerin. Als ich den Wasserhahn wieder öffnete, drehte sich der braune Schlamm im Becken mehrmals im Kreis und verschwand. Ich war fast fertig mit Naomis Porträt und spürte, dass es mich zu sich rief. Wenn ich malte, lebte ich in einer anderen Welt; Sorgen flogen davon. Meine Staffelei stand oben auf dem Dachboden, und ich hätte mir gewünscht, öfter dorthin entfliehen zu können. Ich warf die Kartoffelschalen in den Mülleimer und holte die Würstchen aus dem Kühlschrank. Seit Theo klein war, aß er am liebsten Würstchen mit Kartoffelbrei. Ich konnte auch morgen noch mit Naomi reden.

Später rief Ted an, um mir Bescheid zu sagen, dass er noch in der Klinik zu tun hatte. Die Zwillinge kamen ausgehungert nach Hause. Ed hob zur Begrüßung wortlos die Hand und nahm sich einen Teller mit Toasts mit nach oben. Ich hörte, wie die Tür hinter ihm ins Schloss fiel, und stellte mir vor, wie er die Musik anstellte und mit einem Toast in der Hand und geschlossenen Augen aufs Bett fiel. Ich dachte daran zurück, wie es für mich mit siebzehn gewesen war – dass man gehofft hatte, niemand würde anklopfen oder, schlimmer noch, hereinkommen und mit einem reden wollen. Theo, in dessen blassem Gesicht Sommersprossen blitzten, posaunte seine Erfolge des Tages heraus und aß dabei einen Keks nach dem anderen, bis die Dose leer war. Naomi kam mit nassen Haaren, die ihr in dicken Strähnen auf die Schultern fielen, durch die Küche zurück. Ich schob ihr eilig Sandwiches in den Rucksack, weil sie losmusste, und stand anschließend ein paar Minuten an der offenen Tür und lauschte ihren langsamen Schritten, die immer schwächer wurden, als sie die Straße hinunterlief. Das Schultheater war nur eine Straße entfernt, aber sie war trotzdem immer spät dran. Sie hatte aufgehört, überall hinzurennen; das Stück raubte ihr alle Energie.

»Mit erst 15 Jahren spielt Naomi Malcolm die Maria mit einer Reife, die ihrem Alter weit voraus ist.« – »In ihrer faszinierenden Darstellung von Maria verbindet Naomi Unschuld mit Sexualität; ein Stern am Theaterhimmel.« Dass sie müde und gereizt war, wurde durch solche Kommentare auf der Schulwebsite wieder aufgewogen. Zwei Vorstellungen noch nach heute Abend: Donnerstag und Freitag. Bald würden wir alle zur Normalität zurückkehren.

DORSET 2010
EIN JAHR DANACH

Ich weiß, dass heute Freitag ist, weil die Fischfrau zum Cottage kommt. Ich ducke mich unter die Stufen, als draußen ihr Lieferwagen vorfährt; sein Weiß schimmert schmutzig durch den alten Glaseinsatz der Haustür. Die Frau mit ihrer untersetzten, erwartungsvollen Haltung klingelt und wartet. Ihr Kopf bewegt sich auf und ab, als sie die Fenster absucht. Wenn sie mich sieht, muss ich die Tür öffnen, Worte formulieren, lächeln. Zu nichts davon fühle ich mich heute in der Lage. Eine kleine Spinne krabbelt über meine Hand. Als ich den Kopf noch weiter einziehe, atme ich Staub vom Teppich ein, und nach einer Weile rumpelt der Lieferwagen wieder davon. Heute ist ein Tag zum Alleinsein. Ich halte mich versteckt und warte, dass die Stunden vorübergehen. Freitage tun immer noch weh.

Nach einer Weile stehe ich auf und finde das Buch, das ich gestern Abend auf dem Kamin liegen gelassen habe. Ich überblättere das Bild von ihren Schuhen und zeichne auf der nächsten Seite die kleinen, sich überschneidenden Kreise eines Silberrings.

BRISTOL 2009
DIE NACHT DES VERSCHWINDENS

Ich kniete auf dem Küchenboden und öffnete meine Arzttasche, um anhand einer Liste zu erkennen, welche Medikamente ich brauchte. Das war einfacher, wenn ich nicht in der Praxis war; wenn ich mir die Zeit dafür nahm, wurde ich nicht so häufig unterbrochen. Ich kramte gerade in den Tiefen der verschiedenen Fächer aus Leder und merkte nicht, dass sie leise in die Küche kam. Sie lief an mir vorbei, und ihre Plastiktüte stieß gegen meine Schulter. Mit dem Finger auf der Liste blickte ich auf; Paracetamol und Pethidin gingen mir aus. Naomi sah zu mir herunter, ihre blauen Augen wirkten nachdenklich. Selbst mit der dicken Schicht Make-up, die sie schon für das Stück aufgelegt hatte, sah man ihre dunklen Augenringe. Sie wirkte erschöpft. Nicht der passende Augenblick für die Frage, die ich ihr stellen wollte.

»Du hast es bald geschafft, Süße. Heute ist die vorletzte Vorstellung«, sagte ich aufmunternd.

Aus ihrer Tüte quoll Kleidung; die Absätze ihrer Schuhe hatten von innen kleine Löcher hineingebohrt.

»Dad und ich kommen morgen.« Ich setzte mich auf die

Fersen und sah zu ihr auf, musterte ihr Gesicht. Der schwarze Eyeliner ließ sie viel älter als fünfzehn aussehen. »Ich bin gespannt, ob es anders sein wird als am ersten Abend.«

Sie sah mich mit leerem Blick an und setzte ihr neues Lächeln auf, bei dem sie nur den einen Mundwinkel hob, sodass es wirkte, als lächele sie in sich hinein.

»Wann bist du zurück?« Ich gab auf und erhob mich zögerlich; nie kam ich dazu, etwas fertig zu machen. »Heute ist Donnerstag. Da holt Dad dich ab.«

»Ich hab ihm schon vor Ewigkeiten gesagt, er soll sich keinen Stress machen. Es ist einfacher, wenn ich mit Freunden nach Hause gehe.« Sie klang teilnahmslos. »Wir sind mit dem Essen gegen Mitternacht fertig. Shan bringt mich dann zurück.«

»Gegen Mitternacht?« Sie war ja jetzt schon müde. Unbeabsichtigt wurde meine Stimme lauter. »Morgen hast du wieder eine Vorstellung, danach gleich die Party. Heute geht ihr nur essen. Halb elf.«

»Das ist nicht lang genug! Warum müssen für mich immer andere Regeln gelten als für alle anderen?« Sie begann, mit den Fingern auf den Tisch zu klopfen; der kleine Ring, den ihr ein Junge aus der Schule geschenkt hatte, schimmerte im Licht.

»Dann elf.«

Sie starrte mich an. »Ich bin kein Baby mehr.« Mich überraschte die Wut in ihrer Stimme.

Wir konnten nicht den ganzen Abend diskutieren. Sie stand bald auf der Bühne und musste sich beruhigen; ich musste vor dem Abendessen noch die Medikamente fertig sortieren.

»Halb zwölf. Keine Sekunde später.«

Schulterzuckend drehte sie sich um und beugte sich über Bertie, der alle viere von sich streckte und sich im Schlaf an den Ofen kuschelte. Sie küsste ihn, zog ihn zärtlich an den Ohren; er bewegte sich kaum, nur sein Schwanz klopfte auf den Boden.

Ich hielt sie am Arm fest. »Er ist alt, Süße. Er braucht seinen Schlaf.«

Mit verärgertem Gesicht wand sie ihren Arm aus meinem Griff.

»Entspann dich, alles ist gut. Du bist der Star dort, denk dran.« Ich umarmte sie kurz, aber sie drehte ihr Gesicht weg. »Nur noch ein Tag.«

Ihr Handy klingelte, und sie trat einen Schritt zurück. Ihre Hand ließ sie auf dem Abtropfbrett liegen, als sie sich meldete. Sie hatte lange Finger. Die winzigen Sommersprossen darauf waren hellgolden und zogen sich wie brauner Zucker bis zum zweiten Fingerknöchel. Die Nägel waren angekaut wie bei einem Kind – ein Kontrast zu dem hübschen Ring. Ich nahm ihre Hand zwischen meine und küsste sie kurz. Sie sprach mit Nikita; ich glaube, sie hat es nicht einmal bemerkt. Sie war immer noch so jung, dass sich ihre Fingerknöchel für meine Lippen wie kleine Knubbel anfühlten. Das Gespräch war vorbei, und sie drehte sich um. An der Tür winkte sie kurz und lief hinaus. Ihre Art der Wiedergutmachung für ihr gereiztes Auftreten. »Tschüs, Mum«, sagte sie.

Später schlief ich versehentlich ein. Gegen elf hatte ich Wasser zum Kochen aufgesetzt für ihre Wärmflasche und mich zum Warten aufs Sofa gelegt; ich musste fast sofort weggedöst sein. Als ich aufwachte, hatte ich einen steifen Nacken und einen schalen Geschmack im Mund. Ich stand auf, strich meinen Pulli glatt und stellte den Wasserkocher wieder an.

Er war kalt, als ich ihn berührte. Ich sah auf die Uhr. Zwei Uhr nachts. Ich hatte nicht gehört, wie sie gekommen war. Mir wurde übel. So spät war sie noch nie zurück gewesen. Was war passiert? Einen Moment lang rauschte es qualvoll in meinen Ohren, dann schaltete sich der Verstand ein. Natürlich, sie war vorn hereingekommen und sofort nach oben ins Bett gegangen. Ich hatte eine Etage darunter in der Küche geschlafen und nicht gehört, wie sie die Tür geschlossen hatte. Sie musste ihre Schuhe leise auf der vorderen Terrasse ausgezogen haben und lautlos, mit schlechtem Gewissen nach oben geschlichen sein, vorbei an unserem Schlafzimmer und weiter nach oben in ihr Zimmer. Ich streckte mich, während ich auf den Wasserkocher wartete; sie konnte auch jetzt noch ihre Wärmflasche gebrauchen. Ich wollte sie einwickeln und neben sie unter die Decke legen; sie würde die Wärme im Schlaf spüren.

Ich ging langsam nach oben, vorbei an den Zimmern der Jungs. Ed schnarchte plötzlich, als ich vorbeilief, und ich zuckte erschrocken zusammen. Weiter, hoch in Naomis Zimmer. Die Tür stand einen Spalt offen, und ich schlüpfte hinein. Es war stockfinster und stickig und duftete nach Erdbeershampoo und noch etwas anderem, bitterem, mit Zitronennote. Ich tastete mich zu ihrer Kommode vor, holte ein T-Shirt heraus und ließ die Wärmflasche hineingleiten. Vorsichtig schlich ich zu ihrem Bett und trat dabei halb auf ihre verstreuten Kleider. Ich streckte die Hand aus, um ihr die Decke wieder überzulegen, aber sie war flach und glatt.

Das Bett war leer.

Ich schaltete das Licht an. Strumpfhosen quollen aus

offenen Schubladen, Handtücher waren auf dem Boden verteilt genauso wie Schuhe. Auf ihrem Nachttisch lag ein Stringtanga auf einem roten Spitzen-BH, ein schwarzer Halbschalen-BH auf ihrem Stuhl. Nichts davon kam mir bekannt vor; hatten sich auch ihre Freundinnen hier umgezogen? Normalerweise war Naomi äußerst ordentlich. Auf dem Schminktisch war eine Flasche Flüssig-Make-up umgekippt; die Spitze des Lippenstifts lag in der kleinen beigefarbenen Pfütze. Ihr grauer Schulpulli war achtlos auf den Boden geworfen worden, die weiße Bluse steckte noch darin.

Die Bettdecke hatte eine leichte Kuhle, da, wo sie gesessen hatte, aber das Kopfkissen war ganz glatt.

In meiner Magengrube breitete sich Panik aus. Ich stützte mich an der Wand ab, und die Kälte schien durch meinen Arm in meine Brust zu kriechen. Dann hörte ich, wie die Haustür zwei Etagen weiter unten ins Schloss fiel.

Gott sei Dank. Danke, Gott.

Ich legte die Wärmflasche unter die Bettdecke und schob sie so weit nach unten, dass sie ihre Füße wärmen würde. In den leichten Schuhen musste sie mittlerweile eiskalte Füße haben. Dann lief ich nach unten, ohne auf meine Geräusche zu achten. Ich würde nicht sauer sein, heute nicht. Ich würde ihr einen Kuss geben, den Mantel nehmen und sie nach oben schicken. Sauer konnte ich morgen sein. Als ich um die Treppenbiegung lief, bremste ich ab und sah Ted. Ted, nicht Naomi. Er blieb stehen und sah zu mir herauf. Er trug seinen Mantel noch, und die Tasche stand neben seinen Füßen.

»Sie ist noch nicht zurück.« Ich sprach atemlos; es fiel mir schwer, die Worte hervorzubringen. »Ich dachte, du wärst sie.«

»Was?« Er sah erschöpft aus. Seine Schultern waren gebeugt, unter seinen Augen lagen tiefe Ringe.

»Naomi ist noch nicht zu Hause.« Ich ging auf ihn zu. Ein leichter Brandgeruch hing an ihm; wahrscheinlich vom Kauter, mit dem blutende Gefäße durch Hitze verödet werden. Er kam direkt aus dem OP-Saal.

Seine Augen waren genauso meerblau wie Naomis und sahen mich überrascht an. »Ihr Stück war um halb zehn zu Ende, oder?« Ein Anflug von Panik streifte sein Gesicht. »Gott, heute ist Donnerstag.«

Er hatte also vergessen, dass sie donnerstags nicht mehr abgeholt werden wollte, aber er wusste ohnehin nie, was bei den Kindern los war. Er fragte nie danach. Ich spürte, wie langsam Wut in mir hochstieg. »Sie läuft inzwischen mit ihren Freunden nach Hause. Das hat sie dir auch erzählt.«

»Natürlich. Das hatte ich vergessen. Na gut.« Er sah erleichtert aus.

»Aber heute Abend war eine Ausnahme.« Wie konnte er so gelassen sein, während mein Herz vor Angst pochte? »Sie ist mit den anderen Schauspielern noch essen gegangen.«

»Da komme ich jetzt nicht mit.« Er hob die Schultern. »Sie ist also mit ihren Freunden weg? Vielleicht haben sie so viel Spaß, dass sie noch geblieben sind.«

»Ted, es ist zwei Uhr durch …« Die Zornesröte stieg mir ins Gesicht. Er musste doch auch sehen, dass da etwas nicht stimmte.

»So spät schon? Puh, das tut mir leid. Die OP dauerte ewig. Ich hatte gehofft, du würdest schon schlafen.« Er breitete entschuldigend seine Hände aus.

»Wo zur Hölle ist sie?« Ich starrte ihn an und wurde laut. »So was macht sie doch sonst nicht. Sie sagt immer Bescheid, auch wenn sie nur fünf Minuten später kommt.« Als ich die Worte aussprach, fiel mir auf, dass es schon lange nicht mehr so war. Aber sie war auch noch nie so spät dran gewesen. »In Bristol läuft einer rum, der Frauen vergewaltigt, hab ich in den Nachrichten gehört …«

»Beruhige dich, Jen. Mit wem war sie denn heute genau unterwegs?« Er sah zu mir hinab, und ich sah seinen Widerwillen. Er hatte keine Lust auf die ganze Sache, er wollte bloß ins Bett.

»Ihre Freunde aus der Theater-AG – Nikita und James und die anderen. Sie waren nur essen, nicht auf einer Party.«

»Vielleicht sind sie danach noch in die Disco gegangen.«

»Da käme sie doch niemals rein.« Sie hatte noch immer runde Wangen; sie hatte das Gesicht einer Fünfzehnjährigen, wirkte manchmal sogar jünger, vor allem wenn sie müde war. »Sie ist noch nicht alt genug.«

»Ach, das machen doch alle.« Ted sprach langsam und müde. Er lehnte mit seinem langen Körper an der Wand im Flur. »Die haben falsche Ausweise. Erinnere dich daran, als Theo …«

»Aber nicht Naomi.« Dann fielen mir die Schuhe ein, dieses Lächeln. War es doch möglich? Disco?

»Lass uns noch ein bisschen warten.« Teds Stimme klang ruhig. »Das ist doch normal und immer noch ziemlich früh, wenn man gerade Spaß hat. Lass uns noch bis halb drei warten.«

»Und was dann?«

»Bis dahin ist sie bestimmt zurück.« Er stieß sich von der Wand ab, fuhr sich mit den Händen durchs Gesicht und lief zur Treppe am Ende des Flures, die hinunter in die Küche führte. »Und wenn nicht, rufen wir Shan an. Naomi hast du sicher schon angerufen?«

Das hatte ich nicht. Gott weiß, warum nicht. Ich hatte nicht einmal nach einer Nachricht von ihr geschaut. Ich tastete nach meinem Handy, aber es steckte nicht in meiner Tasche. »Wo zur Hölle ist mein verdammtes Handy?«

Ich schob Ted zur Seite und rannte nach unten. Es war wohl herausgefallen und lag halb versteckt unter einem zerknautschten Kissen auf dem Sofa. Ich riss es an mich. Keine Nachricht. Ich tippte ihre Nummer.

»Hi, hier Naomi. Sorry, ich mach grad was total Wichtiges und kann nicht rangehen. Aber ... äh ..., wenn du mir deine Nummer hinterlässt, meld ich mich später zurück. Versprochen. Bye-bye!«

Ich schüttelte den Kopf und brachte nichts heraus.

»Ich brauche einen Drink.« Ted ging langsam zum Getränkeschrank. Er schenkte zwei Gläser Whiskey ein und hielt mir eins hin. Ich spürte den Alkohol in meiner Kehle brennen und die gesamte Speiseröhre hinunterlaufen.

Viertel nach zwei. Noch eine Viertelstunde, bis wir Shan anrufen würden.

Ich wollte nicht warten. Ich wäre am liebsten aus dem Haus gerannt, die Straße runter zum Schultheater gelaufen, hätte die Türen aufgerissen und ihren Namen in die staubige Luft gerufen. Wenn ich sie dort nicht gefunden hätte, wäre ich die Hauptstraße entlanggelaufen, vorbei an der Uni, und wäre an den Türstehern vorbei in alle Diskotheken gestürmt und hätte in die tanzende Menge gebrüllt ...

»Gibt es noch irgendwas zu essen?«

»Wie bitte?«

»Jenny, ich habe den ganzen Abend operiert. Ich habe das Abendessen in der Kantine verpasst. Haben wir noch irgendwas zu essen?«

Ich öffnete den Kühlschrank und sah hinein. Ich erkannte nichts. Rechtecke und Quadrate. Meine Hände fanden Käse und Butter. Die kalten Butterklumpen zerrissen das Brot. Schweigend nahm Ted mir alles aus der Hand. Er schmierte sich ein perfektes Sandwich und schnitt die Kruste ab.

Während er aß, fand ich an der Pinnwand am Schrank auf einem pinkfarbenen Post-it Nikitas Nummer. Auch sie meldete sich nicht. Das Handy lag bestimmt in ihrer Tasche. Sie hatte sie unter den Tisch geschoben, damit sie tanzen konnten – in der Disco, in die sie irgendwie reingekommen waren. Alle anderen wollten nach Hause, alle lehnten an der Wand und gähnten, aber Naomi und Nikita tanzten zusammen und hatten ihren Spaß. Keiner hörte Nikitas Handy in der Tasche unter dem Tisch. Shan würde genauso wach liegen und warten. Ihre Scheidung von Neil war erst ein Jahr her; für sie war das hier sicher noch schlimmer.

Halb drei.

Ich wählte Shans Nummer, und während ich wartete, musste ich daran denken, dass sie mir erst vor einer Woche erzählt hatte, Nikita vertraue ihr immer noch alles an. Ich hatte ein stechendes Gefühl der Eifersucht verspürt. Heute war ich froh, dass Nikita ihrer Mutter immer noch alles erzählte. Shan würde genau wissen, wo wir sie abholen konnten.

Eine schläfrige Stimme meldete sich. Sie musste eingeschlafen sein, genau wie ich.

»Hallo Shan.« Ich versuchte, so normal wie möglich zu klingen. »Es tut mir leid, dass ich dich wecke. Hast du eine Ahnung, wo sie sind? Wir holen sie gerne ab, blöderweise ...«, ich machte eine Pause und versuchte zu lachen, »... hat Naomi vergessen, mir zu sagen, wohin sie gegangen sind.«

»Einen Moment.« Ich sah sie vor mir, wie sie sich aufsetzte, sich durchs Haar fuhr und dabei auf den Wecker auf ihrem Nachttisch sah. »Noch mal, bitte.«

Ich holte Luft und bemühte mich, langsam zu sprechen. »Naomi ist noch nicht zurück. Sie müssen nach dem Essen noch irgendwo hingegangen sein. Hat Nikita gesagt, wohin?«

»Das Essen ist morgen, Jen.«

»Nein, morgen ist die Party.«

»Es ist beides morgen. Nikita ist hier. Sie ist müde; sie schläft schon, ich habe sie schon vor Stunden abgeholt.«

Ich wiederholte blödsinnig: »Vor Stunden?«

»Direkt nach dem Stück. James und Kate habe ich unterwegs zu Hause abgesetzt.« Es entstand eine kleine Pause, dann sagte sie leise: »Es gab kein Essen.«

»Aber das hat Naomi mir erzählt.« Mein Mund war trocken. »Sie hat ihre neuen Schuhe angezogen. Sie sagte ...«

Ich klang wie ein Kind, das unbedingt etwas haben will, obwohl die Eltern Nein gesagt haben. Sie hatte die Schuhe und eine Tasche mit Kleidung mitgenommen. Wie war es möglich, dass sie nicht essen gegangen waren? Shan musste sich irren; vielleicht war Nikita nur nicht eingeladen gewesen – genau wie James und Kate. Es entstand eine längere Pause.

»Ich frage mal Nikita«, sagte sie. »Ich ruf dich gleich zurück.«

Ich stand vor einem Tor, das gerade mit leisem Klicken ins Schloss gefallen war. Dahinter lag der Ort, an dem Kinder in Sicherheit schlafen und ihre Arme und Beine arglos auf dem Laken ausbreiten; der Ort, an dem man nicht um halb drei nachts eine Freundin anruft.

Die Küchenstühle waren kalt und hart. Ted war weiß im Gesicht. Er dehnte seine Fingerknöchel, bis sie knackten.

Ich hätte ihn gern gebeten, damit aufzuhören, aber ich konnte den Mund nicht öffnen, weil ich sonst hätte schreien müssen. Ich ging eilig ans Telefon, als es klingelte, und sagte erst einmal gar nichts.

»Es gab kein Essen, Jenny.« Shan klang leicht außer Atem. »Alle sind nach der Aufführung nach Hause gegangen. Tut mir leid.«

In meinem Kopf setzte ein schwacher Summton ein und überspielte die Stille, die sich nach ihren Worten ausbreitete. Alles drehte sich, es war, als ob ich nach vorn kippte oder die Erde zurück. Ich klammerte mich an die Tischkante.

»Kann ich mit Nikita sprechen?«

An der winzigen Pause nach meiner Frage konnte ich erkennen, wie weit ich mich schon von dem Tor entfernt hatte, das hinter mir ins Schloss gefallen war. Shan klang zögerlich.

»Sie schläft schon wieder.«

Sie schlief? Na und? Nikita war zu Hause, in Sicherheit. Wir hatten keinen Schimmer, wo unsere Tochter sich aufhielt. Eine Welle der Wut durchbrach meine Angst.

»Wenn Nikita etwas weiß, irgendetwas, das wir nicht wissen, und Naomi in Gefahr ist …« Mir schnürte sich die Kehle zu. Ted nahm mir das Telefon aus der Hand.

»Hallo Shania.« Pause. »Ich weiß, wie unangenehm das für Nikita ist …« Er klang ruhig, in seiner Stimme lag eine Spur Autorität. Genauso sprach er mit den Assistenzärzten, wenn sie ihn anriefen und in einem neurochirurgischen Fall um Rat fragten. »Wenn Naomi nicht bald nach Hause kommt, müssen wir die Polizei rufen. Je mehr Informationen wir haben …« Eine erneute Pause. »Danke. Ja. Dann sehen wir uns in ein paar Minuten.«

Die Jungen schliefen in ihren Zimmern. Ich beugte mich in die warme Atemluft um ihre Köpfe. Theo lag vergraben unter seiner Bettdecke; seine Haare standen in alle Richtungen vom Kopf ab und fühlten sich steif an, als ich ihm einen Kuss gab. Eds schwarzer Pony war feucht; selbst im Schlaf wirkten seine Augenbrauen wie die Flügel einer Amsel. Als ich mich aufrichtete, sah ich mich im Spiegel. Das Licht einer Straßenlaterne, das durchs Fenster fiel, erhellte mein Gesicht, das wirkte, als gehöre es einer viel älteren Frau. Meine Haare waren dunkel und ohne Kontur. Ich zerrte mir Eds Bürste durchs Haar.

Als wir zum Schultheater kamen, hielt Ted an, und wir stiegen aus.

Ich weiß nicht warum. Ich weiß noch immer nicht, warum wir dich suchen mussten. Glaubten wir wirklich, wir würden dich dort finden? Du würdest auf der Bühne liegen und schlafen? Glaubten wir, wir könnten dich wecken, und du würdest lächeln und dich steif und schläfrig räkeln und uns erklären, das Umkleiden habe zu lange gedauert? Dachten wir, wir könnten dich in die Arme schließen und nach Hause bringen?

Die Glastüren waren verschlossen. Sie gaben etwas nach, als ich versuchte, sie an den Griffen aufzuziehen. Im Foyer brannte ein Nachtlicht, und in der Bar leuchteten die ordentlich aufgereihten Flaschen. Ein zerrissenes rot-gelbes Programmheft lag auf dem Boden direkt vor der Tür; ich konnte die roten Buchstaben erkennen, die untereinander »West« und »Story« ergaben, und das Bild von einem Mädchen in einem schwingenden Rock.

Ted fuhr vorsichtig, obwohl er müde sein musste. Er hatte meine Sitzheizung angeschaltet. Ich schwitzte und aus den tiefen Ledersitzen stieg Übelkeit empor. Ich sah ihn an. Er war gut darin. Er war gut darin, sicher zu wirken statt verzweifelt. Als es Naomi bei ihrer Geburt nicht gut ging, hatte seine Ruhe meine innere Panik besänftigt. Er hatte die Betäubung für den Kaiserschnitt organisiert und war da, als sie ihren kleinen, blutverschmierten Körper heraushoben. Ich wollte nicht daran denken. Eilig sah ich aus dem Fenster. Die Straßen glänzten und waren leer. Leichter Nieselregen hatte eingesetzt und benetzte die Fenster. Was hatte sie angehabt? Ich konnte mich nicht daran erinnern. Ihren Regenmantel? Und ihr Tuch? Ich sah hinauf zu den Bäumen am Straßenrand, als ob der orangefarbene Stoff sich womöglich in den nassen schwarzen Zweigen verfangen haben könnte.

Ted klopfte energisch an Shanias Haustür. Die Nacht lag ruhig und still da; wäre jemand vorbeigefahren, hätte er ein ganz normales Ehepaar gesehen. In unseren warmen Mänteln und sauberen Schuhen warteten wir ruhig und mit im Regen gesenkten Köpfen. Vermutlich wirkten wir völlig unauffällig.

Shania wirkte vorbereitet. Sie sah ruhig und ernst aus, als sie uns umarmte. Es war warm im Haus, der Gasofen brannte in ihrem aufgeräumten Wohnzimmer. Nikita kauerte mit einem Kissen vor sich auf dem Sofa, ihre Beine in einer Pyjamahose mit Hasenmuster hatte sie angewinkelt. Ich lächelte sie an, aber meine Lippen fühlten sich verkrampft an und zitterten an den Mundwinkeln. Shan nahm dicht neben ihr auf dem Sofa Platz, wir setzten uns gegenüber, und Ted griff nach meiner Hand.

»Ted und Jenny würden dich jetzt gern nach Naomi fragen, Kleine.« Shania legte ihren Arm um Nikita, die nach unten blickte und eine dicke Locke zwischen den Fingern drehte.

Ich stand auf und setzte mich neben sie auf die andere

Seite, aber sie rückte ein wenig von mir weg. Ich versuchte, meiner Stimme einen sanften Klang zu geben.

»Wo ist sie, Nik?«

»Ich weiß es nicht.« Sie beugte sich nach vorn und vergrub ihr Gesicht im Kissen; ihre Stimme war gedämpft. »Ich weiß es nicht, ich weiß es nicht, ich weiß es nicht.«

Shanias und mein Blick trafen sich über ihrem Kopf.

»Dann fange ich an«, sagte Shan. »Ich erzähle Jenny, was du mir erzählt hast.« Nikita nickte. Ihre Mutter fuhr fort: »Naomi hat Nikita erzählt, dass sie sich nach dem Stück mit jemandem treffen wollte, mit einem Mann.«

»Mit einem Mann?« Teds Stimme fuhr durch die Luft, als ich Atem holte. »Mit was für einem Mann?« Aus seinem Mund klang das Wort gefährlich. Kein Junge. Älter. Mein Herz begann so laut zu pochen, dass ich Angst hatte, Nikita könne es hören und sich weigern, uns noch irgendetwas zu erzählen.

»Sie hat gesagt …«, begann Nikita zögerlich, »… sie hat gesagt, dass sie jemanden kennengelernt hat. Jemanden, der sexy ist.«

Ich stellte beide Beine auf und wandte mich ihr zu, um ihr in die Augen sehen können: »Sexy? Das hat Naomi gesagt?«

»Das ist doch okay, oder? Sie haben mich gefragt.« Nikita zog die Augenbrauen zusammen, ihr stiegen Tränen in die Augen.

»Natürlich«, beschwichtigte ich sie.

Aber es war nicht okay. Ich hatte noch nie gehört, dass sie dieses Wort benutzt hatte. Wir hatten über Sex gesprochen, aber obwohl ich mich fieberhaft zu erinnern versuchte, konnte ich nicht mehr sagen, wann das gewesen war. Beziehungen, Sex, Verhütung – all das schien Naomi nie sonderlich interessiert zu haben. Oder etwa doch? Hatte ich da etwas nicht mitbekommen?

»War er … hat sie …« Ich tastete mich durch einen Wald aus Möglichkeiten. »War es jemand aus eurer Schule?«

Nikita schüttelte den Kopf. Ted übernahm die Regie. Er blieb ungezwungen, gelassen, als sei das alles gar nicht von Belang.

»Dieser Mann. Sie hat sich doch bestimmt vorher schon mal mit ihm getroffen, oder?«

Nikita ließ ihre Schultern ein wenig sinken und hörte auf, mit ihren Haaren zu spielen. Teds Gelassenheit übertrug sich auf sie, aber es versetzte mir einen wütenden Stich, dass ihm die ganze Sache so leichtfiel. Ich konnte kaum das Zittern in der Stimme unterdrücken.

»Ja. Ich glaub, er war manchmal im Theater.« Sie blickte nach unten. »Also hinten.«

»Hinten?« Wieder klang er nicht drängend.

»Ja, da, wo Leute gewartet haben. Vielleicht.« Sie sah auf, und in ihren dunklen Augen lag ein Zögern. »Ich hab's nicht genau gesehen.«

»Wie sah er aus?«, fragte ich schnell.

»Weiß ich nicht.« Nikita sah mich nicht an. Es entstand eine Pause. »Dunkle Haare vielleicht?«

Sie rückte auf dem Sofa näher an Shan heran und schloss die Augen. Ich glaubte nicht, dass sie uns noch etwas erzählen würde, aber Ted stellte eine weitere Frage.

»Und heute Abend? Was hat sie dir zu heute Abend erzählt?«

Es herrschte Stille. Nikita saß völlig reglos da. Dann stand Shan auf. »Sie ist müde.« Ihre Stimme klang entschieden. »Sie muss jetzt wieder ins Bett.«

»Sag es uns, Nikita, bitte.« Ich berührte sie leicht

am Arm, vorsichtig. »Bitte. Bitte sag uns, was sie gesagt hat.«

Nun sah sie mich an. In ihren braunen Augen lag Überraschung. Die Mutter ihrer besten Freundin war sonst nur jemand in der Ferne, jemand, der viel um die Ohren hatte, fröhlich war und herumwuselte. Sie hatte ihr Leben und ihre Familie im Griff. Sie bettelte nicht.

»Sie hat gesagt …«, Nikita zögerte einen Sekundenbruchteil, »sie hat gesagt: ›Wünsch mir Glück.‹«

2

DORSET 2010
EIN JAHR DANACH

Aus Herbst wird Winter. Morgens stemmt sich die Stille kalt gegen mein Gesicht.

Ich lausche, obwohl ich nicht weiß, worauf. Ich sollte inzwischen wissen, dass die Geräusche ausbleiben, die ich so lange für selbstverständlich hielt: die gedämpften Schritte nackter Füße, der Wasserkocher in der Ferne, das Gemurmel von Radiostimmen und das Klirren von Kaffeetassen auf dem Badewannenrand. Die Geräusche einer einzelnen Person sind leise, verhalten, vereinzelt. Sie klingen aus in die Stille. Ich öffne das Fenster, und der sanft wogende Atem des Meeres strömt ins Zimmer wie etwas, das lebt.

Als ich ins Bad gehe, berühre ich ihre Zimmertür. Sie hat sich dieses Zimmer ausgesucht, als sie klein war. Natürlich gehörte es ihr nie wirklich, denn bis vor ein paar Monaten haben wir hier nur Ferien gemacht, aber für uns alle war dies ihr Zimmer. Als Kind tat sie so, als wäre das kleine runde Fenster unter dem Strohdach ein Bullauge und ihr

Bett ein Schiff. Die Polizei hat die Matratze mitgenommen und das ganze Bettzeug. Das Holz der Tür fühlt sich kalt und feucht an. Ted hat das Blut vom Boden geschrubbt; seit meiner Ankunft war ich noch nicht hier drin.

Die Spiegelungen vom Fenster umspielen meine Hände, als ich im Badewasser liege. Als es an der Tür klingelt, steige ich eilig heraus, schlinge mir ein Handtuch um, werfe mir den Bademantel über. Wie versteinert bleibe ich oben an der Treppe stehen. Durch die Glasfenster der Haustür erkenne ich einen Mann in Uniform. Mein Herz pocht so schnell, dass mir schwindlig wird, und ich klammere mich ans Geländer. Dies könnte der Augenblick sein, in dem ich erfahre, dass man im Schlamm eines Ackers etwas gefunden hat: einen weichen, vermoderten Schuhabsatz vielleicht, das Schimmern eines silbernen Armbands, das Weiß eines Zahns. Er könnte mir nichts erzählen, an das ich nicht schon selbst gedacht hätte, aber ich bleibe reglos stehen, als hätte mich eine Kugel getroffen. Dann sehe ich über seiner Jacke etwas Rotes, eine sperrige Tasche. Eine Lieferung. Als ich die Tür öffne, reicht der Mann mir die Sendung: die kleinen Pinsel aus dem Kreativladen in Bristol, die ich bestellt habe. Auf der Fußmatte liegt schon eine Postkarte mit einem Berg in Wales aus Teds großer Sammlung. Seine Art, Kontakt zu halten. Er hat wie immer nichts darauf geschrieben. Ich setze mich an den Küchentisch, und mein Herzschlag wird langsamer. Vor mir liegt das Skizzenbuch. Ich ziehe es zu mir heran und schlage die nächste Seite auf. Als die Polizei damals vor der Haustür stand, in Schwarz und Weiß, mit gefütterten Jacken und Dienstmarken, war ihr Verschwinden offiziell. Es war noch dunkel, aber es musste schon fast Morgen gewesen sein, vielleicht vier oder fünf Uhr in der Frühe.

Der Bleistift fühlt sich rau an; wo er angekaut ist, kann ich die Späne fühlen. Ich zeichne ein kleines Oberteil mit Kapuze und schraffiere die Falten mit kurzen grauen Strichen.

BRISTOL 2009
DIE NACHT DES VERSCHWINDENS

Der Polizist an der Haustür war Mitte fünfzig, seine farblosen Augen versanken in weichen Hautfalten. Welchen Gesichtsausdruck er auch immer normalerweise trug, jetzt lag darüber die Fassade professioneller Besonnenheit. Allerdings musterten seine Augen flink mein Gesicht und verrieten seine Unruhe. Hinter ihm stand eine kleine Frau mit braunem Haar, festem französischem Zopf und tadellosem, rotem Lippenstift. Ich glaubte, unterdrückte Wut zu spüren. Vielleicht hatte sie extra aufstehen, die enge Uniform anziehen und das dicke Make-up auflegen müssen.

»Doktor Malcolm?« Die Stimme des Mannes klang bewusst neutral.

Zu Hause fühlte ich mich nicht als Doktor; ich war die Mutter meiner Kinder, die Frau meines Mannes, aber wenn dieser Polizist in mir eine ebenbürtige Berufstätige sah, gab er sich vielleicht mehr Mühe.

»Ja.« Ich trat zurück, um ihn hereinzulassen.

»Ich bin Constable Steve Wareham, und das ist Constable Sue Dunning.«

Er nahm seinen Hut ab; auf seinem schütteren grauen Haar zeichnete sich ein dünner, runder Abdruck ab. Er gab mir die Hand und sprach leise. Er drückte sein Bedauern aus, aber nicht die Art von Bedauern, die ich befürchtet hatte. Ich hatte Angst gehabt, er würde sagen, der Verlust tue ihm leid. Die Frau war barscher. Sie nickte mir zu, verschränkte aber die Hände hinter ihrem Rücken, als wolle sie mich nicht berühren; ich war die Sorte Frau, deren Kind nicht nach Hause kommt.

Ich führte sie in die Küche. Wir waren gerade von Shan zurückgekommen, und ich musste die Uhr im Auge behalten. Es war jetzt mehr als vier Stunden her, seit Naomi hätte nach Hause kommen sollen, und ich wollte ihnen sofort von dem Mann erzählen, dessen Schatten sich an der hellen Küchenwand abzuzeichnen schien. Innerlich schrie ich sie an, sie sollten sich beeilen. Fahrt los. Vielleicht kriegt ihr ihn noch. Er fährt mit ihr im Regen durch eine endlose Straße, er geht in ein Haus, er verschließt die Tür, er dreht sich um und sieht sie an, sie weint. Nein, natürlich nicht, sie weint nie. Beeilt euch!

Ted übernahm das Reden; er erzählte von Anfang an, wie sie es verlangt hatten. Sie wollten alles erfahren, und das Gespräch dauerte eine Stunde. Sie fragten erst nach ihrem Laptop, dann nach ihrer Geburtsurkunde und ihrem Pass. Sie probierten es erneut auf ihrem Handy, aber diesmal war nicht die Mailbox zu hören, nicht einmal ein Freizeichen. Der Akku war leer. Naomis Handy war häufig aus, das hatte nichts zu bedeuten. Als Steve Wareham sagte, sie hätten ihr Handy verfolgen können, wenn es aufgeladen gewesen wäre, rang ich mit einer Woge hilfloser Angst und Wut.

Ich gab ihnen das Schulfoto vom letzten Halbjahr. Ich starrte ein paar Sekunden darauf. Es war erst ein paar Monate alt, aber sie sah darauf so viel jünger aus. Ich hatte das Gefühl, eine andere Person mit breitem Lächeln zu sehen. Ihre hellen Haare waren zum Zopf gebunden, ihr Gesicht strahlte. Mir kam die kleine Pfütze flüssiges Make-up in den Sinn. Vor der Aufführung hatte sie nicht wie das Kind auf dem Foto ausgesehen. Ob sie Hobbys hatte? Vielleicht schon. Ich wusste es nicht. Ich arbeitete schließlich den ganzen Tag, ich konnte nicht alles wissen. Der Polizist hob kurz eine Augenbraue. Welche Schule, welcher Hausarzt, welcher Zahnarzt? (Zahnarzt? Wie bitte, Unterlagen vom Zahnarzt? Der kurze Schmerz, der Teds Gesicht durchzuckte, offenbarte, dass er dasselbe dachte wie ich.) Schulfreunde? Namen? Jungs? Kein Freund, nein. Jemand, der hinten im Theater gewartet hatte. Er hatte dunkle Haare, und sie fand ihn sexy. Er hatte sie bei sich. Vielleicht tat er ihr in ebendiesem Moment etwas an, hatte seine Hände um ihren Hals gelegt. Vielleicht zwang er sie zu Boden, riss ihr die Kleider vom Leib, legte ihr die Hand auf den Mund, um sie zum Schweigen zu bringen, zwang sie unter sich. Ich presste mir selbst die Finger in den Mund und biss darauf, um nicht zu schreien.

Die beiden schrieben sich alles auf.

Constable Sue Dunning reichte mir eine Vermisstenmeldung, die ich ausfüllen sollte. Sie sagte, es sei zu früh, um von einer Entführung zu sprechen, es gebe keinerlei Hinweise darauf. Meine Hand zitterte, daher schrieb ich langsam. Sie redeten weiter mit mir, stellten Fragen. Größe? Etwa 1,68 m. Gewicht? Fünfzig Kilo. Ja, sie war dünn. Nein, nicht magersüchtig, nur hibbelig; sie aß viel.

Hast du jetzt Hunger? Du hattest kein Abendbrot, oder? Ich habe mir darüber keine Gedanken gemacht, weil ich dachte, ihr würdet essen gehen. Du hättest Bescheid sagen sollen, ich hätte dir etwas gemacht.

Welche Kleidung sie trug, als ich sie zum letzten Mal

gesehen hatte? Sie kam mit ihrer Tasche die Treppe runter, und ich glaube, sie trug ihren Regenmantel – oder ihre Schuljacke? Vielleicht ihren kleinen grauen Kapuzenpulli. Lassen Sie mich überlegen. Ich kann in ihrem Kleiderschrank nachsehen und es Ihnen sagen.

Ich hoffe, es war der Regenmantel; es regnet, du wirst nass.

Sie wollte sich ein anderes Kleid anziehen für … für nachher … und andere Schuhe. Schwarze Schuhe mit Riemchen, Pumps. Außergewöhnliche Schuhe. Sie könnten ein Geschenk gewesen sein, oder? Ein Trick, Bestechung. Sie trug ein Bettelarmband. Das könnte vielleicht wichtig sein. In der Tüte, die sie dabeihatte, waren kleine Löcher. Ich weiß nicht, war sie von Tesco? Von Waitrose?

Versuch nicht, in diesen Schuhen zu rennen, du brichst dir die Knöchel. Zieh sie aus und renne dann.

Gab es Schwierigkeiten zu Hause? Ist sie schon einmal vermisst gewesen? Hatte sie schon einmal versucht, sich etwas anzutun? Die Fragen hörten nicht auf. Ich war erschöpft. Sie hatten gar nichts kapiert. Sie spielte in dem Stück mit. Sie war natürlich kaputt, manchmal gereizt, aber insgesamt ging es ihr gut. Und die ganze Zeit lauschte ich auf ihre Schritte; sie konnte jeden Augenblick mit einer passenden Entschuldigung hereinkommen und über den ganzen Wirbel staunen. Alles würde zu einem bloßen Albtraum verblassen.

Steve Wareham redete noch immer. »Bevor wir Weiteres unternehmen, müssen wir das Grundstück absuchen.«

Ich starrte ihn an. Glaubte er uns denn gar nichts von dem, was wir ihm erzählt hatten?

»Wie bitte?« Teds Stimme klang ungläubig. »Jetzt?«

»Sie wären überrascht.« Steve Wareham wollte nicht herablassend klingen. »Sie glauben gar nicht, wie viele vermisste Kinder wir zu Hause finden; Kinder verstecken sich in Kleiderschränken, wollen nur etwas beweisen.«

Sie sahen sich oben um, Ted zeigte ihnen, wo es langging. Sie suchten auf dem Dachboden, in Kammern und Schränken. Sie gingen systematisch und ruhig vor, ließen die Jungs schlafen, störten sie nicht. Sie sahen im Schuppen nach und in den Mülltonnen. Ich wartete in der Küche, die Hand am Telefon. Als sie fertig waren, sahen sie müde aus.

»Jemand von der Polizei wird später noch einmal zu Ihnen kommen.« Es war Sue Dunning ein wenig unangenehm. »Sie müssen als Verdächtige ausgeschlossen werden. Routinemaßnahme.«

Es brauchte ihr nicht unangenehm zu sein. Sie waren gründlich; das hieß, sie würden sie finden.

Ted fragte, was jetzt weiter passierte, und sie ratterte eine lange Liste herunter: Vermisstenmeldung aufgeben, Schule und Theater kontaktieren, Nikita als Zeugin befragen, auf Facebook nachsehen, ihren Laptop und die Handys ihrer Freunde auf Nachrichten hin untersuchen, die Lehrer befragen, Diskotheken, Kneipen, Restaurants, Tankstellen, Bahnhöfe, Seehäfen, Flughäfen abklappern. Interpol. Und sollte sie innerhalb der nächsten vierundzwanzig Stunden nicht auftauchen, die Medien informieren.

Flughäfen? Medien? Ted legte mir den Arm um die Schulter.

»Eine Sache noch. Wir brauchen ihre Zahnbürste«, sagte Steve Wareham ruhig. »Nur für den Fall.«

Die rosa Zahnbürste in dem gelben Plastikbecher in ihrem Bad sah seltsam kindisch aus. Sue Dunning schob sie in einen kleinen Plastikbeutel, und sie gehörte ihr nicht mehr. Es war die DNA einer Vermissten. Nur für den Fall.

»Vielen Dank für Ihre Mitarbeit.« Steve Wareham erhob

sich ungelenk mit der Hand im Kreuz. Die Falten in seinem Gesicht wirkten tiefer. Ich fragte mich, wie es wohl war, Eltern wie uns gegenüberzusitzen, und einen winzigen Augenblick lang tat er mir leid.

»Die Frühschicht beginnt um sieben, wir werden sie ausführlich informieren. Es wird eine Besprechung mit dem Kriminalhauptkommissar geben – auch wenn wir bisher keinerlei Anhaltspunkte haben, dass hier eine Straftat vorliegt.« Er holte Luft und fuhr fort: »In der Zwischenzeit würde es uns sehr helfen, wenn Sie hier im Haus nach Hinweisen suchen, für den Fall, dass Sie etwas übersehen haben. Gehen Sie in Gedanken alles durch, was in den letzten Tagen und Wochen passiert ist. Alles, was im Hinblick auf Ihre Tochter anders war als sonst. Schreiben Sie es auf, und berichten Sie uns davon. Wir kommen am späten Vormittag noch einmal vorbei. Ich nehme jetzt erst einmal den Laptop mit.« Er lächelte uns an, als er ihn an sich nahm, und sein Gesichtsausdruck wurde milder. »Michael Kopje wird sich mit Ihnen in Verbindung setzen. Er ist der Kontaktbeamte in dieser Region. Er wird in ein paar Stunden bei Ihnen sein.«

In ein paar Stunden. Was war mit den nächsten fünf Minuten und den fünf Minuten danach?

Sie hatten ein Foto. Das würde helfen.

Aber man sah darauf nicht, dass ihre Haare so hell leuchten, dass sie aussehen wie Strähnen aus Gold.

Sie hat ein kleines Muttermal direkt unter ihrer linken Augenbraue.

Sie duftet ganz leicht nach Zitrone.

Sie kaut an ihren Fingernägeln.

Sie weint nie.

Finden Sie sie.

TEIL ZWEI

3

DORSET 2010
EIN JAHR DANACH

Der entfernte Verkehrslärm, der morgens aus dem Dorf durch die Straße fließt, ist abgeebbt. Der Vormittag gleitet hinüber in einen tristen Nachmittag, und ohne Vorwarnung lässt sich um mich herum die Trauer nieder. Sie geht vorüber, wenn ich mich ruhig verhalte. Bei meinen Hausbesuchen konnte ich früher schon an der Tür erkennen, ob Patienten krank waren, je nachdem, wie still sie dalagen. Blinddarmentzündung, eine geplatzte Bauchschlagader, Hirnhautentzündung – die Muskeln versteifen sich, um vor dem sich anbahnenden Unheil zu schützen. Im Sommer lag ich reglos da, während die Stunden vorüberzogen, beobachtete, wie der Staub in den Strahlen tanzte, wenn das Sonnenlicht nacheinander durch alle Fenster glitt. Ich wollte sterben, aber so wie heute war mir auch damals klar, dass ich eines Tages vielleicht den Blick heben würde und sie im Türrahmen stünde. Und natürlich würde ich die Jungs nie allein zurücklassen; außerdem schläft ihr Hund in meiner Küche.

Als hätte er es gehört, gähnt Bertie, steigt aus seinem Korb und wedelt mit dem Schwanz. Seine trüben Augen verfolgen mich, als ich durch die Küche gehe. Sein Hals fühlt sich warm an, als ich ihm die Leine anlege; das dichte Fell ist mit dem Alter strohiger geworden. Ich schiebe das Notizbuch und den Stift in eine Tasche. Die Hintertür in der Küche führt in den Garten, und von da aus gelangt man auf Wiesen. Mutter hat mir das Cottage geschenkt, bevor sie starb. Glücklicherweise. So konnte ich mich irgendwo verstecken.

Glücklicherweise. Zum Glück, das ist mein Glückstag, wünsch mir Glück. Ein triviales Wort für die Wucht der Schicksalsschläge, die uns positiv wie negativ treffen, fast wie große Tore, die im Wind hin und her schwingen. Naomi glaubte nie, dass sie Glück brauchte. Sie dachte, sie sei als Glückskind geboren worden. Ich dachte es auch; ich dachte, wir alle wären es. Vor einem Jahr noch hatte ich geglaubt, wir hätten alles nur Erdenkliche gehabt.

Es ist schwer nachzuvollziehen, ab welchem Punkt sich alles verändert hatte. Ich denke immer und immer wieder zurück, reise innerlich an verschiedene Orte der Vergangenheit, um zu erkennen, wo ich das Schicksal hätte wenden können. Ich könnte mir fast jeden Augenblick meines Lebens vornehmen und ihm eine andere Richtung geben. Wäre ich nicht Ärztin geworden, hätte Ted mir nicht vor Jahren in der Bibliothek die Bücher abgenommen; wäre ich an jenem Nachmittag nicht in die Praxis gefahren, hätte ich mehr Zeit gehabt. Die Zeit hatte sich dem Ende genähert, aber das konnte ich damals noch nicht wissen.

Ich steige den Pfad zu den Klippen hinauf, warte, bis Bertie schwerfällig die grauen Felsvorsprünge hinaufgesprungen ist. Oben weht der Wind mir Gischt wie Regen gegen die Lippen. Ich kann sie schmecken, sie ist salzig, mehr wie Tränen als Regen.

Meine Gedanken wandern zu einem besonderen Nachmittag in meiner medizinischen Laufbahn, einem Nachmittag, der Naomis letzte Tage bei uns einläutete. Zu dem Nachmittag, an dem ich Jade kennenlernte, den Chili in meinen Augen.

Ich sitze auf der Bank, Meer und Himmel breiten sich vor mir aus, und ich hole mein Skizzenbuch aus der Tasche. Ich zeichne eine Spielzeuggiraffe, beschmutze das Fell, franse ein Ohr aus. Bertie legt sich hin, sein Kopf ruht auf meinen Füßen. Von Zeit zu Zeit winselt er.

Am 2. November letzten Jahres konnte ich nicht ahnen, dass uns nur noch achtzehn Tage blieben.

BRISTOL 2009
SIEBZEHN TAGE VORHER

Es hatte den ganzen Tag geregnet. Die Patienten kamen mit tropfnasser Kleidung und triefenden Haaren aus der schmalen Gasse hinauf und brachten den Trubel der Hauptstraße am anderen Ende unserer Sackgasse mit. Unsere Praxis lag in der Nähe des Hafens, etwas zurückgelegen zwischen einem Laden für Kiefernmöbel und einem von Müll übersäten Parkplatz, auf dem zwischen dem löchrigen Asphalt hoch und dürr das Unkraut wucherte. In den Straßen der Umgebung standen dicht an dicht kleine viktorianische Reihenhäuser; als ich zur Arbeit fuhr und das Auto durch die engen Gassen navigierte, sah ich ins dunkle Wasser der Hafenbecken zwischen den alten Lagerhallen.

Die Praxis war beliebt – oder vielleicht auch nur bequem zu erreichen. Das kleine Wartezimmer war immer voller Patienten, auch wenn die wenigen Minuten, die uns für jeden blieben, nie auszureichen schienen. In den zugeteilten sieben Minuten war es fast unmöglich, den Menschen zu geben, was sie wollten. Trotzdem glaubte ich, dass sie spürten, dass wir auf ihrer Seite standen; jedenfalls hatte ich das bis zu diesem Nachmittag geglaubt. Ich erinnere mich sehr gut; vor allem erinnere ich mich an den Geruch.

Am späten Nachmittag stank es in meinem Zimmer – nach Schweiß, Blut und Alkohol. In dem grellen Deckenlicht wirkte die Haut grünlich. Die Jalousien waren geschlossen, um die Straße auszublenden, und hier drin fühlte es sich so an, als würde die Welt draußen nicht existieren. Es war schwül. Überall lag Spielzeug auf dem Boden. Das Waschbecken in der Ecke war voll mit blutverschmiertem Metall, über dem blaue Papierhandtücher lagen.

Ich war müde. Mrs. Bartletts Untersuchung war anstrengend gewesen – wegen der Blutung hatte man die Polypen nur schwer erkennen können –, und sie würde morgen eine Überweisung in die Klinik brauchen. Ich sah kurz auf die Liste auf dem Monitor, und während ich das Waschbecken leer räumte und mir die Hände wusch, dachte ich an den nächsten Patienten. Jemand mit befristeter Aufenthaltsgenehmigung. Yoska Jones. Ein Pole? Ich gähnte in den kleinen Spiegel über dem Becken; meine Haare hatten sich aus der Spange gelöst und ringelten sich wild um mein Gesicht. Die Mascara war wieder verschmiert. Ich ging mit den Augen näher an mein Spiegelbild heran, hoffte, dass er ein unkompliziertes Anliegen hatte, damit ich Zeit wettmachen konnte. Ich rief ihn herein. Mitte zwanzig. Hohe Wangenknochen, sonnengebräunt. In Sekundenschnelle war klar, dass er nicht richtig krank war.

»Wie kann ich Ihnen helfen?«

»Rückenschmerzen. Liegt in der Familie.« Walisischer Akzent. Seine große, wettergegerbte Hand ruhte neben meiner auf dem Tisch. Ich legte die Hände in den Schoß.

»Was glauben Sie, woher die kommen?«

»Ich schleppe dauernd meine kleine Schwester rum.« Ein verteidigender Tonfall schwang in seiner Stimme mit. »Sie sitzt gern auf meiner Schulter, aber sie wird immer schwerer.«

»Kinder herumzutragen ist nicht sehr förderlich.« Allerdings ist es verlockend. Früher trug ich Naomi überallhin, noch lange, nachdem sie laufen konnte. Ich spürte so gern ihr Gesicht – ihr Gesicht an meinem. »Am besten lassen Sie sie allein laufen.«

Ich sah einen Anflug von Zorn in seinen Augen, aber in sieben Minuten sind Ratschläge wichtiger als Mitleid, und ich musste mir noch seinen Rücken ansehen. Die langen Rückenstrecker auf beiden Seiten der Wirbelsäule waren so dick und geschmeidig wie Schlangen, aber als er auf dem Rücken lag und ich seine Beine anhob, zuckte er. Ischias. Reflexe und Wahrnehmung waren normal. Als ich ihm sagte, welche Übungen er machen sollte und ihm Schmerzmittel verschrieb, lächelte er und reichte mir die Hand. Das Handauflegen hatte wieder einmal Wunder gewirkt: Seine Feindseligkeit war völlig verschwunden. Mit einer Infobroschüre und seinem Rezept ging er hinaus und trat dabei versehentlich auf ein Spielzeug. Es trudelte durch den Raum und landete an der Wand. Ich hob es auf, als er die Tür schloss. Es war die kleine Plastikente mit dem verblichenen orangefarbenen Schnabel. An ihm war schon so häufig genuckelt worden, dass er vorn ausfranste. Der Flügel war so glatt abgebrochen, dass eine scharfe Kante zurückgeblieben war. Es schepperte dumpf, als er auf den Boden des metallenen Mülleimers fiel. Ich rief den nächsten Patienten herein.

Ich wusste, dass Jade zehn war, aber sie sah viel jünger aus. Sie stand reglos da, als ihre Mutter ihr den Anorak, den Schulpulli und das Röckchen auszog. Auf ihrem Gesicht, ihren Armen und ihren Beinen sah man blaue Flecken. Abgesehen davon sah sie tadellos aus, aber ihr hübsches Gesicht war ausdruckslos. Sie umklammerte eine abgegriffene Samtgiraffe und beobachtete mich aufmerksam. Sie war in diesem Jahr mindestens schon vier Mal hier gewesen – wegen Müdigkeit, undefinierbarer Bauchschmerzen, Appetitlosigkeit und nun Husten. Nichts war mir bisher ins Auge gesprungen, auch wenn mir ihre dreckige Kleidung und die verfilzten Haare aufgefallen waren, die in silbrigen Zotteln herabhingen. Ich hatte bislang nur Empfehlungen gegeben und versucht, ihre besorgte Mutter zu beruhigen. Diesmal war es anders. Die blauen Flecken waren neu. Ich lächelte Jade zu, aber um sie herum schien der Raum dunkler zu werden.

Ihre Mutter trug einen buschigen Kunstpelz und redete schnell und laut. Sie machte zwischen den Sätzen keinerlei Pausen. Pausen gaben Anhaltspunkte, aber ihre Worte reihten sich dicht aneinander.

»Sie hält uns immer noch wach mit ihrem verdammten Husten.« Die grünen Augen der Frau waren auf mich gerichtet. »Und da ist noch was.«

Das zugekleisterte Gesicht kam näher und kleine Klümpchen getrockneter Mascara zitterten bei jedem Blinzeln.

Mit den Fingern umklammerte sie fest die Schultern ihrer Tochter.

»Sie kommt dauernd mit blauen Flecken nach Hause. Sie sagt, dass sie oft hinfällt. Wir glauben, dass es die anderen Kinder sind. Die ärgern sie.«

»Warum tun sie das?«

»Woher soll ich das wissen?«

Ich öffnete Jades Finger und legte die Stahlscheibe meines Stethoskops in ihre kleine Hand, damit sie sich nicht erschreckte, wenn es sich auf ihrer Brust kalt anfühlte.

»Darf ich mir einmal deinen Bauch anhören?«

Das helle Köpfchen machte eine schnelle Auf- und Abwärtsbewegung.

Ich legte ihr das Stethoskop zuerst auf das Unterhemd, um ihr Vertrauen zu gewinnen; ihre Haare fielen über meine Hand und ich sah, wie etwas Schwarzes über eine Strähne auf ihren Kopf krabbelte. Als sie nicht mehr die Luft anhielt, hob ich das Unterhemd, um sie abzuhören, und sah die Blutergüsse auf ihrem hügeligen kleinen Brustkorb; auf der Wirbelsäule fand ich weitere. Ich hörte, wie die Stimme ihrer Mutter lauter und schneller wurde, während sie mir zusah, aber ich achtete nicht länger auf ihre Worte. Ich hielt meine Gesichtszüge unter Kontrolle, als ich die kleinen Schwellungen auf einer Rippe abtastete. In ihrer Brust war ein leises Knacken zu hören. Ich untersuchte sie überall. Als ich auch weit oben an ihrem Innenschenkel Hämatome fand, brauten sich Sorgenwolken in meinem Kopf zusammen.

Ich verschrieb Antibiotika, während ihre Mutter ihr die Kleidung wieder überzog. Wenn ich jetzt auch noch die Läuse ansprach, kam sie vielleicht nie wieder.

»Das sollte gegen ihren Husten helfen; geben Sie ihr dreimal täglich einen Löffel davon. Ich würde sie mir gern in zwei Tagen noch einmal ansehen. Könnten Sie da wiederkommen?«

Sie nickte, sah auf das Rezept in ihrer Hand und wandte sich zum Gehen um. Jade zog sie eilig hinter sich her.

Ich ging zu Lynn, unserer Arzthelferin. Sie war in ihrem Zimmer und räumte summend Flaschen und Spritzen auf ihr Tablett. Als ich ihr von Jade erzählte, verengten sich ihre braunen Augen. »Jade ist nie zur Impfung hier gewesen. Sie war letzten Sommer bei der Vertretungsärztin, schlimmer Sturz, Schürfwunden an den Armen.« Ihre gepflegten Finger flogen über die Tastatur. »Der Vater war vor ein paar Wochen auch einmal hier, mit Stichen in der Hand. Der war an dem Nachmittag voll bis über beide Ohren.« Sie sah mich mit besorgter Miene an. »Ich hatte das Gefühl, er könnte jeden Augenblick um sich schlagen.«

Während der Ausbildung waren mir samstagabends in der Notaufnahme Betrunkene mit offenen Kopfwunden begegnet. Ich erinnere mich an die obszönen Drohungen und wie sie wild um sich schlugen, während ich mit zitternden Fingern die Haut zusammennähte.

So einer war Jades Vater also.

»Was denkst du über die Mutter, Lynn?«

»Schwer zu sagen.« Lynn lehnte sich nach vorn zum Monitor. »Lässt keine regelmäßigen Abstriche machen. Hier steht, dass sie im letzten Jahr wegen Depressionen bei Frank war und Citalopram bekommen hat. War aber nicht für weitere Untersuchungen hier.«

Bei ihren Worten begannen sich die Puzzleteile nahtlos zusammenzufügen.

»Danke, Lynn. Besteht die Möglichkeit, dass du, sagen wir, die Mutter mal auf die Impfungen ansprichst …?«

»Und die Chance nutze, bei ihr vorbeizuschauen? Auf jeden Fall.«

Ich rief die Sozialarbeiterin an und hinterließ eine Nachricht. Die Schulmedizinerin zu erreichen dauerte länger. Heute hatte sie keine Sprechstunde, aber ich bekam von der Schule ihre Handynummer.

Sie meldete sich beim zweiten Klingeln.

»Jade Price? Ja, Jade kenne ich. Stille Maus. Kein glückliches Kind.«

»Warum?«

»Sie wird ausgeschlossen. Die anderen Kinder behandeln sie wie eine Aussätzige.«

Die Reibeisenstimme wollte tratschen. Ich hielt die Sache kurz. »Gerät sie in Rangeleien? Ihre Mutter sagt …«

»Wie gesagt, die anderen Kinder lassen sie gar nicht an sich ran. Sie ist zu still. Und dann auch noch die Läuse. Wenn ihr Vater sie von der Schule abholt, ist er manchmal sternhagelvoll und jähzornig.«

Ein weiteres Puzzleteil fiel an seinen Platz. Der Kinderarzt war nicht zu erreichen. Ich würde es später noch einmal versuchen. Frank musste als Seniorpartner über den Fall Bescheid wissen, aber das musste jetzt bis morgen warten. Ich war spät dran. Die Patienten warteten schon mit missmutigen Gesichtern und sahen auf die Uhr. Die Sorgenwolken hatten sich verzogen, es blieb ein Anflug von Panik. Als mein Handy in der Tasche vibrierte, holte ich es heraus und sah flüchtig aufs Display. Ed. Ich musste die Kinder daran erinnern, dass sie mich hier nicht anrufen sollten; ich hatte nie Zeit, mit ihnen zu reden. Ich rief den nächsten Patienten herein.

Nigel Arkwright, ein vierzigjähriger Versicherungsmakler, schob den Bericht seiner Krankenkasse über den Tisch.

»Die haben es dauernd mit meinem Blutdruck.« Er grinste.

Als ich die Manschette über seinen käsigweißen Oberarm schob, trommelte er mit seinen dicken Fingern auf dem Tisch; sie sahen aus wie glänzende rosa Würstchen – die billigen mit der dünnen Haut, die bei der kleinsten Berührung des Messers schon aufplatzen. Sein Blutdruck war hoch, aber noch nicht besorgniserregend. Er nahm die Broschüre über gesunden Lebensstil und Formulare für einen Bluttest entgegen und ging murmelnd hinaus, um vorn einen neuen Termin zu vereinbaren.

Die Luft in meinem kleinen Sprechzimmer war verbraucht. Ich war dankbar, als unsere Sprechstundenhilfe Jo mir zwischen zwei Patienten eine Tasse Tee hereinbrachte. Sie trug ihr blondes Haar hochgesteckt, aber mittlerweile hatten sich schon einige feine Strähnen gelöst. Sie stellte die weiße Porzellantasse vorsichtig auf eine Lücke zwischen den Unterlagen auf dem Schreibtisch. Bei den ersten Schlucken betrachtete ich die gerahmten Fotos an der Wand. Ich hatte sie schon lange nicht mehr ausgewechselt. Auf einem war Naomi zu sehen, als sie fünf Jahre alt war und so breit grinste, dass ihre Augen nicht mehr zu sehen waren. Sie umarmte Bertie, der damals noch ein kleiner Welpe war. Die Jungs lehnten sich halb verdeckt ins Bild und lächelten zu ihr hinab. Ein anderes stammte von der Silvesterparty vorletztes Jahr. Ted legte darauf die Arme um uns alle; er musste etwas Witziges gesagt haben, denn wir lachten alle, nur Naomi nicht; sie starrte so konzentriert in die Kamera, dass ihre Stirn gerunzelt war. Ich wanderte gedanklich wieder ins Heute und rief den nächsten Patienten herein.

Der düstere Nachmittag glitt hinüber in den Abend. Die Patienten gaben sich im Takt die Klinke in die Hand, und eine Weile hatte ich das Gefühl, die Oberhand zu gewinnen. Dann steckte Jo mit vor Sorge geweiteten Augen den Kopf in die Tür: Man hatte den kleinen Tom mit einem Asthmaanfall hereingebracht. Seine Mutter, eine hübsche Jugendliche mit Dreadlocks, war stumm vor Angst. Tom schwitzte, zwischen seinen Rippen war die Haut eingefallen, das Keuchen alarmierend leise. Ich stellte um auf Autopilot, und kurz danach atmete er durch eine Kindermaske mit Sauerstoff angereichertes Salbutamol ein – zu müde für jeglichen Widerstand. Sein Kopf kippte nach unten, und er fiel in einen tiefen Schlaf. Der Krankenwagen kam kurz danach und brachte beide ins Krankenhaus, damit er über Nacht stabilisiert werden konnte.

Es war still im Zimmer, nachdem sie weg waren. Mein Stethoskop lag auf zerknitterten Umschlägen, aus denen Papiere quollen. Blutergebnisse lagen wild durcheinander, und ein Zungenspatel aus Holz war zu Boden gefallen. Auf dem hellbraunen Tee schwamm ein milchiger weißer Kreis. Ich erledigte Aufgaben, die nach der Sprechstunde anfielen, ordnete Notizen und diktierte Briefe an Kinderärzte und Sozialarbeiter ins Aufnahmegerät.

Keine Hausbesuche heute. Jo war schon nach Hause gegangen, ihre Abschiedsworte hallten im leeren Wartezimmer nach. Ich schrieb alle anfallenden Arbeiten für morgen auf und klebte die Liste auf den schwarzen Computerbildschirm.

Die Straßen waren leer. Lichter schillerten orange in den öligen Pfützen. Der Möbelladen war verschlossen, und aus der Kneipe drangen schwache Geräusche und dröhnendes Gelächter. Mein alter Peugeot stand allein auf dem Parkplatz; mit dem Rücken zur Dunkelheit fischte ich nach dem Schlüssel. Kurz prickelte die Angst in meinem Mund.

Im Auto stieg mir der Geruch von Hund, Dreck und Neoprenanzügen in die Nase und brachte mich sofort in mein anderes Leben zurück. Das alles erinnerte mich daran, wie erfüllt unser Leben war. Was wir besaßen, war hart erarbeitet, aber meistens war mir bewusst, wie viel Glück wir gehabt hatten. Auf dem Boden lag ein zerknittertes Papier mit Mathehausaufgaben, und unter dem Vordersitz klemmten Turnschuhe. In der Seitentasche fand ich eine Geleefrucht in einer zerknüllten Zellophantüte. Sie schmeckte zuckerig und sauer. Ich ließ den Wagen an und rollte davon.

4

DORSET 2010
EIN JAHR DANACH

Auf den Wiesen neben dem Cottage weckt der intensive Geruch von Erde, in den sich stark der Duft des Grases mischt, Erinnerungen an Kinder, die noch spät in der Dämmerung im Garten spielen – oder ist es der Geruch von Beerdigungen? In dem grauen Raum, der um mich ist, schwebt Naomis Gesicht. Ihre Wangen sind so voller Schatten, als säße sie in einer Kiste. Schnell, ans Meer denken, dessen Geräusche uns folgen. Aber das Abebben und Anschwellen in der Ferne wird zu einem Herzschlag. In der siebten Schwangerschaftswoche hatte ich eine frühe Ultraschalluntersuchung machen lassen, und sie schien nur aus Herz zu bestehen. Der durchscheinende Muskel, der auf dem Bildschirm pulsierte, hatte mich schon damals nervös gemacht. Wie war es möglich, dass er nie erschöpft war? Als ich später ihren Kinderhusten untersuchte und mein Ohr auf ihre makellose Haut legte, hörte ich wieder das schnelle Klopfen. War es vorstellbar, dass sie am Ende – wenn es denn zum Ende gekommen war – gemerkt hatte, wie ihr Herz langsamer wurde? Fließt durch ein sterbendes Hirn noch genügend Blut, dass es merkt, wie der Herzschlag aussetzt? Ich stoße mit dem Fuß gegen eine vorspringende Baumwurzel und schlage mit dem Kopf fest gegen den rauen Stamm. Ich hatte den Schrecken von körperlichem Schmerz vergessen. Chili im Auge des Elefanten.

Früher besaß ich immer einen Vorrat an Pflastern im Wäscheschrank. In den staubigen Fächern liegen lauter Laken, aber hinten ertasten meine Finger den alten Stoffbeutel. Einmal fiel Naomi von der Gartenmauer und holte sich eine Schramme am Kopf. Sie war fünf, und als ich ihr seidiges Haar bürstete, sah ich die winzige Wunde.

Hat jemand ihr auf den Kopf geschlagen? Kopfwunden können so schnell tödlich sein. Ich dachte, ich wäre mittlerweile durch mit dieser Folter, aber heute habe ich einen schlechten Tag. Neben die Erinnerungen schleichen sich Gedanken, die sie wie Messer schärfen.

Ich säubere schnell die Wunde, tupfe sie trocken und ziehe sie mit Leukostrips zusammen. Als ich fast fertig bin, schnüffelt Bertie an meinem Bein und winselt leise. Ich habe vergessen, ihm Futter zu geben, und das beruhigende kleine Ritual, wenn ich die Dose öffne, Hundefutter in seinen Napf schöpfe und Hundekekse daruntermische, stellt unsere abendliche Normalität wieder her. Es war damals schon genauso.

BRISTOL 2009
SIEBZEHN TAGE VORHER

Der Berg Bügelwäsche auf dem Kamin war warm, und die riesigen Köpfe des Chrysanthemenstraußes leuchteten orange vor dem Schwarz draußen hinter den Fenstern. Aus der Schmorpfanne, die schon den ganzen Tag auf dem Herd köchelte, strömte der pfeffrige Duft von Fleisch durch die Küche. Bertie lehnte seinen Kopf gegen mein Bein, und der Tag begann, sich zurückzuziehen. Ich fütterte ihn und ging mit ihm raus. Er scharrte in den verwehten Blättern und trank aus den Pfützen. Aus den Fenstern der Häuser, an denen wir vorübergingen, leuchtete es; in einem Fenster sah ich die glänzende Kante eines Bücherregals, in einem anderen schimmerten Gläser auf einem Tisch. Es war schwer, sich vorzustellen, dass irgendwo in diesen makellosen Häusern ein Schrank wie bei uns stand, der vollgestopft war mit Teilen von alten Weckern, Schlüsseln, die keine Verwendung mehr hatten, Computerkabeln und Tassen mit abgebrochenen Henkeln. Als ich am letzten Haus vorüberging, ließ drinnen jemand die hohen Holzjalousien hinunter.

Durch die Hügel am Ende unserer Straße gelangte man auf Wiesen, die oberhalb der Hängebrücke von Clifton lagen. Die Stahlträger waren in der Dunkelheit kaum zu erkennen, und die dünnen Lichterreihen sahen aus, als schwebten sie in der Luft. Eine Erinnerung funkelte auf wie der Fluss weit unter mir; auf dem leuchtenden Meer vor Korfu hatten letzten Sommer eine Million Sonnentupfen geschillert. Beim Schwimmen hatte ich flüchtig die Dunkelheit unter mir bemerkt, die in die Tiefe sank, und Panik war in meinen Hinterkopf gekrochen. Wenn ich die verinnerlichten Bewegungen vergaß, die mich über Wasser hielten, würde ich versinken, würde ungesehen und hilflos ins Dunkel treiben, meine Hände würden ins Leere greifen. Ich hatte mich auf den Rücken gedreht und war zu den Felsen geschwommen. Als ich umgeben von Thymianduft und dem Zirpen der Zikaden auf den scharfkantigen Klippen gesessen hatte, war meine Angst in der Wärme dahingeschmolzen. Ich zog Bertie hinter mir her und eilte nach Hause. Meine Schritte hallten auf dem Asphalt wider; verinnerlichte Bewegungen konnte man nicht vergessen, darum ging es. Unser Körper erinnert sich immer.

Die Zwillinge fläzten sich auf der breiten Fensterbank und spielten Gitarre. Ed nickte kurz. Er hatte die Schultern hochgezogen, und seine langen Finger flogen über die Saiten. Er war gewachsen in diesem Jahr und dünner geworden, seine Wangenknochen ragten kantig durch die Haut, seine Wangen wurden schmal. Als ich ihn ansah und die Veränderungen bemerkte, die mich noch immer überraschten, sah er schnell weg, und mir fiel ein, dass er versucht hatte, mich anzurufen.

»Sorry, dass ich deinen Anruf verpasst habe, Liebling. Ich wollte zurückrufen, aber dann hatten wir einen Notfall. Hinterlasse doch vielleicht beim nächsten Mal eine Nachricht bei der Sprechstundenhilfe oder warte, bis ich nach Hause komme.«

Ed zuckte mit den Schultern. Ich konnte nicht sagen, was er dachte, aber so ging es mir jetzt schon eine Weile. Ich konnte mich nicht einmal daran erinnern, wann wir uns das letzte Mal richtig unterhalten hatten. Naomi war auch stiller geworden. Ich hielt inne, als ich meinen Mantel auszog. War das normal, wenn die Kinder älter wurden? Die Veränderung war so schleichend geschehen, dass ich nicht benennen konnte, seit wann ich nur noch eine Randfigur im Hintergrund war und ihnen aus der Ferne zusah. Mein Blick ging hinüber zu Theo; er hatte sich zurückgelehnt und spielte und sang laut mit geschlossenen Augen und verrutschter Krawatte; seine Kunstbücher lagen verstreut zwischen Toastkrumen auf der Erde. Plötzlich sah er auf und grinste mit offenem Mund, der sein sommersprossiges Gesicht in zwei Hälften teilte. Ich hätte ihn am liebsten umarmt. Zumindest Theo war immer noch Theo – zu Späßen aufgelegt, unkompliziert und glücklich. Ed blickte herüber, daher lächelte ich beide an. Obwohl wir ihnen dieselbe Liebe und Zuwendung gegeben hatten, waren sie schon immer sehr unterschiedlich gewesen. Vielleicht bestätigte das die Theorie, dass unser Charakter von vornherein in uns angelegt ist. Mir gefiel diese Erklärung. Sie entließ mich aus der Verantwortung.

Hundertzwanzig Gramm Butter, hundertzwanzig Gramm Zucker, eine Handvoll Mehl, leuchtende Eigelbe. Säuerliche weiße Apfelstücke in die Form schneiden, Teig darübergießen, in den Ofen stellen. Noch so ein verinnerlichter Ablauf; duftend und in Farbe.

Die Hintertür wurde aufgestoßen.

»Hi Hundi.« Naomi beugte sich in ihrem schwarzen Trenchcoat über Bertie. »Hast du mich auch vermisst?« Ihr Haar fiel wie ein leuchtender Vorhang über seine Nase und er nieste laut. Sie sah auf, aber ihr Lächeln erstarb, als sie mich am Herd stehen sah, und sie erwiderte mein Lächeln nicht. Ihre Stimme klang spitz. »Ich weiß, was du sagen willst, aber mach dir keine Sorgen. Ich darf die Probe nicht verpassen. Ich mache meine Hausaufgaben hinter der Bühne. James hilft mir bei Mathe. Ich muss mich jetzt umziehen!«

»Ich wollte gar nichts zu den Hausaufgaben sagen.« Ihre Worte hatten mich getroffen. »Aber wenn du viel aufhast …«

Sie drehte sich schweigend um und ging mit schweren Schritten die Treppe hoch. Oben fiel eine Tür ins Schloss. Sonst flitzte sie immer die Treppe hoch. Sie war erschöpft. Ich schnitt die Spitzen von den Bohnen ab; in Butter geschwenkt und mit ein paar gerösteten Mandeln garniert, waren sie noch immer ihr Lieblingsessen. Erschöpft und gereizt. Die Theaterproben waren brutal, vor allem neben all den Anforderungen für die Schule. Die Jungs hoben die Bücher auf und unterhielten sich, als sie zur Treppe gingen. Theo zog Ed leise auf, es ging um Mädchen. Leise, damit ich es nicht hörte.

Anschließend: Frieden. Das sichere Gefühl, wenn die Kinder zu Hause sind und die Tür abgeschlossen ist für die Nacht. Ich goss die Kartoffeln ab und stampfte sie zu weichem Püree, machte Sandwiches, damit Naomi etwas zu essen mitnehmen konnte, und kochte eine Thermoskanne voll heißem Kakao. Ich würde ihr Abendessen zurückstellen. Der Anblick von Jade Price schwebte einen Augenblick in der warmen Küche, sie hatte am Nachmittag so dünn ausgesehen. Ich fragte mich, ob ihr irgendjemand etwas zum Abendessen machte.

An der Hintertür klingelte es: Naomi wurde von ihren Freunden zur Probe abgeholt. Sie kam durch die Küche zurück und verschwand in einer Woge junger Stimmen.

Oben wurde die Haustür aufgeschlossen. Autoschlüssel klimperten auf einen Tisch, schnelle Schritte polterten die Stufen hinunter und in die Küche.

»Du riechst nach Krankenhaus«, murmelte ich mit meiner Wange an Teds rauem, kaltem Gesicht. Der strenge Geruch von Desinfektionsmitteln umwehte ihn immer, wenn er nach Hause kam, darüber schwebte ein leichter Hauch Lavendel vom OP-Kittel. Ich hätte mich gern weiter angelehnt, aber er trat einen Schritt zurück und sah mir lächelnd über die Schulter.

»Oh, das sieht gut aus.«

Er beugte sich über mich und brach sich ein Stück vom warmen Kuchen ab, dann streckte er sich nach oben, um eine Weinflasche vom Regel zu nehmen. Er goss zwei Gläser ein und reichte mir eins.

»Wie war dein Tag?«, fragte er.

Er versprühte so gute Laune, dass ich ihm nicht von dem misshandelten Kind erzählte oder von Naomis Gereiztheit oder von meiner Erinnerung, wie ich mich im Meer gefühlt hatte, völlig überfordert.

»Gut«, sagte ich. »Wie war deiner?«

»Großartig! Dem Kind geht es schon sehr viel besser. Es gibt reges Interesse aus dem Ausland, den ganzen Tag über haben sich die Medien im Krankenhaus gemeldet.«

Er tigerte herum, konnte nicht stillstehen. Er fuhr sich mit den Fingern durchs Haar, sodass blonde Büschel in alle Richtungen vom Kopf standen. Als ich ihm hinterhersah, blieb mein Blick an der Thermoskanne hängen, die noch neben dem kleinen Päckchen mit Sandwiches stand.

»Es hat aufgehört zu schreien und keine Halluzinationen mehr.« Er sah mich an, seine blauen Augen leuchteten. »Eine OP, die psychotische Symptome kuriert – das ist bahnbrechend.«

Beim Abendessen blickten Theos sommersprossiges und Eds dunkleres Gesicht auf und ab und wieder auf. Kauend sahen sie Ted an. Er erläuterte uns die spannendsten Momente der heiklen Prozedur, mit der er kranke Zellen tief im Gehirn zerstört hatte. Das Kind hatte die klassischen Symptome einer Psychose mitsamt Wahnvorstellungen gehabt. Vorher hatte es auf der Station heißes Wasser über andere Kinder gegossen und mehrere Schwestern gebissen. Heute, nach der OP, hatte es Blumen gemalt.

Das Telefon klingelte, die *Daily Mail* wollte Informationen zur neuen Wunderheilung. Ted ging nach oben zum Telefonieren.

Theo tat so, als würde er Eds Kopf mit der stumpfen Seite der Gabel anbohren. »Jetzt mache ich dich endlich ein für alle Mal gesund.«

Bevor Ed entkommen konnte, hatte Theo ihn vom Stuhl gestoßen und niedergerungen. Er rief: »Die Stimmen in meinem Kopf sagen mir, ich soll dich umbringen.«

»Wenn ihr zwei jetzt hochgeht und eure Hausaufgaben macht, seid ihr vom Abwaschen befreit.« Ein solcher Deal funktionierte immer.

»Theo, hast du Dad schon dein Kunstprojekt gezeigt?«

»Welches?«

»›Der Mensch in der Natur‹. Er wird es sowieso in der Ausstellung sehen.«

»Ich kann es ihm nicht zeigen, er bringt mich um.«

»Schatz, stell dich nicht so an.«

Als sie oben waren, fühlte es sich in der Küche so an, als hätte man den Ton abgedreht. Ich begann, die schmutzigen Teller abzuräumen. Ed hatte das meiste liegen lassen. Zu viel Toast vorher. Ich war immer noch in der Küche, als Naomi langsam durch die Tür schlich – eine Stunde später als erwartet.

»Wie war's?«, fragte ich und sah die dunklen Schatten unter ihren Augen.

»Gut.« Der Anflug eines Lächelns. Ich wartete auf einen

Kommentar über jemanden, der rumgealbert hatte; oder vielleicht hatte die Regisseurin ihren Gesang gelobt oder wie sie ihren Text aufsagte. Ich beobachtete, wie sie ihren Mantel auszog, sich ein Glas Milch einschenkte und sich damit gegen den Herd lehnte.

Sie schien mit ihren Gedanken völlig woanders zu sein, sie blickte an mir vorbei, sah mir nicht ganz in die Augen.

Als sie zur Treppe ging, konnte ich nicht anders, als zu fragen: »Was war los?«

»So einiges. Ich bin müde.«

Früher war sie mir überallhin gefolgt, war ein Wasserfall aus Worten, Fragen, Zweifeln und Späßen gewesen. Ich musste ihr erklären, dass ich jetzt meine E-Mails beantworten musste, aber sie kam mit an meinen Schreibtisch, setzte sich auf die Sofalehne und redete weiter. Das schien eine Ewigkeit her zu sein.

Heute umwehte sie ein dünner bitterer Duft, als sie an mir vorbeilief. Tabak.

»Naomi?«

Ungeduldig drehte sie sich um.

»Du hast doch nicht geraucht, oder?«

Ihr blauer Blick wirkte klarer als sonst. Sie schüttelte den Kopf. »Izzy hat hinterher in der Garderobe geraucht. Sie war sauer, weil Mrs. Mears dauernd genörgelt hat, wie sie ihren Text aufsagt ...« Naomi zuckte mit den Schultern. »Wo ist Dad?«

Ich starrte sie einen Augenblick an. Ich glaubte ihr kein Wort. Aber ich würde merken, wenn sie regelmäßig rauchte: Ihre Kleidung würde danach riechen. Sie würde husten. Eine Zigarette war noch keine große Sache. Ich ließ es durchgehen.

»Der große Neurochirurg sitzt in seinem Arbeitszimmer

und konferiert mit der internationalen Presse«, erwiderte ich.

Sie begann, die Stufen hinaufzugehen.

»Hast du keinen Hunger, Süße? Du hast vergessen, die …«

Aber sie verschwand in den Schatten der oberen Treppenstufen.

5

DORSET 2010
EIN JAHR DANACH

Ich weiß schon gar nicht mehr, wann ich zuletzt jemanden berührt habe oder von jemandem berührt worden bin. Vor einem Jahr habe ich in der Küche Naomis Hand geküsst. Die Wärme von Theos rauer Umarmung letztes Jahr Weihnachten ist längst vergangen. Ich sehe Ed jeden Monat, aber er vermeidet jede noch so kleine Berührung. Ted und ich schliefen in einem Bett, bevor ich ging, aber wir lagen allein da, jeder mit dem Gesicht zur anderen Seite. In den Seniorenheimen, in denen ich bei meinen Hausbesuchen war, hatte ich Patienten gesehen, die in den äußersten Ecken ihrer Zimmer saßen und ihre alten Hände nach mir ausstreckten. Sie waren begierig nach Kontakt. Für mich gilt das Gegenteil. Ich achte penibel darauf, keinen Körperkontakt zu haben. Ich vermeide geflissentlich die zufällige Berührung im Laden, wenn der Verkäufer mir das Wechselgeld reicht. Wenn jemand hereinkommt, trete ich einen Schritt zurück. Als ich eines Nachmittags zurückkomme und die alte Dame auf den Stufen ihres Bungalows liegen sehe, bin ich überrascht, wie selbstverständlich ich ihr die Hand reiche. Sie ist blass, aber ihr Puls ist normal und regelmäßig. Als ich ihr die Hand auf die Brust lege, hebt und senkt sie sich. Die Pupillen unter ihren Augenlidern sind normal groß. Sie sieht so friedlich aus, dass ich mich zögerlich frage, wie ich sie wecken kann, ohne sie zu erschrecken. Ich kenne diesen Ruck in die Wirklichkeit; ich habe ihn gehasst.

BRISTOL 2009
SECHZEHN TAGE VORHER

Ich schreckte aus dem Schlaf hoch. Im Traum war ich durch eine endlose Weite aus barschen Stimmen und stetigem Wasserrauschen gestolpert. Ich hörte ein Klopfen, das näher kam. Irgendwo weinte Jade. Die Erleichterung, dass Morgen war, sickerte langsam in mein Bewusstsein. Das Weinen wurde zum Schrei der Möwen, die der Wind ins Landesinnere trieb. Vor unserem Fenster rief eine Elster und schaukelte auf den leeren Ästen der Linde; die verzweigten Enden klopften gegen mein Fenster. Irgendwo über mir im Haus musste Naomi duschen. Das Wasser lief wahrscheinlich in glitzernden Strömen an ihr hinunter.

Ich schlang meine Füße um Teds Beine und sah zu, wie sein Schlaf immer leichter wurde. Seine Wangen waren weicher als früher. Da, wo seine Haare am Nacken ausfransten, offenbarte das Licht graue Strähnen zwischen dem Blond. Ich rückte näher an ihn heran und kuschelte mich an ihn. Es fühlte sich warm und sicher an, wie unsere Körper nebeneinander da lagen. Der böse Traum löste sich auf.

Wir hatten zwei Linden nebeneinander gepflanzt, damals, vor achtzehn Jahren, als wir wussten, dass wir Zwillinge erwarteten. Wir beobachteten, wie sie anfangs um die Wette in die Höhe schossen, aber am Ende wuchsen sie zu einem dicken Stamm zusammen. Selbst die Zweige waren miteinander verschlungen. Im Sommer schimmerte morgens das Licht in unserem Schlafzimmer grünlich, aber zu dieser Jahreszeit war das Zimmer mit den sich überkreuzenden Linien der Zweige übersät.

Ted gab ein zufriedenes Grunzen von sich. Er war morgens immer schon gut gelaunt. Seine Hand war warm auf meiner Schulter. Sie strich mir über den Arm, dann über den Rücken und zog mich schließlich zu ihm. Unsere Gesichter berührten sich, sein Mund lag auf meiner Wange.

Das Radio sprang an, der Wecker war auf sieben Uhr gestellt. Es sei Dienstag, der 3. November, informierte mich die Stimme. Ich musste aufstehen. Ich musste den Kinderarzt erwischen, und ich hatte Bereitschaftsdienst. Bedauern und Schuldgefühle umfingen mich wie ein vertrauter Mantel.

»Tut mir leid.« Ich trat mit den Füßen die Bettdecke zur Seite. »Tut mir leid, tut mir leid.«

»Ich stelle den Wasserkocher an.« Er lief langsam die Stufen hinab; durch die Treppe klang seine Stimme wie aus weiter Entfernung.

Das klare heiße Wasser im Bad war wohltuend. Er ist mir nicht böse, dachte ich, als ich Teds ruhiges Gesicht beim Zähneputzen sah. Ich nippte an dem dunklen Kaffee, den er mir gebracht hatte. Es ist nichts passiert.

Wir unterhielten uns über das, was uns heute erwartete:

mein Besuch bei Jade Price, Teds Sprechstunde und die anschließende Vorlesung vor Studierenden. Während er sich abtrocknete, ging er in den Flur und kam wieder zurück, überlegte, redete. Plötzlich sah er die Poster von Theos Kunstprojekt, die außen vor seiner Zimmertür lagen, weil er sie in der Schule laminieren lassen wollte. Er blieb abrupt stehen, hockte sich hin und blätterte sie durch. Theo hatte sie ihm gestern Abend also nicht mehr gezeigt. Er steckte den Kopf in den Sand. Es war eine Serie mit Bildern von Naomi, die er an mehreren Sonntagen im Oktober im Herbstwald des Brecon-Beacon-Gebirges aufgenommen hatte. Jedes Mal hatten die Bäume weitere Blätter verloren und Naomi weitere Kleidungsstücke abgelegt. Zuerst ihre Handschuhe, dann ihre Schuhe, ihren Mantel und ihren Pulli. Ted pfiff anerkennend über die Art, wie Theo die Farben und Formen des Herbstes und Naomis blasses Gesicht eingefangen hatte, das vor den Bäumen leuchtete. Als er die Fotoserie weiter durchblätterte, wurde er immer stiller. Am Ende war Naomi nackt, versteckt zwischen Zweigen. Sie sah den Betrachter mit großen Augen an, forderte ihn finster heraus. In Teds Schweigen spürte ich das Entsetzen.

»Schatz«, ich stellte mich mit meinem Badetuch hinter ihn und tropfte den Holzboden nass, »ich weiß, was du denkst …«

»Du weißt nicht, was ich denke«, sagte er leise.

»Das ist eine Metapher. Wenn wir uns der Natur öffnen, unsere intellektuellen Hüllen abwerfen, wird sie uns im Gegenzug beschützen. Ich kenne Theo …«

»Hör auf zu sagen, dass du alle kennst. Das stimmt nicht.« Seine Stimme wurde lauter. »Das hier hat einen feuchten Kehricht mit der Natur zu tun. Er nutzt sie aus. Er will mit diesen obszönen Fotos Aufmerksamkeit für sich erregen. Sie ist noch zu jung, um das zu erkennen, aber du doch wohl nicht.«

»Ted, das ist Kunst.«

»Ich kann nicht fassen, dass du Pornografie mit so einer Klischeephrase entschuldigst.«

»Das ist keine Pornografie.« Nun wurde ich ebenfalls lauter. »Sie hatte Unterhosen an, Herrgott noch mal, und sie hat ihren Mantel erst ausgezogen, als sie versteckt war. Nikita war dabei. Naomi hat ihr die Kleidung zugeworfen, als sie sich ausgezogen hat.« Ich holte Luft. Wie konnte er bloß denken, Theo würde sie ausnutzen? Er und Naomi hatten von den dreien immer die beste Beziehung zueinander gehabt, schon von klein auf.

»Du verstehst immer noch nicht, worum es geht«, sagte er barsch.

Ich ließ es dabei bewenden. Wir hatten keine Zeit dafür.

»Lass uns heute Abend darüber reden, mit Theo.«

»Es gibt nichts weiter dazu zu sagen.« Er zuckte die Schultern.

Die Zeit war abgelaufen. Diskussionen blieben häufig unbeendet und schienen sich einfach aufzulösen, wie unbeobachtete Lagerfeuer, die ausbrennen und einen Berg Asche zurücklassen. Ohne mich anzusehen, gab er mir einen Kuss, der meine Lippen verfehlte. Die Tür fiel hinter ihm ins Schloss.

Naomi erschien, als ich meine Sachen zusammenräumte. Auch nach dem nächtlichen Schlaf wirkte sie müde und trottete durch die Küche, um Ordner, Halstuch und Hockeyschuhe einzusammeln. Vermutlich war sie mit den Gedanken schon in der Schule. Sie sah mich nicht an, als ich ihr Frühstück anbot.

»Keinen Hunger«, sagte sie knapp und band sich vor dem kleinen Wandspiegel neben dem Telefon das Tuch um.

»Iss doch was, Süße. Vielleicht einen Toast? Oder Spiegeleier?«

Sie verzog nur wortlos das Gesicht und beugte sich über den Hund. »Hab dich lieb, Bertie.« Sie hauchte einen Schmatzer über seinen Kopf und ging, die Tür fiel laut ins Schloss. Sie kam noch einmal zurück, um ihr Handy zu holen, und war weg.

Die Jungs kamen herunter. Sie waren noch still und verschlafen. Ed sah zerzaust aus, seine Krawatte war noch nicht gebunden und seine Haare nur halb gekämmt. Er schüttete sich Müsli in eine Schale und aß langsam; konzentriert studierte er die Rückseite der Packung. Theo aß an den Kühlschrank gelehnt und mit geschlossenen Augen den Rest vom Apfelkuchen. Dann machten sie sich auf den Weg, rammten sich an den Schultern, als sie gleichzeitig und beide mit gebeugten Schultern und Theos Kunstmappe in den Händen durch die Tür liefen.

Ich musste ebenfalls los. Ich folgte ihnen, drehte mich an der Küchentür aber noch einmal um. Das warme Chaos zog mich wieder hinein. Gebutterte Toastrinde mit Bissspuren, eine glitzernde Pfütze aus verstreutem Zucker, zerbeulte Packungen, offene Gläser. Der Drang war groß hierzubleiben, das Chaos in die Schränke zu verbannen und die Flächen abzuwischen. Eine jüngere Version meiner Mutter schien mich aus den Schatten hinter den aufgehängten Mänteln in der Garderobe zu beobachten. So dicht, dass ich ihren Atem an meinem Hals und ihr Kinn auf meiner Schulter spürte. Sie ermahnte mich hierzubleiben, saubermachen und meine Pflichten zu erfüllen, wie sie es getan hatte. Ich durchwühlte jedoch eilig den Berg aus Schuhen, bis ich die neuen roten mit den Absätzen fand. Schnell streifte ich sie über, wurde zur Berufstätigen, zur Ärztin und warf die Tür hinter mir zu.

Draußen traf ich Anya, die von ihrem Mann gebracht wurde. Unter ihrem Mantel trug sie die gemusterte Schürze, die sie immer trug, wenn sie unser Haus putzte. Sie arbeitete ruhig, ihre behutsamen Hände erledigten jede Aufgabe. Egal wie sehr ich mich bemühte, ich stieß am Ende immer irgendwas genervt durch die Gegend und eilte von einer halb fertigen Arbeit zur nächsten. Sie und ihr Mann kamen aus Polen. Er warf mir immer einen finsteren Blick zu. Ich hätte ihm gern gesagt, dass Anya mir meinen Alltag, so wie er war, erst ermöglichte, aber das hätte ihn wohl noch wütender gemacht – als wäre mein Leben mehr wert als ihres. Sein feindseliger Blick huschte über meinen warmen Mantel, die Ledertasche, das große Haus hinter mir.

Als ich den Wagen öffnete, winkte ich Mrs. Moore von gegenüber zu, die gerade ihre kleinen Tonnen für Recyclingmüll vor die Tür stellte. Ted hatte unsere gestern Abend schon rausgestellt: die ausgespülten Flaschen vom Syrah-Wein, die exotischen Pappbanderolen der Fertiggerichte, ordentlich gefaltete Ausgaben der *Times*. Mrs. Moore stützte eine Hand in den Rücken und richtete sich auf. Sie sah mich an, und ihr faltiger Mund öffnete sich kurz. Flüchtig konnte ich den weichen Umriss ihres Sohnes Harold erkennen, der unsicher am Fenster ihrer Erdgeschosswohnung auf und ab wippte. Er war um die dreißig. Downsyndrom. Ihr Mann hatte sie schon vor Jahren verlassen. Wie immer, wenn ich sie sah, fragte ich mich, was sie wohl Tag für Tag am Leben hielt. Sie musterte mich noch, als ich den Wagen anließ und das Radio anschaltete, und mir kam überraschend der

Gedanke, dass es auch genau umgekehrt sein könnte. Vielleicht brauchte ich gar kein schlechtes Gewissen zu haben, weil ich scheinbar so viel mehr besaß als sie; sie sah, wie ich täglich hinein- und hinauseilte, sie wusste, wie spät Ted jeden Abend von der Arbeit kam. Vielleicht tat ich ihr sogar leid.

Der Vormittag rauschte vorbei. Ich untersuchte drei Frauen, die alle vom normalen Wahnsinn der Biologie aus der Bahn geworfen waren: Periode, Schwangerschaft, Menopause. Ich hätte ihnen am liebsten gesagt, dass dies der Lauf des Lebens war, keine Krankheit. In anderen Kulturen wird so etwas gefeiert; vielleicht war ich hierzulande diejenige, die das zelebrierte und Initiationsriten durchführte. Der letzte Patient, Mr. Potter, war allerdings wirklich krank. Noch mit neunzig hatte er seine Schuhe poliert, war den Hügel hinuntergegangen und hatte gewartet, bis er an der Reihe war, um mir zu erklären, er habe in der Mitte links drückende Schmerzen im Brustkorb. Ich sah den Schweiß auf seinem Gesicht, das bemühte Lächeln, das auf seinen Lippen zitterte. Uns blieb nicht viel Zeit.

»Es tut mir leid, Frau Doktor, das wusste ich nicht; ich dachte, das läge an der Verdauung. Ich wollte Sie nicht belästigen.« Er brachte die Worte nur mühsam heraus, atmete schwer. »Wer soll jetzt meine Katze füttern?«

Er nahm den Telefonhörer und sprach mit seinem Nachbarn, während ich seine Einweisung in die Kardiologie vorbereitete. Er ging in eine andere Welt: hier seine kleine Sozialwohnung mit den verblichenen Hochzeitsfotos auf dem geziegelten Kaminsims, mit der Flamme vom Gasofen, dem leeren Sessel, der seinem gegenüberstand und der warmen Gegenwart einer kleinen Katze. Vor ihm lag ein Ort mit grellen Deckenlampen, Schläuchen und piepsenden Monitoren, mit Personal, das zu weit weg am Tresen war oder ihm mit dem Atem zu nah ins Gesicht kam oder das mit ihm sprach, als wäre er ein taubes Kind. Ich hätte ihm am liebsten gesagt, er solle sich seine Kriegsorden anheften.

Frank saß hinter einem antiken Schreibtisch mit Lederoberfläche und telefonierte; er hob die Augenbrauen, lächelte und nickte in Richtung des Stuhls. Vor ihm auf dem Tisch standen zwei Kaffeebecher, der Duft wehte durch den Raum. Ich setzte mich.

Er legte auf, seufzte und griff mit großen Händen nach einem der Becher. Seine Brille war verrutscht; unter dem Berg aus Instrumenten, Stiften und Formularen konnte man kaum ein Fleckchen Tisch erkennen.

Offenbar hatte sich die Gesundheitsbehörde einen bürokratischen Schildbürgerstreich erlaubt, der wieder einmal neue Abrechnungen bedeutete. Als Frank sich über die Gesundheitspolitik ausließ, wärmte ich mich am Kaffee und kam innerlich zur Ruhe. Wir redeten über den Vormittag.

»Ich habe Jade Price wegen möglicher Kindesmisshandlung an den Kinderarzt überwiesen. Ich habe ihrer Mutter noch nichts davon gesagt, deshalb werde ich heute im Laufe des Tages einmal bei ihr vorbeigehen.«

Frank hörte skeptisch zu. »Ich kenne die Familie Price. Sei vorsichtig, Jenny, und sieh dir die Sache von allen Seiten an. Die Familie wirkt auf mich nicht so, als würde sie ihr Kind misshandeln.«

»Es gibt nicht wirklich viele Seiten«, sagte ich. Mir standen die Blutergüsse und Jades stille Erschöpfung vor Augen. »Das Familienprofil passt. Ihr Vater ist cholerischer Alkoholiker und die Mutter depressiv.«

»Warum willst du denn vorbeigehen? Ruf sie doch einfach an.«

»Es wird nicht leicht, ihr mitzuteilen, dass ich sie als Eltern verdächtige, ihr Kind zu misshandeln – im persönlichen Gespräch kann ich besser den passenden Augenblick dafür abpassen.« Als ich kurz innehielt, kam mir ein weiterer Gedanke. »Bei ihnen zu Hause finde ich vielleicht auch weitere Indizien.«

»Soll ich mitkommen?«

»Wie bitte? Weshalb?«

»Sie könnten vielleicht unangenehm werden. Und du wirkst ein wenig … abwesend. Nicht nur in dieser Sache. Irgendetwas beschäftigt dich.«

Frank war nicht umsonst schon über dreißig Jahre lang Hausarzt.

»Ach, nur familiäre Dinge.«

»Ist bei Ted alles in Ordnung?«

»Ja, doch. Ein aufgehender Stern am Himmel, könnte man sagen.« Ich erinnerte mich an den Glanz und die Begeisterung, die er gestern Abend versprüht hatte.

»Und bei den Kindern? Bei meinem Lieblingspatenkind?«

»Naomi hat sich verändert. Sie ist ruhiger geworden, finde ich. Ich kann noch nicht genau benennen, was es ist.« Während ich die Worte aussprach, pochte es sorgenvoll in meinem Kopf. Übersah ich etwas?

»Sie führt wohl was im Schilde.« Er grinste. »Fünfzehnjährige Mädels führen immer irgendwas im Schilde.«

»Normalerweise erzählt sie mir davon.« In letzter Zeit allerdings nicht mehr. Schon seit Wochen nicht mehr. Oder seit Monaten.

»So wie ich Naomi kenne, wird sie irgendwann damit rausrücken. Was sagt denn Ted dazu?«

»Noch nichts. Ich hab es ihm noch gar nicht erzählt – es ist einfach zu viel los im Moment.« Ich lächelte verlegen. »Wir haben immer zu wenig Zeit. Einer von uns geht abends meist schon schlafen.«

»Gott weiß, wie ihr das überhaupt alles schafft. Ich habe nur ein Kind, und Cathy ist die ganze Zeit zu Hause.«

Ich hasste es, wenn Leute so etwas sagten. Als würde ich schummeln. Es war aber keine Magie, es war nicht einmal schwierig. Ich musste nur einfach immer weitermachen. Wie das ging, wusste ich genau. Manchmal fühlte es sich so an, als würde ich vor dem einen Leben in das andere fliehen und umgekehrt. Ich wusste nie genau, wovor ich eigentlich floh, aber es schien zu klappen; meinen Freundinnen erzählte ich, dass ich so immer eine Ausrede hatte, wenn etwas schiefging. Mit der Zeit hatte ich festgestellt, dass die Kinder es schafften, sich selbst zu organisieren, wenn ich nicht da war. Jetzt war ich auch selbst schuld, wenn Naomi auf dem Weg war, unabhängig zu werden. Ich musste einen geeigneten Moment abpassen, in dem sie ihren Panzer fallen ließ und reden wollte. Die Zigarette würde ich gar nicht erwähnen, und wenn sie mir sagte, was los war, würde ich ihr helfen.

Hätte mich jemand danach gefragt, hätte ich gesagt, dass es ihr gut ging und Ted und mir auch. Ich hätte gesagt, dass wir alle richtig glücklich waren.

Die Prices wohnten in der Nähe der Docks, etwa anderthalb Kilometer von der Praxis entfernt. Das Gebiet am Fluss war vollkommen umgestaltet worden; die alten Lagerhallen hatte man umgebaut zu Büros und Fitnesscentern aus Backstein und Glas. Aber da, wo die Prices wohnten, zwei oder drei Straßen weiter, war von der schicken Architektur nichts mehr zu sehen. Ich parkte und suchte die Nummer vierzehn. Ein oder zwei Fensterscheiben waren kaputt und mit Pappkarton zugeklebt, in einem Vorgarten ragte ein Fernseher aus dem Matsch. An den Türen standen keine Hausnummern. In der Nähe einiger Jungs, die um ein Motorrad standen, hielt ich an. Die schnittige Maschine stand entgegen der Fahrtrichtung. Die Jungs waren dünn und zogen die Schultern wegen des beißenden Windes nach oben. Einer trank aus einer Dose und hielt sie so steil nach oben, achtlos, dass ihm alles über das Gesicht floss. Eine vergilbte Zeitung flatterte gegen mein Bein. Ich nahm sie hoch und ließ sie fliegen; ich sah, wie sie gegen den Laternenpfahl wehte. Ich näherte mich den Jungs.

»Hi. Ich suche die Nummer vierzehn.«

Der größte Junge hob ruckartig den Kopf. »Jeff Price? Wieso?«

Ein kleinerer Junge mit selbst gedrehter Zigarette zwischen den Zähnen trat auf mich zu, verschränkte seine nackten weißen Arme vor der Brust und verlagerte sein Gewicht von einem Bein aufs andere. Er nickte stumm zu einem Haus mit gelber Tür.

»Danke für eure Hilfe.« Ich warf ihnen ein schnelles Lächeln zu.

»So ganz allein hier, wie?«, sagte einer, als ich mich umdrehte, und jemand warf seine Dose auf die Straße.

Vor der gelben Tür lagen reihenweise Flaschen: braune voller Regenwasser, schmale grüne, die umgefallen waren, und ein glänzender Berg durchsichtiger Flaschen mit Wodkaetikett. Als ich mit dem Fuß dagegenstieß und die Flaschen klirrend auf den Weg rumpelten, traf mich im Rücken eine Woge aus Gelächter.

Die Tür stand ein wenig auf, und der Gestank von Bier

und Urin drang heraus. Die Klingel funktionierte nicht, also versuchte ich es mit Klopfen; niemand kam. Ich stieß die Tür weiter auf, trat in den dunklen, schmalen Flur und rief: »Hallo? Mrs. Price? Ich bin die Ärztin von gestern.«

»Wer ist da?«

Ein großer Mann tauchte aus dem Dunkel des engen Flures auf. Er schob seinen prallen Bauch vor sich her, sein fleckiger Morgenmantel war halb geöffnet und offenbarte ein Fell aus graumelierten Brusthaaren und ausgeleierte Unterhosen. Als er so durch den engen Flur auf mich zueilte, umklammerte ich meine Tasche fester.

»Die Ärztin. Ich bin … die Ärztin.«

»Aha, und was wollen Sie?«

»Ihre Frau war gestern mit Jade bei mir.«

Sein Gesicht veränderte sich vollkommen auf einen Schlag. Er verzog die Mundwinkel zu einem breiten Lächeln, und seine Augen weiteten sich. »Was für ein Segen, dass Sie hier sind. Ich mache mir wahnsinnige Sorgen um sie und so. Kommen Sie rein, meine Mutter ist auch da.«

Gleich musste ich es ihm sagen. Nachdem ich seine Mutter begrüßt hatte, würde ich ihn darüber informieren, dass ich mir Sorgen machte, seine Tochter würde misshandelt, selbst wenn ich den Begriff nicht gebrauchen würde. Ich musste ihm sagen, dass ich sie weiterverwiesen hatte – zur Sicherheit. Er winkte mich durch den Flur und durch eine schmale Tür am Ende. »Die Ärztin ist hier, Ma. Sie kommt wegen unserer kleinen Jadie.«

Der Ammoniakgestank trieb mir die Tränen in die Augen. Eine alte Dame saß am Kamin, in dem ein dünner Holzscheit glühte. Eine Eule von einer Frau, deren Augen tief in den runzligen Höhlen versunken waren und deren dünne Krallen sich an die Armlehne klammerten. Ihre

Glieder waren verkrümmt, und ihre Wangen wölbten sich im stetigen Takt ihrer Kaubewegungen. Unter ihrem Sessel war der Teppich dunkel und feucht.

»Sie kann nichts dafür. Ich mache uns eine schöne Tasse Tee. Machen Sie es sich doch bitte bequem.«

Ich sah mich um, wo ich mich hinsetzen konnte, aber überall lag etwas: Aluschalen, zerknüllte Papiertaschentücher mit dunkelgrünen Absonderungen, die in den Falten klebten. Plastikspielzeug lag auf dem Boden, jemand hatte es unter den Fernseher geschoben. An der Wand hing eine Kinderzeichnung mit Blumen. Die Hitze und der Gestank waren unerträglich. Ich ging in den Flur und lauschte. Ich hörte den Wasserkocher, Geschirrklappern, das Geräusch von etwas, das zerbrach, und das Fluchen von Mr. Price. Ich sah die enge Treppe hinauf, die nach oben in die Dunkelheit führte. Ich lauschte nach Kindergeräuschen, aber mir blieb keine Zeit.

»Suchen Sie mich?« Mr. Price erschien mit dampfenden Bechern in jeder Hand. Er folgte mir zurück ins Wohnzimmer, sein Bauch stieß mir in den Rücken. »Da sind wir wieder, Mutter.«

Er stellte mir einen Becher auf einen Stapel Zeitungen und blies geräuschvoll in den anderen. Dann schob er den Unterkiefer seiner Mutter herunter und träufelte ihr Tee in den Mund; brauner Speichel tropfte am Kinn herunter auf ihr rosa Nylonnachthemd. Neben ihrem Sessel stand ein Familienbild; von meinem Platz aus konnte ich die schmale Gestalt eines Kindes erkennen. Auf beiden Seiten ragten die Eltern in die Höhe.

»Um auf Jade zu kommen …«

»Ja?«

»Ich mache mir Sorgen wegen … der Blutergüsse.«

»Ja, hat Tracey mir schon gesagt. Dieser ständige Husten. Ihr ist manchmal heiß, sie hat richtige Schweißausbrüche. Sie isst auch nichts mehr und wird immer dünner. Und dann auch noch die blauen Flecken.«

»Ich frage mich, woher sie die hat.« Ich beobachtete ihn genau, als ich das sagte.

»Das ist die Sache. Wir haben keine Ahnung. Absolut keinen blassen Schimmer.«

»Das ist der Grund, warum ich sie gern für eine genauere Untersuchung ins Krankenhaus überweisen würde – wegen der Blutergüsse.«

»Krankenhaus? Fuck. Sie meinen, das ist was Ernstes, ja?« Er runzelte die Stirn und klang ehrlich besorgt. Und ich verstand, was Frank gemeint hatte – dieser Mann konnte mich in der Luft zerreißen.

»Alles, wofür wir keine Erklärung haben, kann wichtig sein.« Meine Stimme blieb ruhig. »Ich will sie auf der Kinderschutzstation untersuchen lassen.«

»Und was heißt das genau?«

»Dort sieht sich ein Kinderarzt Verletzungen an, deren Ursache wir nicht kennen. Wie bei Jade. Um ehrlich zu sein, machen wir uns Sorgen, dass jemand sie schlägt.«

»Diese verdammten kleinen Kröten in der Schule.«

Ich hatte es versucht. Ich hatte es wirklich versucht. Aber wenn ich jetzt auf Konfrontationskurs ging, würde er sie vielleicht holen und verschwinden.

»Man wird Ihnen einen Termin zuschicken. Oder vielleicht ruft auch jemand an, wenn in den nächsten ein oder zwei Tagen schon eine Lücke frei wird.«

»Danke, Doc.« Sein Gesicht hellte sich zu einem Lächeln auf, das überzeugend wirkte. »Ich sag meiner Frau Bescheid.«

Ich stand auf und ignorierte den Tee. Seine Mutter zuckte zusammen und krümmte sich stumm in ihrem Sessel.

»Alles okay, sie verabschiedet sich nur.« Mr. Price lehnte sich zu seiner Mutter und schrie ihr ins Ohr: »Verabschiede dich von der Ärztin.«

Die Eulenaugen blinzelten in meine Richtung. Sie wusste Bescheid. Man konnte nicht mit einem Kind, das misshandelt wurde, unter einem Dach leben und nichts davon mitkriegen. Sie erriet vermutlich, warum ich hier war.

Die Gang stand noch immer an ihrem Platz. Einer hielt sich eine Tüte unter die Nase, ein anderer lehnte am Laternenpfahl, schwankte leicht hin und her und hielt die Augen geschlossen. Zwei kauerten mit gesenkten Köpfen in der Hocke und ließen die Arme neben sich baumeln. Sie sahen mich nicht, als ich vorüberging. In der schmalen Straße war es dunkler, der Streifen Himmel wirkte gräulichgrün, und es hatte angefangen, leicht zu nieseln. Ich sah auf die Uhr, als ich zum Auto eilte: vier Uhr. Theo war jetzt sicher im Studio und bereitete seine Fotos für die Ausstellung vor. Ed trainierte mit ernster Miene und angespannten Muskeln für die Rudermannschaft der Schule. Sie waren ungefähr so alt wie die Jungs hier. Aber ich war nicht erleichtert, ich hatte Angst.

Es war kalt im Auto, und ich schaltete Heizung und Radio an. Lokalnachrichten. Vergewaltigungen in der Innenstadt von Bristol. Überschwemmungen. Die Schokoladenfabrik machte dicht.

Plötzlich verspürte ich den Wunsch, mit Ted zu reden, seine Stimme zu hören. Ich machte das Radio aus, holte mein Handy aus der Tasche und wählte seine Nummer. Seine Stimme informierte mich, dass er nicht erreichbar sei und ich nach dem Piepton eine Nachricht hinterlassen könne. Die Ansage klang anders als die letzte, die er bei uns zu Hause aufgenommen hatte und auf der man im Hintergrund Musik, Töpfescheppern und Kinderstimmen hörte. Jetzt war nur seine Stimme zu hören, klar und zuversichtlich. Er klang sehr selbstsicher und sehr weit weg.

6

DORSET 2010
EIN JAHR DANACH

Ich umschließe das dünne Handgelenk der alten Dame. Ohne es zu wissen, habe ich ihr Gesicht in mir abgespeichert – wie einen Baum, an dem ich häufig vorbeifahre. Bisher war sie für mich nicht mehr als eine gekrümmte Gestalt in einem unförmigen Mantel. Allein an ihrem steifen, geduckten Gang konnte man erkennen, dass sie schon älter war. In den endlosen Nachtstunden habe ich manchmal ein beruhigendes Licht in ihrem Schlafzimmerfenster gesehen. Nun liegt sie in einer seltsamen Körperhaltung vor mir: mit dem Kopf gegen den Türrahmen gelehnt, die Arme über ihrem Körper gekreuzt, die Hände zu Fäusten geballt.

»Hallo? Können Sie mich hören?«

Keine Antwort.

»Haben Sie Schmerzen?«

Nichts.

»Ich hebe Sie jetzt hoch, passen Sie auf.«

Ich schiebe einen Arm unter ihre Schultern und den

anderen unter ihre gespreizten Knie. Aus der Nähe sieht man winzige Falten auf ihrer weißen Haut und braune Flecken auf ihren Wangen. Ihre schmalen Lippen sind blass, und ihr weißes Haar ist so streng zurückgekämmt, dass ihre Stirnknochen hervortreten. Sie sieht aus wie eine schlafende Katze und wiegt nicht mehr als ein kleines Mädchen. Als ich ihre Tür mit den Schultern aufstoße, mache ich wieder das, was ich früher jeden Tag tat, als die Sorge um andere Menschen noch fest zu meinem Alltag gehörte.

BRISTOL 2009
FÜNFZEHN BIS ZEHN TAGE VORHER

Die Tage vergingen schnell. Ganz normale Tage.

Waren sie wirklich normal? Damals erschienen sie mir so. In meiner Erinnerung bleiben es graublaue Tage aus Gewohnheit und kleinen Sorgen. Sie waren normal, obwohl es die letzten Tage unseres Familienlebens waren und obwohl sich herausstellte, dass fast alle gelogen hatten.

Ich arbeitete in der Praxis, machte Geburtsvorsorge und hielt Sprechstunden ab. Zu Hause redeten wir, diskutierten und schliefen miteinander, wenn wir nicht zu müde waren. Ed blieb ein paar Tage mit einer schlimmen Erkältung zu Hause, und ich ließ ihn an diesen Vormittagen mit Getränken und Paracetamol auf dem Nachttisch ungestört schlafen. Theo bekam eine Auszeichnung für seine Fotoserie im Wald, und Naomis Theaterproben waren jetzt häufiger und dauerten länger. Ted arbeitete länger. Sein Forschungsbericht war von einer medizinischen Fachzeitschrift angenommen worden. Wir feierten spätabends mit einer Flasche Wein.

Wenn die Tage ineinander übergingen und nicht zu unterscheiden waren, bedeutete das nur, dass das Leben reibungslos verlief. Man musste nur die richtige Balance finden. Familie. Ehe. Beruf. Malerei. Und wenn sich das Gleichgewicht mal zugunsten der Arbeit verschob, beschwerte sich auch niemand. Manchmal hatte ich das Gefühl, ich würde erst für das richtige Leben proben, und wenn etwas schiefging, war es egal. Eines Tages würde ich alles perfekt im Griff haben und die perfekte Mutter, Ehefrau, Ärztin und Künstlerin sein. Es war alles nur eine Frage der Übung. Wenn ich einen Fehler machte, würde ich es einfach noch einmal versuchen. In der Praxis herrschte immer eine Atmosphäre von Neuanfang. Jeden Morgen war das Spülbecken sauber, auf der Liege lag frisches blaues Papier, und das Spielzeug war ordentlich in die Kiste unter der Liege geräumt.

Jade wurde am Donnerstag, den 5. November, ins Krankenhaus eingewiesen. In dem Schreiben der Sekretärin der Kinderschutzstation stand etwas über Mr. Price. Er hatte im Wartezimmer mit Stühlen um sich geworfen, und ein Fenster war zu Bruch gegangen. Man hatte die Polizei gerufen, und die hatte ihn in Gewahrsam genommen. Ich hatte den Stab weitergereicht und versuchte nun, die Sache aus meinen Gedanken zu vertreiben, aber ich konnte sein Gesicht nicht abschütteln, als ich ihm erzählt hatte, dass ich wegen Jades Überweisung gekommen war. Er hatte so ehrlich erfreut gewirkt. Ich beschloss, dass es nur daran lag, weil ihm bewusst war, dass er bei Jade Grenzen überschritten hatte und erleichtert war, dass ihm nun jemand Einhalt gebot.

Am Montag darauf ging ich früh ins Behandlungszimmer,

um ungestört zu sein, bevor die Patienten kamen. Ich überprüfte Laborergebnisse, während ich an meinem ersten Kaffee nippte. Der Leberfunktionstest von Mrs. Blacking flimmerte auf meinem Monitor, als das Telefon klingelte.

»Doktor Malcolm?«

»Ja?«

Ich klemmte mir den Hörer unters Kinn, während ich weiterscrollte. Neben allen Leberenzymen auf dem Monitor leuchteten rote Punkte. Mein Verdacht war richtig gewesen. Das dünne Haar, die roten Hände und spinnwebartigen Adern auf ihren Wangen hatten sie verraten; die Vergesslichkeit lag nicht nur an der Menopause. Sie hatte mir nichts von der Flasche Sherry hinten im Schrank erzählt, die sie vermutlich jeden Tag zusammen mit der Milch bei Tesco kaufte. Ich schickte Jo eine Mail und bat sie, einen Termin mit Mrs. Blacking zu vereinbaren.

»... aus dem Kinderkrankenhaus.«

»Entschuldigung, ich habe Sie nicht ganz verstanden ...«

»Doktor Chisholm von der Kinderschutzstation. Sie haben Jade Price zu uns geschickt.«

Ich stellte den Kaffeebecher ab und nahm den Hörer in die Hand.

»Ja, das ist richtig. Danke für ...«

»Ich würde gern mit Ihnen über diesen Fall sprechen, Doktor Malcolm.«

Ich war froh, dass er die Sache ernst nahm, aber ich hatte gerade keine Zeit. »Kann ich Sie vielleicht später zurückrufen? In drei Minuten fängt meine Sprechstunde an.«

»Ich würde noch lieber persönlich mit Ihnen sprechen. Ich hätte um ein Uhr Zeit – ich habe extra eine Besprechung dafür abgesagt.«

Ich sagte mir innerlich, dass ich ihn brauchte und höflich

sein musste. »Heute um eins? Da muss ich sehen, ob das machbar ist.«

»Bitte. Das wäre sehr hilfreich. Mein Büro ist im fünften Stock im Kinderkrankenhaus.«

»Ich werde bei Frank, bei Doktor Draycott, meinem Partner, nachfragen. Vielleicht kann er …«

»Gut. Bis dann.«

Ich sah diesen Arzt lebhaft vor mir: kinnlange, tadellos gekämmte graue Haare. Er würde die Röntgenbilder mit großer sommersprossiger Hand in die Höhe halten und sie durch eine silberne Brille betrachten. Er würde auf die alten Spiralbrüche zeigen, das Indiz für Kindesmisshandlung. An mich, an meine Arbeit, an die Telefonate, die Besuche in Wohnungen, die versteckt in Straßen lagen, in denen man nicht parken konnte, verschwendete er keinen Gedanken. Von Überweisungen, von Rezepten, die unterschrieben werden mussten, vom Gefühl, ständig der Zeit hinterherzurennen, und vom Kampf, alles bis abends unter einen Hut zu kriegen, hatte er keine Ahnung. Er wollte mit mir über Jade sprechen. Und weil ich helfen konnte, war mir klar, dass ich hingehen musste.

Punkt eins klopfte ich an die Tür, auf der in schicken goldenen Buchstaben in einem kleinen schwarzen Rahmen »Doktor Chisholm« stand. Er erhob sich, als ich hereinkam. Er war dünn und dunkelhäutig und hatte durchdringende braune Augen, mit denen er mich wach musterte und meinen Anflug von Erstaunen erkannte.

»Schon in Ordnung, das irritiert jeden. Leider habe ich meinen ghanaischen Akzent in Oxford verloren.« Er schüttelt mir fest und kurz die Hand. »Danke, dass Sie gekommen sind. Nehmen Sie bitte Platz.«

Ich setzte mich auf einen Plastikstuhl. Er ließ sich hinter dem Schreibtisch nieder. Irgendwie fühlte ich mich wie beim Vorstellungsgespräch. Ich redete schnell: »Danke, dass Sie mich gebeten haben zu kommen. Die Situation ist schwierig …«

»Jade ist krank, Doktor Malcolm.«

»Ja, ich weiß. Ihr Vater hat sich nichts anmerken lassen, aber ich glaube, das geht schon eine ganze Weile so. Zudem wirkt sie sehr depressiv.«

»Schwer krank.« Er sah mich nüchtern an.

»Die Sozialarbeiter …«

»Sie hat Leukämie.« Er unterbrach mich einfach.

»Leukämie?« Ich war verwirrt – oder vielleicht er? Er musste ein anderes Kind meinen.

Er fuhr fort: »Deshalb sind wir sicher, dass sie nicht misshandelt wurde. Nicht gebadet vielleicht, wegen der Läuse und so weiter. Ein Fall von unbeabsichtigter Vernachlässigung durch überforderte Eltern. Aber ich glaube, sie wird geliebt. Nein, sie hat akute lymphoblastische Leukämie.«

Herrgott.

»Die Blutprobe zeigt atypische Lymphozyten, Vorläuferzellen. Die Gerinnung ist nicht in Ordnung. Sie ist hochgradig blutarm.«

Wieso zum Teufel hatte ich das übersehen? Plötzlich war alles erschreckend offensichtlich. Hämatome wegen unzureichender Blutgerinnung. Sie war teilnahmslos vor Erschöpfung. Keine Depression, sondern Blutarmut. Die Infektion der Atemwege war eine Folge der gestörten Abwehr. Sie war viermal zu mir gekommen, und ich hatte nie wirklich zugehört, hatte ihrer Mutter nicht geglaubt. Eine heiße Woge der Schuld fegte über mich hinweg.

Dr. Chisholm schien meine Gedanken zu erraten und führte sie weiter. »Sie steht unter intravenöser Antibiotikagabe. Das MRT ist für morgen geplant, und dann beginnen wir mit der Chemotherapie.«

»Wissen ihre Eltern schon Bescheid?«

»Nein. Deshalb wollte ich mit Ihnen sprechen. Die Sache ist ein bisschen heikel. Ich habe ihnen gesagt, dass wir untersuchen müssen, ob Verletzungen vorliegen, die nicht durch Unfälle verursacht wurden. Sie haben nachgefragt, ob Sie dasselbe vermuteten.«

»Ich habe sie extra zu Hause besucht, um sie zu informieren.« Aber das war ein Fehler gewesen, das war mir nun klar. Ihr Haus und ihre Straße hatten zu meinem Urteil beigetragen. »Ich habe versucht, es ihrem Vater zu sagen.«

»Die Leute hören, was sie wollen.« Seine Augen leuchteten auf, bevor er den Blick abwandte. »Ich bezweifle nicht, dass Sie Ihr Bestes versucht haben, Doktor Malcolm, aber ich fürchte, die beiden wussten von nichts. Mr. Price hat sich angegriffen gefühlt, er war wütend.«

Wütend? Vermutlich wollte er mich umbringen. Der Verdacht war meinetwegen auf ihn gefallen. Ich sah seine bullige Gestalt vor mir, die in hilflosem Zorn einen Stuhl durch das Fenster schleuderte.

»Ich habe die Ergebnisse heute Morgen bekommen. Wir übernehmen den Fall hiermit. Mir war klar, dass es Sie überraschend treffen musste, daher wollte ich Sie persönlich informieren. Meine Frage ist, ob Sie es den Eltern sagen wollen. Auf lange Sicht gesehen ist es für Sie vielleicht am besten, wenn Sie mit ihnen über die Diagnose sprechen. Um Vertrauen aufzubauen.«

Darüber sprechen? Was gab es da groß zu sagen? Dass ich einen tragischen Fehler gemacht hatte, weil ich ihnen nicht geglaubt hatte? Dass ich sie auf übelste Weise in eine Schublade gesteckt hatte?

Er sah mir direkt in die Augen. Ich konnte nicht erkennen, ob er Verständnis oder Verachtung empfand.

»Wie ist die Prognose?«

»Zwischen zwanzig und fünfundsiebzig Prozent Überlebenschance in den nächsten fünf Jahren. Wir müssen auf die Ergebnisse des MRT warten. Jade hat eine ungewöhnlich hohe Anzahl weißer Blutkörperchen, was ihre Prognose, wie Sie wissen, deutlich verschlechtert.« Er musterte mich immer noch eingehend. »Was wollen Sie als erste Ansprechperson jetzt tun?«

Ich wollte vor der Schuld davonlaufen, in der ich zu ertrinken drohte. Ich hatte Jade schlussendlich ins Krankenhaus eingewiesen – aber aus den falschen Gründen und viel zu spät, Monate zu spät. »Ich besuche natürlich ihre Eltern.« Ich dachte einen Moment nach und fügte hinzu: »Ich würde Jade gern sehen; zumindest kann ich ihnen dann sagen, wie es ihr geht.«

»Kommen Sie mit.«

Er erhob sich flink von seinem Bürosessel und lief durch die Tür in den Flur. Ich musste beinahe rennen, um Schritt zu halten. Sie sah ganz gut aus, erzählte ich später ihren Eltern. Sie sah besser aus. Sie wird nicht lange dort bleiben müssen, sagte ich ihnen. Es ist gut, dass sie jetzt im Krankenhaus ist. Sie hat gelacht – oder vielleicht nicht gelacht, aber gelächelt. Ich habe gesagt … dann hat sie gesagt … dann hat sie gelacht …

Zuerst war mir nicht klar, warum wir am zweiten Bett stehen blieben, in dem ein kleiner Junge lag. Er war sehr mager, hatte die Augen geschlossen und dünne abstehende Haare. Er war etwa sechs Jahre alt. An seinem Arm neben der Bettdecke hing ein Tropf. Dann sah ich die Giraffe. Auf dem gestärkten weißen Leinen sah man, wie dreckig sie war. Manche Blutergüsse waren jetzt grün, aber es gab auch neue, rötliche und violette.

»Wir haben ihr die Haare abgeschnitten, um die Läuse loszuwerden.« Er sprach sehr leise. »Aber es wird ihr auch später helfen, damit klarzukommen, wenn die Haare ausfallen. Wir hatten ihr Einverständnis und das Einverständnis ihrer Eltern, obwohl sie, wie gesagt, die Diagnose noch nicht kennen.«

Ich fragte mich, wann sie vollkommen kahl sein würde von der Chemotherapie.

Dr. Chisholm sprach leise, als ob er meine Gedanken erriet. »Wir wissen noch nicht, welche Präparate wir verabreichen. Das hängt vom MRT ab.«

»Jade?«, flüsterte ich. »Hallo. Hier ist deine Ärztin.«

Dr. Chisholm sah mich an. Sein Blick besagte: Ärztin? *Deine* Ärztin?

»Jade hat inzwischen viele Ärzte kennengelernt.« Er klang abschätzig. »Sie schläft.«

Ich ignorierte ihn. »Jade? Ich besuche jetzt deine Mum und deinen Dad. Ich sage ihnen, dass ... ich meine, ich gebe ihnen ...« Was? Was wollte ich ihnen sagen? Und gab es irgendetwas, das ich ihnen geben konnte?

Sie zuckte mit den Augenlidern und öffnete sie.

Vielleicht weil sie meine Stimme wiedererkannte oder ich Mum und Dad gesagt hatte. Jedenfalls sah sie mich eine Sekunde, weniger als eine Sekunde lang an und lächelte.

Erst als ich in der Tiefgarage des Krankenhauses über den ölverschmierten Asphalt fuhr, wurde es mir klar: Natürlich, sie konnte ja nicht wissen, dass es meine Schuld war oder dass man ihr schon viel früher hätte helfen können, wenn ich nur besser hingehört hätte.

7

DORSET 2010
EIN JAHR DANACH

Ich stehe sofort in einer warmen und aufgeräumten Küche in strahlenden Farben: orange gemustertes Linoleum, ein dunkelroter Tisch, gelbe Küchengeräte mit weißen Griffen, ein leuchtend blauer Kamin und an der Wand ein rotes Sofa. Das Feuer brennt, in der Ecke flimmert der Fernseher, auf dem mit Chintz bezogenem Sessel tummeln sich mehrere große gestickte Katzenkissen. Bertie ist uns ins Haus gefolgt; ich kann ihn nicht davon abhalten, den kleinen zerstampften Berg Katzenfutter aus dem Napf zu fressen. Dann lässt er sich mit einem kleinen grunzenden Seufzer vor dem Feuer nieder. Ich lege die alte Dame auf das Sofa, streife ihr die Schuhe ab und setze mich neben sie. Während ich ihren Puls fühle, sehe ich mich schnell im Zimmer um. Auf jeder freien Fläche stehen Fotos: ein älterer Herr mit Mütze beim Gartenumgraben, eine dunkelhaarige junge Frau mit einem Baby, ein kleiner Junge, der am Ufer steht und ein anderes Kind an der Hand hält. Überall Familie. Ich muss an unsere Küche zu Hause denken. Sie war so von Familie durchdrungen, dass ich immer das Gefühl hatte, ich müsse nur mein Ohr an die Wand legen, um die Stimmen der Kinder zu hören, als wären sie darin gespeichert. Als alles in die falsche Richtung zu laufen begann, wollte ich immer nur unbedingt nach Hause.

BRISTOL 2009
ZEHN TAGE VORHER

Ich ließ das Krankenhaus so schnell ich konnte hinter mir, überholte einen Fahrschüler und preschte über eine Kreuzung, bevor die Ampel auf Rot sprang. Als ich auf der Park Road beschleunigte, wirbelten mir alle möglichen Formulierungen durch den Kopf.

Ich dachte, die Blutergüsse ... es war nie genug Zeit ... ich weiß, dass Sie mir gesagt haben ... Es tut mir leid.

Ich kam selten so früh nach Hause. Irgendwer hatte die Haustür offen gelassen. Ed hatte seine Turnschuhe direkt davor ausgezogen. Er musste noch einmal hineingelaufen sein, um etwas zu holen, das er vergessen hatte. Ich hob sie auf. Er brauchte seine Schuhe gar nicht unbedingt auszuziehen, wir hatten den Teppich schon vor Jahren entfernt. Vorhänge hatten wir auch nicht. Die Zimmer waren leer; es war ganz ungewohnt, dass die Sonne durch das klare Glas der großen Schiebefenster schien und ein Muster auf den dunklen Dielenboden warf; normalerweise war es dunkel, wenn ich nach Hause kam. Im Wohnzimmer standen ein

Klavier, Bücherwände und ein großer Holztisch, damit Ted seine Papiere ungehindert ausbreiten konnte.

Meine Schritte klangen hohl, als ich durch die Räume ging. Obwohl hier alles perfekt und aufgeräumt war, benutzten wir diese Räume kaum. Ted arbeitete immer in seinem Arbeitszimmer; die Kinder hielten sich meist in ihren Zimmern oder in der Küche auf. Ich stieg die Holzstufen zur Küche hinunter, aus der mir die Wärme entgegenschlug. Ich drückte die Turnschuhe fest an mich, zu fest, wie ich hinterher feststellte. Sie hinterließen auf meinem Shirt eine unregelmäßige Lehmspur.

Ed saß vor dem Computer in dem Raum, der vor der offenen Küche lag. Als ich zu ihm ging, schloss sich ein Bildschirmfenster und ein anderes, auf dem lauter Zahlen zu sehen waren, öffnete sich. Ich freute mich so, ihn zu sehen, dass mir etwas schwummrig wurde. Ich setzte mich auf die Sofalehne neben ihm. Ich wollte ihn auf die Wange küssen, die immer nach warmem Toast duftete, und meine Hand auf sein dunkles, federndes Haar legen. Er zuckte zurück, als ich sie ausstreckte. Ständig musste ich neue Regeln lernen.

»Hi, Liebling.« Ich redete zu seinem Rücken. »Du bist früh zu Hause.«

»Mathehausaufgaben.« Er sah mich nicht an.

»Ed, ich wollte damit nur sagen …«

»Die Stunde fällt aus. Gab 'ne Infostunde über diese Vergewaltigungen.«

»Ja?«

Er nahm den Blick nicht vom Monitor. »Ich habe geschwänzt. Das ist höchstens was für Mädchen. Dass man nicht allein nach Hause und nicht mit Fremden reden soll. Langweilig.«

»Was wurde denn über diesen Vergewaltiger gesagt? Und wieso ist das heute?« Noch etwas, worum man sich Sorgen machen musste. »Das ist doch auf der anderen Seite von Bristol, oder?«

»Scheiße, immer diese Fragen.« Er ballte seine Faust auf dem Tisch. »Irgendein Lehrer dachte, er hätte so einen Typen am Mädchenwohnheim rumstehen sehen.« Er sah mich flüchtig an und verdrehte die Augen. Irgendetwas verschwieg er mir. »Ich muss hier fertig werden. Ich hätte das schon längst abgeben müssen.«

»Heiße Schokolade?«

»Ja, okay.«

Ich beeilte mich. Als ich die Tasse vor ihn stellte, ließ ich meine Hand einen Moment auf seiner Schulter ruhen. Ich war überrascht, dass er muffig roch, wenn man näher an ihn herankam. Ich zögerte, und er sah finster zu mir auf.

»Ich dachte, du wärst bei der Arbeit«, knurrte er.

»Das bin ich auch. Eigentlich.«

»Du machst blau?« Er zog seine dunklen Augenbrauen hoch. Seine Neugier war geweckt.

Ich war überrascht. »Natürlich nicht. Du etwa?«

»Nee, hab ich doch schon gesagt, dass das nur eine Veranstaltung für Mädchen ist. Wenn ich hiermit fertig bin, ziehe ich wieder Leine.«

»Alles klar, gut.«

Aber ich hätte ihm am liebsten gesagt, dass man die Leine so leicht verlieren kann, ein Fehler nur, und man ist verloren.

Ich gestand mir zu, ein paar Augenblicke neben ihm sitzen zu bleiben, seine Aura aufzusaugen. Dieser lange Kerl, der sich auf den Stuhl lümmelte, mit den großen Füßen in verrutschten Socken und dem weichen Nacken. Er drehte sich um und sah mich erneut an. Er musste sich vergewissern, Schweigen war er von mir nicht gewohnt.

Ich setzte an, es ihm zu erklären: »Auf der Arbeit ist alles … ich hänge da in einer Sache drin.«

»Ja?« Die Schultern angespannt, wachsamer Blick.

»Ist aber alles gut. Ich kläre das schon.«

Die breiten Schultern entspannten sich. »Ich muss das hier fertigmachen …«

»Alles klar.« Ich hob die Turnschuhe wieder auf. »Das sind deine, Großer. Die müssen gewaschen werden. Und Ed … denk dran, deine Klamotten hin und wieder in den Wäschekorb zu werfen …«

Er nahm die Schuhe und seufzte leise. Er setzte sich wieder dicht vor den Monitor. Ich klopfte ihm kurz auf die Schulter und ließ ihn allein.

In der Küche goss ich mir eine Tasse Tee auf und sah durch den wirbelnden Dampf in den Garten. Die Bäume verschmolzen mit der Dämmerung. Ich rief Ted an, und diesmal erreichte ich ihn. Er hörte zu.

»Um Himmels willen, das ist ja ein echter Schlag«, sagte er, als ich eine Pause machte. »Tut mir leid, Jen.«

»Nicht ich sollte dir leidtun, sondern Jade.«

»Mir ist so etwas auch schon passiert – sogar Schlimmeres. Erinnerst du dich an das Mädchen und seine Probleme mit der Wirbelsäule? Querschnittsgelähmt, furchtbar.«

»Natürlich, das war schrecklich«, stimmte ich ihm zu. Dieser Fehler hatte beinahe ein Verfahren nach sich gezogen; Teds Schuldgefühle hatten sich in einer Depression niedergeschlagen. Einen Augenblick schämte ich mich, dass ich ihm damals nicht den Trost gegeben hatte, nach dem ich mich jetzt sehnte.

»Aber jeder weiß um die Risiken in der Neurochirurgie«, sagte ich nach einer kleinen Pause. »Die Patienten unterschreiben Einverständniserklärungen. Ihnen wird alles genau erläutert. Die Prices wussten nicht, dass sie ein Risiko eingingen, als sie mir vertrauten. Und ich habe nie auch nur an Krebs gedacht. Ich war unfähig, auf das zu hören, was sie mir erzählt haben …« Ich hielt inne, dachte daran, dass ich alles, was sie gesagt hatten, ignoriert und meine Gedanken in eine völlig andere Richtung wandern lassen habe.

»Jenny, bei mir ist gerade total viel los«, sagte er schnell. »Ich muss Schluss machen. Ich versuche, heute früher nach Hause zu kommen. Ich bringe Wein mit.«

Abends nach der Sprechstunde rief ich die Prices an. Niemand hob ab. Frank und ich hatten ausgemacht, sie erst am nächsten Vormittag aufzusuchen, aber ich beschloss, trotzdem jetzt hinzufahren. Die Straße war leer, die Fenster von Hausnummer vierzehn dunkel. Ich klopfte, wartete und klopfte erneut. Ich stellte mir vor, wie die Oma krumm in ihrem Sessel saß und ins Dunkel lauschte. Nach einer Weile fuhr ich nach Hause.

Am Abend waren die Jungen bei einem Vortrag zur Berufsberatung und Naomi bei ihren Proben. Ted und ich waren allein. Wir teilten uns die Flasche Wein und saßen noch lange über unseren leeren Tellern. Ted hielt meine Hand, und die Wärme kroch mir in die Handgelenke.

»Was soll ich ihnen bloß sagen, Ted?«

»Die Wahrheit. Du bist den Indizien gefolgt, die es gab; etwas anderes können wir nicht tun.«

»Sie hat gesagt, dass sie sich die Blutergüsse nicht erklären kann. Und er auch. Aber ich habe ihnen nicht geglaubt. Und beide haben mir von dem Husten erzählt. Das war der entscheidende Hinweis. Da hatte ich mir aber mein Urteil schon gebildet.«

»Wir sind keine Juristen, Jenny. Wir haben nicht die Zeit, alles genau abzuwägen, nicht beim ersten Treffen.«

»Es war nicht das erste Treffen, und wir handeln sehr wohl wie Juristen. Wir fällen dauernd Urteile.«

»Was für Urteile?«

»Den Prices wurde ihre Armut zum Verhängnis. Sie konnten mir die Sache nicht plausibel erklären – oder jedenfalls nicht so, dass ich es verstehen oder glauben konnte. Und sie hatten ein Kind mit Blutergüssen. Jetzt werden sie dafür bestraft.«

»Manchmal können wir einfach nur unserem Instinkt folgen.«

Er lehnte sich zu mir herüber und küsste mich drängend. Ich versuchte, mich wegzudrehen, aber seine Lippen hielten mich fest, und er drückte und stieß mir seine Zunge in den Mund.

Er hörte mir gar nicht zu. Meinem Instinkt zu folgen war nicht genug gewesen. Ich zog den Kopf zurück. Wegen meiner Vorurteile hatte ich sie nicht früh genug ins Krankenhaus geschickt, und als ich es endlich tat, hatte ich die falsche Diagnose gestellt. Mein Instinkt hatte mich vollkommen in die Irre geführt.

Die Jungs und Naomi kamen nach Hause. Die Jungs aßen schnell und gingen nach oben, um ihre Schulaufgaben zu erledigen. Naomi zuckte nur mit den Schultern, als ich sie nach den Vergewaltigungen fragte; die Mädchen liefen nur noch grüppchenweise herum, sagte sie, und wurden überall beaufsichtigt. Sie lehnte sich an den Tisch und löffelte die Reste des Kartoffelauflaufs, die noch an den Rändern der Auflaufform vor uns klebten. Sie antwortete zwischen einzelnen Bissen. Die Proben liefen super, die Lehrer redeten schon von Schauspielschule. Sie wirkte in sich gekehrt, verschlossen. Möglichkeiten begannen sich ihr zu eröffnen. Ich sah, dass sie sorgsam ihre Gedanken für sich behielt, und beschloss, sie nicht mit weiteren Fragen zu bedrängen. Ich war ohnehin zu müde, um mich auf ihre Antworten zu konzentrieren. Nach einer Weile ging sie hoch.

Ted und ich räumten schweigend das Geschirr und die Reste weg. Ich stellte die Wäsche an. Wir gingen nebeneinander nach oben, unsere Hände berührten sich. Meine Beine waren schwerfällig, träge vor Erschöpfung. Auf halbem Weg nach oben legte Ted mir den Arm um die Schulter und zog mich zu sich heran. Als wir den obersten Treppenabsatz erreichten, ging mein Atem schwer. Die Kinder schliefen schon, und wir flüsterten.

Ich zwang mich, meine Kleider auszuziehen, zu duschen und ein frisches Nachthemd überzustreifen; der weiche Stoff mit der Spitze war wohltuend. Ted trat neben mich, als ich vor dem Spiegel stand. Man sagt, man heiratet jemanden, der einem ähnlich sieht, aber ich konnte nie eine Ähnlichkeit zwischen uns entdecken. Ted war groß und breit und hatte tiefblaue Augen. Ich reichte ihm bis an die Schultern und mir blickte das Gesicht meiner irischen Großmutter aus dem Familienalbum entgegen: dunkle Locken, helle Augen, Sommersprossen. Ted sah mich im Spiegel an und sein Griff im Nacken wurde fester. Seine Fingerspitzen fühlten sich warm an und spreizten sich an meinem Haaransatz.

Im Bett wandten wir uns wortlos zu. Jetzt war ich bereit für seine Lippen und ließ mich von seinem Kuss immer weiter öffnen. Sein Mund schmeckte nach Wein. Sein Geruch, die Art, wie sich seine Muskeln spannten, seine Schultern, sein flacher Bauch, dessen Behaarung unten dichter wurde, sein Gewicht – alles war mir vertraut. Ich kannte ihn in- und auswendig. Aber heute war es anders als sonst. Rauer und schneller. Ted drückte mich fest nach unten, dann hing mir das Nachthemd um den Hals, und er war schnell in mir drin und bewegte sich rhythmisch. Ich bewegte mich dagegen, als ob der Stress des Tages und die Erschöpfung uns an einen anderen Ort geführt hatten als sonst und wir uns frei fühlten zu plündern. Kein Vorspiel. Keine Zärtlichkeiten. Wir bissen und umklammerten die Handgelenke mit offenen Mündern und weit aufgerissenen Augen, zerrten und schoben uns gegenseitig wie die Tiere. Dann plötzlich, überwältigend, die Erleichterung.

Dann das Zurücksinken, Arme und Beine von uns gestreckt, umeinander geschlungen. Reglos. Nichts sagen. Ted beugte sich über mich, leckte mir Tränen von den Wangen, die ich vorher nicht einmal bemerkt hatte. Er schlief sofort ein und atmete schwer, sein Gesicht lag mir zugewandt auf dem Kopfkissen, seine Hand umklammerte mein Handgelenk. Ich lag noch eine Weile wach, ließ meine Hand in der Kuhle auf seinem Rücken ruhen.

Als der Schlaf kam, war er wie eine Decke, die mir jemand überwarf. Rundum. Ganz ohne Träume.

8

DORSET 2010
EIN JAHR DANACH

Wahrscheinlich ist sie ohnmächtig, aber es könnte alles sein: Herzinfarkt, diabetisches Koma, Schlaganfall. Vielleicht hatte sie einen Anfall, oder bei ihr war im Bauch etwas nicht in Ordnung. Allerdings ist ihr Gesicht nicht schief, und ihre Bauchdecke ist weich. Vielleicht finden sich Hinweise – Medikamente auf dem Tisch oder ein Zuckertest irgendwo –, zumindest liegt kein Geruch von chronischer Krankheit im Haus. Sie regt sich, ihre Lippen bewegen sich, dann hebt sie die Lider – mehr verwundert als verängstigt. Sie sieht mir direkt in die Augen, als ich ihr beschreibe, wie ich sie gefunden habe, und ich sehe die milchigen Ringe von Cholesterinablagerungen um die Iris. Ich halte ihre Hand, als sie langsam ihre Worte findet; sie fühlt sich an wie die alten Hände meiner Mutter früher. Ich spüre ein kurzes Schuldgefühl, dass ich hier mit einer Fremden sitze, aber für meine Mutter in dem Jahr, in dem sie starb, nie Zeit hatte.

BRISTOL 2009
NEUN TAGE VORHER

Ich schob gerade Notizen in meine Tasche, als das Telefon klingelte.

»Hallo, Liebling.«

Ich saß in der Falle. Verdammt. »Ich habe nicht viel Zeit, Mum.«

»Arbeitest du denn heute?«

»Ja, ich arbeite immer, außer freitags, wie du weißt.«

»Ich habe nur wieder diesen Schwindel. Absurd, oder? Gestern Abend habe ich mich richtig elend gefühlt, deshalb dachte ich …«

»Elend? Wie meinst du das genau, Mum?«

»Einfach elend. Das kann ich nicht genauer erklären, Jennifer.« Sie klang anklagend und versetzte mich zurück in die Rolle der Zwölfjährigen. »Lass uns über etwas anderes reden.« Dann fuhr sie fort: »Wie geht es Jack?«

»Jack?«

»Deinem Mann, Liebling.«

»Mum, Jack ist Kates Exmann.«

»Ach, natürlich, wie dumm von mir. Wie heißt noch mal dein Mann, Liebling?«

Ich sehe sie so deutlich vor mir, als stünde sie mit mir im selben Zimmer. Sie schaut nach draußen auf die leeren Wege, die um ihre betreute Wohnanlage herumführen; sie seufzt und greift nach ihren Perlen, sieht hinüber zum verstaubten Fernseher und den ordentlichen Zeitschriftenstapeln darauf. Der Geruch von Mottenkugeln und Putzmitteln liegt in der Luft. Ihr Gedächtnis wird schlechter. Ich darf nicht ungeduldig werden.

»Ted. Weißt du, Mum …«

»Ich weiß nicht, was ich mit dem Cottage machen soll. Kate will es nicht haben.«

Bitte nicht das Cottage. Nicht jetzt. »Ich komme dich besuchen, und wir reden dann darüber.«

»Morgen?«

»Am Freitag. Wenn ich frei habe.«

»Wie schön, Liebling. Ich fühle mich bloß so elend.«

Frank wartete auf dem Parkplatz vor der Praxis. Ich stieg in sein Auto und war umhüllt von den Klängen eines Violinkonzerts. Er sah mürrisch aus.

»Bringen wir es hinter uns.« Er ließ den Wagen vom Parkplatz rollen.

»Es tut mir leid, dass du da durch musst, Frank.« Seine ersten Termine morgens waren abgesagt worden, wir hatten nicht einmal Zeit gehabt, die Befunde des gestrigen Tages ordentlich durchzugehen.

»Ist ja nicht so, dass ich noch nie einen Fehler gemacht hätte. Um dich mache ich mir Sorgen.«

»Welche Fehler hast du denn gemacht?« Ich drehte mich herum, er hielt seinen Blick fest auf die Straße gerichtet.

»Ich habe die Hyperthyreose übersehen, sodass uns der arme Kerl fast durchgedreht wäre.«

»Nach der Behandlung ging es ihm wieder gut«, erinnerte ich ihn.

»Und die Knöchelfraktur, von der ich dachte, sie wäre bloß eine Verrenkung?« Er warf mir einen schnellen Blick zu.

»Da musst du dich schon etwas mehr anstrengen.«

»Ich erzähle dir die richtig schlimmen Fälle bloß nicht. Lies dir die Zeitschriften des Vereins für Ärzteschutz durch. Dann geht es dir besser.«

Die hatte ich bereits gelesen, mehrfach sogar. Ich hatte

sie von den schwankenden Stapeln von Ärztezeitschriften in unserem Schlafzimmer genommen. Ich fand sie nur schwer zu ertragen. Kinder mit Fieber, die niemand untersucht hatte und die gegen Mitternacht in großer Hast mit Meningitis ins Krankenhaus gebracht wurden. Stuhlprobleme, die vom Krebs kamen statt vom Reizdarm. Kopfschmerzen, die ein Hirntumor hervorgerufen hatte, nicht der Stress. Mir rutschte beim Lesen immer das Herz in die Hose.

»Ich fühle mich danach noch viel schlimmer.«

Jeff Price öffnete die Tür und trat mit versteinertem Gesicht zur Seite. Wir drängten uns ungeschickt in den schmalen Flur. Sein Gesicht war meinem so nah, dass ich die Wärme seiner Haut spürte. Er nickte in Richtung Küche.

»Kommen Sie hier lang. Ich will nicht, dass Ma mithört.« Er ging voran in die Küche, wo er mit verschränkten Armen stehen blieb und wartete.

»Ich habe einen Fehler gemacht«, sagte ich. Mein Gesicht brannte. Mir war plötzlich zum Heulen zumute.

»Ist ja großartig.« Es war offensichtlich, dass Mr. Price mir nicht verzeihen wollte. Die Ader, die seitlich an seiner Stirn entlanglief, begann, deutlich sichtbar zu pulsieren. »Man bringt mein Kind ins Krankenhaus, weil man denkt, es ist missbraucht worden, ich werde festgenommen und verwarnt, bevor man mich wieder laufen lässt, und Sie erzählen mir, Sie hätten einen Fehler gemacht?«

Im Medizinstudium hatten wir gelernt, Fehler einzugestehen, aber jetzt war ich mir nicht mehr so sicher, ob der Rat so hilfreich war. Das schien alles nur noch schlimmer zu machen.

»Mr. Price«, sagte Frank ruhig, »Doktor Malcolm hat Ihnen etwas Wichtiges mitzuteilen.«

»Ich habe die Ärzte im Krankenhaus angewiesen, sie auf ihre Blutergüsse hin zu untersuchen.« Ich versuchte, das Zittern in meiner Stimme zu unterdrücken. »Da wussten wir noch nicht …«

»Ich hab Ihnen doch gesagt, dass ich nix über die blauen Flecken wusste. Ich hab's Ihnen gesagt, als Sie hier rumgeschnüffelt haben und ich noch gedacht hab, Sie wollten uns helfen.«

»Es tut mir leid.« Das Wort klang dürftig in seiner Küche.

»Ach ja? Die Sache löst sich aber nicht in Luft auf, nur weil Sie plötzlich 'n schlechtes Gewissen haben. Sie ist immer noch da, oder? Die haben ihr die Haare abgeschnitten und so. Nur wegen den verdammten Läusen. Wann können wir sie wieder abholen?«

»Noch nicht. Als ich gestern im Krankenhaus war, wurde mir gesagt …« Ich machte eine Pause; sie hätten es eigentlich vorsichtig erfahren müssen, Stück für Stück, aber dafür war es schon zu spät. »Ich habe keine guten Neuigkeiten für Sie, Mr. Price.«

»Was ist denn nun schon wieder? Warten Sie, warten Sie.« Er rief lauter: »Trace. Tracey, kommst du mal runter?« Er warf uns einen finsteren Blick zu und zündete sich die Zigarette an, die auf dem Tisch lag.

Ich spürte, dass Frank ihn wachsam ansah, und rang innerlich den Impuls nieder, mich hinter ihm zu verstecken.

Mrs. Price kam im Morgenmantel herein. Sie rauchte und hatte offenbar geweint; die Wimperntusche hatte schwarze Ränder auf ihren Wangen hinterlassen.

»Guten Tag, Mrs. Price.«

Sie sah mich ausdruckslos an.

»Es tut mir leid, aber ich habe traurige Nachrichten für Sie.«

»Traurig für wen, Doktor?« Mr. Prices Stimme wurde lauter. »Nun spucken Sie es schon aus, Herrgott noch mal.«

Seine Frau legte ihm die Hand auf den Arm, um ihn zu beruhigen. Ihre Fingernägel sahen anders aus, sie waren bis zum Fleisch abgekaut.

»Ich fürchte, sie hat eine Krankheit im Blut.« Ich machte eine Pause, sah in ihre plötzlich bleich gewordenen Gesichter. »Man nennt sie Leukämie.«

»Das ist Krebs, oder?« Mr. Prices Stimme wurde leise.

»Ja genau, eine Art Krebs. Aber eine, die sich behandeln lässt.« Ich nickte beim Reden und versuchte, Zuversicht auszustrahlen, obwohl ich sie selbst nicht verspürte.

»Heilige Scheiße«, flüsterte er.

Mrs. Price setzte sich schwerfällig hin, ohne den Blick von mir abzuwenden.

»Woher wissen die das? Das kann auch falsch sein, oder? Krankenhäuser machen doch ständig verdammte Fehler.« Sie klang trotzig.

»Man hat Blutproben genommen. Zwei Mal. Ich fürchte, es besteht kein Zweifel.«

Einige Augenblicke sagten sie nichts; ich sah, wie der Kopf von Mr. Price zwischen seine Schultern sank.

»Und was jetzt?« Mrs. Price rang mit den Händen und hielt ihren Blick unverwandt auf mich geheftet.

»Erst einmal muss sie im Krankenhaus bleiben.«

»Und was dann?«, fragte ihr Mann.

»Dann bekommt sie starke Medikamente verabreicht, die sich als wirksam erwiesen haben.«

»Nein.« Er sprach langsam. »Ich meine, wird sie sterben?«

Mittlerweile sollte ich solche Fragen beantworten können, aber das Problem war, dass es nie eine Antwort gab, zumindest keine einfache. »Das ist eine schwerwiegende

Diagnose. Viele Kinder überleben und führen ein ganz normales Leben. Ich kann Ihnen Statistiken zeigen ...«

»Los, fahren wir zum Krankenhaus.« Mrs. Price stand vom Tisch auf. »Jetzt. Ich kann ihr nicht mehr zuhören, nicht, wenn mein Kind sterben wird.«

»Sie hat gute Aussichten. Wir wissen noch nicht ...«

»Wenn sie stirbt, ist das Ihre Schuld.« Mit diesen Worten drehte sie sich weg, als könnte sie es nicht mehr ertragen, mich anzusehen.

»Doktor Malcolm hat dafür gesorgt, dass sie ins Krankenhaus gekommen ist.« Frank wählte seine Worte mit Bedacht. »Sie hat gesehen, dass sie schwerwiegende Blutergüsse hat. Die nötigen Untersuchungen wurden sofort durchgeführt. Das wäre ohne ihr Eingreifen nicht geschehen.«

Ich glaube nicht, dass die Prices seine Worte überhaupt hörten.

Mr. Price sah mich an. »Meine Frau hat sie vier Mal bei Ihnen vorbeigebracht. Vier Mal! Sie hätten was machen können, aber Sie haben sich nie drum gekümmert. Das werden Sie büßen.«

Hinterher konnte ich mich allerdings nicht mehr erinnern, ob er das wirklich gesagt hatte oder ich das nur glaubte. Auf jeden Fall verriet mir sein Blick sehr genau, was er dachte. Er war voller Abscheu gewesen.

9

DORSET 2010
EIN JAHR DANACH

Die alte Dame starrt mich an, in ihrem Blick liegt Verwirrung. Dann sieht sie sich im Zimmer um und runzelt die Stirn. »Ich habe an der Treppe Unkraut gezupft …«

Ich entwinde meine Hand ihrem Griff. Ich habe jegliche Kontakte sorgfältig vermieden, aber jetzt ist es wohl zu spät: Ich kann sie nicht mehr allein lassen.

»Ich glaube, Sie sind ohnmächtig geworden.«

Sie sieht mich wieder an.

»Ich wohne gegenüber, ich habe Sie gesehen …«

Sie nickt und lächelt. Sie hat mich natürlich auch schon gesehen; sie muss gemerkt haben, dass ich mich abseits vom Dorfgeschehen gehalten habe. Vermutlich weiß sie auch über Naomi Bescheid.

»Ich bin Mary«, sagt sie.

»Ich heiße Jenny. Soll ich jemanden anrufen?« Ich sehe zum Telefon hinüber. »Jemanden aus Ihrer Familie?«

»Ach, ich bin ganz schnell wieder putzmunter.« Sie sieht

sich unglücklich um. »Meine Küche ist so unordentlich.« Ich finde, sie wirkt voller Leben.

»Es tut mir leid, dass ich Ihnen solche Umstände bereitet habe«, murmelt sie. »Ich würde Ihnen ja eine Tasse Tee anbieten ...« Ihre Stimme klingt unsicher.

»Ich koche uns eine.«

Der Metallkessel steht akkurat auf der Herdplatte. Im Kühlschrank sehe ich eine mit Frischhaltefolie abgedeckte Schüssel Salat, braune Eier in einer Emailleschale, ein Milchkännchen aus Porzellan, auf dem vorn eine gelbe Kuh gemalt ist. Neben dem Zucker im Regal finde ich etliche Packungen: Furosemid und Perindopril. Diese Medikamente könnten ihren Blutdruck so weit gesenkt haben, dass sie ohnmächtig wurde. In dem Regal über den Tabletten finde ich eine kleine braune Teekanne und zwei Porzellanbecher.

Ich rücke einen Hocker ans Sofa, um die Tassen abzustellen, nehme ein Kissen vom Sessel und schiebe es ihr unter den Kopf. Ihre Haut ist kühl.

»Soll ich Ihnen noch eine Decke holen?«

Sie trinkt einen Schluck Tee, und etwas Farbe breitet sich auf ihren blassen Wangen aus. Sie nickt in Richtung Tür.

»Dort hinten, wenn es Ihnen nichts ausmacht.«

Ich betrete ihr Schlafzimmer und dringe weiter in ihre Privatsphäre vor. Sie hat sie sich bewahrt; anders als meine Mutter, die ihre aufgeben musste. Nach Naomis Verschwinden nahm ihre Demenz weiter zu, und als sie starb, erkannte sie mich gar nicht mehr. Als sie mir das Cottage schenkte, ging es ihr aber noch gut. Damals war noch alles in Ordnung.

BRISTOL 2009
SECHS TAGE VORHER

Frühmorgens, es war noch dunkel, fuhr ich auf den Vorplatz des Wohnkomplexes, in dem meine Mutter lebte. Kleine Kugellampen markierten die einheitlichen Wege, die wie lange Finger zu den erleuchteten Haustüren führten. Nachdem sie ein Leben lang ihr Terrain abgesteckt und auf Hochglanz gebracht hatte, war es nun auf einen Weg und eine Tür zusammengeschrumpft, die genauso aussahen wie alle anderen.

Ihre Gebrechlichkeit überraschte mich jedes Mal. An den Händen spannte sich die fleckige Haut über dunkelblauen Venen, Lider wie aus Krepp schlossen sich über ihren hellen Augen. Mit ihrem Rollator führte sie mich langsamen Schrittes zu ihrem anonymen Zimmer. Als ich ihr die geschwollenen Füße massierte, kam sie schnell auf das Cottage in Dorset zu sprechen. Sie wollte, dass ich es bekam.

Mir fielen unsere ersten Familienurlaube dort mit den Kindern ein, die salzigen Badeanzüge, die zum Trocknen über den steinernen Gartenmauern hingen, die Schreie der Möwen, die schrägen Wände, die Ammoniten, die mein Vater in die Außenmauern gebaut hatte. Es war verlockend, aber ich zögerte.

»Bitte, Jenny, nimm es an. Du kannst es haben. Kate will es nicht. Das wäre eine Sorge weniger für mich. Ich war auch schon beim Anwalt.«

Für mich wäre es eine Sorge mehr. Die Kinder waren für das Cottage längst zu alt. Sie wollten lieber vor Lefkada windsurfen oder auf Korfu im Café sitzen. Und Ted ging am liebsten mit seinen Freunden in Wales fischen.

Als ich nach Hause kam, war Naomi gerade auf dem Weg nach draußen. »Ich muss los, Mum.« Sie war rot im Gesicht, eilig rauschte sie an mir vorbei. Unter dem offenen Mantel trug sie ein rotes Kleid mit tiefem Ausschnitt und Perlmuttknöpfen vorn. Es wirkte seidig, ich kannte es nicht.

»Was ist das für ein Kleid? Ist es nicht ein bisschen gewagt? Was ist mit Essen?«

»Nikita hat es mir geliehen. Ich probiere es für das Stück an.« Sie drehte sich um und sah mich vorwurfsvoll an: »Unser Kühlschrank ist leer. Ich esse bei der Probe irgendwas.« Dann war sie an der Tür und zog sie auf.

»Wir haben sicher noch etwas eingefroren«, sagte ich schnell. »Ich mache es dir warm.«

»Warum warst du bei Gran, Mum?«, rief Theo laut. Er saß am Tisch und blätterte ohne aufzusehen sein Portfolio durch.

»Warte kurz. Naomi, wann ...«

Hinter ihr fiel die Tür ins Schloss.

»Lass sie mal in Ruhe, Ma«, sagte Theo gelangweilt. »Heute Abend ist Kostümprobe, in ein paar Tagen Premiere – sie ist einfach gerade durch den Wind.«

Ich stellte meine Tasche ab und schaltete den Wasserkocher an. »Durch den Wind?«

»Ja.« Er sah nachdenklich aus. »Erst ist sie sauer, dann trällert sie vor sich hin, dann ist sie wieder beleidigt. Die Nerven halt.«

Natürlich hatte er recht. Ich kochte uns beiden einen Tee, dann durchwühlte ich den Gefrierschrank und fand unter mehreren Broten und rieselnden Erbsentüten die Schollenfilets, die ich vor Monaten gekauft hatte, und eine halb volle Tüte Pommes.

»Mum«, hakte Theo nach, »wie geht es Gran?«

Ich legte die Filets auf einen Teller und stellte sie zum Auftauen in die Mikrowelle. »Sie will uns das Cottage schenken.«

»Geil!« Vor Freude hellte sich seine Miene auf; er schob den Stuhl zurück und sprang auf. »Das muss ich Ed sagen.«

»Ist er denn schon zurück?«

»Er schläft. Ich hole ihn.«

Als wir vor gut einem Jahr zum letzten Mal im Cottage waren, hatten sie sich die meiste Zeit drinnen aufgehalten. Sie waren nach Bridport ins Kino gefahren, aber ich konnte mich nicht erinnern, ob sie jemals im Garten waren, ganz sicher aber waren sie nicht am Strand gewesen.

Ed kam in zerknitterter Kleidung in die Küche hinunter und rieb sich die Augen, Theo stand mit einem Lächeln neben ihm.

»Ich dachte, ihr wärt inzwischen zu alt für das Cottage«, sagte ich erstaunt.

»Wenn es uns gehört, können wir da Partys feiern.« Eds Stimme klang anders, glücklicher. »Das wäre cool. Nach den Abiprüfungen …«

»Ed, es ist für uns als Familie, nicht um Partys zu feiern.«

»Ich wette, Gran hätte nichts dagegen.«

»Ich aber.« Sie trieben es zu weit. »Das würde nur im Chaos enden.«

»Spiel nicht dieses Spiel.« Ed sah mich finster an.

»Welches Spiel?«

»Bei dem du so tust, als würdest du uns etwas vorschlagen, nur um es eine Sekunde später wieder zurückzuziehen. Ich bin oben. Ich hab schon gegessen.« Er lief aus dem Zimmer.

Theo zuckte mit den Schultern. »Ja, wir haben Pizza gegessen. Muss Hausaufgaben machen.«

»Ach, das ist doch normal, dass sie ein paar Freunde mitnehmen wollen«, sagte Ted viel später, als wir beim Abendessen saßen. »Lass sie doch. Es bringt niemanden um, wenn sie sich im Cottage einquartieren.«

In dem Moment schlich Naomi herein, ihre Augen waren schwarz gerändert vor Müdigkeit. Als sie an mir vorüberging, um sich neben Ted zu stellen, roch ich Alkohol.

»Liebling, hast du getrunken?«, fragte ich überrascht. Sie hatte bisher den Geschmack nicht gemocht, wenn sie zu Weihnachten oder bei Familienfeiern etwas probiert hatte.

Sie lehnte sich an den Tisch, nahm sich Pommes von Teds Teller und starrte mich einen Moment an.

»Make-up-Entferner. Der stinkt schließlich nach Alkohol, oder?«, sagte sie mit dem Mund voller Kartoffeln.

Ihr Gesicht war voller als sonst. Gott sei Dank hielt sie nicht Diät wie ihre Freundinnen, aber mir gefiel der Gedanke nicht, dass sie getrunken haben könnte – und schon gar nicht, dass sie log. Wieder schloss sie mich aus. Ich glaubte ihr die Sache mit dem Make-up-Entferner nicht. Ein Glas Alkohol war kein Problem, ein Geheimnis vielleicht schon. Ich musterte sie. Sie trug wieder ihre Schuluniform, ihr Gesicht war ungeschminkt und strahlte; sie sah wieder wie ein Schulmädchen aus. Schulmädchengeheimnisse waren normalerweise harmlos. Ich hatte jede Menge davon gehabt; ich konnte mich nicht einmal mehr genau erinnern, worum es dabei ging.

»Was ist mit dem Kleid, das Nikita dir geliehen hat?« Ich lächelte sie an. Sie sollte wissen, dass sie mir ihre Geheimnisse anvertrauen konnte, wenn sie wollte. Ich stand auf ihrer Seite.

»Mrs. Mears fand es unpassend für Maria.« Sie zuckte

mit den Schultern. »Darum hab ich es ihr zurückgegeben. Was war mit dem Cottage?«

Ich erzählte ihr kurz davon, und sie schnellte in die Höhe. »Das ist genau das, was wir gesucht haben. Unglaublich!«

»Was wer gesucht hat?«

»Bevor es mit den Aufführungen losgeht, haben wir das Wochenende frei. Wir könnten ins Cottage fahren. Nur für einen Tag. Morgen. Bitte, Mum!«

»Wir?«

»Unsere Clique aus dem Stück – James und die anderen.« Sie machte eine Pause; sie lauerte auf meine Reaktion. »Und Nikita natürlich.«

»Wie würdet ihr denn hinkommen?«

»James hat einen Führerschein. Wenn sein Vater ihm das Auto leiht, passen wir alle rein.«

»Wer ist James?«

»Er wiederholt die Klasse, ist eine Stufe über mir. Er spielt den Chino.«

»James«, wiederholte ich. Ich erinnerte mich vage an einen rothaarigen Jungen, der Naomi geholfen hatte, als sie voriges Jahr Probleme in Mathe hatte. »Der, der dir vor einer Weile bei den Hausaufgaben geholfen hat?«

»Er hat auch Nikita geholfen.« Sie runzelte die Stirn und kaute an ihren Fingernägeln.

Das war *der* Moment. Sie hatte ihren Schutzpanzer abgelegt und würde mir vielleicht erzählen, was ihr auf der Seele lag.

»Ist alles in Ordnung, Liebling? Hast du irgendwelche Schwierigkeiten, bei denen ich dir helfen kann?« Nicht zu schnell vorpreschen.

Ihr Blick wirkte angespannt. »Eine Pause wäre super. Bitte, Mum.« Sie klang, als wäre sie den Tränen nahe.

Sie hatte einfach zu viel gemacht. Ich wusste es. Sie war emotional angeschlagen. Natürlich konnten sie ins Cottage fahren. Das würde ihr guttun. An einem Tag würden sie kaum Schaden anrichten.

10

DORSET 2010
EIN JAHR DANACH

Die Farben in Marys Schlafzimmer leuchten warm: terrakottafarbene Wände, rosa Kreise auf dem Teppich und eine leuchtend blaue, ordentlich gefaltete Mohairdecke unten am Bettende. Eine getigerte Katze schläft darauf in einem Fleckchen Sonne; an den Seiten hebt sich rhythmisch ihr zartes Fellmuster. Durch das Fenster sieht man zwei umgegrabene Gemüsebeete, und braune Hennen picken in einem mit Maschendraht umzäunten Gehege auf dem Boden. Als ich hinsehe, verschwindet die Sonne. Eine graue Wolke schiebt sich über den Himmel, und da, wo sie die Sonne verdeckt, ist sie mit glühendem Orange umrandet. Die Decke fühlt sich weich an, als ich sie mir ans Gesicht halte und einen Augenblick dastehe. Der Friede in diesem Zimmer ist so greifbar, dass ich mich am liebsten auf das Bett neben die Katze legen und die Augen schließen würde. Ich kann mich nicht erinnern, wann ich zuletzt einen solchen Frieden verspürt habe. Vielleicht im letzten Jahr, an einem Samstag in

Bristol. Das war vielleicht das letzte Mal, dass Ted und ich zusammen und glücklich waren.

BRISTOL 2009
FÜNF TAGE VORHER

Der Samstag fühlte sich an wie ein Feiertag. Ted war zu Hause. Morgens rief ich im Krankenhaus an. Nach dem ersten Mal Chemotherapie war Jade stabil. Ich sagte, ich würde sie nach dem Wochenende besuchen. Ich wusste noch nicht, was ich tun oder sagen wollte, aber es war immerhin ein Anfang. Wir gingen in die City Art Gallery, aßen mittags in einem Pub und lasen nebeneinander die Zeitung. Das hatten wir schon lange nicht mehr gemacht; selbst solche Kleinigkeiten fielen Teds Arbeit zum Opfer. Samstag war er oft – und in letzter Zeit immer häufiger – im Krankenhaus, um Liegengebliebenes zu erledigen. Aber er schien sich auf die Bilder in der Galerie einzulassen, und auch wenn in der Zwischenzeit das Krankenhaus zweimal anrief und wir von anderen Menschen umgeben waren, fühlte es sich so an, als wären wir geflohen.

Im Haus war es still, als wir zurückkamen. Aus einer Laune heraus borgte ich mir einen 3B-Bleistift von Theo und Papier. Ich begann Ted zu zeichnen, wie er einen Artikel durchging, den er für das *British Journal of Neurosurgery* schrieb. Ein Finger lag auf seiner rechten Augenbraue, und er strich damit beim Lesen vor und zurück. Auch das zeichnete ich. Der Stift fuhr über das weiße körnige Papier; der raue Abrieb hinterließ einen dicken grauen Strich. Hin und wieder sah er auf und lächelte. Ein tiefes Gefühl von Frieden umhüllte uns. Mir kam der Gedanke, dass es so eines Tages sein könnte, wenn wir nicht mehr arbeiteten und die Kinder ihr eigenes Leben führten.

Als leise die Tür aufging, dachte ich, es sei der Wind gewesen, und stand auf, um sie zuzumachen, damit der Zauber nicht verlorenging. Ich war überrascht, Naomi vollkommen still davorstehen zu sehen. Auf ihrem Gesicht lag ein neuer Gesichtsausdruck. Sie war völlig in Gedanken versunken, sah nach unten und bewegte die Lippen. Ich hätte nicht sagen können, ob sie lächelte; einen Augenblick dachte ich, sie würden zählen oder versuchen, sich an etwas zu erinnern.

»Naomi! Du hast mir aber einen Schrecken eingejagt. Du bist früh wieder hier.«

»James musste das Auto zurückbringen.«

Sie sah mich nicht an, zog aber ihren Mantel aus und hing ihn auf.

»Wie war es?«

»Super.«

»Wie sieht es aus?«

»Na wie das Cottage halt aussieht.« Sie klang müde.

»Was macht der Garten?«

»Der Garten?«

»War er von Unkraut überwuchert?«

Ich hasste den Gedanken, wie vernachlässigt der Garten aussehen musste. Als sie noch klein war, hatte Naomi liebend gern in der Erde gegraben und etwas eingepflanzt und war begeistert, was sich alles verändert hatte, wenn sie zwischen den Ferien nicht da gewesen war. Nun hatten wir uns schon seit Jahren nicht mehr um ihn gekümmert.

»Hab ich nicht gesehen.« Sie zuckte mit den Schultern.

Einen kurzen Moment war ich enttäuscht. »Hat es in der Küche einigermaßen ordentlich gerochen?«

»Gerochen? Wie soll es denn riechen?« Ihr Blick war ausdruckslos.

Als Kind rannte sie immer als Erste hinein und atmete einmal tief durch. Sogar die Schränke dufteten nach Cottage, sagte sie, nach einer Mischung aus Gras und Sand und einem Hauch Putzmittel.

»Wie ist es oben?«

Sie sah über mich hinweg zu Ted, der sich hinter mich gestellt hatte.

»Hallo, schönes Mädchen. Hunger?« Er sah sie an und lächelte zärtlich.

Sie schüttelte den Kopf. »Ich treffe mich noch mit Nikita. Ich bin gleich weg …«

»Sie war gar nicht mit?« Ich war verwirrt.

»Doch, klar«, sagte Naomi schnell. »Wir hatten aber nicht viel Zeit zum Reden …« Sie kaute an ihren Nägeln.

Ted umarmte sie. »Es war schön, und du und deine Freunde, ihr hattet Spaß, richtig?«

Sie nickte und wandte sich schnell ab. »Ich muss duschen.« Ihre Stimme zitterte. Sie war müde, so müde, dass sie schon den Tränen nah war, und ich trat einen Schritt auf sie zu. Sie drehte sich hastig um, und als sie sich nach vorn beugte, um Bertie zu streicheln, der sich gegen ihre Beine schmiegte, fing das Licht einen Silberschimmer am Zeigefinger ihrer rechten Hand ein. Ich versuchte es erneut.

»Ein neuer Ring?«

»Von James. Ein Freundschaftsring«, gab sie schnell zurück.

»Hübsch. Heißt das …?« Ich streckte die Hand aus, um den Ring zu berühren.

Sie zog die Hand rasch zurück. »Er hat allen Mädchen aus dem Stück einen geschenkt. Er hat sie in einer Schachtel bei den Kostümen gefunden.«

»Ach so, er hat sie also geklaut?«

Es war als Witz gemeint, aber sie rollte ungehalten mit den Augen. Bevor sie etwas erwidern konnte, wurde die Tür aufgestoßen. Die Jungs fielen beinahe ins Haus. Sie waren außer Atem, ihre Gesichter rot und verschwitzt. Sie trugen Shorts und verdreckte Laufschuhe, die sie an der Tür abstreiften.

»Himmel, seid ihr dreckig.« Ted klang belustigt.

Theos Blick war triumphierend. Der Pony klebte ihm an der Stirn, Schweißperlen glänzten auf seinen Wangen, und sein Kinn war lehmverschmiert. »Gewonnen!«

Ed war bleich. Er beugte sich vornüber und rang nach Luft. »Du hast geschummelt«, keuchte er.

Naomi sprang die Treppe hoch. »Ich dusche, bevor ihr das ganze heiße Wasser verbraucht.«

»Was ist denn los mit ihr?«, fragte Theo. »Sie ist doch vollkommen sauber.«

»Verglichen mit dir vielleicht.« Ted musterte Eds Beine, über die sich mehrere angetrocknete Lehmschlieren zogen.

»Hey, nicht schlecht.« Theo beugte sich über den Tisch, wo ich die Zeichnung von Ted liegen gelassen hatte.

»Weg da. Du tropfst mir noch deinen schmierigen Schweiß darauf.« Ich drängte ihn zur Seite.

Ted legte seinen Arm um Ed, ohne sich um den Dreck zu kümmern. »Die Krankenschwestern in der Neurochirurgie haben mich gestern gefragt, wann du mal wieder zum Praktikum kommst. Sie scheinen dich zu mögen. Ich hab mich gefragt …«

Ed sah weg. »Danke, aber die Zulassungsformulare für die Uni sind schon gekommen.«

Die Jungs gingen langsam und schweigend nach oben.

»Was ist denn mit Ed los? Er ist ja ganz muffelig. Und sonst ist er immer mit Abstand der Schnellere«, sagte Ted.

»Himmel, Ted.« Schlagartig wurde mir klar: Käme er wenigstens hin und wieder abends früher nach Hause, dann wüsste er, was für einen stressigen Alltag die Jungs hatten. »Prüfungen in Naturwissenschaften. Lernen. Rudern. Er ist müde.«

»Naomi klang auch ziemlich verstimmt.« Er nickte in Richtung Treppe, wo sie verschwunden war.

»Sie ist auch ziemlich erschöpft«, sagte ich vorsichtig. Ted fand immer, ich sei neurotisch, was Naomi anging. »Und ein bisschen dünnhäutig. Das Stück zehrt an ihr. Außerdem wird sie erwachsen, und deshalb ist sie naturgemäß etwas …«, ich suchte nach einem Wort, das die kleinen Veränderungen beschrieb, die mir auffielen, »… konfus.« Ich hob die unfertige Zeichnung hoch und versuchte zu lächeln, um zu zeigen, dass ich mir keine Sorgen machte. »Sicher die Hormone. Prüfungen stehen an. Ansonsten ist sie wie immer.«

Ted lachte. »Ein Glück, einen Moment dachte ich schon, die ganzen Fragen wären ihr unangenehm.«

Ich starrte ihn an. »Was meinst du mit ›die ganzen Fragen‹? Es interessiert mich einfach, was sie macht. Wie soll ich es sonst erfahren?«

Ted legte seinen Arm um meine Schultern. »Gib es zu: Du bist ein Kontrollfreak, Liebling.« Er gab mir einen Kuss und sagte: »Wenn du öfter hier wärst …«

»Jetzt belehre mich nicht. Sie würde es hassen, wenn ich öfter hier wäre.« Ich wand mich aus der Umarmung und sah ihn an, in der ruhigen Küche klang meine Stimme laut. »Wie kannst du es wagen, mich zu kritisieren? Seit wann bist du denn hier, um zu sehen, wie es allen geht? Ich gehe jetzt nach oben und male Naomis Bild weiter. Sieh zu, dass mich keiner stört.«

Als ich den letzten schmalen Treppenabsatz hinaufging, hörte ich, dass Ed eine Frage stellte. Sollte Ted sich darum kümmern. Wie konnte er wagen, mir nahezulegen, ich solle häufiger hier sein? Ausgerechnet er, der nie zu Hause war! Mein Herz pochte vor Wut. Die Staffelei mit dem halbfertigen Porträt von Naomi stand mitten im weiß getünchten Dachboden. Als ich es betrachtete, wurde mein Herzschlag ruhiger, der Ärger der letzten Stunde verblasste. Ihre blauen Augen schienen vor Leben zu sprühen; ich nahm den Pinsel, um es abzuschwächen.

BRISTOL 2009
DREI TAGE VORHER

Am Montag zog sich die anhaltende Hektik des Tages bis in den Abend. Wir hatten Karten für die erste Aufführung der *West Side Story* und für die letzte Aufführung am Freitag. Als ich nach der Arbeit nach Hause kam, war alles sauber und aufgeräumt. Anya hatte den Tisch fürs Abendessen gedeckt, bevor sie gegangen war, mit Servietten und einer kleinen Blume neben jedem Platz. Shan und Nikita und meine Schwester würden kommen. Ich begann, ein Mahl vorzubereiten, das ich im Ofen warm halten konnte. Schnibbeln und Rühren waren wohltuend nach der anstrengenden

Sprechstunde. Ich sah zu, wie die weißen Zwiebeln braun wurden und die feste Currypaste sich in der Hitze auflöste und orange wurde. Die Farbübergänge erinnerten mich an die Malerei, an Pigmente, die man auf der Palette anrührt, und ich wünschte mir, ich hätte Zeit, nach oben zu entschwinden und an dem Porträt weiterzuarbeiten.

Kate kam früh, sie trug ein schlicht geschnittenes Kleid aus Tweed und Stiefeletten. Sie stellte Champagnergläser auf ein Tablett. Die Hände meiner Schwester waren geschmeidig, und als sie die langstieligen Gläser umfassten, glänzten ihre perfekt ovalen Nägel rot. Helle Strähnchen schimmerten in ihrem Bob, und er wippte und glänzte.

»Was macht das Leben?«, fragte ich vorsichtig; sie war erst seit ein paar Monaten geschieden.

»Seit Jack weg ist, meinst du? Wunderbar!« Kate warf mir einen schnellen Blick zu. »Ich stehe auf, wann immer ich will, nirgends stinkende Socken, nie kochen müssen – und das Beste: Ich muss nachts nicht mehr wach liegen und mich fragen, wen er gerade flachlegt.«

»Kate ...«

»Mach dir keine Sorgen um mich. Scheidung ist großartig. Solltest du irgendwann auch probieren. Du siehst müde aus.« Sie grinste verschmitzt. »Kommt dein Mann nachts immer noch zu den unmöglichsten Zeiten nach Hause?«

Ich sah sie kurz an. »Ich hätte ein Problem, wenn ich Ted nicht völlig vertrauen könnte. Er hat schon immer wahnsinnig viel gearbeitet. Ich gehe einfach schlafen, wenn er Dienst hat.« Unsere Diskussion von vorgestern erwähnte ich nicht; es war nicht seine Schuld, dass er so wenig zu Hause war.

»Warum bist du dann so müde? Wegen Naomi?«, hakte sie nach. Ich schüttelte den Kopf, aber sie fuhr fort: »Erinnerst du dich nicht mehr, was wir in ihrem Alter alles angestellt haben? Mum hatte keinen blassen Schimmer davon.«

»Das war etwas ganz anderes – wir waren anders. Und Mum hat sowieso nie etwas mitbekommen.« Ich war gereizt. »Naomi hat viel um die Ohren; sie hat gar keine Zeit für Dummheiten.«

Kate hob eine Augenbraue. »Aha, die ideale Tochter also. Und was ist mit den Jungs?«

Ich schenkte Wein ein und reichte ihr ein Glas. »Es hat nichts mit den Kindern zu tun. Ich habe versucht, ein Porträt von Naomi fertigzustellen.«

»Kommst du denn nie zur Ruhe?« Kate nahm einen Schluck. »Ich glaube, du steckst in der Tretmühle fest und hast Angst davor, was passieren könnte, wenn du mal zur Ruhe kommst.«

Das Curry köchelte auf dem Herd. Ich probierte einen Löffel und gab noch etwas Kokosmilch hinzu. Ich erwiderte nichts, und Kate zuckte leicht mit den Schultern. Sie versuchte immer, mich zu provozieren, aber diesmal ließ ich es ihr durchgehen. Prachtvolle Steine schillerten an ihren Ohren, und ihr Make-up war perfekt. Mein Kostüm, das ich zur Arbeit trug, hatte ich gegen einen dunklen Rock und einen dunklen Pulli getauscht; mein wirres Haar hatte ich mit einer Klammer hochgesteckt und mit dem Finger Lidschatten um das Auge verteilt. Auf dem Sprung zur Arbeit hatte ich mir heute Morgen noch schnell die Nägel mit der Küchenschere geschnitten. Sie würde mir nicht glauben, dass ich pausenlos auf Achse war, weil ich es so wollte. Ich wollte alles genau so, wie es war, trotz Müdigkeit und Einschränkungen.

Als wir losgingen, sah ich, wie Harold Moore uns von

gegenüber aus beobachtete. Ich fragte mich, ob ihn seine Mutter je mit ins Theater nahm. Ich hatte ihn noch nie draußen gesehen; vielleicht wollte sie sich nicht dem Gaffen der Leute aussetzen. Ich winkte ihm zu, und er verschwand. Als wir im Foyer auf Ted warteten, wandte Kate sich mir zu: »Nimm mich nicht zu ernst. Wir bekommen das, wofür wir uns entscheiden«, sagte sie. »Du hast dich für viel mehr entschieden als ich. Es kommt mir nur manchmal so vor, als wäre es zu viel.«

Später im Theater saßen wir alle in einer langen Reihe nebeneinander: Shan, Ted und ich, Kate, Ed und Theo. Ich sah, wie das Bühnenlicht ihre Profile vergoldete. Der Augenblick fühlte sich vollkommen an. Ich war beruhigt. Ich hatte mich nicht für zu viel entschieden; es funktionierte. Gerade so. Ich fühlte mich wieder glücklich.

Als die Vorhänge sich hoben, begann mein Herz so laut zu schlagen, dass ich schon glaubte, alle könnten es hören. Ich war nicht darauf gefasst, wegen Naomi solches Lampenfieber zu haben. Aber als sie auf die Bühne trat, verschwand die Angst. Ich erkannte sie kaum wieder. Ihre Maria war nicht das unschuldige Mädchen: Sie war die Verführerin. Wenn sie in den Szenen mit Tony die Fäden zog, war ihr eine Grausamkeit als auch eine Sinnlichkeit zu eigen. Das Publikum folgte ihr gebannt. Bei ihr wirkte alles völlig natürlich. Sie hatte hart in unermüdlichen Proben dafür gearbeitet, diese Person zu werden, Abend für Abend war sie mit dunklen Augenringen nach Hause gekommen – aber sie hatte es geschafft: Sie war Maria. Kein Wunder, dass sie erschöpft war.

In der Pause waren wir umringt.

»Woher hat sie das?«

»Ein echter Star!«

»Großartige Stimme.«

Die Jungs wehrten alle Glückwünsche verlegen ab. Ed trank schnell seinen Wein; Theo war wie benommen. Ted grinste breit vor Stolz.

Im zweiten Teil war Naomis Maria von Wut und Entschlossenheit geprägt. Keine weinende Julia, kein Opfer mit gesenktem Haupt. Für mich schien sie nach Rache zu sinnen.

Alle klatschten, als sie später in die überfüllte Küche kam, und sie ließ sich von mir umarmen. Als ich meine Wange an ihre drückte, strömte ein unverkennbarer Geruch von ihrer warmen Haut. Alkohol. Sie hatte wieder getrunken.

Ich trat zurück und sah sie an, aber ihr Blick wanderte bereits wieder durch den Raum und kreuzte sich nicht mit meinem. In dem Moment drängte Theo sich zu ihr, umarmte sie und hob sie vom Boden hoch. Ihre Lippen zitterten, aber Nikita schlang ihr einen langen orangefarbenen Seidenschal um den Hals und flüsterte ihr etwas zu, das sie zum Lachen brachte. Kate würde jetzt sagen, dass wir als Teenager wie die Fische getrunken hatten. Es ist normal, dass Teenager experimentierten, beruhigte ich mich. Aber eine kleine Stimme in mir flüsterte, dass es ein weiteres Detail gab, das zu ihrer Müdigkeit, ihrer Distanz, ihrer Verschwiegenheit und dem Tabakgeruch hinzukam. Als sie Nikita umarmte, beschloss ich, in nächster Zeit einmal in Ruhe mit ihr zu reden, irgendwann, wenn sie nicht mehr ganz so müde war. Heute war ihr Abend. Ich musste locker bleiben.

Beim Abendessen lief ich um den Tisch und verteilte Naan-Brot auf den Tellern. Naomi saß neben Nikita am Tischende, ihre Köpfe berührten sich. Hellblond und tiefdunkel. Ich blieb einen Moment stehen und freute mich, sie zusammen zu sehen.

»Wann?«

Es war vermutlich der ehrfurchtsvolle Ton in Nikitas Stimme, der meine Neugier weckte.

»Donnerstag. He, was willst du denn hier?« Naomi drehte sich um und sah mich vorwurfsvoll an. »Du darfst hier nicht lauschen.«

»Hier ist dein Naan, Liebling.« Ich sagte nichts dazu. Heute nicht. »Und hier ist deins, Nik. Ich habe nur etwas von Donnerstag gehört.«

Naomis Gesicht entspannte sich. »Wir gehen am Donnerstag nach der Vorstellung alle zusammen feiern.«

»Donnerstag? Aber am Freitag ist doch erst die letzte Vorstellung.«

»Genau. Dann ist die Party, aber einige von uns wollten sich einfach mal unterhalten, und wir dachten, wir gehen am vorletzten Abend zusammen essen.« Sie sah mich fragend an.

»Klingt gut, Süße. Übernimm dich nur nicht.«

An den Tagen danach nahmen die Aufführungen sie in Beschlag, und sie war kaum zu Hause. Am Ende hatte ich keine Zeit, mit ihr zu reden, wie ich mir vorgenommen hatte. Drei Tage später kam sie mit ihrer Plastiktüte in die Küche und mit ihrem neuen Lächeln. Dann verschwand sie.

11

DORSET 2010
EIN JAHR DANACH

Marys Hand, eine kleine verbogene Kralle, umklammert den Rand der Decke, als ich sie auf dem Sofa um sie herum feststecke. Es entsteht eine Pause. Ihre Wangen erröten vor Scham; die Ohnmacht scheint ihr peinlich zu sein.

Ich sage eilig: »Keine Sorge. Ich habe als Hausärztin gearbeitet und bin es gewohnt, dass Menschen ohnmächtig werden. Ich habe die Blutdruckmittel gesehen. Vielleicht … sollten Sie sich untersuchen lassen?«

»Diese elenden Pillen. Machen mehr Ärger, als sie nützen. Sie waren sehr freundlich zu mir, meine Liebe.«

Wieder eine kleine Pause. Ich spüre die Fragen über mich im Raum. Sie stellt sie nicht.

»Sehr gern geschehen.« Bertie folgt mir zur Tür. Ich drehe mich um: »Es tut mir leid, dass er das ganze Katzenfutter gefressen hat.«

»Die Katze ist rund genug.« Ihre blassblauen Augen

strahlen. »Kommen Sie bald einmal wieder. Das nächste Mal koche ich den Tee.«

Ich verabschiede mich und ziehe die Tür sorgfältig hinter mir ins Schloss. Ohne es zu beabsichtigen, habe ich eine Freundin gewonnen. Und ich stelle fest, dass die Angst, die ein Jahr lang über mir schwebte, in der letzten Stunde ein wenig zurückgewichen ist.

BRISTOL 2009
DIE NACHT DES VERSCHWINDENS

Wir hörten, wie das Polizeiauto sich entfernte, das Geräusch der Reifen auf dem warmen Asphalt wurde schwächer. Draußen vertrieb gräuliches Licht langsam die Dunkelheit aus dem Garten, und als ich das Fenster aufstieß, riss ich mit meinem Ellenbogen einen kleinen Stapel Bücher herunter, der auf der Fensterbank lag. Ich hob ein rotes Schulheft hoch, auf dem in ordentlicher Handschrift stand: »Naomi Malcolm. Chemie«. Es war über und über mit roten Herzen verziert; einige waren mit dem Kuli so übereifrig ausgemalt worden, dass die Tinte leicht verschmiert war. Ich ließ meine Hand einen Augenblick auf dem weichen Papier ruhen.

Ted ging nach oben, um eine Stunde zu schlafen.

Ich stand allein in der Küche, und mich übermannte heftig und schlagartig die schiere Angst. Ich senkte den Kopf, um nach Luft zu ringen, als müsste ich gegen Sturm kämpfen. Meine Hände fühlten sich an, als würden sie vor Panik platzen, mein Gesicht brannte, meine Kopfhaut kribbelte schmerzhaft. Das Entsetzen zuckte in schnellen Impulsen vom Rachen in die Brust; als ich meine Hand auf das harte Brustbein legte, schien es zu hämmern. Meine Oberschenkel waren weich. Ich konnte mich kaum auf den Beinen halten.

Als mir die Galle in den Rachen und die Nase stieg, kam mir jäh der Gedanke, dass dies die Sekunde ihres Todes sein könnte und ich mich deshalb auch so fühlen würde, als würde ich sterben.

Immer und immer wieder musste ich würgen, und es kostete mich alle Kraft, mir Tränen und Erbrochenes vom Kinn zu wischen. Anschließend schloss ich den Klodeckel, legte meine Arme und meinen Kopf darauf und blieb daneben knien. In der Ecke, dort, wo die Wand auf das Linoleum traf, sah ich einen dreieckigen Fleck aus altem Urin und einen gelben Plastikfetzen von einer Tamponhülle.

Ich lief in die Küche. Draußen wurde es hell. Halb acht. Bald würden die Jungs aufstehen, um zur Schule zu gehen. Das gelbe Plastikstück konnte schon seit Wochen da liegen, aber meine Gedanken waren in einer Abwärtsspirale: Was passiert mit den normalen Körperfunktionen, wenn man stirbt? Eine Weile tropft das Blut noch und kühlt ab, wenn die Körpertemperatur sinkt. Ich sah erneut auf die Uhr. Acht Stunden waren vergangen, seit sie hätte nach Hause kommen sollen. Sie war nicht tot. Nein, sie saß in einer Raststätte und nippte an einer Tasse heißer Schokolade oder spielte Frisbee im nassen Morgensand an einem weiten Strand. Man sah jedes Mal einen kühlen Spalt ihrer nackten Haut, wenn sie die Arme streckte und ihre Hose ein wenig verrutschte. Sie hatte beschlossen, sich nicht zu melden, aber ich war nicht sauer deswegen. Ich würde nie wieder sauer sein, sondern alles verstehen. Ich versprach es.

Ich versprach Gott, an jedem verfluchten Tag bis ans Ende meines Lebens in die Kirche zu gehen, wenn sie wohlauf war.

Langsam stieg ich die Stufen hinauf. So musste es sich anfühlen, wenn man alt wurde. Jede Bewegung langsam und schwerfällig. Ted lag schlafend im Bett. Er hatte seine Schuhe ausgezogen und seine Jacke hing über einem Stuhl. Sein Mund war geöffnet, und man hörte ihn leise schnarchen. Sonst hielt mich das sanfte Gerassel häufig wach, heute fand ich es beruhigend. Es war so unschuldig. Ich legte mich neben ihn. Ich berührte ihn nicht, war ihm aber so nah, dass seine Wärme auf mich überging. Irre Wortfetzen schlugen mir gegen die Schädeldecke. Das Innere meiner Augenlider war rot.

Draußen begannen die Vögel zu zwitschern.

12

DORSET 2010
EIN JAHR DANACH

Der Wind ist aufgefrischt, als ich bei Mary war; ein Gewitter braut sich zusammen. Zwischen den Strohdächern leuchten in der Ferne die Klippen smaragdgrün vor dem Himmel, der sich zu einem glühenden Grau zugezogen hat. Ich bin fasziniert und frage mich, wie sich diese Intensität in einem Bild einfangen ließe. Während ich hinsehe, schwindet das Licht weiter, und der Himmel wird aschfahl, dann durchzuckt ein Blitz das Grau. Als ich meine Haustür erreiche, dröhnt ein Donner. Bertie winselt. Es beginnt zu regnen, wir sind in Sekunden durchnässt, und ich kämpfe mit dem Schloss, meine nassen Hände sind glitschig, und ich merke, dass meine Haut im Regen braun und fremd aussieht. Im Haus ist ein dumpfes Geräusch zu hören, oben hat der Wind ein Fenster aufgestoßen und schlägt es gegen die Außenwand. Das Krachen der Regenmassen auf Dachschindeln kommt durchs Fenster herein. Als ich nach der Türklinke greife, fährt mir der Wind ins Haar und pustet mir Eisregen ins Gesicht, sodass ich kaum atmen kann. Die rohe Kraft des Gewitters ist Furcht einflößend, aber belebend; dies ist eine andere Art von Furcht als das kalte Grausen, das mich seit einem Jahr jeden Morgen erwartet.

BRISTOL 2009
EIN TAG DANACH

Ich wachte auf und spürte sofort, dass mich die Panik fest im Griff hatte. Ich hörte, wie Theo im Zimmer nebenan aus dem Bett kroch, zu seiner Dusche ging, sie anstellte. Er sang. Ich wusste, dass er seine Augen dabei fast geschlossen hielt. Das Wasserrauschen weckte Ed im Zimmer daneben, und ich konnte das laute Gähnen hören, das in leiseres Gemurmel und Seufzen überging. Ich sah auf meine Uhr: halb neun. Ich wünschte, ich könnte diese Zeit verlängern, in der sie noch nichts ahnten.

Unten waren noch alle Lichter an. Der Kaffeeduft rief bei mir erneute Übelkeit hervor.

Ich stellte Müsli und Schalen auf den Tisch. Milch, Saft, Löffel. Die Jungs kamen herunter. Ich wartete, suchte nach dem richtigen Ton.

»Naomi ist nicht hier.«

Ich dachte, meine Stimme klänge normal, aber die Jungs hielten abrupt inne. Theo lehnte am Tisch und trank Orangensaft aus der Packung. Jetzt nahm er sie hastig vom Mund. Ed goss gerade Haferflocken in die Schüssel. Er stellte die Packung schnell wieder aufrecht und fing den Müslischwall ein. Sie warteten.

»Sie … ist gestern Abend nicht nach Hause gekommen. Sie war nicht da, wo wir sie vermuteten …«

»Na und?« Sie sagten es wie aus einem Mund.

Ed fragte: »Und weshalb die Aufregung?«

Dankbar horchte ich auf; war es nur das? Unnötige Aufregung? Ein Hoffnungsschimmer.

»Sie hat uns erzählt, dass sie noch mit den anderen aus dem Theaterstück essen gehen würde, aber wir glauben, dass sie sich stattdessen mit jemandem getroffen hat – wir wissen noch nicht, mit wem.«

»Na und?«, sagte Ed erneut.

Theos Blick war leer. »Woher wisst ihr das?«

»Wir haben Nikita gefragt.«

»Ihr habt Nikita gezwungen, euch Naomis Geheimnisse zu verraten?« Ed klang ungläubig.

»Ed, wir haben bis halb zwei gewartet …«

»Scheiße, ihr habt mitten in der Nacht mit Nikita gesprochen?« Ed war erbost. Er zog die Besteckschublade so heftig auf, dass Messer und Gabeln zu Boden fielen. »Fuck.« Er ging in die Hocke, um sie aufzusammeln und warf sie geräuschvoll auf die Anrichte.

»Es könnte sein, dass die Polizei heute in die Schule kommt und Fragen stellen will«, teilte ich ihnen mit. »Vielleicht reden sie auch mit euch.«

»Die Polizei auch noch? Wahrscheinlich verpennt sie gerade bloß irgendwo bei 'ner Freundin.« Er starrte mich wütend an. »Manchmal kapier ich euch einfach nicht.«

»Hat sie euch beiden gegenüber irgendwas erwähnt?«

Ed schüttelte kurz den Kopf und lief hinaus, ohne auf Theo zu warten. Ich war erschüttert von seiner Wut. Ich verstand nicht, woher sie kam, aber sie bot mir einen Strohhalm. Wir machten bloß unnötigen Wirbel.

»Mir hat sie auch nichts gesagt.« Theos helle Augenbrauen zogen sich zu einem steilen V zusammen, die weiche Haut kräuselte sich in engen Furchen darüber. »Aber sie hat in letzter Zeit nicht mehr so viel mit mir geredet wie sonst.« Er sprach langsam, als würde ihm dies gerade zum ersten Mal bewusst. »Sie war wahrscheinlich auch seltener hier als sonst – wegen dem Theaterstück …« Er verstummte unsicher. Dann sah er mich an, seine Stimme war dünn vor Sorge: »Wo ist Dad? Weiß er Bescheid?«

»Was denkst du denn, Theo? Natürlich weiß er Bescheid.« Ich legte ihm den Arm um die Schulter. »Wir waren fast die ganze Nacht auf. Er schläft noch.«

»Und was jetzt?« Er klang hilflos.

»Liebling, wir werden sie finden. Die Polizei hilft uns dabei.« Ich bemühte mich, es so klingen zu lassen, als würde ich es selbst glauben und hätte nicht dieselben quälenden Fragen im Kopf.

»Die Polizei. Himmel. Okay.« Er rang mit sich. »Ich frag mal ein paar Leute. Wahrscheinlich simst sie einfach irgendwann oder ruft an.«

»Ja. Danke, Liebling.«

Er lehnte sich herüber und die weichen Stoppeln auf seiner Wange ruhten kurz an meinem Gesicht, bevor er ging.

Ich weiß nicht mehr, wie lange ich am Tisch saß. Das Zimmer verschwamm, meine brennenden Lider fielen langsam zu. Mein Kopf muss nach vorn auf den Tisch gesunken sein, denn als das Telefon klingelte, riss mich das Geräusch hoch.

»Hier ist Detective Constable John Harrison.«

»Ja bitte?«

»Ich bin von der Ermittlungsbehörde. Also, Mrs. Malcolm, Entschuldigung, Doktor Malcolm.«

»Ja?«

»Es gibt noch keine Neuigkeiten. Wir haben in allen Krankenhäusern nachgefragt – Naomi wurde nicht eingeliefert, was natürlich erst einmal positiv ist. Wir haben mit der Schule telefoniert, und ich gehe jetzt hin und rede mit einigen Lehrern und Schülerinnen.« Seine Stimme klang ernst. Der Hoffnungsschimmer erlosch. Er wusste, dass wir keinen unnötigen Wirbel machten.

»Ich sage dort lieber vorher Bescheid.«

»Nicht nötig, das haben wir schon getan. Einer aus unserem Team kommt gegen Mittag zu Ihnen. Wir müssen Ihre anderen Kinder so schnell wie möglich befragen.«

»Theo und Ed?«

Sie waren also verdächtig? Warum zur Hölle durchforstete die Polizei nicht die ländlichen Gebiete nach einem Mann und einem verängstigten Mädchen in einem Auto? Ein Mann. Das hatte sie Nikita doch erzählt. Das verriet uns keinerlei Einzelheiten; er konnte groß und stattlich sein und kräftige Schultern haben und stark genug sein, um sie zu überwältigen. Er konnte aber auch das genaue Gegenteil sein, jünger, kleiner, unscheinbar, vielleicht hatte er ein nettes Gesicht, sodass sie auf ihn hereingefallen war und ihn mochte. Konnte sie willentlich mit ihm fortgegangen sein? Alles insgeheim geplant haben? Dieser Gedanke barg Hoffnung, aber ich wusste, dass er falsch war; sie wäre nicht gegangen, ohne uns Bescheid zu sagen. Nicht, nachdem wir sie ihr Leben lang vor Fremden und vor Autos gewarnt hatten.

»Nun denn, Doktor ... Mrs. ...« Vielleicht war ich doch keine ebenbürtige Berufstätige, vielleicht war ich nur eine Mutter mit einem vermissten Kind; er war verwirrt.

»Jenny.«

»Also gut. Jenny. Das ist die normale Routine. Zahlt sich am Ende aus.«

»Die normale Routine für ein routinemäßiges Verschwinden?«

Irgendwo flüsterte sie gerade vielleicht meinen Namen.

»So war das nicht gemeint, Jenny. Sie wären überrascht, wie viele junge Menschen eine Weile vermisst sind und dann wieder auftauchen, quicklebendig. In der Zwischenzeit lassen wir nichts unversucht. Alles nach Vorschrift, gewissermaßen.«

In diesen Vorschriften mussten auch Floskeln aufgelistet sein. Ich fragte mich, ob sie alphabetisch sortiert waren. Vielleicht gab es verschiedene Listen für unterschiedliche Gelegenheiten … Verschwinden, Entführung, Vergewaltigung, Mord.

»Die Sache ist nur …« Ich hielt inne und holte langsam Luft, wie man es im Geburtsvorbereitungskurs für die Wehen lernte. Luft holen und zählen. Langsam ausatmen. »Die Sache ist nur, dass ich keine Ahnung habe, wie Warten funktioniert.«

Er schlug einen anderen Ton an und klang greifbarer. »Halten Sie durch, Jenny, halten Sie durch.«

Meine Augen brannten.

Ich ging wieder nach oben. Ted lag noch in genau derselben Haltung da; die Falten auf seinem Hemd waren unverändert. Ich ließ ein heißes Bad einlaufen und legte mich einige Augenblicke hinein, dann kroch ich mit umgewickeltem Handtuch, dem Telefon in der Hand und nass wie ich war neben Ted unter die Decke. Die Schwärze fiel sofort wie ein Schlag über mich.

Als es an der Tür schellte, fiel ich aus dem Bett, zog Jeans und Teds Pulli an und war schon unten, als es erneut klingelte.

Ein anderer Mann stand vor der Tür. Es folgte ein ernster, abschätziger Blick. Er war stämmig, graue Haare umrandeten sein wettergegerbtes Gesicht, tiefe Falten verliefen neben den grauen Augen, trauriger Mund. Irgendwann musste er sich die Nase gebrochen haben, sein Gesicht war nicht ganz symmetrisch; vielleicht war das linke Auge größer als das rechte oder hatte eine leicht andere Form. Er musterte aufmerksam mein ungeschminktes Gesicht, die ungekämmten Haare, den langen Pulli, die alten Jeans, die nackten Füße und sah vermutlich ein weiteres Opfer.

»Michael Kopje, Familienkontaktbeamter.«

Sein südafrikanischer Akzent klang sofort vertraut, und ich fühlte mich versetzt in das Jahr nach der Schule, das ich auf einer Missionsstation in Südafrika verbracht hatte, bei rauen Farmern in zerbeulten Pick-ups, die mit Dürren und Viehkrankheiten zu kämpfen hatten und im Stande waren, Krisen zu bewältigen.

Sein Handschlag war kurz und fest.

»Wie die Felshügel?« Hatte ich das wirklich gesagt? In dieser Situation?

Die Falten um seine Augen wurden tiefer, und für einen Sekundenbruchteil breitete sich ein Lächeln auf seinen Lippen aus, erlosch dann aber wieder. Er fragte nicht, woher ich das wusste, und ich war froh. Ich wollte keinen Small Talk über Afrika halten und darüber, ob er mein Afrika kannte oder ich seins.

»Ich bin Jenny, kommen Sie herein.«

Ich lief vor in die Küche, stellte den Wasserkocher an und lief nach oben, um Ted zu wecken. Er stand sofort auf, zog sich an und kam mit mir nach unten. Ich folgte seinem Blick zur Uhr. Mittag.

»Es sind jetzt mehr als zwölf Stunden vergangen, seit unsere Tochter hätte zu Hause sein sollen. Das Einzige, was wir jetzt brauchen, sind Informationen«, sagte Ted. Er setzte sich an den Tisch, Michael Kopje gegenüber, und sah ihn an.

»Deshalb bin ich hier.«

»Was können Sie uns denn sagen?«

»Ich hatte die Gelegenheit, mich mit der Lehrerin der Theater-AG zu unterhalten, einer Mrs. Mears, und mit der gesamten Schauspieltruppe. Ein Mädchen namens ...«, er zog eilig ein Notizbuch aus der Jackentasche, »Nikita, hat uns einige Informationen über Naomi gegeben.«

Mir gefiel nicht, wie er Naomis Namen aussprach. So ruhig, als ob er sie kennen würde. Ich setzte mich neben Ted und nahm seine Hand. Plötzlich überfiel mich ein Anflug von Wut. Wir hätten diesen Michael Kopje nie kennengelernt, wenn Naomi hier wäre, aber durch eine schicksalhafte Fügung ergriff er, ein Fremder, nun Besitz von ihrem Namen. Ich sah in seine grauen Augen, und er senkte den Blick; in dem Moment sah ich, dass er meine Gedanken erriet, und ein Teil der lodernden Wut verschwand wieder. Er hielt kurz inne und begann dann wieder zu reden, leise.

»Nach dem Ende der Vorstellung sollten die Mädchen sich umziehen, aber sie waren nicht allein im Gebäude. Mrs. Mears sagt, ein älterer Junge habe im Foyer gewartet, daher ließ sie die Mädchen allein, zumal der Hausmeister in der Nähe war, um später abzuschließen.«

»Welcher Junge?«

Er zögerte einen Augenblick. »Edward. Ihr Sohn.«

»Ed?«

»Er sagte zu Mrs. Mears, er wolle Naomi nach Hause bringen.«

Ich saß entgeistert da. Ed war also da gewesen und hatte uns nichts davon erzählt. Ebenso wenig wie Nikita.

»Fahren Sie fort, Mr. Kopje.« Ted saß angespannt und mit zusammengepressten Lippen auf seinem Stuhl.

»Nennen Sie mich gern Michael. Nikita hat uns erzählt, dass Naomi sich mit einem Mann treffen wollte. Sie wollte so lange bei ihr warten, aber Naomi sagte, das sei nicht nötig, Ed sei ja da. Als Nikitas Mutter sie abholte, war das Theater offenbar schon leer. Um wie viel Uhr ist Ed gestern Abend nach Hause gekommen?«

»Ich weiß es nicht. Ich bin eingeschlafen.«

Michaels Augen schienen einen Moment größer zu werden. Wirkte ich wie eine leichtsinnige Mutter, deren Kinder jederzeit abends unbemerkt kommen und gehen konnten? Ich wollte ja nicht einschlafen. Manchmal war ich einfach so müde, dass mich der Schlaf übermannte, sobald ich mich hinsetzte. Aber es war müßig, ihm das zu erklären, was hätte es schon geändert?

»Es klingt so, als sei Ed fast unmittelbar nach Nikita gegangen«, sagte Michael.

»Er hätte, verdammt noch mal, warten sollen«, flüsterte Ted.

Ich hämmerte Eds Nummer ins Handy, aber es meldete sich sofort die Mailbox.

Michael Kopje sprach weiter, als hätte er Ted nicht gehört. »Nikita sagte, sie wisse fast nichts über diesen Mann. Naomi hat ihn ungefähr vor zwei Wochen zum ersten Mal erwähnt. Nikita glaubt, dass er einmal hinten im Theater gesessen hat, aber sie hat ihn nie aus der Nähe gesehen.«

»Jemand muss doch einen Fremden bemerkt haben.« Ich richtete mich auf und beugte mich vor. »Wenn Sie die Lehrer fragen …«

»Dazu komme ich jetzt. Mrs. Mears sagt, sie habe einmal während einer Probe einen Mann hinten im Theater sitzen sehen. Sie sagt, sie glaube, dass Naomi von dem Platz neben ihm aufgestanden sei. Offenbar hat sie Naomi daraufhin gesagt, dass Freunde und Eltern nicht an den Proben teilnehmen dürften. Naomi meinte aber, sie habe ihn nicht eingeladen, er sei einfach gekommen.«

Als Michael eine Pause machte, fragte ich mich, ob der Mann auch die Aufführung besucht hatte, die wir gesehen hatten. Ich kramte in meinen Erinnerungen nach einem Fremden, der in der Pause vielleicht irgendwo am Rande des Saales gewartet haben könnte. War da halb verdeckt von einer Säule vielleicht eine große Gestalt gewesen? Oder jemand mit gesenktem Kopf an der Bar? Oder hatte uns jemand von der Seite beobachtet? Vielleicht. Aber vielleicht fantasierte ich mir das gerade auch nur zusammen.

»Konnte Mrs. Mears erkennen, wie er aussah?«

»Hinten im Theater war es dunkel, und er saß auf einem Stuhl. Sie sagt, es hätte auch ein Vater sein können.« Er sah uns beide an. »Hat Naomi Ihnen etwas von einer neuen Beziehung erzählt? Oder ist irgendetwas Ungewöhnliches passiert?«

Ted sagte im selben Moment Nein, als ich Ja sagte. Michael sah mich an.

»Sie hat nichts erzählt, aber sie war irgendwie anders«, sagte ich langsam.

»Inwiefern anders?«

»Stiller. Es fiel mir nach einer Probe auf. Sie kam erst spät nach Hause und wirkte sehr zugeknöpft.«

»Zugeknöpft?« Er sah mich mit dem Stift über seinem Notizbuch erwartungsvoll an.

Ich warf einen Blick zum Kamin, wo Bertie schlief. Genau dort hatte sie gestanden, als sie mich von der Seite angesehen hatte.

»Sie hat mir sonst immer viel erzählt«, sagte ich, »alles eigentlich. An dem Abend fiel mir auf, dass sich das geändert hatte. Ich dachte, das läge nur an ihrer Müdigkeit von all den Proben und Schulaufgaben, aber …« Ich hielt einen Augenblick inne und erinnerte mich an die kurze Auseinandersetzung wegen der Hausaufgaben und die anschließende Stille. »Wenn ich jetzt darüber nachdenke, habe ich den Eindruck, als hätte sie mich bewusst ausgegrenzt.«

Es entstand eine Pause; das leise Geräusch des Stifts war zu hören, da hob Ted hastig den Kopf, und seine Stimme durchfuhr meine Gedanken: »Das Cottage«, sagte er.

13

DORSET 2010
EIN JAHR DANACH

Ich verriegele das Fenster, damit es nicht wieder aufgestoßen wird, ziehe meine durchnässten Kleider aus und lasse sie auf einen Berg auf den Boden fallen. Ich ziehe meinen Schlafanzug, dicke Socken und einen alten Pulli an. Nach Marys warmem Häuschen wirkt das Cottage im Erdgeschoss kalt und leer. Ich laufe hin und her, mein Körper fühlt sich fürchterlich lebendig an. Was ist mir entflohen, oder was habe ich hereingelassen? In meinem Hinterkopf wurde etwas beiseitegeschoben, und flimmernde Farben sind dorthin geströmt, wo ich für stilles Schwarz gesorgt hatte. Es formt sich ein Bild, das in mein Bewusstsein dringen will. Hinter dem Tisch steht die alte Gemäldemappe. Ich ziehe sie schnell hervor, um eine leere Leinwand zu finden, und verteile Farbtuben auf dem Tisch. Ich will die Farbe und den Klang des Gewitters malen.

Ein paar Bilder sind herausgefallen, eins sinkt zu Boden; damit Bertie nicht darüberläuft, hebe ich es auf. Es ist das

Porträt von Naomi, das ich nie fertiggestellt habe. Auf ihrem Mund liegt ein Lächeln, in ihrem Blick Triumph. Das ist mir vorher nie aufgefallen. Man sagt, die Jüngsten dürfen so manches, was den älteren Kindern verboten war. Ed hatte ich gesagt, er dürfe keine Partys im Cottage feiern, aber Naomi hatte ich es erlaubt. Sie hat fast immer ihren Willen bekommen; das war ihr Untergang.

BRISTOL 2009
EIN TAG DANACH

»Sie ist letzte Woche ins Cottage gefahren«, sagte Ted. Er sah Michael an, der aufgehört hatte zu schreiben und ihn fragend anblickte.

»Ins Cottage?«

»Verzeihung«, sagte Ted schnell. »Jennys Eltern wollten ursprünglich in das Cottage in Dorset umziehen, das sie zu Beginn ihrer Ehe gekauft hatten, aber dann starb ihr Vater. Erst kürzlich hat ihre Mutter ihr das Cottage geschenkt.« Er seufzte ungeduldig. »Jedenfalls haben wir Naomi letztes Wochenende erlaubt hinzufahren, vor den Aufführungen. Sie sagte, sie brauche eine Pause, und wollte mit einigen aus der Theater-AG hinfahren, um abzuschalten. Das klang für uns einleuchtend.«

Ich erinnerte mich, wie still sie in der Tür gestanden hatte. »Sie war sehr … zerstreut, als sie zurückkam. Sie hat uns nicht viel von dem Tag erzählt.«

Ted und ich sahen uns an.

»Mit wem ist sie hingefahren?«, fragte Michael.

»Mit Schulfreunden, Leuten aus dem Stück«, sagte Ted. »Jedenfalls hat sie uns das erzählt. Ein Junge, den sie schon ewig kennt, war dabei, einige aus der Theater-AG, Nikita.«

»Wurde sie abgeholt?« Michael schrieb wieder etwas auf.

»Nein, sie wollte die anderen irgendwo treffen«, sagte ich. Mir wurde übel. Hatte das gestimmt?

Ted und ich standen gleichzeitig auf.

»Ich brauche die Adresse.« Michael sah zu uns auf. »Und den Schlüssel.«

»Nicht nötig«, gab Ted zurück. »Ich fahre sofort hin.«

Michael schob das Notizbuch in seine Innentasche und erhob sich. Er holte sein Handy heraus und sprach hinein. Wir hörten, dass er einen Fahrer anforderte und zwei Beamte, die Ted zum Cottage begleiten sollten.

»Ich komme allein klar. Es wäre mir auch lieber so«, sagte Ted kurz angebunden. »Wenn sie da ist, kriegt sie ja Angst, wenn eine ganze Wagenladung Polizisten anrollt.«

Michael unterbrach sein Telefonat. Er sagte ruhig: »Wenn sie da und ein Mann bei ihr ist, bekommt er vielleicht Panik.«

Wortlos starrten wir ihn an; alle möglichen Unwägbarkeiten brauten sich in der Küche zusammen. Was würde er vor lauter Panik dann tun?

Als Michael mit seinem Handy hinauslief, drehte ich mich zu Ted um. »Ich komme mit«, sagte ich.

»Du hast nicht genug Schlaf bekommen.« Seine Augen durchforschten mein Gesicht.

»Wir sind in ein paar Stunden da, Herrgott. Ich kann ja im Auto schlafen.«

»Bleib hier«, sagte er. »Nur für den Fall.«

Für den Fall, dass ich sie zur Hintertür laufen höre? Dass sie Bertie zuruft, sie sei wieder zu Hause, und er brauche sie nicht länger zu vermissen? Solche vertrauten Geräusche klangen bereits nach einem undenkbaren Luxus.

Als es klingelte, liefen Ted und Michael nach oben, um den Polizisten, die Ted nach Dorset fahren sollten, die Tür zu öffnen. Ich hörte Stimmen, die Tür fiel ins Schloss, und dann kam Michael wieder nach unten in die Küche.

Ich stellte den Wasserkocher an und sah auf die Uhr: halb zwei. Vierzehn Stunden. Wenn sie im Cottage ankamen, würde es noch viel länger her sein. Ich fragte mich, ob sie denselben Weg nehmen würden wie wir sonst – die M5 nach Taunton, über Land durch Chard, Axminster und Bridport und dann die letzten drei Meilen nach Burton Bradstock, wo man zwischen den Hügeln auf der rechten Seite das Meer sehen konnte. Hier wurden die Kinder immer ungeduldig und wollten endlich raus.

»Es tut mir leid, Jenny«, sagte Michael schlicht, als er zum Tisch kam.

»Wie wollen Sie Naomi finden?« Meine Stimme wurde unkontrollierbar lauter. »Was ist mit dem Vergewaltiger? Jede Sekunde …«

»Es ist nicht der Vergewaltiger«, unterbrach mich Michael. »Er wurde vor zehn Tagen gefasst und sitzt in Untersuchungshaft. Wir tun momentan alles, was in unserer Macht steht. Wir haben in der Garderobe, im Theater, auf den Sitzen und in den Umkleideräumen Fingerabdrücke gefunden. Wir befragen ihre Freunde.« Er blickte mich eindringlich an, um zu sehen, ob ich ihm zuhörte. »Wir fragen Anwohner und Schulangestellte, ob sie zur fraglichen Zeit Autos in der Gegend gesehen haben, und überprüfen die Überwachungskameras in den umliegenden Parkhäusern und auf den Straßen, die aus Bristol herausführen.« Ich beobachtete ihn, als er die Liste durchging; seine grauen Augen waren ernst. »Wir fertigen mit Mrs. Mears' Beschreibung ein Phantombild an, das an die Sechs-Uhr-Nachrichten heute Abend geht. Wir nehmen die Sache sehr ernst.«

Das machte es zugleich besser und schlimmer. Ich schlingerte innerlich an einen Ort, an dem ich noch nie gewesen war, streckte die Arme aus, versuchte mich festzuklammern.

Er lief zum Wasserkocher, fand den löslichen Kaffee und Milch und schenkte uns zwei Tassen ein. Er reichte mir eine, setzte sich wieder und sah mich über den Küchentisch hinweg an, auf dem noch immer Müslipackungen und Saft, dreckige Schüsseln und Tassen mit kaltem Tee standen.

»Wir stellen einige Vermutungen an«, sagte er. »Wir müssen aber genauso andere Möglichkeiten in Betracht ziehen, egal wie unwahrscheinlich sie klingen.«

»Welche anderen Möglichkeiten?«

»Da gibt es mehrere. Zum einen die positiven.«

Ich sah kurz auf. »Inwiefern positiv?«

»Sie könnte bei einer Freundin sein; sie schläft mal aus oder hat sich einfach eine Auszeit genommen.«

»So etwas würde Naomi nie machen; außerdem steht noch eine Aufführung aus.«

»Vielleicht steht sie so unter Druck …?«

»Nein.« Ich schüttelte den Kopf. Ich wünschte, ich könnte es glauben, aber so sehr sie sich auch verändert hatte und was immer wir nicht mitbekommen hatten, ich wusste, dass sie nie einfach eine Aufführung schwänzen würde.

»Dann wären noch andere Varianten denkbar: Vielleicht hat sie sich an dem Abend nur kurz mit dem Unbekannten getroffen. Oder gar nicht.« Er erklärte, dass jemand anderes sie im Theater aufgegriffen haben konnte oder irgendein Gewalttäter ihr rein zufällig auf dem Weg nach Hause aufgelauert hatte.

Ich sah ihn schweigend an. Was wäre schlimmer? Wenn sich jemand ihr Vertrauen erschlichen hätte, um ihr etwas anzutun, oder ihr ein Fremder in der Dunkelheit hinter den Theatertüren oder an der Straße aufgelauert hätte? Ich stand auf, aber meine Beine waren zu wackelig, und ich setzte mich wieder.

»Kommt Ihnen irgendetwas anderes Ungewöhnliches in den Sinn? Etwas, das Ihnen bisher nicht aufgefallen ist oder das sich vielleicht schon eingespielt hat? Feinde zum Beispiel?«

Er reichte mir ein Notizbuch und einen Stift. Es beruhigte mich, den Stift in der Hand zu halten.

Ich sah ihn an; er wusste, wie er Menschen helfen konnte, aber an den heruntergezogenen Mundwinkeln konnte ich ablesen, dass er diese Seite an seinem Beruf nicht mochte.

»Sie kennen das doch«, sagte ich. »Sie wissen, was zu tun ist.« Es klang wie ein Vorwurf. Ich sah, dass er sich seine Antwort sorgfältig zurechtlegte.

»Ja. Aber die Situation ist jedes Mal anders. Genau wie in Ihrem Beruf. Ihnen werden viele Menschen mit denselben Krankheiten begegnen, aber kein Fall ist wie der andere, es gibt kein Schema F.« Er hatte natürlich recht. Ich nickte, und er öffnete sein eigenes Notizbuch. »Wer wohnt nebenan?«

»Nebenan sind Mietwohnungen, da sind ständig neue Leute, vor allem junge Paare. Wir kennen die Wenigsten.«

»Und gegenüber?«

»Da wohnt Mrs. Moore mit ihrem Sohn. Er hat das Downsyndrom.«

Michael notierte sich auch diese Information.

»Sonst noch jemand?«

Feinde, hatte er gesagt. Ich musste an den finsteren Blick von Anyas Mann denken, als er sie hier abgesetzt hatte. An die Augen von Mr. Price, als ich ihn das letzte Mal gesehen hatte. Freunde waren leichter zu nennen. Nikita. Naomi hatte viele Freunde in der Schule, aber der Einzige, der mir gerade in den Sinn kam, war der Junge, der ihr in Mathe geholfen hatte – James. Mit dem sie angeblich ins Cottage gefahren war und der ihr den Ring geschenkt hatte.

Langsam schrieb ich die Namen auf; es dauerte eine Weile, bis ich meine Gedanken sortiert hatte. Als das Telefon klingelte, wollte ich schon mit Herzklopfen aufstehen, aber da meldete Michael sich bereits.

»Kein Kommentar«, sagte er nach einer kleinen Pause kurz angebunden und wiederholte sich kurz darauf: »Kein Kommentar.« Als er aufgelegt hatte, drehte er sich zu mir um: »Die Medien werden ziemlich aufdringlich sein.« Auch damit hatte er Erfahrung. »Ich bereite eine Pressemitteilung vor, mit der Bitte, Ihre Privatsphäre zu achten.«

Ich sah ihn an. Alles, was ich wollte, war, Naomi zu sehen, zu hören, anzufassen, festzuhalten. Unsere Privatsphäre erschien mir völlig irrelevant.

Ich beendete meine Auflistung und reichte sie ihm herüber. Er stand auf, um sich zu verabschieden. Ich wollte nicht, dass er ging. Es fühlte sich weniger aussichtslos an, wenn er hier war. Er komme in zwei oder drei Stunden wieder, sagte er.

Nachdem er gegangen war, saß ich lange schweigend da. Unzusammenhängende Gedanken rasten mir durch den Kopf. Schließlich stand ich steifbeinig auf und sah auf die

Uhr. Sechzehn Stunden waren vergangen, seit wir sie zurückerwartet hatten, zweiundzwanzig Stunden, seitdem sie gegangen war. Dann erinnerte ich mich an ihre Stimme beim Abschied, aber ich konnte mich nicht erinnern, ob ich mich auch von ihr verabschiedet hatte.

14

DORSET 2010
EIN JAHR DANACH

Ich grundiere das Papier grün, dann mische ich Grasgrün und Karmesinrot zu einem gräulichen Grün, aber die Farbe ist zu kühl, sie muss leuchten, muss dunkler, dichter wirken. Ich lege Türkisgrün und Umbrabraun darüber. Das Violett und Dunkelbraun der See erstrecken sich bis zum Rand des Himmels, als wolle sie ihn verschlucken. Ich tupfe weiße Gischt an den Wellenkamm, aber vor allem geht es mir um die wogenden Formen des Wassers. Während das Gemälde entsteht, spüre ich die Rettungsleine, die es mir zuwirft. Ich stelle mir vor, dass sie rau ist vom Salz und sich nass anfühlt. Von Zeit zu Zeit mache ich eine Pause, um Holz ins Feuer zu legen, einen Schluck Wein zu trinken, ein Sandwich zu essen, und gehe dabei im Zimmer auf und ab.

Irgendwann nach Mitternacht lässt mich das Bild los. Das Feuer flackert nur noch wenig, und ich fühle mich warm und sicher hier drin, obwohl draußen weiterhin der Sturm tobt. Letztes Jahr wurde unser Leben von einem rasenden, erbarmungslosen Sturm zerstört. Ich hatte damals durchgehalten, weil ich dachte, wir würden sie finden. Und wegen der Jungs. Theo und Ed hatten mich am Leben gehalten.

BRISTOL 2009
EIN TAG DANACH

Theo kam am späten Nachmittag aus der Schule. Er hatte sich Fish and Chips in einer weißen Papiertüte gekauft, die von Fett durchtränkt war, und der Essiggeruch weckte bei mir erneute Übelkeit. Als der Anruf kam, nutzte ich sie als Vorwand, um nach oben zu gehen, damit Theo das Gespräch nicht hörte.

Teds Stimme klang angespannt. »Das Cottage ist leer. Hier ist niemand, und hier war in den letzten vierundzwanzig Stunden auch niemand.«

Er hatte sie also nicht dorthin gebracht. Ich wartete.

»Sie muss aber hier gewesen sein, letzte Woche, wie sie gesagt hat. Allerdings ...«

»Ja?«

»Sie ... sie ...«

»Was?!« In meinem Kopf kribbelte es vor Ungeduld.

»Es hat jemand im Bett geschlafen. Man sieht einen Fleck, der bis auf die Matratze durchgedrungen ist.«

»Geschlafen? Aber sie ist doch gar nicht über Nacht geblieben.« Dann durchzuckten mich seine Worte. »Was heißt das, ein Fleck?«, fragte ich, meine Stimme zitterte. »Was für ein Fleck?«

»Blut.«

»Großer Gott.« Es verschlug mir einen Moment die Sprache.

»Sie sagen, er ist mehrere Tage alt. Auf dem Boden ist auch was, schon festgetreten.« Er sprach leise. Jemand musste in der Nähe sein und hörte vielleicht mit. »Man kann an der Farbe erkennen, wie alt er ist, sagt der Beamte. Er ist Forensiker. Und der Wein in den Gläsern ist schon eingetrocknet, definitiv älter als ein Tag und eine Nacht.«

»Wein? Welcher Wein?« Ich wusste nicht, wovon er sprach.

»Neben dem Bett stehen eine Flasche und zwei Gläser.«

Weingläser neben dem Bett? Sie trinkt keinen Alkohol. Sie hatte nach der Probe und beim Abendessen nach der ersten Aufführung nach Wein gerochen, aber ich dachte, das läge daran, dass alle getrunken hatten. Ich dachte, sie hasse Alkohol.

»Das muss von den Freunden sein, mit denen sie hingefahren ist, manche von den Leuten, die sie kennt, sind schon viel ... erwachsener ...« Bei den Worten musste ich an die jungen Mädchen in der Praxis denken, die mit dreizehn schon schwanger waren. Aber Naomi war anders. Sie hatte noch nie einen Freund. Das hatte ich der Polizei auch gesagt. Sie konnte mit niemandem im Bett gewesen sein.

»Sie ist nicht mit Freunden hingefahren.« Teds Worte klangen barsch. »Das war auch eine Lüge. Hier sind nur zwei verschiedene Fußabdrücke – von ihr und diesem Bastard. Du hattest doch den Eindruck, dass sie uns an dem Abend, als sie zurückkam, nicht viel erzählt hat. Kein Wunder – sie war traumatisiert.« Ein rasselndes Atemgeräusch. »Erst hat er sie betrunken gemacht ...«

Obwohl ich vor den Worten zurückschreckte, versuchte ich schon weiterzudenken. »Wenn das stimmt, dann ist alles in Ordnung«, hörte ich mich sagen. »Wenn sie getrunken haben, ist das ein gutes Zeichen.«

»Was? Es ist gut, dass sie betrunken war, als er sie vergewaltigt hat?«

Seine kühle Ungläubigkeit ließ mich zusammenzucken. »Nein.« Sie hatte so ruhig im Türrahmen gestanden. »Wir haben sie doch gesehen, als sie aus dem Cottage zurückkam. Ich hätte gewusst, wenn etwas Schlimmes passiert gewesen wäre. Sie war so ... still.« Ich sprach schneller, spürte Gewissheit. »Denk doch mal darüber nach. Wenn man mit jemandem im Bett Wein trinkt, ist man entspannt, unterhält sich, genießt zusammen ...«

Ted unterbrach mich. »Ungefähr vor einer Stunde ist ein Team aus der Gegend hier gekommen. Sie nehmen Proben – Fingerabdrücke, Fotos, DNA.«

Mir standen noch die Weingläser vor Augen. Er hatte ihr ein Glas eingeschenkt, seinen Arm um sie gelegt, sie hatte einen Schluck genommen, ihn angelächelt, behauptet, den Wein zu mögen.

»Der Wein bedeutet, dass er sie mochte.« Ich sprach mit Bedacht. »Das Blut bedeutet nur, dass ... es ihr erstes Mal war. Wenn sie jetzt mit derselben Person zusammen ist, dann tut er ihr nichts an. Nicht, wenn sie ... Liebe gemacht haben.« Die Worte klangen lächerlich fehl am Platz. Aber Liebe war besser als Vergewaltigung, besser als Mord.

»Wach auf. Natürlich ist sie mit derselben Person zusammen, aber das macht es nicht weniger gefährlich. Er hat alles geplant, und das war nur der Anfang.« Seine Stimme zitterte.

Schweigen. Dann sagte er, es komme noch ein weiteres

Team, das von Haus zu Haus gehen und die Dorfbewohner befragen werde. Es dauere alles länger, als er dachte. Ich wünschte, wir würden mehr Leute im Dorf kennen, aber wir waren nie lange genug da, um Bekanntschaften zu schließen; wir hatten immer um uns als Familie gekreist, wollten Teds Freizeit so sehr auskosten wie möglich. Jetzt wünschte ich, ich wäre offener für andere gewesen. Dann hätte ich jetzt jemanden fragen können, ob er etwas Ungewöhnliches bemerkt hatte oder ob Fremde im Dorf herumgelungert hatten.

Ich lief wieder in die Küche. Als das Telefon klingelte, meldete ich mich, aber als ich die helle Stimme einer Journalistin hörte, die sich eilig vorstellte, beendete ich das Gespräch. Das Telefon klingelte sofort wieder, aber ich ignorierte es.

Ed kam herein. Er blieb stehen, als er mich sah, und einen Moment lang sah er ängstlich aus. Ich umarmte ihn. Seine Augen waren blutunterlaufen. Hatte er geweint? Er blieb ruhig, seine Muskeln waren angespannt.

»Alles in Ordnung, Ed. Alles wird gut.«

»Es ist gar nichts in Ordnung.«

Er schüttelte mich ab und lief davon. Als er sich auf das Sofa setzte, ließ ich mich neben ihm nieder. Er stand auf und setzte sich in den Sessel. Ich hörte, wie Theo den Kühlschrank öffnete.

»Was immer passiert ist, ich stehe auf deiner Seite«, sagte ich ruhig.

»Was meinst du?«

»Michael Kopje von der Polizei war hier. Offenbar hast du Mrs. Mears erzählt …«

»Fuck.«

»Du musst es mir nicht jetzt erzählen.«

»Ach ja?«

»Es könnte sein, dass du noch einmal vernommen wirst. Ich würde natürlich gern mehr über Naomi ...«

»Siehst du? Nie meinst du das, was du sagst. Nie.«

Ich wartete, sah, wie die Wut in ihm aufstieg.

Er senkte den Blick. »Ich habe Mrs. Mears gesagt, dass ich Nik und Naomi nach Hause bringe. Als ich auf dem Klo war, kam Shan und hat Nik abgeholt.«

»Ja, ich weiß.«

»Als ich zurückkam, zog sich Naomi grad um und schrie mir durch die Tür zu, ich solle gehen. Sie sagte, es komme ein Freund, der sie nach Hause bringen würde. Sie wollte, dass ich gehe.«

Ich kniete mich vor ihn und nahm seine Hände. »Es ist nicht deine Schuld, Ed – oder die Schuld eines anderen, auch nicht meine oder Dads. Naomi schafft es immer, dass alle tun, was sie will.« Als ich die Worte aussprach, wusste ich, dass sie stimmten, und schöpfte Hoffnung. Denn dann konnte sie auch denjenigen, der sie mitgenommen hatte, dazu bringen, sie laufen zu lassen. Ed drehte den Kopf weg.

Theo lehnte sich müde an die Wand. »Mrs. Mears hat gekündigt«, sagte er.

Ich stand auf und drehte mich zu ihm. »Warum?«

Ed erhob sich und lief hinaus.

»Es muss immer ein Lehrer bei den Schülern im Theater bleiben. Sie muss sich schrecklich fühlen ...« Theo sprach schleppend.

Mir war wieder schlecht. Mrs. Mears wusste also, dass, wenn sie sich anders verhalten hätte, Naomi noch da sein könnte. Aber egal wie groß das schlechte Gewissen dieser Lehrerin war, vielleicht war es nichts im Vergleich zu dem

Horror, den Naomi durchmachte. Oder den wir erlebten. Lodernde Wut flammte in mir auf. Aber mir war klar, dass sie zu nichts führen würde, denn dann müsste ich auch auf Ed wütend sein, und der sinnlose Zorn würde nur noch weiter anschwellen und alles andere verschlucken. Ich musste rational denken.

»Niemand redet mit mir.« Theo klang überrascht. »Niemand spricht mit mir. Es ist seltsam.«

Ich versuchte, es ihm zu erklären: »Jeder weiß, dass er dir etwas sagen sollte, aber keiner weiß wie, und deshalb sind alle hilflos. Das heißt nicht, dass den anderen alles egal ist. Vielleicht musst du auf *sie* zugehen.«

»Das habe ich schon versucht, aber zwei Jungs sind einfach weggegangen. Als hätte ich irgendeine Krankheit, mit der sie sich nicht anstecken wollen.«

Ich umarmte ihn kurz; es war einfacher, ihn zu drücken, als zu reden. Ich fand keine Worte, die die Sache besser gemacht hätten. Ich konnte ihm noch nicht erzählen, was sie im Cottage gefunden hatten. Weshalb sollte ich ihn belasten, wenn alles noch keinen Sinn ergab? Um sechs sahen wir Nachrichten. Ich schaute hin und hörte zu, aber ich nahm nur Bruchstücke wahr. »Naomi Malcolm … Sie wurde zuletzt gestern Abend bei der Schulaufführung ihrer Theatergruppe gesehen … Die Polizei sucht nach einem dunkelhaarigen Mann in den Zwanzigern oder Anfang dreißig, um ihn von den Verdächtigungen auszuschließen …« Dann ihr Bild. Eins aus der Schule, das ich nicht kannte. Sie sah noch jünger aus. Sie lächelte breit, nicht dieses neue halbe Lächeln. Ihre Augen waren offen und vertrauensvoll. Das waren sie jetzt vermutlich nicht mehr. Ich schaltete den Fernseher aus. Für jeden anderen auf der Welt war sie das Kind anderer Eltern.

Es fand sich nicht mehr viel in unseren Vorräten, aber es hatte ohnehin niemand Hunger. Ich machte Ed ein Sandwich, das er schweigend aß. Nachdem die Jungs nach oben gegangen waren, lief ich ziellos in der Küche hin und her, wurde immer hektischer, bis ich mich wie eine Angelschnur fühlte, die man an Land zieht und die durch den Fang fast bis zum Zerreißen gespannt ist.

»Hilf mir … hilf mir …«, flüsterte ich immer und immer wieder, ballte und öffnete meine Fäuste, schwitzte und ertrank in Verzweiflung.

Ich war noch immer in der Küche, als Ted viel später zurückkam. Er lief schnurstracks zum Getränkeschrank und fand ganz hinten eine alte Flasche Whiskey. Er hob das Glas ruckartig nach oben und trank.

»Sie haben jetzt alles, was sie brauchen, und analysieren es. Er muss ein Idiot sein. Er hat überall Fingerabdrücke hinterlassen. Auf der Weinflasche konnte man sie sogar mit bloßem Auge erkennen.« Er trank erneut, stellte das Glas ab und sah mich zum ersten Mal an. Er runzelte die Stirn. »Wir finden ihn. Er kann überall mit ihr hingefahren sein, aber wir werden ihn finden.«

»Was ist mit dem Blut?«

»Es war nicht viel. Vor allem Schleim.«

Nicht viel Blut. Sie hatte keine Verletzungen. Ich hätte es gewusst. Erst vor einer Woche war es gewesen, dass ihr Schweigen so eindringlich gewesen war. Sie hatte ein Geheimnis gehabt, keine Verletzungen. Woran hatte sie gedacht? Ihre Lippen hatten sich bewegt – hatte sie einen Namen gemurmelt?

Ted klang wütend. »Ich frage mich, wer so was tut. Einer, der hilflos ist und der Welt zeigen will, dass er sich nehmen kann, was er will? Sex mit einem kleinen Mädchen im Revier ihrer Eltern? Vielleicht hat sie sich geschmeichelt gefühlt und nicht geahnt, dass er die ganze Zeit dachte: Das ist ja einfach. Teil eins von meinem Plan.«

»Jetzt mal langsam.« Ich nahm seine Hand, sie zitterte so sehr wie meine. »Was für ein Plan?«

»Im Internet nennt man das Cybergrooming, glaube ich, wenn gezielt der Kontakt zu Mädchen gesucht wird. Offenbar hat er alles genau geplant.« Er flüsterte jetzt, sein Atem kam in kurzen Stößen. »Im Cottage mit ihr zu schlafen war der erste Teil. Offenbar wollte er die Macht über sie gewinnen, damit sie ihn nach der Aufführung bedenkenlos begleitet.«

Ted musste auf der langen Autofahrt alles genau durchdacht haben, jetzt brachen die Worte aus ihm heraus, als ob er sie nicht mehr länger für sich behalten konnte.

»Als sie merkte, dass es ein Fehler gewesen war, war es schon zu spät. Da waren sie schon meilenweit weg. Er kann sie überall gefangen halten. Und er kann ihr zufügen, was immer er will. Sie vergewaltigen. Sie umbringen.«

Immerhin sagte Ted diese Dinge leise. Ich ging unten an die Treppe und lauschte nach oben. Alles war still. Die Jungs schliefen. Mir fiel ein, wie leer das Cottage gerochen haben musste. Vielleicht waren die Vorhänge verschlossen gewesen, und als Ted sie zurückgezogen hatte, wurde das ganze Chaos auf einen Schlag sichtbar; vielleicht summten Fliegen in den Erkern oder schwammen tot in den kleinen Pfützen in den Weingläsern. Die Rückfahrt musste sich endlos angefühlt haben, und es musste ihm schwergefallen sein, in der Schlange vor der Hängebrücke über den Avon zu warten. Sein Blick war gequält, ich umarmte ihn.

»Vielleicht war ja alles ganz anders«, flüsterte ich. »Vielleicht hat sich alles auch ganz anders zugetragen. Was, wenn er sie liebt? Wenn er sie liebt, dann tut er ihr nichts an.«

Ted erwiderte nichts, und die Worte der Hoffnung lösten sich so vollkommen in der Stille auf, als hätte ich sie nie ausgesprochen.

15

DORSET 2010
EIN JAHR DANACH

Später frischt der Wind wieder auf. Ich wache plötzlich vom Klappern des Fensters auf und erwische noch das Ende eines Traums. Lautes Klopfen. Das Geräusch von Wasser. Ich träume die Erinnerung an einen anderen Traum. Dann ein Knall, der die Nacht erschüttert. Alles bebt, es klingt, als würde etwas zerbersten. Ich lausche wie erstarrt. Draußen ist etwas zu Bruch gegangen. Trotz des Lärms und meiner Angst drifte ich am Rande des Schlafs entlang, weiß, dass meine Hände geöffnet sind und über die Decke rutschen, etwas suchen.

Am Morgen spüre ich, dass etwas anders ist: Geräusche fehlen, das Licht ist ungewöhnlich hell. Ich sehe aus dem Fenster, und der Garten ist verschwunden. Die Sonne strahlt für die Jahreszeit erstaunlich hell über der Verwüstung. Überall liegen Überreste von Baumrinde und durchgebrochene Baumstämme. Der Apfelbaum steht nicht mehr, der Wind hat ihn zerlegt und die Einzelteile verstreut. Schweres Geäst ist auf die Gartenmauern und die schwarzen Johannisbeeren gefallen. Das Tor ist zertrümmert.

In der Garage finde ich eine alte Säge. Sie ist geölt und noch immer scharf. Sie hängt so tadellos, wie mein Vater alle seine Sachen verwahrte, an einem Nagel neben der Axt. Ein Rotkehlchen pickt im zerwühlten Rasenstück unter dem Baum, dessen verworrene Wurzeln nun gen Himmel ragen. Bertie schnüffelt an den glänzenden Aststücken, hebt an der Mauer sein Bein und lässt sich neben dem kaputten Tor nieder. Ich zersäge die längeren Stämme und ziehe bald meine Jacke und schließlich auch den Pulli aus. Meine Hand ist schlüpfrig vor Schweiß, als ich die Säge vor- und zurückbewege. Der torfige Duft von frischem, nassem Holz erinnert mich an Lagerfeuer, bevor sie angezündet werden, und daran, wie ich mich früher vor der Schlafenszeit in den Sträuchern versteckt habe. Die dunklen, gewölbten Zweige der Baumkrone wecken eine andere Erinnerung, die ich nicht ganz zu fassen bekomme. Ich arbeite mich durch das sich wandelnde Morgenlicht. Das kleine Vögelchen hüpft und schwirrt um meine Füße, es pickt und beobachtet mich. Gegen Mittag trinke ich Wasser und arbeite weiter, bis sich meine Finger nicht mehr um den Griff schließen können und meine Handflächen blutig sind.

Vor der offenen Hintertür ziehe ich die verdreckten Stiefel aus und betrete das Cottage. Die Zimmer duften jetzt nach dem Sturm nach frischer Luft. Ein gelber Klecks schimmert durch das Glas der Eingangstür. Auf der Stufe steht ein kleiner Strauß gelber Chrysanthemen, daneben ein Eiscremebehälter mit vier Eiern. Mary muss sie mir hingestellt haben. Als ich die Blumen in eine Milchflasche stelle, zittern meine Hände vor Erschöpfung. Ich nehme ein

Ei in die Hand; schon die Form fühlt sich gut an. Ich kann mich nicht erinnern, wann ich zum letzten Mal ein Ei gegessen habe – vor einem Jahr? Es ist gesprenkelt, an der glatten Rundung klebt eine winzige, weiche Feder, daneben klebt ein blasser Pinselstrich aus Dreck. Ich koche es eilig und esse es auf, dann koche ich mir ein weiteres und dann noch eins. Ich habe keine Butter und keine Eierbecher, daher pelle ich sie und lege sie zwischen zwei Brotscheiben, in die ich vorher mit dem Messer ein wenig schon angetrocknetes Marmite gestrichen habe; die Packung stand ganz hinten im Schrank. Ich schiebe die Eierschalen und Brotkrümel in den Mülleimer, Naomis sommersprossiges Kindergesicht, als sie zwei war, steht mir plötzlich vor Augen, und Soldaten, die im Krieg mit Marmite versorgt wurden.

Mary muss es besser gehen, sonst könnte sie nicht Geschenke vorbeibringen. Bevor ich mich anders entscheide, verlasse ich schnell das Haus. Die Tür ihres Cottages steht offen, und ich höre Stimmen von drinnen. Ich weiche zurück, aber Mary hat mich schon gehört.

»Laufen Sie nicht davon«, ruft sie.

Bunte Sträuße in Zellophanpapier und ein Berg mit Kuchenpaketen liegen auf dem Tisch. Die Dorfbewohner haben gehört, dass es ihr nicht gut geht. Mary sitzt mit ihrer Schürze am Tisch; ihre Wangen schimmern bräunlich rosa, ganz anders als das fahle Weiß von gestern. Ein gertenschlanker Mann steht mitten im Zimmer und isst krümelnd Kuchen. Ein dunkelhaariger Junge raucht am Tisch eine selbst gedrehte Zigarette und tippt mit beiden Daumen in sein Handy. Er wird mir als Marys Enkel Dan vorgestellt. Er nickt mir zu, als er mit halb geschlossenen Augen durch den Qualm hochblickt. Der schlanke Mann kommt auf mich zu und streckt mir eifrig seine Hand entgegen.

»Derek Wooley, der Nachbar. Rechtsanwalt im Ruhestand und der Glöckner vom Dienst.« Er lacht verlegen.

»Jenny.«

Sein Handschlag ist schlaff; als sich unsere Blicke treffen, wandern seine Augen hastig von einer Seite zur anderen, als wolle er flüchtige Geheimnisse einfangen. Mir ist klar, dass er aufdringliche Fragen stellen wird. Ich bin die hässliche Neugier so leid.

»Wie lange sind Sie schon hier, Jenny? Ich habe Sie und Ihre Familie natürlich schon früher hier gesehen, wenn Sie am Wochenende hier waren …«

Ich kann mich nicht daran erinnern, diesen Mann damals gekannt zu haben, und seit ich jetzt hier bin, weiche ich Blicken aus, wenn mir auf der Straße jemand begegnet.

»Ein paar Monate«, sage ich und schiele zur Tür; wann kann ich ihm wieder entkommen?

»Jenny war diejenige, die mir gestern geholfen hat, Derek. Sie hat mich hereingetragen.« In der Stille ergreift Mary schnell das Wort.

»Ach so. Sie sind also unser barmherziger Samariter. Ich wollte immer schon fragen …«

»Oh, das sind die Glocken. Sie läuten schon. Du musst dich beeilen.« Mary hält die Tür auf. »Vielleicht könntest du Bescheid sagen, dass ich stattdessen am Montag zur Probe komme. Dann geht's mir wieder besser.«

Derek Wooley zuckt mit den Schultern, leert seine Tasse und nimmt sich beim Hinausgehen noch ein Stück Kuchen. Er nickt mir kurz zu.

»Setzen Sie sich, meine Liebe«, sagt Mary zu mir und schließt die Tür hinter ihnen.

Ich erfahre, dass Dan auf der Rückfahrt vom College in Bridport vorbeigekommen ist, um ihr im Garten zu helfen.

Mary fragt, ob ich auch Hilfe bräuchte; sie habe letzte Nacht gehört, wie der Baum umgefallen sei. Als ich gehen will, hält mir Dan, der noch immer auf seinem Handy herumtippt, die Tür auf. Irgendetwas in seinem Gesicht, das Ungeformte, Ruhelose, erinnert mich an Ed.

Das Spiel von Licht und Schatten in meinem Cottage ist jetzt ein anderes; als ich hinaussehe, merke ich, dass die gebogenen Zweige der Baumkrone ein Muster werfen. Dann sehe ich – nur für einen kurzen Moment – Naomis Gesicht dazwischen. Natürlich, daran haben mich die gebogenen und heruntergefallenen Äste erinnert. Naomi inmitten der Zweige, ihr nackter Körper. Theos Bilder!

BRISTOL 2009
ZWEI TAGE DANACH

Am Samstag, den 21. November, standen Michael Kopje und zwei Kollegen schon frühmorgens in meiner Küche. Ted setzte sich hin, er war noch immer müde von seinem Trip zum Cottage am Tag zuvor. Sein Gesicht war blass und seine Augen blutunterlaufen. Keiner von uns beiden hatte länger als eine Stunde geschlafen. Ich hatte Frühstück gemacht, aufgeräumt, mich gekämmt. In meinen Gedanken herrschte Leere, was gut war; ich brauchte einen klaren Kopf für einen Plan, der nicht von Angst beherrscht war. Für medizinische Notfälle gab es feste Abläufe, die man sich anhand einfacher Buchstabenfolgen merken konnte. Wir dürften keine Zeit für Emotionen verschwenden, hatten wir als Studenten in der Notfallmedizin gelernt, wir sollten einfach einem festen Schema folgen: AAP – Atemwege, Atmung, Puls. Denken, nicht fühlen. Ich holte Tassen heraus und setzte Tee auf. Denk in Abläufen.

Michael beobachtete uns genau. Er sprach langsam; als glaubte er, wir würden ihn sonst nicht verstehen. Die Polizei verfolge alle Spuren aus dem Cottage und hole Aussagen der Anwohner ein. Die alte Dame von gegenüber denke, vor dem Cottage habe vielleicht eine Weile ein Auto geparkt, war sich aber nicht sicher; niemand habe bislang Naomi oder jemand anderen gesehen. Man habe DNA-Spuren von Decken und Handtüchern und die Aufzeichnungen der Überwachungskameras in den Parkhäusern sichergestellt. Michael war hier, um Naomis Zimmer zu durchsuchen und auch noch einmal alle anderen Zimmer im Haus. Er wollte einzeln mit Theo und Ed sprechen – im Polizeirevier und im Beisein eines Jugendhelfers. Das gehöre zum normalen Ablauf. Er stellte uns zwei Kollegen vor: Ian, einen stämmigen Mann Mitte dreißig, und Pete, einen jungen Jamaikaner. Sie würden ihm bei der Durchsuchung helfen. Es konnte den ganzen Tag dauern.

Ted sagte, er müsse ins Krankenhaus. Nach seinen Worten entstand eine kurze Pause. In meinen Ohren klangen sie vollkommen normal, er hatte sie schon so häufig gesagt, aber Michael nickte anerkennend. Pete sah beeindruckt aus.

Ich begleitete ihn nach draußen und schloss die Tür hinter uns.

»Musst du sofort los?«

Er sah mich an, aber mit den Gedanken war er bereits im Krankenhaus. Mir wurde klar, dass das seine Art war, um mit der Sache fertigzuwerden.

»Natürlich«, erwiderte er. »Ich habe Notdienst.«

»Mein Gott, Ted. Dann tausche mit jemandem.« Ich umklammerte die Türklinke fester.

Es lag kein Zögern in seinem Blick. »Wenn ich jetzt gehe, bin ich nur eine Stunde weg. Ich will die Kollegen jetzt nicht um allzu viele Gefallen bitten.«

Ich hatte Verständnis. Aber ich war immer verständnisvoll gewesen. Das hieß nicht, dass es richtig war.

Ich weckte Theo und Ed und erklärte ihnen, was los war. Ed schlief wieder ein; Theo war sofort wach und setzte sich auf, Sorgenfalten lagen auf seiner Stirn.

Ich zeigte Michael Naomis Zimmer. Ich hatte es unberührt gelassen, wie er mich gebeten hatte, aber ich hätte ohnehin nichts weggeräumt. Ich brachte es nicht übers Herz, etwas zu verändern, was sie hinterlassen hatte. Als ich jetzt mit Michaels Augen hineinsah, hätte ich am liebsten die unbekannte Unterwäsche versteckt und das vergossene Make-up weggewischt. Ich konnte fühlen, wie sein Blick alles aufnahm – die herausgedrehte Spitze des roten Lippenstifts, der in der kleinen Pfütze flüssigen Make-ups lag, die Spitzen-BHs, den String, das ungemachte Bett. Aber das war nicht die echte Naomi. Naomi war hier, hätte ich am liebsten gesagt, in dem Cello, das an der Wand lehnte, in den Fotos von Weihnachten und Korfu, die in den Muschelrahmen steckten, die sie gebastelt hatte, in den Freundschaftsarmbändern in der Schüssel, in den getrockneten Herbstblättern hinter ihrem Spiegel. Sie liebt den Herbst, wollte ich ihm sagen. Sie sammelt Blätter, wie ein Kind. Sie ist noch ein Kind. Der BH muss einer Freundin gehören, genau wie der String. Das können nicht ihre sein! Ich habe sie vorher noch nie gesehen.

Andererseits kannte ich auch die Schuhe nicht, die High Heels mit den Riemchen, den Geruch von Alkohol und

Zigaretten, die Art, wie sie sich weggedreht hatte, als ich mit ihr sprach. Was hatte ich sonst nicht mitbekommen? Welche Zeichen musste ich noch erkennen, bevor es zu spät war?

Michael reckte sich nach oben und sah ihre Bücher durch. Er sah mich an. Ich nickte. Er nahm jedes Buch heraus und schüttelte die Seiten. Aus dem zweiten Fach von oben, etwa nach einem Drittel der Reihe, zog er ein dünnes Buch, das ich nicht gesehen hatte. Auf dem glänzenden Cover waren Blumen. Als er es durchblätterte, konnte ich innen ihre runde Handschrift erkennen. Es sah aus wie ein Tagebuch. Ich hätte es ihm am liebsten aus der Hand gerissen. Wenn Naomis Gedanken darin standen, war es nicht für ihn bestimmt. Es waren ihre Gedanken, und ich musste für sie darauf aufpassen. Ich streckte meine Hand aus.

»Ich muss es durchsehen«, sagte er leise.

»Ich auch.«

»Es tut mir leid, aber …«

»Darf ich es bitte haben?« Ich hielt meine Hand ausgestreckt, meine Finger zitterten.

»Ich weiß, wie Sie sich fühlen …«, sagte er.

»Nein, das wissen Sie nicht.« Sagen Sie das nicht, sagte ich im Stillen. Sie haben nie selbst ein Kind verloren. Ich sah ihn an. Vielleicht hatte er gar keine Kinder; er hatte den unverstellten Blick eines kinderlosen Mannes.

»Sie haben recht.« Er klang zerknirscht. »Natürlich kenne ich nicht wirklich Ihre Gefühle. Aber wir könnten wichtige Anhaltspunkte darin finden.«

Vielleicht gehörten Naomi ihre Sachen gar nicht mehr; vielleicht war es richtig, dass Fremde ihre Geheimnisse enthüllten. Wenn es half, sie zu finden. Ihr Recht auf Privatsphäre hatte sie mir ihrem Weggehen verspielt. Denken. Nicht fühlen. AAP.

»Dann sehen Sie es um Himmels willen als Erste durch.« Er reichte mir das kleine Buch. »Aber nachher muss ich es mitnehmen. Es ist ein Beweisstück. Tut mir leid.«

Glaubte er, ich würde etwas darin verändern oder Seiten herausreißen? Hätte ich das getan?

Ich setzte mich aufs Bett, um Naomis Gedanken zu verfolgen. Ich überflog die Seiten. Ihre Handschrift war kleiner und enger, als ich sie in Erinnerung hatte. Ich las flüchtig, was sie schrieb. Der erste Eintrag stammte von vor fast zwei Jahren. Januar 2008. Es ging um Weihnachtsgeschenke. Ich schlug es an einer anderen Stelle auf. August 2009. Vor drei Monaten. Ich las die Worte Dad und Krankenhaus. Ich schlug die letzte Seite auf, um einen Namen, einen Ort, irgendetwas zu finden, das uns weiterhelfen könnte. Die letzten Worte lauteten:

Morgen zum Cottage. J. Zehn Wochen.

Das musste sie vor einer Woche geschrieben haben. J? Zehn Wochen, bis was passierte?

Eine Seite vorher. Mit Bleistift gezeichnete Herzchen überdeckten drei Buchstaben. XYZ. Das X und das Z waren in Schwarz geschrieben, der mittlere Buchstabe in Rot, ein kleines Herz berührte die Gabelung. Nirgendwo Namen, keine Daten.

Hockey: erstes Auswärtsspiel. Naturwissenschaften geschwänzt, Zigaretten mitbringen.

Naomi hatte Naturwissenschaften geschwänzt? Sie liebte Naturwissenschaften. Sie hatte geraucht? Ich ließ das Tagebuch einen Moment sinken. Mir war schwindelig. Die Notizen hätten von einer Fremden stammen können. Ich sah mich flink im Zimmer um, mein Blick blieb an dem kleinen Spiegel hängen. Noch vor zwei Tagen hatte sie ihr Gesicht darin gesehen. Zu welcher Person wurde sie, wenn sie sich schminkte?

Noch weiter zurück:

Theo hat eine Auszeichnung bekommen. Wegen mir.

Seine Fotos, die er hinter dem Baum von ihr gemacht hatte. Diese Zeile war klar.

XYZ. Nach der Schule. N. erzählen.

Wieder diese Buchstaben. Nach der Schule ... das Stück? Worte oder Szenen, die sie für das Stück lernen musste vielleicht? N wie Nikita? Nikita war so still, so merkwürdig gewesen, als wir vorgestern Nacht mit ihr gesprochen hatten. Was wusste sie sonst noch?

Michael sah nun in den Kleiderschrank, schob die Kleidung auf den Bügeln beiseite und hob ihre Schuhe hoch, drehte sie um. Er lief hinüber zur Kommode, öffnete nacheinander alle Schubladen, tastete unter der Kleidung. Ich musste schnell sein. Ich blätterte im Tagebuch noch weiter zurück, sah nur eine Ansammlung von Daten und Zeiten, die im August anfingen, in den Schulferien. Dieselben Initialen. Und eine neue: K.

XYZ. K. fast fertig.

Wenn sie es im August geschrieben hatte, konnte nicht das Stück gemeint sein. Sie hatte in den Ferien ein paar Kursarbeiten geschrieben, meinte sie die?

Michael setzte sich neben mich aufs Bett.

»Ich kann nichts finden, das mir etwas sagt. Außer dass N für Nikita stehen könnte«, sagte ich. »Klar ist nur, dass sie geraucht und Naturwissenschaften geschwänzt hat.« Michael sah mich erst an, dann wieder weg. Ich tat ihm leid, aber er wollte es sich nicht anmerken lassen. Ich tippte auf die Seite. »Diese Buchstabenfolge taucht immer wieder auf – XYZ. Irgendein Code? Buchstaben am Ende des Alphabets könnten ja irgendeine besondere Bedeutung haben. *K fast fertig*? Vielleicht hatte sie ihre Kursarbeiten fast fertig?«

Michael sah sich die Worte eingehend an. »Vielleicht Kürzel für Freunde oder Orte?«

Ich schüttelte den Kopf. Ich wusste es nicht. Er nahm mir das Buch vorsichtig ab und steckte es in eine Plastikhülle.

»Ich kopiere es mir und gebe es Ihnen zurück. Überlegen Sie in der Zwischenzeit, ob Ihnen noch etwas einfällt.«

In dem Moment klopfte es an der Tür; Ian kam herein. Er wirkte aufgeregt.

»Hier ist was, was Sie sehen sollten«, sagte er atemlos. Wir folgten ihm nach unten.

Ian hatte Theos Fotos von Naomis nacktem Körper inmitten der Zweige gefunden. Michael betrachtete sie und runzelte leicht die Stirn.

In dem Moment kam Theo aus dem Badezimmer. Sein Gesicht war noch nass vom Duschen und arglos vom Schlaf, und es verfinsterte sich ungläubig, als er hörte, dass seine Bilder Verdacht auf ihn warfen. Er erläuterte das Projektthema und dass Naomi von sich aus hatte mitmachen wollen. Ian bat Theo mit gerunzelter Stirn noch einmal zu wiederholen, was er gerade gesagt hatte. Ich sah, dass er ihm nicht glaubte.

»Sie können Nikita fragen«, sagte ich schnell und rückte näher an Theo heran. »Sie war dabei und wird Ihnen alles bestätigen.«

Michael ging hinaus, um Shan anzurufen. Er organisierte, dass wir uns alle auf der Polizeiwache trafen. Er sagte, es könnte helfen, dort alle Fragen aus dem Weg zu räumen.

Ich spürte nur nervöse Ungeduld, weil das die weitere Suche aufhielt.

Wie in einem Albtraum bei Tage wurde in meinem Kopf immer wieder der Film von einem Auto abgespielt, in dem Naomi saß. Sie drückte ihr Gesicht an die Scheibe und fuhr an mir vorbei. Ich hätte es aufhalten können, als es vorüberfuhr, aber inzwischen war es schon weitergefahren, und es war zu spät. Nein, wenn ich gerannt wäre, hätte ich es noch aufhalten können, aber auch diese Chance zog vorüber. Es war immer wieder zu spät, zu spät, zu spät ... Die Verzweiflung kreiste in einer Endlosschleife, als ich zur Wache fuhr, und das kleine Auto in meinem Kopf, das Naomi mitnahm, fuhr immer weiter davon, bis es nur noch ein winziger Punkt war und schließlich verschwand.

Auf dem Revier saßen Shan und ich nebeneinander vor den Räumen, in denen die Kinder im Beisein des obligatorischen Jugendhelfers einzeln befragt wurden.

Shan starrte stur geradeaus auf die geschlossene Tür und sprach leise. »Ich weiß, dass du durch die Hölle gehst, Jenny, aber bitte zieh Nikita da nicht mit hinein. Sie hat euch bereits alles erzählt, was sie weiß.«

»Ich ziehe sie nicht mit hinein.« Mir stockte vor Erstaunen und Wut der Atem. »Das ist eine polizeiliche Ermittlung.«

Shan erwiderte nichts.

»Naomi hat Tagebuch geführt.« Meine Stimme zitterte. »Nikitas Initialen tauchen darin auf; es könnte sein, dass Naomi ihr irgendein Geheimnis anvertraut hat und Nik Angst hat, es uns zu erzählen, falls ...«

»Was für ein Geheimnis?« Shan klang noch abweisender. »Naomi war in letzter Zeit gar nicht viel bei uns. Die beiden haben keine Geheimnisse, sie sind keine kleinen Kinder mehr.«

»Das kannst du nicht wissen …«

»Ich kenne meine Tochter, Jen. Lass sie in Ruhe. Sie ist schon mitgenommen genug.«

Ich kenne meine Tochter. Die Worte schienen durch den langen schmalen Flur mit dem glänzenden grünen Boden zu hallen und an den hohen Wänden abzuprallen, an denen schwarze Schrammen erkennbar sind. Ganz am Ende sah ich eine Polizistin an ihrem Schreibtisch sitzen. Ihr Gesichtsausdruck war ruhig und ernst. Wahrscheinlich sagte sie sich, dass sie sich professionell verhalten musste, was in ihrer Welt so viel bedeutete wie, stark zu sein.

Nach einer ganzen Weile öffnete sich eine Tür, und Nikita kam heraus, gefolgt von Michael. Sie sah aufgewühlt aus und lief schnell zu Shan, die sie umarmte. Nikita legte den Kopf auf die Schulter ihrer Mutter. Ich sah weg. Michael öffnete die Türen daneben, und die Jungs kamen heraus. Theo ging in die Hocke und ließ seine Arme zwischen seinen Knien hängen; Ed lehnte sich an die Wand und schloss die Augen. Er sah erschöpft aus.

»Danke.« Michael sah uns alle nacheinander an. »Das war eine große Hilfe für uns. Es tut mir leid, dass wir Sie alle einbestellen mussten. Niemand ist in Schwierigkeiten. Ich weiß jetzt wegen der Fotos Bescheid und bitte um Entschuldigung für all die Fragen.« Er sah mich an. »Es tut mir leid«, sagte er.

Ich brachte die Jungs nach Hause. Sie schwiegen. Es gab nichts zu sagen.

16

DORSET 2010
EIN JAHR DANACH

Das für die Jahreszeit ungewöhnliche Novemberwetter hält nach dem Sturm weiter an: ein später Altweibersommer mit dem Duft von Lagerfeuern, deren Qualm sich durch sonnenbeschienene Zweige windet, an denen die letzten vertrockneten Blätter hängen. Auf der Straße liegen kaputte Dachschindeln, ein Fensterrahmen liegt ausgebreitet auf funkelnden Glasscherben. Der Ladenbesitzer bückt sich unbeholfen, sein Bauch ist im Weg, und er hat seine gedrungenen Beine weit gespreizt. Er versucht, verstreute Milchkisten und einen umgekippten Metalleimer aufzuheben. Rötliche Haarbüschel fallen ihm in die Stirn; mit dicken Fingern schiebt er sie sorgsam an ihren Platz zurück, während er genüsslich davon erzählt, was der Sturm im Dorf alles angerichtet hat.

Dann sagt er: »Mary hat mir erzählt, dass Dan heute die Überreste von Ihrem alten Apfelbaum zersägt. Ich nehme Ihnen gern alles ab, was Sie nicht brauchen. Gegen Bares.«

Ich betrete den Laden und wende mich den Regalen zu. Ich habe das Gefühl, als bliebe mir die Luft weg. Passiert das einfach, wenn man sein eigenes Terrain verlässt? Dass die Leute einem näher rücken? Ich hätte es wissen müssen. Ich lege Äpfel, Kaffee und einen kleinen Becher Marmite in meinen Korb. Meine Hände sind noch steif vom Sägen gestern, und ich lasse beinahe das Glas löslichen Kaffees fallen. Dan wird nichtsahnend in meine Stille stolpern. Ich muss etwas zu essen für ihn besorgen. Kekse, gebackene Bohnen. Das wird nicht reichen. In der kleinen Kühltruhe finde ich gefrorene Frikadellen. Ich packe Milch, Saft und Bier dazu. Am Rand eines staubigen Kartons liegt ein Sack Zwiebeln, und ich nehme ihn ebenfalls mit. Ich schaffe das; es ist nur ein junger Mann. Als ich mich von den neugierigen Blicken des Mannes abwende, fällt mir ein, dass ich Dan bezahlen und dafür gleich an der Kasse Geld abheben muss.

Ich höre das Jaulen der Säge, als ich das Cottage erreiche. Über die niedrige Mauer sehe ich Dan in meinem Garten, wie er mit gebeugtem Rücken und dünnen Armen steht. Die Maschine liegt schwer in seinen Händen, Holzstücke stapeln sich bereits um seine Füße. Bertie befreit sich von seiner Hundeleine und springt auf ihn zu, sobald ich das Gartentor öffne. Ich erstarre, fürchte, Dan könne vor Schreck die Maschine fallen lassen oder sich umdrehen und verletzen, aber ich hätte mir keine Sorgen zu machen brauchen. Er richtet sich auf, stellt die Säge ab und beugt sich hinunter, um Bertie zu streicheln. Er nimmt das Tuch ab, das er sich wegen des Holzstaubs vor Mund und Nase gebunden hat. Von Nahem sehe ich, wie gerötet und verschwitzt er ist. Dunkle Haare kleben ihm in dicken Strähnen an der Stirn, seine Augen wirken unsicher, sein Lächeln schief. Wieder erinnert er mich an Ed, der genauso schüchtern war, bevor er innerlich dichtgemacht hat. Dan zieht den Kopf ein und weicht meinem Blick aus; ich habe ihn angestarrt, um Ed in ihm zu erkennen. Er zeigt zur Seite. Er hat die Baumkrone neben die Mauer gelegt. Die größeren Äste daran haben noch immer ihre klauenhafte Form.

»Darf ich die mitnehmen?«, fragt er.

Theos Fotos von Naomi, die sich hinter Zweigen versteckt.

Etwas muss über mein Gesicht gehuscht sein, denn Dans Stimme schwankt, als er in die Stille hineinspricht.

»Ich mache Skulpturen aus Holz und benutze dafür quasi Gebilde, die schon vorhanden sind. Dieses hier gefällt mir sehr.« Dann sagt er: »Es sieht fast aus wie Hände.«

Hände aus gebogenem Holz. Ich sehe in ihnen freundliche Hände, die sie vorsichtig festhalten.

»Natürlich, Dan, tut mir leid. Nimm mit, was du brauchst.« Ich reiße mich zusammen und lächele ihn an.

Theos Fotos verblassen, und ich laufe zurück, um durch die vordere Tür hineinzugehen, falls die Post schon da ist. Auf der Matte liegen drei Karten. Mein Herz macht einen Sprung.

Eine ist ein Schwarz-Weiß-Foto von den Docks in Bristol, wie sie früher aussahen. Auf der Rückseite sehe ich Anyas ordentliche Handschrift. Dies ist bereits ihre dritte Karte an mich:

Alles in Ordnung.
Anya

Sie war geblieben, wie sie es versprochen hatte, auch nachdem ich gegangen war, und kurz sehe ich sie vor mir, wie sie Teds verstreute Socken aufhebt, die angetrockneten Reste von den Tellern vom Abendessen wäscht und behutsam den Staub von den Fotos neben unserem Bett wischt. Ich schicke ihr immer eine Karte vom Strand zurück, obwohl es nicht viel zu schreiben gibt, außer dass ich sie vermisse.

Eine Karte ist von Ted, eine Flusslandschaft diesmal. Wie immer hat er nichts geschrieben. Vielleicht ist er nicht einmal in Bristol; vermutlich fährt er jetzt häufiger auf Konferenzen, es hält ihn ja nichts mehr zu Hause.

Ein breiter blauer Streifen und weiße Spritzer. David Hockney. Sie ist von Theo, und für einen Moment glaube ich, meine Erinnerungen hätten sie heraufbeschworen.

Sind übers WE in Kalifornien, komme hier groß raus. Meine Bilder hängen in der San Francisco City Gallery! Trip von der Siegprämie bezahlt (Serie Wald/Natur). Komme Weihnachten nach Hause. (Mit Sam?)
x Theo

Weihnachten mit Theo. Die letzten vier Monate an der New York Film Academy müssen für ihn wie im Flug vergangen sein, er hat studiert, Erfahrungen gesammelt. Ich sehne mich danach, ihn zu sehen; seine hellen Augenbrauen, seine schiere Größe, seine vereinzelten Sommersprossen. Sein Lachen. Dass er immer noch plötzlich kurz seinen Kopf auf meine Schulter legt, so wie damals, als er klein war; dass er noch lange in der Küche bleibt, sich an die Wand lehnt, Müsli isst, reden will. Seine gelegentlichen stürmischen Umarmungen.

Ich weiß noch nicht viel über Sam, abgesehen davon, dass er Doktorand in Architektur ist. Theo hat mir einmal ein Foto geschickt, auf dem er Arm in Arm mit diesem Mann steht: ein schmales, gelehrtes Gesicht, dicke Brillengläser und ein Lächeln. Ich habe es nicht kommen sehen. Oder doch? Ed hat ihn nie wegen irgendwelcher Mädchen aufgezogen; es war immer nur umgekehrt gewesen. Ich hatte gedacht, er konzentriere sich auf die Kunst und hätte deshalb nie eine Freundin. Weiter habe ich nie gedacht; ich war blind, wollte keine Schwierigkeiten vorausahnen. Genauso blind wie für Naomis Geheimnisse. Allerdings hatten ihre zur Katastrophe geführt, nicht zur Liebe. Als mich dieser Gedanke durchzuckt, lasse ich die Postkarte sinken. Durch das Fenster sehe ich Dan am Baum fuhrwerken. Von hier aus sieht alles so leicht aus, das Holz fällt scheinbar mühelos zur Seite, das tiefe Kreischen wird vom Glas gedämpft. Ich schließe die Augen und sehe einen Baum vor mir, der in der Dunkelheit umkippt und die Gartenlandschaft für immer verändert.

Ted wird Sam möglicherweise nicht begeistert in die Arme schließen. Ich will ihn gern willkommen heißen. Theo hat jemanden gefunden, den er liebt; er hat so viel Liebe zu geben. Gleichzeitig habe ich Angst. Unbekanntes Terrain. Wie wird es Ed damit gehen? Wie wird es mir gehen? Ich lasse Wasser in den Wasserkocher laufen, räume die Einkäufe weg. Ich weiß, dass mir der Gedanke nicht leichtfällt, dass er nie Kinder haben wird. Und mir macht die Vorstellung zu schaffen, dass die Gesellschaft es ihm nicht leicht machen wird. Der Ladenbesitzer würde es seinen Kunden zuraunen, wenn er es wüsste; in der kleinen dörflichen Welt wäre man sicher indiskret und würde tratschen.

Ich mache Dan eine Tasse Tee und bringe sie ihm mit den Keksen in den Garten; als ich sie ihm auf die Stufe stelle, bemerkt er mich und reckt den Daumen in die Luft. Im

Garten ist es warm, und ich hole mein Skizzenbuch. Ich versuche, die Umrisse der Zweige einzufangen, ihre Rundungen, die in der hellen Novemberluft schimmern, wie Arme, die durch die Luft statt durchs Wasser rudern. Die Sonne scheint hell auf das Papier und macht Rußpartikel in den groben Kohlestrichen sichtbar. Das Rotkehlchen flattert derweil hektisch um die Überreste der Bäume herum, pickt in den Staub, fliegt hoch und setzt sich auf die heruntergefallenen Äste. Als ich auf der Suche nach neuen Perspektiven um die Zweige herumlaufe, spüre ich unbewusst Dans Gegenwart hinter mir. Ich lege mich auf den Boden, die Nässe kriecht mir in den Pulli. Das ist die Perspektive, nach der ich gesucht habe. Linien, die sich über mir nach oben und zur Seite biegen, an ihren Spitzen wieder aufeinandertreffen und eine Kugel aus Luft umschließen. Vollkommen.

Als die Kirchenglocken der Turmuhr zweimal läuten, gehe ich hinein, um die Frikadellen anzubraten; als sie in der Pfanne brutzeln, läuft mir von dem ungewohnt würzigen Duft das Wasser im Mund zusammen. Solange ich mich erinnern kann, habe ich mich jetzt von Äpfeln, Toast und Kaffee ernährt. Plötzlich sehne ich mich nach Fleisch und brate alle Frikadellen an, gebe noch eine eilig klein gehackte Zwiebel dazu und lege sie mit den Frikadellen zwischen Toastscheiben. Außerdem nehme ich zwei Dosen Bier mit nach draußen. Wir setzen uns nebeneinander auf die Steinstufen an der Hintertür in die Sonne. Dan verschlingt ein Sandwich nach dem anderen. Ich esse langsamer, genieße den Geschmack und das warme Licht auf meinem Gesicht. Dieser Augenblick fühlt sich gut an.

»Danke.« Dans Lächeln offenbart eine Zahnlücke.

Ich schüttele den Kopf. »Dank *dir.* Du hast schon eine Menge geschafft.«

»Na ja, dann komm ich wenigstens mal raus.«

»Woraus denn?« Als ich ihn von der Seite ansehe, spüre ich, dass er nichts gegen solche Fragen hat.

»Schule, zu Hause, andere Sachen halt.«

»Dann arbeitest du gern mit den Händen?«

»Ja.«

»Mit Holz vor allem?«

Er nickt. »Ich finde es gut, in den einzelnen Teilen Formen zu erkennen und sie zusammenzufügen.«

Der verschlafene, unsichere Blick ist verschwunden. Er sieht zu den Zweigen hinüber, gestikuliert mehr, spricht lauter als vorher.

»Du kannst froh sein, dass du weißt, was du machen willst«, sage ich zu ihm.

»Ja?«

»Die meisten wissen das nicht.«

Er sieht mich an. »Mein Vater will nicht, dass ich versuche, von der Kunst zu leben. Für ihn ist Kunst Platzverschwendung. Er will, dass ich zur Polizei gehe wie er.«

»Und, machst du das?«

»Keine Ahnung, wahrscheinlich schon.«

In seinem Blick spiegelt sich ein innerer Kampf.

Ich stehe auf, um die Teller hineinzubringen. »Entscheidungen sind nie leicht.«

»Verdammt richtig.« Er steht auf und schiebt sich erneut das Tuch übers Gesicht.

Ich gehe wieder hinaus, um die Kohlezeichnung fertigzustellen, aber es ist kälter geworden, die Helligkeit ist gewichen, die Zweige wirken langweilig. In kürzester Zeit hat sich alles verändert. Dan fängt an, die kurzen Stämme an der Mauer zu stapeln. Bertie begleitet ihn hin und zurück, lehnt sich gegen seine Beine, wenn er stehen bleibt. Vielleicht erinnert er ihn an die Jungs; sie sind völlig aus seiner Welt verschwunden.

Dan macht eine Pause, um Tee zu trinken. Er hockt sich auf die Fersen. Als Bertie ihn anstupst, fällt er nach hinten. Er lacht vor Überraschung. Später schleppen wir zusammen weiter Stämme und stapeln sie unter dem Dachüberstand der Garage. Dan sagt, dass er noch einmal wiederkommt, um sie zu spalten.

Als er sich den Rucksack auf den Rücken schwingt, sieht er das zertrümmerte Tor. Er hebt die Holzbretter behutsam auf und legt sie sorgfältig nebeneinander, als wären es Knochen. Er betrachtet die Lücke in der Mauer. »Ich könnte ein neues bauen. Mit diesen Teilen hier und ein paar neuen. Wenn Sie wollen.«

»Ja gerne.«

Ich nehme das ganze Bargeld, das ich vorhin abgehoben habe, und drücke es ihm in die Hand. Hundert Pfund. Es hat sich verwegen angefühlt, es abzuheben. Normalerweise gebe ich kaum etwas aus. Das dicke Bündel wirkt glamourös, irreal, so viele Scheine. Wir starren es beide an.

»So viel will ich nicht haben.«

»Dann kann ich dich wenigstens bitten wiederzukommen.«

»Okay.«

Ich sehe ihm nach, wie er die Straße zu Marys Cottage hinunterläuft. Sein Rücken ist gebeugt, weil er die Schubkarre schiebt, in die wir das Holz für sie gestapelt haben. Er erlebt gerade die Zeit, in der die Zukunft noch keine Form hat. Eines Tages wird sie auf ihn zukommen, und aus Langeweile oder Panik oder vielleicht, weil ihn etwas am Ärmel zupft und ihn ablenkt, wird er seine Entscheidung treffen.

An dem Abend male ich nicht und zeichne auch nichts in

mein Skizzenbuch. Ich denke über Dans Entscheidung nach, die ihn zu allem Weiteren bringen wird, das in der Zukunft auf ihn wartet. Meine Entscheidungen haben mich zu Ted geführt, zu Naomi, hierher. Wie hätte ich es ahnen können? Wenn ich weit genug zurückdenke, kommt es mir nicht mehr so vor, als hätte ich eine Entscheidung getroffen, sondern als hätte ich etwas angenommen. In dem Jahr nach der Schule, als ich in Afrika unterrichtete, lief auf dem Weg zum Klassenzimmer ein Mädchen an mir vorbei. Es humpelte. Als es mir seinen Fuß zeigte, sah ich ein mandarinengroßes Geschwür auf der Unterseite, in dem Splitt und Steinchen steckten. Ganz unten sah ich rosa Muskelstränge. Von da an war alles klar. Ich wusste, was ich wollte. Damals war ich vollkommen sicher.

Wenn man jung ist, glaubt man, alles zu wissen. Wenn ich Naomis Porträt ansehe, erkenne ich Zielstrebigkeit und Gewissheit. Manchmal, vor allem spätabends, muss ich an den schrecklichen Moment denken, als die Gewissheit sie verlassen haben muss und sie gemerkt hat, dass alles ein Fehler war.

17

DORSET 2010
EIN JAHR DANACH

Hallo Liebling.«

»Hi, Mum.«

Ich höre Eds Stimme nur undeutlich; ich muss mich anstrengen, um bei der knisternden Verbindung zu verstehen, wie es ihm geht. Manchmal frage ich mich, ob jemand mithört.

»Wie geht es dir?«

»Ganz gut.«

Er hat vor einer Woche sein Handy verloren, und ich sehe ihn vor mir, wie er in einem Flur steht und sich neben dem Apparat an die Wand lehnt. Auf der weißen Farbe sind kleine schwarze Flecken – und wenn man dicht herangeht, erkennt man, dass Leute hier ihre Finger an die Wand gedrückt haben. Ich sehe ihn vor mir, wie er durch die Glasscheibe guckt. Leute gehen vorbei und sehen ihn an – er ist groß und sieht gut aus, die Leute haben sich immer schon nach ihm umgedreht. Aber er beherrscht seine Gesichtszüge so wie seine Stimme. Seine blasse Hand, die den Hörer hält, ist dünner als vor einem Jahr. Damals war sie kräftig und braun gebrannt vom Rudern. Bei meinem letzten Besuch habe ich den Dreck unter seinen Fingernägeln gesehen.

»Es tut mir leid, Liebling, ich weiß, dass ich vor dem eigentlichen Termin anrufe, aber ich konnte nicht mehr warten. Ich habe über Weihnachten nachgedacht.«

»Schon?«

Ein kleines blasses Wort. Kaum eine Frage. Ich fahre schnell fort, meine Stimme klingt selbst für meine Ohren schrill. »Es ist schon Dezember. Ich weiß, dass wir letztes Jahr Weihnachten nicht gefeiert haben, aber ich dachte …« Dass es an der Zeit ist, dass du nach Hause kommst. Du warst zu lange weg, und ich vermisse dich. »… du würdest vielleicht gern mal wieder etwas Selbstgekochtes essen?«

»Ich schätze, meine Hilfe wird hier gebraucht. Sie sind unterbesetzt.«

Das könnte stimmen, ich weiß es nicht. Er ist nach Ablauf der Zeit freiwillig da geblieben, hilft in der Küche und hat dafür die Unterkunft frei. Mrs. Chibanda sagte, etwas zurückzugeben gehöre zum Prozess. Ich war froh, als sie mir sagte, dass er bleiben könne; was hätte er auch hier bei mir anfangen sollen?

»Dad kommt auch. Er fliegt bald zu einer Konferenz nach Johannesburg, aber er kehrt am ersten Weihnachtsfeiertag zurück. Ich habe ihn gefragt, ob er zum Mittagessen kommen will.« Ich halte inne und denke an Teds knappe Worte am Telefon letzte Woche. »Er lässt dich grüßen.«

Stille. Wahrscheinlich glaubt er mir nicht. Er fragt nie nach Ted oder nach unserer Trennung. Ich weiß, dass er sich manchmal mit ihm trifft, aber er behält es immer für sich.

»Was ist bei dir so los, Liebling?« Ich sehe aus dem Fenster, als ich die Antwort abwarte.

Der Himmel ist blassgrau, hinter der Kirche türmt sich ein Berg dunklerer Wolken auf. Einige Möwen kreisen weit oben und funkeln weiß, wenn sie beidrehen und absinken. Der Garten ist von Holzresten befreit, Dan hat alle Äste mitgenommen. Wo der Baum stand, ist nun ein Stück durchgepflügter Erdboden. Aus dem Beet, das mein Vater früher gepflegt hat, ragen die braunen Stümpfe von vernachlässigten Gemüsepflanzen und Schwarzen Johannisbeeren ohne Blätter. Das neue Tor steht an seinem Platz. Man erkennt die beiden verschiedenen Holztöne: die alten Bretter und dazwischen unbehandelte neue. Ein Spatz balanciert über den obersten Balken, und als eine Elster den Platz beansprucht, flattert er auf die Mauer.

Ed redet flüssiger, als er mir erzählt, dass er jetzt mit Jake laufen geht.

Ich denke an den Jungen, der uns in der Klinik begrüßt hat, und an sein nettes Lächeln. »Jake ist immer noch da?«

»Hab ich doch erzählt. Wir teilen uns ein Zimmer. Seine Schwester bringt uns immer Kuchen vorbei und so.«

»Das ist ja großartig, Ed.«

»Sie spielt Akkordeon und lebt auf einem Schiff.«

Freunde. Ein Mädchen. Ich werde keine Fragen stellen, aber ich bin erleichtert.

»Kann ich nächste Woche irgendwas mitbringen?«

»Stifte und vielleicht ein Notizbuch.« Er macht eine Pause und fährt dann langsam fort: »Ich habe angefangen, so ein … Tagebuch zu führen. Das hat mir Doktor Hagan vor ein paar Monaten empfohlen. Ich habe Jake und Soph daraus vorgelesen.«

»Sei vorsichtig. Erzähle anderen nur das, was du willst.«

»Klar, logisch. Aber es muss ja schon real sein. Naomi hat so ein Tagebuch geführt, oder?«

Himmel. »Ja.«

»Ich glaube, es hat ihr vielleicht geholfen. Es hat dir geholfen, oder?«

Nachdem wir uns verabschiedet haben, setze ich mich neben Bertie auf den Boden. Er stupst mir seine feuchte Nase ins Gesicht, und ich streichle seine warmen Ohren. Ich habe keine Ahnung, ob es ihr geholfen hat, dieses Tagebuch zu führen. Es waren nicht wirklich ihre Gedanken. Die hat sie für sich behalten. Vermutlich hat es uns geholfen, es hat uns zu James geführt. Ich stehe auf und hole das Skizzenbuch und den Stift aus der Kommode und studiere die Bilder, als ob jemand anders sie gemalt hätte und ich in ihnen etwas Überraschendes entdecken könnte.

Die warme Küche mit dem angeschlagenen Resopaltisch, dem Fußboden aus verblassten Ziegeln, dem winzigen, lauten Kühlschrank in der Ecke ist jetzt mein Zuhause. Hier fühle ich mich sicher. Die Küche in Bristol begann sich ab dem dritten Tag fremd anzufühlen; ich lief ziellos darin hin und her, als Michael anrief und mir mitteilte, was er in Naomis Tagebuch entdeckt hatte, nachdem er erneut darin geblättert hatte. Ich kann seine Stimme hören, als ich das Skizzenbuch mit zum Fenstersims nehme und anfange, die Elster zu zeichnen, die über die Mauer stolziert: eine für den Kummer.

BRISTOL 2009
VIER TAGE DANACH

»… daher habe ich einfach mal vermutet, dass das J für ihren Freund James steht.«

»Wie bitte? Sorry, Michael, könnten Sie das alles noch einmal wiederholen, langsam bitte?«

Ich hielt mir den Hörer so fest ans Ohr, dass es wehtat. Es wurde immer schwieriger. Ich sah sie wie durch ein sich drehendes Kaleidoskop: Erst grinste und lachte sie, dann veränderte sich das Bild, ihr Mund öffnete sich, und sie schrie meinen Namen. Ich lief durch das Haus und presste mir so fest die Hand auf den Mund, dass ich Blut schmecken konnte. Keiner der vertrauten Winkel fühlte sich nach zu Hause an.

Wir hatten den Sonntag über gelauscht und gewartet, auf die Uhr gesehen, waren schweigend durchs Haus gewandert und hatten um Neuigkeiten gebetet. Erbarmungslos verstrich eine Stunde nach der anderen, niemand schien irgendetwas zu unternehmen, um Naomi zu finden und sie zurückzubringen. In Augenblicken erschöpfter Ruhe hatten wir besprochen, wie sich die Jungs verhalten sollten. Wir hatten uns alle verständigt, dass es einfacher für sie war, wenn sie ihre normalen Tagesabläufe beibehielten. Ich wollte der zermürbenden Warterei entfliehen und wieder arbeiten gehen, aber Ted sagte, ich hätte nichts davon, wenn ich hinfuhr und zusammenbrach. Frank war derselben Ansicht. Als er abends vorbeikam, erzählte er mir, er habe eine Vertretung gefunden.

Immerhin konnten die Jungs schlafen. Sie gingen wie gewohnt zur Schule. Ted ging arbeiten; er sagte, ihm bliebe keine Wahl. Als ich ihm oben vom Fenster aus nachblickte, sah ich, wie er die Schultern straffte, als er das Haus verließ und zum Neurochirurgen wurde. Sein Gesichtsausdruck veränderte sich bei dem Gedanken, was heute vor ihm lag. Man hätte von außen kaum vermutet, dass irgendetwas nicht in Ordnung war; er lief in derselben Haltung zum Auto wie sonst auch, sein dunkler Anzug saß an den Schultern perfekt, sein blondes Haar war ordentlich gekämmt. Ich sah durchs Fenster und wusste, dass mein Haar strähnig herunterhing, meine Füße nackt und mein Gesicht verhärmt war. Zwei weiße Transporter mit Satellitenschüsseln auf dem Dach parkten in der Nähe von Teds Auto. Als ich zwei Männer sah, die sich mit Pappbechern in der Hand und Kameras um den Hals an einen Wagen anlehnten, ging ich schnell in Deckung.

Michaels Stimme wurde lauter und holte mich in die Gegenwart zurück. »James war das J in Naomis Tagebuch. Ich habe ihn und Nikita noch einmal befragt. Ich komme zu Ihnen.«

Ich hörte ein Klicken in der Leitung, und ein paar Sekunden später klingelte es an der Tür.

Mein Zeitgefühl war durcheinander, und es hätte mich nicht gewundert, Michael zu sehen, aber vor mir stand ein großer Junge in Schuluniform und mit flammend rotem Haar. Seine Krawatte war nur lose gebunden, sein Hemd hing aus der Hose und auf seinen sommersprossigen Wangen waren verschmierte Tränenspuren. Seine Augen waren so geschwollen, dass es ein paar Augenblicke dauerte, bis ich ihn erkannte.

»James!«

»Hallo, Doktor Malcolm.«

Ich starrte ihn einen Moment an. »Sie ist nicht hier, James. Wir haben sie seit Donnerstagabend nicht gesehen.«

Vier Tage. Obwohl ich jede einzelne Minute davon gelitten hatte, überraschte es mich erneut, als ich es aussprach.

»Ich weiß. Das weiß ich natürlich.« Er sah wütend aus. »Ich war seit vier Uhr heute Morgen bei der Polizei.«

Ich musterte seine roten Augen, die dunklen Ringe darunter und die leichten Stoppeln.

»Warum?«

»Ich konnte nicht schlafen. Ich musste es loswerden. Es ist meine Schuld.«

Seine Schuld? Was war seine Schuld? Was hatte er getan? Er erriet meine Gedanken.

»Nein, ich … Ich weiß nicht, wo sie ist, ich meine, ich wünschte … Ich wollte nur herkommen und Ihnen erklären …«

Er schwankte von einer Seite zur anderen, und ich fasste ihn am Arm und zog ihn herein. Halb setzte er sich auf den Stuhl, halb kollabierte er und legte den Kopf auf die Arme. Ich goss ihm eine Tasse gesüßten Tee ein und stellte sie vor ihn. Es klingelte erneut. Diesmal war es Michael. Er sah ernst aus, aber ein Lächeln breitete sich auf seinen Lippen aus, als er mich sah. Als ich zurücktrat, um ihn einzulassen, stellte ich fest, dass ich den Duft schon kannte: ein stiller Männerduft aus sauberen, gebügelten Hemden und Zahnpasta. Er kam mir vertraut vor, aber das war eine Illusion; er war in einer völlig anderen Lage als ich. Für ihn lief der normale Alltag weiter wie für alle anderen auch. Ich konnte ihn sehen und riechen, aber ich war nicht länger Teil davon. Die unsichtbare Mauer des Unglücks trennte mich von dieser Welt. Ich konnte die Welt nicht fühlen, ich konnte mich nicht einmal mehr erinnern, wie sie sich anfühlte.

James sah überrascht zu Michael hoch, der lächelte und ihn kurz an der Schulter berührte.

»James ist hergekommen, um mir etwas … zu erzählen«, sagte ich und setzte mich hin, damit ich nicht über ihm thronte.

»Gut. Wir haben diese Nacht lange geredet.«

Michael zog sich einen Stuhl heran und setzte sich neben James. Seine Bewegungen waren langsam, und mir wurde klar, dass er vermutlich auch nicht viel Schlaf bekommen hatte. Das Gesicht des Jungen war sehr blass.

»Ich liebe sie.« James Worte sprudelten mit einem Mal aus ihm heraus. »Sie liebt mich. Das glaube ich zumindest … Sie … wir … Wir sind seit ein paar Monaten zusammen.«

Zusammen? Sie haben beide in dem Stück mitgespielt. Meinte er das? Ich sah kurz zu Michael hinüber.

Er sagte ruhig: »Sie schlafen seit sechs Monaten miteinander.«

Mir war kalt. Ich sollte die Heizung aufdrehen. Teds Sparzwang war völlig übertrieben im November. Unmöglich. Ich hätte gewusst, wenn sie mit diesem Jungen geschlafen hätte. Naomi hätte es mir erzählt. Selbst wenn nicht, hätte ich es gewusst. Ich war ihre Mutter.

Vielleicht wusste James, was ich dachte, denn er fuhr fort: »Sie wollte es Ihnen sagen. Sie wusste ja, dass Sie es sowieso rausfinden würden.«

»Wie kann das sein? Naomi war hier oder in der Schule. Ich weiß doch, wo sie war …«

»Nach der Schule, am Wochenende …«

Er flüsterte beinahe; ich beugte mich weiter zu ihm hinüber, um ihn zu verstehen. Er sagte leise: »Sie hat Ihnen erzählt, sie würde mit Nikita lernen, aber in Wirklichkeit waren wir zu Hause. Bei mir zu Hause.«

»Wissen deine Eltern davon?«

Ich musste an seine Mutter denken. Ich hatte sie mehrfach bei medizinischen Veranstaltungen getroffen, eine äußerst attraktive rothaarige Krankenschwester. Sein Vater war Kinderarzt und viel älter als sie.

»Mum übernimmt am Wochenende und abends oft zusätzliche Schichten. Und Dad ist vor einem Jahr ausgezogen. Egal, was ich aber eigentlich sagen wollte …«

Das Eigentliche hatte er also noch gar nicht erzählt.

»Seit Kurzem war ihr manchmal so übel.«

Aha? Das war mir gar nicht aufgefallen.

»Also morgens.«

Ich hätte es nicht gehört, wenn sie sich oben in ihrem Badezimmer übergeben hätte, zumindest nicht von der Küche aus, aber ich erinnerte mich, dass sie nicht mehr mit uns gefrühstückt hatte. Sie hatte das Gesicht verzogen, wenn ich sie darauf ansprach, aber abends hatte sie immer etwas gegessen, daher hatte ich mir keine Gedanken gemacht.

»Und sie ist in der Schule eingeschlafen.«

Die Proben waren anstrengend. Ich hatte gemerkt, dass sie nicht mehr so fit war.

»Deshalb hat sie einen Test gemacht …«

Stille. Warum hatte ich nie eins und eins zusammengezählt? Kein Frühstück, die Müdigkeit, die emotionalen Aufs und Abs. Es lag so dermaßen auf der Hand. Michael sah mich besorgt an; ich stand auf und lief zum Fenster. Naomi war schwanger. Es fühlte sich auch nicht im Entferntesten real an. Ich drehte mich zu James um.

»Weißt du das ganz sicher?« Meine Stimme klang schroff.

»Sie hat insgesamt drei Tests gemacht.«

»Wievielte Woche?«

»Wissen wir nicht.« Er wich mit seinem bleichen Gesicht meinem Blick aus. »Sie glaubt, sie hätte zweimal ihre Tage nicht gehabt, aber sie war sich nicht ganz sicher. Zehnte Woche vielleicht?«

Morgen zum Cottage. J. Zehn Wochen.

»Moment, was ist mit dem Blut auf der Matratze?« Ich sah zu Michael hinüber, dann zu James. »Im Cottage. Das Wochenende vor der Premiere. Als sie mit einem Mann dorthin gefahren ist. Wir dachten, sie hätte geblutet, weil es ihr erstes Mal war, aber es kann nicht ihr erstes Mal gewesen sein – da war sie dann ja schon schwanger.«

»Was für ein Mann?« Er sah verwirrt aus. »Das war ich. Wir. Ich dachte, Naomi hätte Ihnen erzählt, dass wir ins Cottage fahren. Nachdem wir ... also hinterher ... hat sie geblutet, aber drei Tage später hat sie wieder einen Schwangerschaftstest gemacht, letzten Donnerstag, und sie war immer noch schwanger. Sie hat ein bisschen geblutet, war aber noch schwanger.«

Es hatte sie also nicht dieser Mann zum Bluten gebracht, der Mann aus dem Theater, der Bastard, der sie mitgenommen hatte. Das machte es noch schlimmer. Der Mann, der sie jetzt mitgenommen hatte, war nicht derselbe gewesen, der den Wein gekauft, mit ihr geduscht hatte; sie hatten nichts gemeinsam. Es war keine Liebe, natürlich nicht. Er scherte sich nicht darum. Und angenommen, sie blutete noch immer oder hätte eine Fehlgeburt und würde bluten oder ... eine Bauchhöhlenschwangerschaft.

Ich sah diesen tränenüberströmten Jungen am Tisch sitzen und spürte eine rasende Wut.

»Was ist mit dir James? Was hast du über die Schwangerschaft gedacht? Wie war dein Plan?«

»Ich wollte das, was sie wollte. Ich liebe sie. Ich hatte keinen Schimmer, was wir wegen der Schwangerschaft machen sollten.«

Ich hätte ihn am liebsten geschlagen. Ich wollte ihn umbringen dafür, dass er die Sache für Naomi noch gefährlicher gemacht hatte.

»Wenn du nicht wusstest, was ihr im Fall einer Schwangerschaft tun würdet, warum zur Hölle hast du dann kein Kondom benutzt?«

Er zuckte zusammen. Michael sah mich an: »Sie hat die Pille genommen«, sagte er leise. »Aber manchmal hat sie sie vergessen.«

Noch mehr Heimlichkeiten. Wie zum Teufel war sie an die Pille gekommen? Hatte einer meiner Freunde sie ihr verschrieben?

»Du hättest verdammt noch mal trotzdem ein Kondom benutzen sollen«, rief ich. »Du hättest wissen müssen, was du da tust. Du hast alles noch viel schlimmer gemacht.« Zitternd holte ich einen tiefen Atemzug. »Was ist dann mit dem Mann, mit dem sie sich getroffen hat? Weißt du etwas über ihn?«

Er senkte den Kopf. In seiner Stimme schwangen Tränen mit. »Ich habe gemerkt, dass sich etwas verändert hat, kurz nachdem die Proben angefangen haben. Ich wollte sie immer nach Hause bringen, aber manchmal wollte sie das nicht; sie sagte, sie wolle noch allein im Theater üben und so. Sie war nicht mehr dieselbe, hat mir auch nicht mehr alles erzählt.«

»Mach weiter.« Ich erkannte meine Stimme kaum wieder, sie war völlig monoton. Ich stellte mir vor, dass die Polizistin mit dem ausdruckslosen Blick mit einer solchen Stimme mit Kriminellen redete.

»Einmal habe ich einen Mann gesehen. Ich kam aus der Umkleide im Theater, und da unterhielt sie sich mit jemandem. Ich habe ihn nur von hinten gesehen. Er lehnte sich an die Wand und beugte sich zu ihr hinüber; er hatte lange dunkle Haare, ziemlich schmierig. Er fiel mir auf, weil sie so von ihm gebannt war. Sie hat mich nicht gesehen, obwohl ich ihr zurief, dass ich draußen warten würde. Ich habe ewig auf sie gewartet. Alle waren schon verschwunden und sie kam immer noch nicht raus. Da hab ich's aufgegeben.«

Er begann mit tiefen, lauten Schluchzern zu weinen. »Ich hätte wieder reingehen sollen. Ich hätte ihm ins Gesicht sehen sollen.«

Michael stand auf. »Ist schon in Ordnung, James. Du bist sicher erschöpft. Ich fahre dich jetzt nach Hause.«

»Warte.« Ich hatte Gewissensgebisse und legte dem Jungen die Hand auf den Arm, damit er noch blieb. »Sie hat mir auch nicht mehr alles erzählt. Du warst leichtsinnig, unglaublich leichtsinnig, aber du hast sie geliebt. Das weiß ich. Ich habe den Ring gesehen, den du ihr geschenkt hast …«

»Den Ring haben Sie ihr doch geschenkt.« Er sah mich verständnislos an. »Sie hat gesagt, er gehörte ihrer Oma. Altes Familienerbstück.«

Ich starrte ihn an. Sie hatte uns also beide angelogen. Dieser Mann musste ihn ihr gegeben haben; vielleicht genau in dem Augenblick, als er an der Wand gelehnt hatte. Er konnte genau diesen Moment dafür gewählt haben, ihr den Ring überzustreifen, und sie war deshalb so gebannt gewesen; sie dachte, sie bedeute ihm etwas, obwohl es die ganze Zeit nur ein Trick war.

James stand auf. Er wollte sich entschuldigen. Ich wollte es nicht hören; ich wollte kein Mitleid mit diesem Jungen haben müssen, diesem Kind, der Naomis Leben vielleicht erst aus dem Gleichgewicht gebracht hatte. Wo auch immer sie war, sie war schwanger, blutete womöglich noch immer und schwebte in noch größerer Gefahr, als ich gedacht hatte.

»Sag mir noch …« Es war schwierig, ihn danach zu fragen, wie es Naomi mit der Schwangerschaft ging, weil ich es eigentlich selbst hätte wissen müssen. Das gehörte zu den Dingen, die eine Tochter ihrer Mutter zuflüsterte, aber vor allen anderen geheim hielt. »Was hatte sie mit dem Baby vor?«

Er sah mich an. Trotz seiner geschwollenen Augen war ihm deutlich seine Überraschung anzusehen. »Sie wollte es natürlich nicht behalten.« Er lachte gequält. »Sie wollte eine Fehlgeburt provozieren und hatte irgendwo gelesen, wenn wir … wenn wir Liebe machen, würde das dazu führen. Deshalb wollte sie ins Cottage fahren. Sie war froh, als sie anfing zu bluten.«

Nachdem er und Michael gegangen waren, setzte ich mich mit zitternden Beinen hin. Es war komisch, dass er diese Worte benutzt hatte. Liebe machen. Sie hatten gar nichts gemacht, im Gegenteil. Und der gelbe Papierfetzen von dem Tampon, den ich an dem Abend auf dem Boden gefunden hatte, als sie verschwunden war? Sie musste noch immer von der gewollten Fehlgeburt geblutet haben, nicht wegen ihrer Periode. Hatte sie Schmerzen?

Als Michael zurückkam, wirbelten mir sämtliche denkbare Alternativen durch den Kopf. Er setzte sich direkt neben mich an den Tisch. Aus meinen Gedanken wurden hastige Worte: »Woher sollen wir wissen, ob stimmt, was James sagt? Vielleicht hat er ihr den Ring geschenkt, wie sie gesagt hat. Woher sollen wir wissen, ob Naomi schwanger war und ob sie überhaupt mit ihm geschlafen hat? Vielleicht war er nie im Cottage. Vielleicht hat er sich alles nur ausgedacht.« Meine Hände umklammerten den Tisch. Ich konnte nicht aufhören: »Vielleicht hat sie dieser andere Kerl ins Cottage gebracht, und James weiß, wo sie ist. Erinnern Sie sich nur, wie eifersüchtig er war, dass Naomi sich mit diesem Mann unterhalten hat. Da hat er ihr etwas angetan oder sie irgendwo versteckt …«

Michael legte kurz seine Hand auf meine; seine Fingerkuppen waren stumpf und warm. »Er war stundenlang bei der Polizei, Jenny. Er sagt die Wahrheit.« Er war sich seiner Sache sicher. »Sie sind an dem Samstag ins Cottage gefahren. Ein Mann, der mit seinem Hund vorbeiging, hat einen roten Volvo davorstehen sehen. Es hat sich herausgestellt, dass sie ihn sich von James Vater ausgeliehen haben.«

Ich schloss die Augen. Ich hörte Michaels Stimme, er zählte alle Indizien auf. Ich musste mich zwingen, ihm zuzuhören.

»James sagt, dass sie am Rastplatz vor Taunton gehalten haben, und wir überprüfen gerade die Aufzeichnungen der Kameras. Wir haben heute früh Fingerabdrücke von ihm genommen, dann können wir feststellen, ob es die gleichen sind wie die auf der Flasche und den Gläsern.« Er hielt inne; ich öffnete die Augen und sah ihn an, als er leise fortfuhr: »Ich habe auch mit Nikita gesprochen. Sie wusste, dass Naomi schwanger war.«

Die beiden haben keine Geheimnisse, sie sind keine kleinen Kinder mehr. Shan hatte wütend und sich ihrer Sache sicher geklungen, aber hatte sie wirklich geglaubt, was sie da sagte?

»Was noch?« Ich stand auf und lief erneut in der Küche auf und ab. »Was wusste Nikita noch? Wusste sie, ob Naomi geplant hat wegzulaufen?« Die Frage schoss einfach heraus. »Was hatte sie nun vor, da sie wusste, dass sie schwanger war?«

»Sie wusste, dass Naomi jemanden kennengelernt hat, den sie mochte, und dass sie ihn an dem Abend treffen wollte, an dem sie verschwand, aber Naomi hat ihr nichts über ihn erzählt. Nikita glaubt nicht, dass sie für immer verschwinden wollte. Sie glaubt, dass Naomi ihr dann irgendetwas davon gesagt, sich irgendwie verabschiedet hätte.« Michael sah mich kurz an. »Sie wusste, dass Naomi die Schwangerschaft beenden wollte, dass sie sich Sorgen machte. Und dann wäre da auch noch der Hinweis am Ende des Tagebuchs auf die zehnte Woche ...«

Sie musste sich selbst eingeredet haben, nach zehn Wochen sei noch alles egal. Sie konnte nicht geahnt haben, dass sich da schon winzige Nägel auf den Fingern und Zehen bilden; das gehörte zu den Informationen, die man nicht hören will, wenn man plant, was Naomi vorhatte.

»Okay.« Ich legte die Hände an den Kopf, wie um die rasenden Gedanken anzuhalten. »Sagen wir, es ist alles genau so passiert, wie James gesagt hat, und sie waren im Cottage. Woher wissen wir, dass er an dem Abend nicht selbst mit ihr weggefahren ist? Vielleicht hat er heimlich nach der Aufführung gewartet, bis alle weg waren, und hat sie dann irgendwohin gebracht.«

»Sein Vater war an dem Abend in der Aufführung. James war Chino, erinnern Sie sich? Anschließend waren die beiden im Hotel du Vin essen. Wir haben dort gestern Abend nachgefragt, und die Kellner erinnern sich an die beiden. Sie haben mir den Beleg gezeigt.«

Michael hatte alles ausführlich erläutert. Ich schwieg. Ich wollte, dass es James gewesen war, dass er Naomi versteckt hielt, weil er eifersüchtig war, weil er sie liebte und weil er wollte, dass sie ihm gehörte.

»Macht es für ihn einen Unterschied? Wer immer es ist,

behandelt er sie besser, wenn er weiß, dass sie schwanger ist?«

Er antwortete nicht, aber ich wusste ohnehin Bescheid. Sie war eine Last, wenn sie sich erbrechen musste und blutete. Und mit der Zeit – wenn er ihr denn Zeit ließ und sie keine Fehlgeburt erlitt – würde es sichtbar werden …

»Gehen wir von dem aus, was wir haben.« Mit seiner ruhigen Stimme unterbrach Michael meine Gedanken. »Wir haben jetzt anhand der Beschreibungen von Mrs. Mears, Nikita und James ein genaueres Phantombild für den wichtigsten Verdächtigen erstellt, und das hängen wir an jeden Laternenpfahl in der Umgebung, zusammen mit einem Foto von Naomi. Wir überwachen weiterhin Häfen und Flughäfen und beginnen heute mit einer Haus-zu-Haus-Befragung.«

»Warum? Er wohnt doch bestimmt nicht hier in der Nähe.«

Mir erschien das völlig beliebig und nutzlos. Sie konnte meilenweit weg sein. In einer kleinen Hütte in Schottland, einer Garage in Wales. Wir wussten nicht einmal, wie er aussah, obwohl meine Gedanken mit den neuen Informationen hantierten. Er war älter, er hatte langes, ungepflegtes Haar, er war anders als die Jungs, die sie kannte – wirkte er auf sie attraktiv, allein weil er so anders war?

»Denken Sie daran, dass wir alle Möglichkeiten in Betracht ziehen müssen.« Das hatte er schon einmal gesagt.

»Welche Möglichkeiten?«

Er stand auf und schob seine Hände in die Hosentaschen. Es schien ihm schwerzufallen; seine grauen Augen sahen angestrengt geradeaus. In den Sekunden, bevor er antwortete, fragte sich ein abgespaltener Teil meines Hirns, wie er wohl aussah, wenn er lachte, richtig lachte. Was dachte seine Frau wohl darüber, wenn ihn sein Job dermaßen beanspruchte? Machte es ihr etwas aus? Machte sie sich Sorgen? Vielleicht hatte sie sich daran gewöhnt, so wie ich. Dann redete sie sich ein, dass er eben sehr gewissenhaft seinem Beruf nachging.

»Es klingt sehr wahrscheinlich, dass sie sich tatsächlich mit diesem Mann treffen wollte, aber es ist auch möglich, dass er nicht aufgetaucht ist; dann kann sie auch allein nach Hause gegangen sein …«

Ich hatte die Szene bereits vor Augen. Das Theater war nur ein paar Minuten entfernt, und wir hatten ihr zwar gesagt, sie solle anrufen, wenn es dunkel war, aber vielleicht wollte sie uns keine Mühe bereiten. Ihre Schuhe klapperten laut auf dem Asphalt, sodass sie die dumpfen Schritte hinter sich nicht bemerkte, bis sie ganz nah waren …

»Wir werden auch den Vater des kleinen Mädchens befragen, von dem Sie uns erzählt haben. Sie sagten, er könne es auf Rache abgesehen haben …«

»Er kann es nicht gewesen sein. Er hat selbst ein Kind.« Aus irgendeinem Grund schossen mir Tränen in die Augen. »Er liebt seine Tochter zu sehr, als dass er einem fremden Kind etwas antun könnte.« Aber vielleicht stimmte das auch nicht. Vielleicht gab es keine Regeln. Ich trat ans Fenster und sah die Straße hinauf. Die Türen der weißen Transporter waren verschlossen, die Männer mit den Kameras mussten darin sitzen oder irgendwo anders sein. Vielleicht beobachteten sie unbemerkt unser Haus. Menschen kamen und gingen über den Bürgersteig, Autos fuhren hin und her.

Der Mann, der unsere Tochter entführt hatte, konnte jemand sein, den wir kannten, oder jemand am Rande unseres Umfelds, der mir nie aufgefallen war. Es könnte jeder sein, jeder auf der Welt. Vielleicht der Mann da drüben, dachte ich, der in sich hineinlächelte, während er über die Straße ging. Vielleicht hat er Naomi irgendwo eingesperrt und sich selbst überlassen. Warum lächelte er? Ich wäre am liebsten hinausgestürmt, hätte ihm meine Fragen ins Gesicht geschleudert und gewartet, ob er schuldbewusst reagiert. Ich sah Michael an.

»Wie soll ich das bloß durchstehen?«

Er streckte erneut seine Hand aus und hielt mich am Handgelenk fest.

»Sagen Sie mir, was ich tun soll, Michael.« Ich hielt still. Ich brauchte die Kraft, die ich in seiner Hand spürte.

»Ein Schritt nach dem anderen. Sie schaffen es nur Schritt für Schritt.« Sein Blick wanderte über mein Gesicht. »Sie müssen für sich selbst sorgen, das ist der erste Schritt. Essen Sie etwas. Waschen Sie sich die Haare.« Er lächelte mich an. »Ich habe es bisher nicht erwähnt, weil ich nicht für noch mehr Aufregung sorgen wollte, aber der Aufruf im Fernsehen ist für morgen früh geplant. Wir müssen eine Pressemeldung vorbereiten. Könnten Sie Ted Bescheid sagen?«

Als Ted nach Hause kam, hatte ich ein Bad genommen. Ich hatte sogar ein Kostüm für den Aufruf am nächsten Tag anprobiert, aber ich musste den Rock an der Taille umkrempeln, damit er nicht herunterrutschte. Ich hatte meine Haare in ein Handtuch gewickelt und versuchte, ein Sandwich zu essen. Ich erzählte ihm, dass James und Michael dagewesen waren. Dann rückte ich nah an ihn heran, nahm seine Hand und eröffnete ihm schließlich, dass Naomi schwanger war. Er schüttelte mich ab, stand auf, war außer sich und wollte es nicht glauben. Zuerst dachte er, dass James gelogen haben musste. Ich wiederholte, was James und auch was Michael gesagt hatten und dass manche Einzelheiten in Naomis Tagebuch plötzlich Sinn ergaben. Ted lief in der Küche hin und her, sodass ich schon dachte, er würde irgendetwas an die Wand schmettern. Ich spürte, wie mir hinter seiner schäumenden Wut ein bitteres Gefühl entgegenschlug. Er musste denken, als Mutter hätte ich wissen sollen, dass sie schwanger war, auch wenn sie es geheim hielt. Vielleicht hätte ich das. Als er sich wieder hinsetzte, wirkte sein Gesicht bleich und verschlossen. Ich legte meine Hand auf seine geballten Fäuste.

»Lass nicht zu, dass es uns zerstört, Ted.«

Er sah mich ausdruckslos an. Ich glaube nicht, dass er mich gehört hat.

18

DORSET 2010
DREIZEHN MONATE DANACH

Mitte Dezember. Das Jahr hat sich ausgebreitet; das Licht wird mit jedem Tag gedämpfter. Hier oben vom Eggardon Hill aus kippen die kleinen Felder unterhalb von uns hinunter zur Küste, weiß wie Reif schimmert das Meer in der Ferne. Die einzigen Geräusche in der stillen Landschaft sind meine und Berties knirschende Fußstapfen auf der eisigen Erde.

Bridport liegt in einem Tal am Meer, um diese Jahreszeit ist viel los in den breiten Straßen. Die alten Häuser aus Stein stehen direkt an der Straße, und trotz der grellen Lichter, die man um sie aufgespannt hat, sehen sie aus wie immer – wie vermutlich schon vor zweihundert Jahren.

Die Tür des Buchladens klimpert auf, aber statt auf den üblichen friedvollen Bücherduft treffe ich heute auf unzählige Kunden, die sich durch die engen Gänge schieben; in der Luft liegt der Geruch von nassen Haaren und Bananenkaugummi. Eine korpulente Dame mit missmutigem Gesicht tritt mir auf den Fuß und wirft mir dabei einen wütenden Blick zu, während neben ihr ein Kind Bücher aus dem Regal nimmt und auf den Boden wirft. Es war immer leicht, Naomi Bücher mitzubringen; sie mochte so viele Autoren: Lawrence, Kerouac, Mark Haddon, Stieg Larsson. Angesichts der Menschenmenge in dem Buchladen suche ich eilig einen Stapel Romane zusammen, rate, was die Jungs gerade wohl gern lesen, und lege sie in einen Korb. Mit den Fingern fahre ich über weitere Buchrücken und versuche, mich zu erinnern, was vor einem Jahr auf Teds Nachttisch lag. Die Romane, die ich ihm geschenkt hatte, hatten immer unberührt unter einer dünnen Staubschicht gelegen; vielleicht wusste ich noch nie, was er gern mochte. Ich bezahle die Bücher, für die ich mich entschieden habe, und verlasse den Laden. Als ich die Straße überquere, schlägt die Kirchturmuhr über mir genau elf.

Bei Boots suche ich für Ted eine Kulturtasche aus Leder aus und suche Zahnbürste, Zahnpasta, Waschlappen und Seife, bevor ich mich im Gedränge an der Kasse anstelle. Aus dem Augenwinkel sehe ich etwas pink schimmern; als ich den Kopf drehe, sehe ich die kleinen Tiegel und Tuben mit Make-up und Shampoo, die ich Naomi zusammen mit gepunkteten Schlüpfern, Armbändern, Mandarinen und Plastikscherzkeksen in ihren Weihnachtsstrumpf am Kamin gepackt habe. Das hat Spaß gemacht. Ich hatte es ganz vergessen. Die Welt, in der Spaß ein Selbstzweck war, hatte mit ihr aufgehört zu existieren. Die Scherze und Streiche, die sie den Jungs gespielt hatte, der Rummel zu Weihnachten und Geburtstagen, den sie alle verabscheut, aber mitveranstaltet hatten – all das war mit ihr verschwunden. Nein, natürlich vorher schon. Als der Gedanke mich erneut packt, bleibe ich ruckartig stehen, und die beiden Mädchen in der Schlange hinter mir laufen in mich hinein. Sie murmeln und kichern. Der Spaß war schon lange vorher verblasst. Ich hatte gar nicht mitbekommen, wann genau das passierte, es war eine schleichende Entwicklung gewesen. Ich war im Stress. Schon in den Sommerferien, kurz vor Schulbeginn im Herbst, war sie stiller geworden.

An der Kasse schüttele ich die Gedanken ab, zahle und sammle umständlich die Tüten ein, die um meine Beine herumstehen. Immerhin habe ich in diesem Jahr Geschenke gekauft. Letztes Jahr wollte ich gern, konnte aber nicht. Naomi war gerade seit gut einem Monat verschwunden. Überall traf ich Teenagermädchen und ihre Mütter, die Weihnachtsdeko aussuchten, kleine Geschenke kauften und sich gegenseitig um Rat fragten. Ich muss daran denken, dass ich in einem Geschäft meinen vollen Einkaufskorb auf dem Boden stehen lassen musste und tränenüberströmt durch das Gedränge nach draußen lief. Als ich heute über den Parkplatz gehe, kann ich es gerade so ertragen, die Familien in der Menschenmenge zu sehen. Ich sehe diese Mutter und jenes Kind. Heute kann ich ihnen zusehen, bis vor Kurzem hätte ich es nicht gekonnt.

Als der Einkauf im Auto verstaut ist, fahre ich durch die engen Straßen nach Hause, vorbei am Golfplatz, der durch die ausgedünnte Winterhecke schimmert, und an der leeren Eselweide. Auf der Wiese dahinter stehen reihenweise leere Wohnwagen und ein zugenagelter Laden. Alles wirkt trostlos in dem trüben Licht; dann tauchen die ersten Backsteinhäuser des Dorfes auf. Sie sind mir so vertraut, dass ich sie kaum noch wahrnehme. So ging es mir auch mit Naomi. Ich habe sie gar nicht mehr gesehen, weil ich sie auswendig kannte. Ich fahre langsam an der Kirche vorbei und biege ab in meine Straße.

Als ich die Einkäufe reinbringe und auf dem Boden ablade, schnüffelt Bertie an den ungewöhnlichen vielen Plastiktüten. In der Küche wird es plötzlich dunkler: Jemand ist mir bis in den Flur gefolgt. Ich mache auf dem Absatz kehrt und stoße mir dabei den Kopf an der Regalkante. Die Wunde von meinem Sturz in den Baum platzt auf. Meine Stirn pulsiert sofort, und das Blut fließt.

Im Gegenlicht erkenne ich ihn an den Schultern, noch bevor ich sein Gesicht sehe: »Michael!«

Es überrascht mich, wie sehr ich mich über seinen Besuch freue, aber als ich einen Schritt auf ihn zumache, sind meine Hände plötzlich vor Angst wie gelähmt. Was will er mir mitteilen? Die Tomaten fallen zu Boden, und der eingeschweißte Christmas Pudding rollt unter den Tisch. Bertie untersucht ihn eifrig und schubst ihn mit den Pfoten noch weiter in die Ecke.

»Was ist passiert, Michael? Sagen Sie schnell.«

»Nichts. Nichts ist passiert.« Er streckt seine Arme aus und öffnet die Handflächen, um zu beweisen, dass sie leer sind – er hat keine Neuigkeiten.

»Ich bin nur zufällig vorbeigefahren …«

»Vorbeigefahren?« Niemand fährt je zufällig an Burton Bradstock vorbei.

»Ich bin unterwegs nach Devon zu meiner Familie. Es ist schließlich bald Weihnachten, nicht?« Dann verändert sich sein Gesichtsausdruck, er runzelt die Stirn. »Sie bluten, Sie haben sich die Stirn aufgeschlagen.«

Er zieht ein weißes Taschentuch aus der Tasche und drückt den weichen Stoff sehr behutsam auf die Wunde. Aus der Nähe rieche ich den vertrauten Duft von frischer Wäsche und Zahnpasta. Seine Lippen sind nur wenige Zentimeter von meinen Augen entfernt. Unbewacht. Die ungewohnte Berührung lässt meine Haut kribbeln, und ich halte völlig still. Ich spüre, dass er es merkt. Er lässt seine Hände leicht auf meine Schultern sinken und sieht zu mir herab.

»Es blutet nicht mehr.« Er macht eine Pause. »Sie sehen gut aus.« Sein Blick ist warm, als er mich mustert. »Ich habe mich gefragt …« Er sucht nach den richtigen Worten.

Ich winde mich aus seiner Berührung. »Es ist schön, Sie zu sehen. Tut mir leid, dass ich Sie hier wie ein Totenschädel begrüße.«

Wir sehen uns an, er ist überrascht von meinen Worten. Er senkt den Blick, und ich merke, dass ich schrill klinge. Was dachte er denn, was passiert, wenn wir uns treffen? Der kurze Kuss vor Monaten in der Küche in Bristol war einem Moment der Erschöpfung geschuldet. Mein Schutzwall lag brach. Ein Fehler. Mehr nicht.

»Kaffee?« Ich drehe mich um, hantiere mit den Tassen, warte, bis der Augenblick vorübergeht.

»Ja. Ich meine, nein. Ich dachte, wir könnten spazieren gehen … Ich lade Sie zum Mittagessen ein. Auf dem Weg ins Dorf habe ich Schilder zu einem Strandrestaurant gesehen.«

Ich hebe die Lebensmittel vom Boden auf und stelle sie in den Kühlschrank, dann lege ich Bertie die Leine an. Ich werfe einen kurzen Blick in den Spiegel. Er hat gesagt, ich sehe gut aus. Wie kann das sein? Meine Haare stehen in alle Richtungen, und ich habe aufgehört, mich zu schminken. Aber meine Augen leuchten blau aus dem von den Spaziergängen am Meer gebräunten Gesicht. Dank der frischen Luft und des einfachen Essens hat mein Äußeres sich erholt. Im Spiegel fällt mir mein suchender Blick auf, als ob ich jemanden sehe, den ich wiedererkenne, aber nicht ganz einordnen kann.

Wir gehen zusammen durchs Gartentor auf die Wiese.

»Ich habe oft an Sie hier draußen gedacht«, sagt er und dreht sich zu mir um. Er lächelt ein wenig. »Es sieht völlig anders aus, als ich es hier in Erinnerung hatte.«

Glaubte er, noch Blutflecken auf dem Boden und dreckige Weingläser zu finden? Und vertrocknete Fliegen auf der Fensterbank?

»Geht es Ihnen gut?« Er klingt zurückhaltend; es interessiert ihn, aber er weiß nicht genau, wie er nachfragen soll.

Geht es mir gut? Während wir über die Wiese laufen und anschließend die Straße zum Strandweg überqueren, denke ich an die Abende vor dem Kamin, an denen meine Gedanken in Skizzen geflossen sind. Der Stapel Bilder hinter dem Sessel wird immer höher. Dan kommt manchmal nach der Schule vorbei und hilft mir. Ein Zimmer hat er für mich schon gestrichen. Wir sind Freunde geworden, auch wenn wir nicht viel miteinander reden. Ich freue mich immer auf seine Gesellschaft; er erinnert mich an die Jungs. An manchen Nachmittagen trinke ich mit Mary Tee zusammen, und wir waren schon zweimal in der Bücherei. Theo ruft hin und wieder an, und ich fahre Ed besuchen. Ted schickt seine Postkarten oder mal eine Nachricht, wenn er zu Konferenzen ins Ausland fährt. Aber kein Augenblick ist ohne Schmerz: Ihr Gesicht ist überall. Manchmal überwältigt mich das Bedürfnis zu wissen, was passiert ist. Als ich anfangs im Cottage war, stand ich manchmal im Kies, das eisige Wasser schäumte mir um die Füße, und ich hielt mich an Bertie fest, um nicht ins Wasser zu gehen.

»›Gut‹ ist vielleicht nicht … das wäre zu viel gesagt, aber …«

»Erzählen Sie mir davon.«

Und dann reden wir, ich zumindest. Er hört zu. Ich rede

und weine. Es fühlt sich gewagt an, die Worte ungefiltert heraussprudeln zu lassen, aber ich kann nicht aufhören. Die Verzweiflung und Einsamkeit der letzten vier Monate strömen aus mir heraus, und er legt mir den Arm um die Schultern. Er lässt mich alles erzählen, bis ich mich leer fühle und die Tränen versiegen. Wir laufen den Strand auf und ab. Der Wind ergreift die Spitzen der tosenden Wellen und entreißt ihnen kleine Schaumfetzen und bläst sie in unsere Richtung.

Das Beach Hut Café hat geöffnet. Ich war schon Jahre nicht mehr hier, zuletzt als die Kinder klein waren und wir Fish and Chips gekauft haben. Im Sommer tummeln sich hier Menschenmengen und speisen unter der neuen Markise, aber heute ist es ruhig. An einigen Tischen sitzen ältere Herren und lesen den *Dorchester Chronicle*, ihre Hunde liegen ihnen zu Füßen. Es riecht nach Tee und nassem Hundefell. Michael bestellt Fish and Chips und innerhalb weniger Minuten bekommen wir zarte Schellfischfilets und große Berge heißer, salziger Pommes auf dicken weißen Tellern. Wir nehmen sie mit an einen Tisch am Fenster. Ich wische auf der beschlagenen Scheibe eine Stelle frei und beobachte, wie die Wellen sich krachend am leeren Strand brechen.

Meine Augen brennen noch vom Weinen, aber ich habe etwas loslassen können und fühle mich besser. Es ist gut, mit Michael hier zu sitzen. Mit dem Meer vor der Tür fühle ich mich wie auf einem Schiff. Niemand kann zu uns gelangen, es könnten andere Regeln gelten.

Michael erzählt leise von seiner Beförderung und dann, mit einem Blick nach draußen, dass ihn vor sechs Monaten seine Frau verlassen habe.

Ich habe ein schlechtes Gewissen; er hat mir so lange zugehört. »Das haben Sie nie erwähnt. Tut mir leid.«

»Hätte ich denn? Hätte ich es erwähnen sollen?« Er sieht mich an und wendet den Blick schnell wieder ab.

Vor einem Jahr hatten wir uns eines Abends in der Küche in Bristol einander geöffnet. Ted war, ohne ein Wort zu sagen, ins Bett gegangen. Michael war auf dem Weg nach Hause noch vorbeigekommen; ich war müde, ständig den Tränen nah, nahm es Ted übel, dass er sich in den Schlaf zurückziehen konnte. An Michaels Freundlichkeit konnte ich mich festhalten.

Michael sieht wieder aus dem Fester, in seinen grauen Augen spiegeln sich die Wolken. Die Worte kommen nur zögerlich. »Wir haben jung geheiratet.« Er hält inne und zuckt mit den Schultern. »Ich will Sie hier nicht mit meinem Leben langweilen.«

»Erzählen Sie mir, was passiert ist.«

»Ich rede nicht viel darüber. Es ist vorbei.«

»Erzählen Sie mir davon.«

Er zögert noch. »Wir haben mit achtzehn in Simbabwe geheiratet; sie war schwanger. Nach ein paar Wochen hatte sie eine Fehlgeburt …«

Mittlerweile sollte ich es ertragen, diese beiden Worte zu hören, schwanger und Fehlgeburt, ohne einen stechenden Schmerz dabei zu spüren. Naomis Kind wäre jetzt fast ein halbes Jahr alt. Ich zähle die Monate, während sie vorübergehen. Wenn die Schwangerschaft nicht unterbrochen worden war und das Kind überlebt hatte … Wenn sie … Ich beiße die Zähne zusammen, als der Kummer über mich hinwegfegt und schließlich ein wenig abebbt. Michael hat nichts bemerkt; er hat weitergesprochen.

»… daher dachte ich, in England würde alles anders, ohne den Druck unserer Familien, mit besseren medizinischen Möglichkeiten – aber sie ist nicht wieder schwanger geworden.« Er sieht auf seine Hände und dann wieder zu mir. »Ich musste Geld verdienen, aber die Arbeitszeiten waren lang. Es war schwierig für sie. Sie war so allein.«

Ich wusste, wie das war. Um zehn Uhr abends hatte sie das Abendessen vom Teller in den Mülleimer geschoben. An anderen Abenden hatte sie etwas organisiert, einen Kino- oder Theaterbesuch, und saß abfahrtbereit im Mantel zu Hause, bis die Vorführung begonnen hatte. Danach saß sie nur noch da und hielt den weißen Umschlag mit den Eintrittskarten in der Hand. Tagsüber war sie allein, aber nachts war es noch schlimmer. Jeden Monat weinte sie, wenn ihre Periode einsetzte.

Michael erzählt weiter: »Sie begann ehrenamtlich im Bürgerbüro mitzuarbeiten, wurde schwanger und hatte diesmal keine Fehlgeburt.«

»Dann haben Sie also ein Kind …« Seine Augen sind so ernst, dass ich stocke. »War es ein Junge oder …«

»Ein Junge. Allerdings nicht meiner. Der Vater ist ein Anwalt, den sie in dem Büro kennengelernt hat. Er war verheiratet, hat sich aber von seiner Frau getrennt.« Er macht eine Pause. »Wir hätten nie heiraten dürfen.«

Aber woher hätte er das wissen sollen? Oder ich in meiner Ehe? Wenn man jung ist, hat man keine Ahnung, was die Zeit so mit sich bringt oder wie stark man einmal sein muss.

»Schauen Sie nicht so besorgt.« Er lächelt. »Das ist Geschichte. Es tut mir leid, dass ich die Situation ausgenutzt habe …«

Tut es ihm leid, dass er sich dazu hat verleiten lassen, von sich zu erzählen? Oder er denkt an den Abend in der Küche vor einem Jahr; daran muss ich ebenfalls denken. Seine Hand hatte warm auf meinem Rücken gelegen, seine Lippen hatten meine festgehalten. Immerhin hatte es den herben Geschmack der Realität gehabt, damals, als sich sonst nichts real anfühlte.

Die Luft draußen ist dunkler jetzt. Der weiße Saum des Meeres schimmert durch den Regen, weiter hinten mischen sich die Wellen mit dem Violett des frühen Abends und sind nicht zu erkennen. Es ist kühler, aber nach dem Essen und Reden ist mir warm. Wir laufen zurück über die Wiesen, unsere Hände stoßen aneinander. Im Cottage füttere ich Bertie, Michael macht Feuer. Es rührt mich, ihn hier zu sehen, wie er sich nach vorn beugt, ruhig das Feuer anzündet. Sein Ernst, mit dem er sich der Sache widmet. Das Kleinholz fängt Feuer und flackert auf. Dann dreht er sich zu mir um.

Ich laufe in seine Arme, und wir küssen uns, als ob wir nie damit aufgehört hätten. Es fühlt sich an wie die wärmende Sonne, wenn es lange kalt und dunkel war. Er führt mich ans Feuer, zieht mir den Mantel aus, dann seinen. Wir entkleiden uns in der Dunkelheit. Er nimmt die dicke Wolldecke von ihrem Platz auf dem Sofa und deckt uns beide zu. Wir liegen nebeneinander und berühren unsere Körper von oben bis unten; seine Haut fühlt sich zugleich vertraut und unbekannt an. Sicher und gefährlich. Er spürt mein Unbehagen. Er rückt ein wenig von mir ab und streichelt mein Gesicht in der Dunkelheit.

»Was ist?«, fragt er leise. »Sag es mir.«

»Wie kann das gehen? Darfst du das denn? Ich meine …«

»Keine Sorge.« Ich höre das Lächeln in seiner Stimme. »Das ist unser Geheimnis.«

Unser Geheimnis? Sollten wir denn eins haben? Er umarmt mich fest und tröstlich, und mein Unbehagen schwindet. Er streichelt mir langsam über die Haut, und als sie warm wird, drehe ich mich zu ihm, fühle mich von seiner Wärme angezogen, will es jetzt selbst. Mir kommt der Gedanke, dass Naomi es auch getan hat; sie muss in ein Geheimnis hineingezogen worden sein, bevor es gefährlich wurde. Dann bedeckt sein Mund meine Lippen, und wir bewegen uns gemeinsam, als hätten wir seit Langem darauf gewartet.

BRISTOL 2009
FÜNF TAGE DANACH

»Es tut mir leid.« Michael sah zerknirscht aus. Er ließ seine Hand neben sich sinken.

»Ist schon in Ordnung.« Ich war zu müde dafür; ich hörte, dass Ungeduld in meiner Stimme mitschwang. »Gucken Sie nicht so schuldbewusst. Nicht schlimm.« Ich wollte nicht, dass es zwischen uns stand, wir mussten weiter zusammenarbeiten.

Wir saßen in der Küche. Ted war oben.

Nach dem Aufruf im Fernsehen am Vormittag war er sofort zur Arbeit gefahren. Er blieb den ganzen Tag dort; er sagte, es halte ihn auf dem Boden der Tatsachen. Es funktionierte für ihn, für mich gab es keinen Boden mehr, er hatte aufgehört zu existieren. Ich lebte in einem schwarzen Raum, durch den ich ihn in der Ferne sehen konnte. Ich war traurig und wütend aus der Distanz. Ich verstand nicht, wie er rausgehen, Patienten begrüßen und mit Kollegen reden konnte. Wenn er nach Hause kam, aß er schnell im Stehen und ging, bleich vor Erschöpfung, ins Bett.

Michael war noch spät vorbeigekommen. Die Jungs waren schon im Bett.

Ich erzählte Michael, welche Sorgen ich mir um die Jungs machte, und fing an zu weinen. Er legte mir seinen Arm um die Schultern, wir rückten dichter aneinander, er beugte seinen Kopf zu mir hinüber, und dann berührten sich, eine Sekunde bloß, unsere Lippen. Ich war zurückgewichen; es hatte sich nicht richtig angefühlt. Ich war erschöpft, und er musste ebenfalls müde sein. Ein Impuls aus dem Moment heraus, mehr nicht, der Verzweiflung und Einsamkeit geschuldet. Keiner trug eine Schuld.

»Ich habe Jade heute wieder besucht«, sagte ich schnell, in der Hoffnung, es würde uns helfen, wieder an vorher anzuknüpfen. Es schien zu klappen: Beim Reden sah ich, dass er wieder in seine alte Rolle schlüpfte und die Regie übernahm. »Das hatte ich ihr versprochen. Ich dachte, alle Leute müssten mich anstarren, weil meine Augen so geschwollen sind, aber niemand schien Notiz von mir genommen zu haben.«

Mir wurde bewusst, dass ich sie früher bei meiner Arbeit im Krankenhaus genauso ignoriert hatte, die gebeutelte Schar der Schlaflosen, die unsichtbar auf den Stationen saßen, vor sich hin starrten und warteten. »Ihr Vater war bei ihr. Er stand auf, als ich kam. Er ist riesig, das hatte ich fast vergessen.«

»Warum haben Sie mich nicht angerufen?«, fragte Michael. Ich hörte Verärgerung in seiner Stimme. »Ich hätte mitkommen können. Das wäre vielleicht hilfreich gewesen. Ich soll Sie unterstützen, das ist mein Job, schon wieder vergessen?«

»Ich hätte nicht erwartet, dass Sie mitkommen würden – es war schließlich mein Fehler«, sagte ich. »Ich habe die falsche Diagnose gestellt. Ich muss es ausbügeln.«

»Wie ist es denn gelaufen?«

»Ich habe ihr ein paar alte Bücher von Naomi mitgebracht, und sie hat sich bedankt. Sie schien sich zu freuen, mich zu sehen. Sie hatte deutlich zugenommen. Die Chemotherapie enthält Steroide, daher ist es eine unnatürliche Gewichtszunahme, aber trotzdem sah sie besser aus.« Ich spürte, dass mir wieder die Tränen kamen. »Aber am schwierigsten war die Sache mit Jeff Price.«

»Wieso, was hat er getan?« Michael klang wütend.

»Nichts. Er hat gesagt, es tue ihm leid.«

»Wie bitte?«

Ich dachte an den Moment zurück, als Jade die Bücher genommen und eins aufgeschlagen hatte.

»Wer hat das geschrieben?« Sie hatte sich zu ihrem Vater umgedreht und ihm die Worte gezeigt, die mit Bleistift oben quer über die erste Seite gekritzelt waren.

»›Naomi Malcolm‹«, las er vor. »›Mein Bett. Mein Zimmer. Clifton Road Nummer 1. Bristol. England. Welt. Universum. Weltall.‹« Er machte eine Pause. Dann fügte er hinzu: »Das ist die Tochter der Frau Doktor, Jadie.«

»Hat sie nichts dagegen?« Jade drehte sich zu mir um.

»Nein«, sagte ich. Ich hatte ganz vergessen, dass in dem Buch etwas stand. »Sie ist ... schon älter.« Ich versuchte zu lächeln.

Vielleicht deutete sie meinen Gesichtsausdruck falsch. »Ich gebe es zurück, wenn ich es gelesen habe«, sagte sie.

Ich brachte nichts über die Lippen und nickte nur. Jeff Price begleitete mich durch die Reihe von Betten zurück. Wie kleine warme Hügel lagen Kinder darauf, die Gesichter rot und starr vor Langeweile. Sie waren still wie kranke Tiere, umschwärmt von Verwandten, die still um sie herumsaßen und auf den Fernseher starrten.

Im Flur vor den Kunststofftüren der Station blieb er stehen. »Ich hab Sie vorhin im Fernsehen gesehen. Tut mir leid, was passiert ist. Das ist nicht richtig. Ich war ja nicht gut auf Sie zu sprechen, aber so was ist nicht richtig.«

»Danke.« Ich hielt inne. »Die Polizei befragt alle möglichen Leute. Auch meine Patienten …«

»Völlig okay. Nur zu. Was immer ich tun kann, um zu helfen. Ich war jeden Tag rund um die Uhr hier, die Krankenschwestern können das bestätigen.«

Er berührte mich kurz an der Schulter und kehrte um. Er füllte beim Laufen fast den ganzen Flur aus. Er schwankte leicht hin und her, seine gigantischen weißen Turnschuhe quietschten laut auf dem glänzenden blauen Fußboden.

Die Kunststofftüren schlugen hinter ihm zu.

Michael wartete geduldig auf meine Antwort.

»Jeff Price hat gesagt, die Sache mit Naomi tue ihm leid«, sagte ich erneut. »Vielleicht brauchen Sie ihn doch nicht zu vernehmen.«

»Es wird nicht lange dauern.«

Offenbar konnte ich nicht mehr aufhalten, was ich selbst in Gang gesetzt hatte, selbst wenn ich mir sicher war, dass Jeff Price nichts mit der Sache zu tun hatte.

»Sie waren großartig im Fernsehen.« Michael wechselte das Thema und lächelte.

Die Scheinwerfer waren heiß und grell gewesen. Meine Augen hatten getränt, aber ich wollte nicht, dass die Leute glaubten, ich würde weinen. Ich wollte nicht, dass Naomis Entführer wusste, was er uns angetan hatte. Man hatte uns gewarnt, dass es alles nur noch schlimmer machen kann, wenn man den eigenen Schmerz offenbart. Eltern werden zu Opfern, damit man sie manipulieren kann. Andererseits mussten wir es tun. Wir mussten die Frau ansprechen, die möglicherweise Naomis Gesicht irgendwo in einer fremden Stadt verschwommen hinter einem Autofenster gesehen und bemerkt hatte, wie sie den Mund öffnete und um Hilfe rief. Wir mussten die Aufmerksamkeit des Mannes erregen, der in dem Laden an der Ecke arbeitete und sich wunderte, dass der ruhige Typ, der normalerweise nur Zigaretten holte, diesmal noch andere Sachen einkaufte: Lebensmittel, Klebeband, Damenbinden gegen die Blutungen. Wir mussten dem Kind auf dem Fahrrad sagen, dass es den grauen Kapuzenpulli aufheben musste, der auf irgendeinem Feldweg unter einer Hecke lag und den sie aus dem Fenster geworfen hatte, damit ihn jemand fand. Ich wollte, dass die Frau in der Nähe der Straßenlaterne, der Verkäufer und das Kind auf dem Fahrrad auf unserer Seite waren.

»Sie waren wirklich klasse«, sagte Michael erneut, als ich nichts erwiderte. »Ted auch. Wir müssen ihn übrigens auch noch einmal vernehmen.«

»Ich glaube, er schläft. Schon komisch, er kann kaum wach bleiben, und ich kann überhaupt nicht schlafen.«

»Es geht nur um ein paar Fragen; morgen wäre es ohnehin besser.«

»Ich kann sie wahrscheinlich auch jetzt beantworten.«

»Nein. Wir müssen ihm die Fragen stellen.«

Er klang ernst, beinahe bedauernd. Ich verstand nichts. »Was für Fragen?«

»Es fügen sich noch nicht alle Details zusammen. Ein paar Dinge müssen wir noch klären.«

Mir wurde schlecht. Mussten wir alles noch einmal durchkauen, womöglich einzeln? Hieß das, die Polizei glaubte uns nicht?

»Michael, bitte. Die Zeit verrinnt, und jede Sekunde …«

»Deshalb müssen wir das ja klären. Könnten Sie ihm

sagen, dass er morgen Vormittag zur Wache kommen muss? Wir holen ihn ab.«

Es klang so lächerlich. Wie in einer Polizeiserie im Fernsehen, wenn der Ehemann verhört werden muss und die Frau hysterisch wird.

»Wenn ich die Fragen beantworten kann, spart uns das eine Menge Zeit.«

Michael seufzte kurz. »Okay. Wissen Sie, wo Ted an dem Abend war, als Naomi verschwunden ist?«

Ich stand auf und begann, in der Küche hin und her zu laufen, sammelte Gläser und Tassen ein, die auf jedem freien Zentimeter herumstanden. Die Polizei kannte die Antwort bereits. Ich war müde, ich wollte ins Bett.

»Ich weiß sogar genau, wo er war – im Krankenhaus. Seine OP dauerte lange. Er hatte einen schwierigen Fall, das kommt dauernd vor. Wenn die Polizei ihm nicht glaubt, lässt sich das ganz einfach bei den Kollegen überprüfen.«

Michael erhob sich ebenfalls. Seine Miene war ausdruckslos, und es sah aus, als hätte er mich nicht gehört.

»Ich finde allein hinaus«, sagte er und klang auf einmal seltsam formell. »Bitte sagen Sie ihm, dass er morgen früh abgeholt wird.«

Nachdem er gegangen war, setzte ich mich an den Tisch und schloss die Augen. Michaels Worte schienen in der Stille nachzuhallen. Nach einer Weile nahm ich das Telefon zur Hand und rief im Krankenhaus an. Ich bat darum, in den OP-Saal der Neurologie durchgestellt zu werden. Trotz später Stunde meldete sich sofort ein OP-Pfleger. Seine Stimme klang sehr jung. Ich sagte ihm, wer ich war und dass Ted mich gebeten habe nachzufragen, wann seine OP letzten Donnerstagabend begonnen habe. Er habe vergessen zu notieren, wie lange die OP gedauert habe, benötige die Information aber für ein Schreiben an den Hausarzt. Die Worte kamen so flüssig aus meinem Mund, als hätte ich sie geprobt und nicht spontan aus dem Chaos in meinem Hirn zusammengeklaubt. Er ging einen Moment weg, dann kam er zurück.

»Es tut mir leid, dass Sie warten mussten, Doktor Malcolm. Ich wollte mich nur vergewissern. Sind Sie sicher, dass Sie nicht Montag meinen?«

»Mag sein, dass ich die Tage …«

»Am Donnerstag war Mr. Patel im OP. Mr. Malcolms Operation wurde abgesagt. Das ist auch die einzige in seinem Kalender an dem Tag. Ich kann nachsehen, wie lange die Operation am Montag gedauert hat. Wollen Sie später noch einmal deswegen anrufen?«

»Machen Sie sich bitte keine Umstände – er meldet sich dann, wenn nötig.« Ich legte auf, ging nach oben und setzte mich auf den Stuhl neben meinem schlafenden Ehemann. Ich starrte ihn so lange an, bis sich sein Gesicht verschob und aufzulösen schien, so wie man sich selbst entglitt, wenn man seinen Namen immer und immer wieder vor sich her sagte. Am Ende sah er aus wie irgendein Mann, der da lag, ein Fremder, den ich zufällig irgendwo getroffen hatte.

19

DORSET 2010
DREIZEHN MONATE DANACH

Eine Gruppe kleiner Kinder steht im Bahnhof von Dorchester um eine grauhaarige Frau herum und singt Weihnachtslieder. Ihre Weihnachtsmützen rutschen dauernd herunter, und sie zappeln herum, zwei treten sich gegenseitig auf die Füße, und das kleinste Mädchen wischt sich ihre Schnoddernase mit dem Ärmel ab. Die Dame dirigiert den Gesang mit resoluter Gestik, aber ihre ruckartigen Bewegungen sehen aus, als male sie Drohungen in die Luft. »*Away in a Manger*« weht dünn über den Bahnsteig, als ich an Gleis 1 entlanglaufe. Es kommt mir nur allzu bekannt vor, wie sich diese Frau dazu antreibt, ihrer Rolle gerecht zu werden; sie steht kerzengerade da und klingt zu gut gelaunt. Sie ist Teil einer Welt, der ich früher auch angehört habe, und als ich sie sehe, fällt mir ein, welche Bürde es war. Heute treiben mich keinerlei Pflichten durch den Tag. Das Leben ist auf das Wesentliche reduziert, meine Rollen sind schlicht: Mutter, nicht mehr Ehefrau. Wenn ich auf einem Formular meinen Beruf angeben müsste, würde ich Malerin schreiben.

Eds Zug sollte jetzt kommen. Sophie begleitet ihn. Er musste doch nicht über Weihnachten in der Klinik bleiben.

Erst jetzt, zu spät, wird mir bewusst, dass eine Zugfahrt ihm möglicherweise schwerfällt, bei all dem Lärm und den Menschenmengen, nach dem immer selben Tagesablauf in seiner Einrichtung. In ein paar Minuten wird der Zug einfahren, die Türen werden sich öffnen, und ich muss in einem Strom von Menschen nach ihm Ausschau halten – daher ist es ein Schock, als mich seine Arme von hinten umfassen und meine Taille umklammern.

»Ed!«

Er lacht. Er lacht! Ich habe Ed seit Monaten nicht einmal lächeln gesehen. Ich hätte mir keine Sorgen zu machen brauchen. Er ist unrasiert, seine braunen Augen blitzen lebhaft, sein langes schwarzes Haar glänzt. Er trägt einen Rucksack und hat sich seine Gitarre umgehängt. Er dreht sich um und legt seinen Arm um ein Mädchen, das sich beinahe hinter ihm versteckt.

»Mum, das ist Sophie. Soph, das ist meine Mum.«

Ihre Farben erhellen den tristen Bahnhof: Sie hat kurze knallrote Haare, mit grauem Kajal umrandete grüne Augen, trägt eine grüne Strickjacke, gestreifte blaue Handschuhe, einen orangefarbenen Hut und gelbe Stiefel. In der Nase steckt ein silberner Ring. Sie trägt ein Akkordeon auf dem Rücken. Ihr Gesicht ist wachsam, ruhig und sehr hübsch. Ich schüttele ihr die Hand. »Hallo Sophie.«

Sie lächelt. »Hi.«

»Ein Riesenglück, dass sie mitkommen konnte«, sagt Ed und sieht sie an. »Fast hätte es nicht geklappt. Jake wollte sie eigentlich zum Weihnachtsessen auf dem Schiff dabehalten, aber am Ende war es okay.«

Ich lächele Sophie an.

»Danke, dass ich mitkommen durfte.« Ihr Kinn kippt ein wenig nach hinten, wenn sie redet. In ihrem Tonfall liegt ein weicher irischer Singsang.

Auf der Rückfahrt sitzt Sophie eng neben Ed im Auto, und er zeigt auf die Klippen und Strände, an denen wir vorbeifahren. Ich erzähle ihm, dass Theo später zusammen mit Sam kommen wird, seinem Partner, den wir noch nicht kennen. Dann will er wissen, für wann sich Ted angekündigt hat.

»Für morgen oder übermorgen. Er kommt heute aus Johannesburg zurück.«

»Dann hat er wohl wirklich Urlaub.«

Ich dachte, er hielte Kontakt zu Ed. Es hat sich also nichts verändert. Ihr ganzes Leben hat er verpasst – Geburtstage, Elternabende, manchmal Weihnachten und Feiertage. Die Last der Verantwortung fällt wieder einmal mir zu; sie fühlt sich so schwer an wie in all den Jahren, als ich noch glaubte, wir würden sie uns teilen. Seltsamerweise wurde sie leichter, nachdem er gegangen war – oder vielleicht wusste ich mich auch nur besser zu schützen. Warum schmerzt mich die Enttäuschung aber jetzt so?

»Er hat keinen Urlaub. Ich hab doch schon gesagt, er ist auf einer Konferenz.«

»Typisch.«

Ich sehe in den Rückspiegel, aber er lächelt wieder, es liegt sogar ein Anflug von Stolz darin, als er seinen Arm um Sophie legt. Mein Vater, dauernd unterwegs und wichtig.

»Schön für deinen Vater. Ich wollte immer schon in Afrika arbeiten«, sagt sie.

»Das ist nur eine Konferenz«, sage ich. »Er ist nur für zwei Wochen da. Er arbeitet sonst in Bristol.«

»Sophie arbeitet für Amnesty International«, sagt Ed.

»Hut ab.« Ich sehe ihr Gesicht im Rückspiegel; sie lächelt und zuckt mit den Schultern.

»Ich mache nur Übersetzungen. Französisch und Deutsch.«

»Sie und Jake können sich in all den Sprachen unterhalten, vor allem wenn sie über mich reden wollen, ohne dass ich es verstehe«, sagt Ed nüchtern.

»Du würdest sowieso nichts verstehen, was dich angeht, egal, in welcher Sprache wir reden. Möchtegernmediziner durchschauen sich selbst nicht. Die sind zu beschäftigt damit, Helden in ihrem eigenen Film zu sein.« Ihr Singsang klingt amüsiert.

Sie lachen beide, als wäre es ein alter Witz.

In den Wochen nach seiner Aufnahme in der Einrichtung hatten wir beratschlagt, was er anschließend machen könnte. Nachdem er die Schule verlassen musste, hat er nie wieder ein Medizinstudium erwähnt. Er hat sein Abitur in der Klinik gemacht, und als er seine exzellenten Noten bekam, war der Gedanke, was alles hätte werden können, nur umso trauriger. Er sagte, er sei froh, erst einmal dableiben und mithelfen zu können. Aber jetzt ist nicht der richtige Zeitpunkt, um über Zukunftspläne zu reden. Er wirkt, als käme er frisch aus dem Urlaub.

Bertie steht in der Garderobe, als ich die Tür öffne. Ed hat sein Gesicht nicht mehr unter Kontrolle; er kniet sich hin, umarmt den Hund und fängt an zu weinen. Bertie bleibt stehen und blinzelt. Er niest einmal und schnüffelt dann mit wedelnder Rute an Eds Haaren. Sophie kniet sich neben Ed, umarmt ihn und legt ihre Wange an sein Gesicht.

Ich setze Teewasser auf. Ich hätte es kommen sehen und ihn irgendwie davor warnen sollen, dass sich die Vergangenheit mit in die Gegenwart schleicht.

Nach ein paar Minuten steht Ed auf, putzt sich die Nase und lacht zittrig. »Sorry, Bert.« Er beugt sich und legt noch einmal seine Hand auf Berties Kopf.

»Sollen wir ans Meer gehen und Bertie mitnehmen?«, fragt Sophie.

Ed nickt, und sie trinken ihren Tee und gehen alle zusammen durch den Garten auf die Wiesen. Ich beobachte, wie er am Tor innehält und den Pfosten berührt. Ich frage mich zum hundertsten Mal, ob er irgendeinen Ort gefunden hat, an dem er alles Geschehene ablegen kann, bis er in der Lage ist, darüber nachzudenken und es zu verarbeiten.

Ich sehe ihnen nach, wie sie die Wiese überqueren, dann ist es Zeit, das Huhn aus dem Kühlschrank zu holen, Butter und Kräuter auf die Haut zu streichen und Zitrone und Knoblauch hineinzustopfen. Als es im Ofen ist, schenke ich mir ein Glas Wein ein und nehme es mit zur Holzhütte draußen, die ich mir vorige Woche als Atelier eingerichtet habe, weil im Haus nicht genug Platz war. Seitdem die Fenster geputzt sind, strömt wieder Licht herein; das alte Laub, den Dreck und den Mäusekot habe ich weggefegt. Schon vorher stand eine Tischplatte auf zwei Böcken darin. Ich habe ein neues Heizgerät gekauft und meine Bilder an die Nägel gehängt, die in der Wand waren.

Mein Ölgemälde mit Marys Händen liegt auf dem Tisch. Sie sehen aus wie Klauen, die Finger sind vom Rheuma entstellt, die Haut glänzt und ist aufgedunsen. Sie nennt sie ihre Hexenhände, aber sie kochen Tee, halten Eier und Gartenwerkzeuge fest und backen Brot. Ich habe sie leicht geöffnet gemalt, um ihre Freundlichkeit anzudeuten. Wenn

Mary eine Hexe ist, dann eine gute. Dans Hände halten ein Stück Holz. Sie sehen sorgsam und sorglos zugleich aus – das Holzstück kippt ihm aus den Fingern, aber er hält es mit seinem Daumen fest, sodass sich Halten und Loslassen die Waage halten. Und daneben liegt eine ganz neue Bleistiftskizze von Michaels Hand. Am letzten Wochenende saß er in dem alten Liegestuhl neben dem Fenster. Er las, und seine Hand lag auf seinem Knie. In der Skizze sind die Kraft seiner Finger und die Breite seiner Handflächen zu erkennen. Ich muss es noch zu Ende zeichnen. Ich nehme den Stift, und während ich arbeite, fallen vor meinem Fenster Schneeflocken. Ich schraffiere die ausgeprägte Rundung seiner Muskeln am Daumenballen, und mir ist, als würde er mich berühren. Ich schließe die Augen und erinnere mich an das Gefühl seiner Hände auf meinem Körper. Naomis Augen, die aussehen wie auf dem Porträt, funkeln mich hinter meinen Augenlidern an. Geheimnisse sind gefährlich; sie hätte auf der Hut sein müssen. Muss ich mich vor Michael in Acht nehmen?

Ed und Sophie kommen zurück. An ihrer Kleidung hängen Schneeflocken.

»Ich habe den Strand noch nie im Winter gesehen«, sagt Ed, als er seinen nassen Mantel auszieht. »Er war ganz leer.«

Sophie klappert mit den Zähnen. »Die Klippen sehen unbeschreiblich aus mit den ganzen verschiedenen Schichten.«

Sie gehen duschen und baden und später, nach Huhn und Wein und Kaffee und Abwasch, sitzen sie neben dem Feuer, und Sophie spielt Akkordeon. Ed begleitet sie auf der Gitarre. Sie sehen entspannt aus, wahrscheinlich machen sie häufiger zusammen Musik. Ich setze mich mit einigem Abstand zu ihnen, halb in den Schatten in den blauen Sessel meines Vaters neben der Tür.

»Wem widmen wir dieses Lied?«, fragt Sophie.

»Dad.«

»Erzähl mir was über ihn«, sagt Sophie schläfrig. Sie lässt ihre Hand ruhen und hört auf zu spielen.

»Ich hab dir doch schon gesagt, dass er Neurochirurg ist«, erwidert Ed. »Er operiert Menschen am Kopf, repariert ihr Gehirn und so.«

Der Stolz in seiner Stimme macht mich traurig. Ahnt Ted etwas davon? Würde es ihn interessieren? Vor zwei Jahren hätte ich geglaubt, die Antwort zu kennen. Nein, ich hätte diese Frage nicht einmal gestellt, so sicher wäre ich mir gewesen.

»Es muss schwierig gewesen sein, als du älter wurdest. Ich meine, du hast ja nicht viel von ihm mitgekriegt.«

»Es war gar nicht schwierig.« Ed ist fröhlich. »Er war trotzdem irgendwie da. An Feiertagen und so. Abends kam er immer nach Hause.«

Das stimmt allerdings nicht. Ed liegt falsch. Er kam nicht immer abends nach Hause.

BRISTOL 2009
SECHS TAGE DANACH

Als ich aufwachte, klingelte das Telefon. Es stand auf Teds Seite. Ich drehte mich um, um mich über ihn zu beugen, stieß aber mit dem Arm an die Wand. Natürlich. Gästebett, Gästezimmer. Ich hörte, wie Ted sich auf der Etage unter mir meldete; an seinem ruhigen, gefassten Tonfall konnte ich hören, dass es jemand aus dem Krankenhaus war. Ich hörte, wie er aufstand und hinunterging, um Kaffee zu kochen. Er hatte seinen gewohnten Ablauf beibehalten, obwohl sich alles um ihn herum verändert hatte. Er musste sich doch fragen, warum ich nicht neben ihm geschlafen hatte; wahrscheinlich dachte er bloß, dass ich spät gekommen war und ihn nicht wecken wollte.

Er konnte nicht ahnen, dass ich kaum geschlafen hatte, und wenn doch, hatten mich unsägliche Albträume geplagt, Albträume, die noch in der Luft hingen, als ich aufwachte, Gedanken, die so grässlich waren, dass ich das Gefühl hatte, sie würden meinen Kopf sprengen. Ted hatte gelogen. Er war nicht im Krankenhaus gewesen, als Naomi verschwand. Ted hat sie entführt. Ted hatte sie an dem Abend vom Theater abgeholt und sie heimlich mitgenommen. Weshalb? Die Antwort lag auf der Hand. Als er sah, wie sie die Maria verkörperte, merkte er, dass sie eine andere geworden war, nicht mehr seine kleine Naomi, sondern ein ganz anderes Mädchen, das erwachsen war, sexy, fordernd. Vielleicht gefiel ihm das nicht, und er hatte ... Was? Sie vergewaltigt? Ermordet? Er wusste, wie das ging; er wusste genau, wie man die Halsschlagader abschnürt oder die Luftröhre aufschlitzt. Ich lag da und ließ mich von meinen übelsten Vorstellungen peinigen, bis mir schwindlig und schlecht wurde. Ich wusste, dass sie nicht stimmen konnten, aber hörte man nicht immer, dass sich am Ende herausstellte, der Mörder sei jemand gewesen, den das Opfer geliebt hatte?

Ich lief die Treppe vom Gästezimmer hinunter und setzte mich im Schlafzimmer auf die Kante des leeren Doppelbetts. Teds Schritte waren langsam, als er die Treppe wieder hochstieg. Dann trat er durch die Tür. Er stellte mir meinen Kaffee auf den Nachttisch.

»Habe ich wieder geschnarcht?« Er beugte sich zu mir hinunter, drückte mir einen Kuss auf den Kopf und ging dann ins Badezimmer, ohne eine Antwort abzuwarten. Ein Moment des Gebens und Nehmens, der nicht war, was er zu sein schien.

Ich vermute, es hätte geschicktere Möglichkeiten gegeben, um die Wahrheit herauszufinden, irgendwelche Tricks, mit denen ich ihm hätte auf die Schliche kommen können. Ich hätte Taschen durchsuchen oder ein Tagebuch finden können; aber ich war zu müde, zu erschüttert. Ich musste schnell Bescheid wissen.

»Michael ist gestern Abend noch vorbeigekommen.«

»Ja?« Seine Stimme klang dumpf wegen der Zahnpasta.

»Er will dich heute früh auf der Wache sehen.«

»Das ist leider nicht möglich. Und weshalb überhaupt?« Er schloss die Duschkabine, ohne die Antwort abzuwarten. Ich zog schnell irgendwelche Kleidungsstücke an, die herumlagen.

Er sah überrascht aus, mich angekleidet zu sehen, als er aus der Dusche kam und sich abtrocknete. Er zog sich das Handtuch fest um die Hüfte. Für Mitte vierzig hatte sich sein Körper gut gehalten: Er war stark, schlank und muskulös. Ich betrachtete sein Gesicht, das noch weich war vom Schlafen. Ein Gesicht, das ich seit Jahren ansah, von dem ich dachte, ich würde es besser kennen als mein eigenes.

»Sie wollen dir weitere Fragen stellen.«

»Tut mir leid, Jen, aber da wirst du hingehen müssen.« Er zuckte kurz mit den Schultern und griff in den Schrank, um ein Hemd herauszuholen.

»Nein.«

»Bei mir ist total viel los heute. Ein Patientengespräch nach dem anderen.« Er entschied sich für eine rote Krawatte zu seinem blau gestreiften Hemd. »Ich weiß, das ist immer unangenehm, aber könntest du ihre Fragen für mich beantworten?«

Einen Augenblick fragte ich mich, ob ich noch warten sollte, aber ich konnte diesen Albtraum nicht länger ertragen.

»Die Polizei will wissen, wo du an dem Abend warst, als Naomi verschwunden ist.« Ich war mir nicht sicher, ob es Wut oder Angst war, die meine Worte klingen ließen, als würde ich sie ihm vor die Füße spucken.

Sein Gesicht zeigte kaum eine Regung. Wenn überhaupt, wurde es höchstens noch glatter. Vielleicht zog er einen Mundwinkel ganz leicht nach unten, als hätte er auf einer Seite ein kleines Zucken.

»Das weißt du doch.«

Ich wollte keine Lügen mehr hören und wollte ihn nicht ansehen, wenn er sie sich ausdachte. Ich stand auf und stellte mich ans Fenster. Ich sah nach draußen auf die großen, ineinander verschlungenen Linden.

»Wo warst du?«

»Das hab ich dir doch damals schon erzählt. Ich war noch spät im OP-Saal ...«

Ich drehte mich um und sah ihn an. »Die OP wurde abgesagt. Ich habe nachgefragt.«

Stille. Er zog sich weiter an, nahm seinen Anzug aus dem Schrank, holte Socken heraus. Ich lief durchs Zimmer und riss ihm den Anzug aus den Händen.

»Wo zum Teufel warst du an dem Abend?« Ich klang atemlos. »Deine Tochter verschwindet, und du bist nicht da, wo du angeblich sein musstest. Was hat das zu bedeuten? Was wird die Polizei daraus schließen?«

Als ihn die Tragweite meiner Worte traf, stieg ihm der

Zorn ins Gesicht. »Was willst du damit sagen?«, fragte er laut.

Ich hörte die Jungs aufstehen, und der Gedanke an die beiden, die ahnungslos und verschlafen waren, machte alles nur noch schlimmer. Er hatte uns alle angelogen.

»Sei still«, flüsterte ich. »Lass die Jungs zur Schule gehen. Du musst heute aufs Polizeirevier; es kommt jemand her und holt dich ab.«

Er starrte mich wütend und mit zusammengepressten Lippen an.

»Die können dich festnehmen, wenn du dich weigerst, zur Vernehmung mitzukommen.«

Ich wusste nicht, ob das stimmte. Vielleicht.

Er hielt inne, nahm das Telefon und verließ damit das Zimmer. Ich hörte, wie er seine Sprechstunde absagte. Zwei Tage nachdem Naomi verschwunden war, hatte er beschlossen, wieder zu arbeiten, aber jetzt blieb ihm keine andere Wahl.

Ed verließ das Haus nach einem schweigsamen Frühstück, und dann packte Theo langsam seine Kunstmappe zusammen. Er wollte nicht gehen; vielleicht durchschaute er das Schauspiel. Als es endlich ruhig war, sah ich Ted über das Frühstücksgeschirr hinweg an.

»Okay«, murmelte er, als würde er mit sich selbst reden. »Okay.« Er sah auf. »Ich wollte es dir gleich am nächsten Tag sagen, aber es passierte an dem Abend, als Naomi verschwand, und dann konnte ich es nicht mehr.«

Im selben Moment verschwand der kranke Albtraum. Ich wusste, was er jetzt sagen würde, und empfand es als völlig unerheblich. Verglichen mit dem Horror zu glauben, er hätte ihr etwas angetan, war die Tatsache, dass er fremdgegangen war, völlig ohne Belang.

»Dann erzähl es mir eben jetzt.«

Er sah sich schnell in der Küche um, als sähe er sie zum ersten Mal.

»Es ist nur das eine Mal passiert, nur an dem Abend. Ich habe einen blöden Fehler gemacht. Sie ist jung. Ich meine, sie ist nicht verheiratet.«

Es war egal. Es war mir wirklich egal. Als ich wartete, dass er fortfuhr, wurde mir schlagartig klar, weshalb er so konfus gewesen war, dass er es versäumt hatte, Naomi abzuholen; jeder Gedanke an zu Hause war an dem Abend aus seinen Gedanken entschwunden.

»Ich war müde. Ich hatte nicht zu Mittag gegessen. Meine OP wurde abgesagt, weil Nitin den Saal für einen Notfall brauchte. Ich hatte gerade meine Abendvisite beendet, und Beth kam zur selben Zeit von der Station ...«

»Beth?« In *Little Women* war Beth die charmante, großzügige und feminine von den vier Schwestern. Jeder mochte sie.

»Die Schwester in der Neurochirurgie. Sie sah, wie müde ich war, und sagte, es gebe in der Nähe vom Krankenhaus ein Restaurant, das besser sei als die Kantine. Aber als wir dort ankamen, sahen wir, dass sie geschlossen hatten, und da habe ich sie nach Hause gebracht.«

Ich stellte mir Beths friedliches Zuhause vor. Keine lehmigen Rugbystiefel neben der Tür, kein dreckiger Hund, der an einem hochsprang. Sie hatten über die gemeinsamen Dramen des Tages geredet. Sie mussten sich nicht mit Familienfragen rumschlagen, auf die es nie leichte Antworten gab. Welche Hausaufgaben müssen die Kinder machen, oder wie lange dürfen sie wegbleiben? Beth reichte ihm ein Glas Wein, stellte Musik an und dimmte das Licht. Ich sah sie vor mir, wie sie dicht neben ihm saß und auf jedes Wort lauschte, das er sagte. Sie war nicht zu müde für Sex.

»Warum?« Meine Stimme klang nicht, als sei es meine.

Es entstand eine lange Pause, dann zuckte er mit den Schultern. »Ich weiß nicht, ob das die Sache besser oder nur noch schlimmer macht, aber es gibt keinen Grund. Sie war einfach da.« Er hielt inne und fragte sich offenbar, ob er trotz meines Schweigens fortfahren sollte. Dann redete er weiter, sprach langsam und vermied es, mich dabei anzusehen. »Bei dir und mir ist nie Zeit ...«

»Spuck es aus! Nie Zeit für Sex?«

»Wir sind müde. Wir gehen schlafen ...«

»Warum kannst du nicht einfach sagen, was du meinst?« Aber ich wusste, was er meinte. Er wollte sagen, dass es meine Schuld war.

Das Telefon klingelte. Ted ging eilig ran.

»Hi. Ja, meine Frau hat mir Bescheid gesagt. Ich bin fertig. Klingeln Sie einfach, dann komme ich hoch.« Er legte auf und drehte sich zu mir um. »Michael parkt nur noch den Wagen; dann holt er mich ab.« Er straffte die Schultern. »Es tut mir leid, Jenny. Ich wollte es dir wirklich erzählen.« Er sah mich an, und ich wusste, dass er dachte, es sei noch etwas nötig. »Ich liebe dich, das weißt du.«

Es klingelte. Ich spürte, wie die ganze Last aus Wut und Schmerz einen Augenblick aussetzte. Sie war da, aber noch nicht ganz real, wie der vage Anflug einer Migräne, bevor der Schmerz zuschlug. Er blieb stehen und musterte mich noch einige Augenblicke. Er war noch immer braun von seinem letzten Flug nach Kalifornien. Er hatte alte Kommilitonen getroffen, und sie hatten gesagt, er habe sich auf unfassbare Weise nicht verändert. Manchmal glaubte ich schon, das Älterwerden für uns beide zu übernehmen; ich hatte dabei zugesehen, wie die kleinen Fältchen um meine Augen aufgetaucht waren und sich tiefer eingegraben hatten und sich blaue Äderchen um meine Knöchel rankten. Aber ich fand, das war ein fairer Austausch für das, was ich bekommen hatte. Ich fand solche Veränderungen nicht weiter schlimm.

»Es tut mir leid«, wiederholte er, als würde es die Sache besser machen. »Wir reden, wenn ich zurückkomme.«

Aber schon da wusste ich, dass es nichts zu bereden gab. Entschuldigungen änderten nichts. Ich konnte sie nicht mehr hören. Ich ließ sogar zu, dass er mich zum Abschied küsste. Sobald er gegangen war, füllte Naomis Gesicht wieder jeden meiner Gedanken; es war kein Raum für etwas anderes.

20

DORSET 2010
DREIZEHN MONATE DANACH

Heiligabend. Morgens höre ich Schritte und unterdrücktes Gelächter, dann wieder Stille. Als Ted und ich jung und frisch zusammen waren, fühlte sich Liebe am Morgen warm und leicht an, sie war ohne Kampf oder Verhandlungen. Wie lange ist das her? Ich eile nach unten, will nichts hören und mich an nichts erinnern. Bertie liegt noch zusammengerollt in seinem Korb. Aus plötzlicher Sorge strecke ich meine Hand zu ihm aus, um zu fühlen, ob Wärme von seinem Körper ausstrahlt, ohne ihn zu wecken, denn dann würde er sich aufrappeln und verwirrt dreinschauen. In Bristol hatte ich ihm die Leine angelegt, während er noch schlief, hatte ihn geweckt und mit nach draußen genommen. Treu hielt er Schritt, wenn ich durch die Straßen joggte. Das würde er heute nicht mehr schaffen. Ich ließ ihn schlafen.

Es hat weiter geschneit in der Nacht; die Zweige sind von zartem Weiß umrandet. Ich stütze meine Ellenbogen auf die Fensterbank, um in den neuen Garten zu blicken. Naomi wünschte sich früher immer weiße Weihnachten, aber ich muss den Gedanken schnell beiseiteschieben, bevor er sich über den Tag legt. Ich habe eine Familie, um die ich mich kümmern muss.

Auf dem Tisch liegt ein kleines eingepacktes Geschenk. Das Papier ist mit Bäumen und Sternen bedruckt, und ein brauner Anhänger ist daran befestigt. Ich drehe ihn um und lese: *Für Jenny. Von Sophie.*

Ich löse das Klebeband und wickele das kleine Päckchen aus. Ein Bündel Zeichenkohle liegt darin. Die dicken und etwas unebenen Stäbe sind mit Papier umhüllt und mit roter Wolle zusammengebunden. Gedanken und Mühe sind in dieses Geschenk geflossen. Die gerahmten Bilder von Dans und Marys Händen lehnen an der Wand. Ich nehme sie hoch und verlasse leise das Cottage.

Ein neuer Kranz aus Stechpalmen hängt an Marys Tür. Auf mein Klopfen hin öffnet sie eilig und sieht erleichtert aus. »Ich dachte, das wäre schon die Bande.«

Sie setzt Wasser auf. Ihre Familie kommt heute zu Besuch, und sie will für alle kochen. Beinahe verärgert nimmt sie meine Geschenke entgegen und legt sie unter den Baum. Geschenke machen sie verlegen; sie weiß nicht, wie sie damit umgehen soll. Sie schenkt lieber selbst. Wir trinken Tee am Küchentisch. Ihre Hand ruht auf dem gefleckten Fell der kleinen Katze in ihrem Schoß.

»Ich habe gar keine Lichterketten durch dein Fenster gesehen. Wo steht denn dein Baum?«

»Ich habe nicht daran gedacht, einen zu besorgen«, sage ich. »Geschenke und Essen, zu mehr hat es nicht gereicht.«

Mary schüttelt den Kopf. »Deine Kinder werden einen Baum haben wollen.«

»Kinder! Mary, sie sind erwachsen.«

»Dan kommt später auch. Er wird noch einen Baum für euch finden. Er kann ihn euch vorbeibringen.«

Es macht mir nichts aus, Mary den Sieg zu überlassen. Ich bin nicht ihrer Meinung, aber das spielt keine Rolle. Als ich gehe, drücke ich ihr einen Kuss auf die Wange, und sie tut, als würde sie böse gucken.

Ed und Sophie sitzen in der Küche beim Frühstück.

»Wunderbare Zeichenkohle, Sophie! Vielen Dank.«

Sie guckt erfreut. »Mein Freund auf dem Nachbarboot stellt selbst Kohle in einem Ölfass her. Er zündet dafür ein kleines Feuer an, und es dauert ungefähr zwei Tage. Man kann spezielle Weide dafür kaufen, aus Somerset.«

»Es ist genau die Art, die ich gerne benutze, richtig dunkel und weich auf dem Papier.«

Ich lasse warmes Wasser ins Waschbecken laufen, um abzuwaschen, spritze Spülmittel hinein und beginne, die Teller vom Tisch zu räumen. Ed reicht mir seinen leeren Kaffeebecher; seine Augen sind ernst.

»Dann ist Kunst immer noch das Wichtigste in deinem Leben, Mum?«

»Wie bitte?« Ich drehe mich zu ihm um, während ich die krümeligen Teller in das Becken mit Seifenlauge gleiten lasse, und frage mich, ob das ein Scherz war.

Er sieht Sophie an beim Reden; es liegt kein Lächeln auf seinem Gesicht. »Wenn Mum raufging zum Malen, wussten wir immer, dass wir sie nicht stören durften, egal was passierte. Das stimmt doch, oder Mum?«

Mir fehlen vor Erstaunen die Worte. »Du weißt genau, dass das nicht stimmt.«

»Ach, komm.« Er lehnt sich mit verschränkten Armen gegen den Tisch. Er klingt kämpferisch und von seiner Sache überzeugt. »Genauso war es doch auch, wenn du arbeiten warst. Du bist nie an dein Handy gegangen, wenn ich angerufen habe. Du warst nie da, wenn wir aus der Schule kamen. Das hat uns verrückt gemacht.« Er dreht sich wieder zu Sophie um, gestikuliert, tut so, als wäre er amüsiert. »Anständiges Essen gab es natürlich auch nie.«

Warum macht er das? »Ich weiß, dass ich gemalt habe, aber meist nur, wenn ihr in der Schule wart …«

»Himmel.« Ed unterbricht mich lautstark. »Kannst du dich nicht mal daran erinnern, dass du nie da warst? Wenn ich krank war, hast du mir eine Schachtel Pillen neben das Bett gelegt und bist zur Arbeit gedackelt.«

»Ich habe dich schlafen lassen …«

»Typisch. Und dann die Sache, als du uns vom Cottage erzählt hast. Erst hast du gesagt, wir könnten rein, dann hast du plötzlich deine Meinung geändert.«

»Ich wollte nur nicht, dass hier Partys gefeiert werden.«

»Du bist ständig ohne Vorwarnung in deinem ›Atelier‹ verschwunden«, sagt er. »Kein Wunder, dass wir uns abgelehnt gefühlt haben.«

Wenn ich hochgegangen war zum Malen, hatte ich mir einfach Zeit für mich genommen und nicht die Kinder abgelehnt. Wie konnte er so etwas auch nur denken?

»Ed, die Malerei war niemals auch nur im Ansatz das Wichtigste für mich.«

Sophie sieht erst Ed, dann mich, dann wieder Ed an. Sie schiebt sich eine widerspenstige Locke hinter das Ohr und senkt den Blick, dreht die kleine Karte von mir in den Händen.

»Natürlich war sie das«, sagt Ed weiter und starrt mich an. »Denn aus deinen Bildern konntest du machen, was immer du wolltest.«

Gestern Abend war er ganz anders. »Was willst du damit sagen?«

»Du hast die Bilder gemalt, du hattest das Kommando. Nette, zweidimensionale Kunst. Nicht wie bei uns, obwohl du bei uns auch alles versucht hast; du dachtest, du hättest über uns genauso das Kommando. Du hast Regeln aufgestellt, Millionen von Regeln.« Sein Atem geht schwer, und seine Augen funkeln vor Zorn.

»Ich weiß nicht, woher du das jetzt alles hast, Ed. Es ist Heiligabend ...«

»Ich habe es nirgendwo her. Das habe ich die ganze Zeit schon gedacht; seitdem ich hier bin, kommt nur alles wieder hoch.«

»Ich wusste nicht ...«

Ich strecke die Hand aus, um ihn am Ärmel zu berühren, aber er zieht seinen Arm zurück.

»Woher hättest du es auch wissen sollen? Du hast mich ja nie danach gefragt. Du warst nie da. Du dachtest wahrscheinlich, ich sei wie Theo.« Er lacht. »Vielleicht nicht ganz so perfekt wie der perfekte Theo, aber grundsätzlich denken Zwillinge doch gleich, oder?«

»Natürlich nicht. Ich weiß, dass ihr völlig verschieden seid.«

»Du kennst mich gar nicht, genauso wenig, wie du Naomi gekannt hast.« Die Worte sprudeln aus ihm hervor. »Kein Wunder, dass sie nicht mehr hier ist.«

Ed hört unvermittelt auf zu reden, er weiß, dass er zu weit gegangen ist. Er macht eine kleine Bewegung auf mich zu und dreht sich dann zu Sophie um. »Komm, Soph. Lass uns spazieren gehen.« Er nimmt ihre Hand und zieht sie hoch. Sie folgt ihm aus der Küche, dreht sich aber an der Tür noch einmal um und wirft mir einen kurzen unglücklichen Blick zu.

Meine Hände brennen vom angetrockneten Spülmittel, und ich lasse sie ins Becken sinken. Sie sind vom heißen Wasser bedeckt, und ich starre auf die Bläschen, die sich an meinen Fingern neben den Ringen bilden; mir fällt auf, dass ich sie gar nicht mehr tragen sollte. Mich umfängt wieder Stille, aber seine Worte sind noch immer darin. Meine Fingerkuppen sind schon runzlig, als mir einfällt, dass ich noch Lebensmittel im Hofladen im Nachbardorf kaufen muss. Ich trockne mir die Hände ab, zerre an den Ringen, aber meine Finger sind im Wasser angeschwollen, und ich muss sie stecken lassen.

Ich fahre langsam und versuche, an nichts zu denken.

Schnee ist in die Hecken geweht, und die Hügel sind weiß bestäubt. Im Laden sind nur wenige Menschen. Die Berge aus Obst und Gemüse wirken in dem alten Steingebäude wie ein holländisches Gemälde aus dem Mittelalter. Ein an der Wand hängendes Fasanenpärchen blutet aus den Schnäbeln; ihre weichen Hälse sind verdreht und der wie Juwelen schimmernde Kopf des Männchens leuchtet vor den mattbraunen Federn des Weibchens. Dunkelgrüner Rosenkohl, sämige kleine Kartoffeln und glänzende Clementinen liegen zuhauf in den Holzkisten, und an der Wand steht ein Sack voll Datteln. Ich kaufe Tüten mit allem, nehme Eier, Schinken und einen glasierten Weihnachtskuchen mit und bringe alles ins Auto. Auf der Rückfahrt halte ich am Meer, steige aus und atme die bitterkalte Salzluft ein.

Hier draußen fangen die Worte an zu rotieren, die Ed mir entgegengeschleudert hat. Millionen von Regeln, hat er gesagt. Hatte es sich so angefühlt? Er musste doch wissen, dass Regeln Sicherheit bieten. Bertie und ich laufen über das zugeschneite Gras hinter dem Kiesstrand. Unsere Füße hinterlassen glasige Abdrücke in der dünnen Schicht Eisschnee; das Gras in meinen Fußstapfen ist platt gedrückt und gelb.

In der Ferne, wo die Wellen sich am Strand brechen, spielt ein junges Mädchen mit einem Hund. Ich kann ihr helles Haar von hier aus erkennen. Ein Mann steht in der Nähe und kauert sich in seinen schwarzen Mantel. Ich warte, bis ich ihre Bewegungen erkennen kann, bevor ich weiterlaufe. Beim Rennen wirft sie ihre Beine leicht nach außen. Naomis Schritte waren bogenförmig.

Wenn es noch mehr oder weniger Regeln gegeben hätte, wäre sie dann noch hier? Mit mehr Regeln wäre sie vielleicht in Sicherheit gewesen. Bei weniger Regeln hätte sie vielleicht keine übertreten müssen. Aber es ging nicht nur um die Regeln. Ed hatte recht: Ich war nicht genug zu Hause gewesen. Naomi hatte in den Wochen, bevor sie verschwand, nicht mehr mit mir geredet, aber wenn ich da gewesen wäre, im richtigen Augenblick, hätte sie vielleicht etwas gesagt. Wenn ich all die kleinen Veränderungen wahrgenommen hätte, statt sie auszublenden, hätte ich ihr helfen können. Ich hatte zu Ted gesagt, dass die Kinder gar nicht wollten, dass ich zu Hause war; hatte ich mich selbst belogen, um mir das Leben so einzurichten, wie ich wollte?

Es beginnt wieder zu schneien, dünne kleine Flöckchen, die einzeln auf dem Boden liegen bleiben. Alkohol hatte nicht zu der Schülerin gepasst, die so viel lernte, daher hatte ich es ausgeblendet und ihren Ausreden geglaubt. Ich hatte sie ihr sogar selbst in den Mund gelegt, damit ich die wahre Naomi nicht erkennen musste, das Mädchen, das eine dicke Schicht Make-up und einen Spitzen-BH trug, das trank, rauchte und Sex hatte. Als mir der Schnee ins Gesicht weht, ziehe ich mir die Jacke enger um die Schultern. Ich habe auch Ed nicht wahrgenommen. Ich stand zu sehr unter

Strom, um seine Anrufe in der Praxis entgegenzunehmen. Ich hatte mir eingeredet, er strenge sich an, und dabei schlingerte der echte Ed in die Gefahr, völlig unbemerkt. Kate hat gesagt, unsere Mutter hatte keine Ahnung, was wir trieben, aber ich war noch schlimmer. Ich hatte eine Ahnung, aber hatte sie ignoriert.

Der weiße Himmel ist dunkel geworden. Auf Berties Fell liegen Flecken aus Schnee, aber er bleibt stehen und schüttelt sie nicht ab. Niemand ist hier; das junge Mädchen und der Mann sind verschwunden. Es ist Zeit, nach Hause zu gehen.

Als ich mich mit meinen schweren Taschen hineinbegebe, steht im Flur ein Baum, in dessen Zweigen silbern besprühter Efeu rankt. Der Stamm steht in einem Eimer Strandkiesel. Angezündete Kerzen stehen daneben auf der Fensterbank, in Glasständern, zur Sicherheit. Sophie muss sie mitgebracht haben.

Ed hat einen Zettel auf den Küchentisch gelegt:

Ein gewisser Dan hat uns den Baum gebracht.
Soph hat ihn geschmückt. Sind im Pub.
E und S

Der Schein der Kerzen schimmert silbrig auf dem Efeu. Ich stehe noch immer da, atme den Duft des grünen Weihnachtsbaumes ein, als sich ein niedriges Auto hinter das Fenster schiebt. Wegen der verschneiten Straße ist es kaum zu hören, und es hält vor der Garage. Die Haustür fliegt auf, und Theo ist da – größer, breiter und braun gebrannt. Ich möchte am liebsten vor Erleichterung weinen. Als er sich herunterbeugt und mich fest drückt, duftet er anders, herb und luxuriös. Die Wärme löst den Schmerz vom Vormittag ein wenig. Er tritt zurück und dreht sich zur Seite.

»Mum, das ist Sam.«

Sam sieht mehrere Jahre älter aus als Theo, größer, drahtiger. Er wirkt anders als auf dem Foto; vielleicht liegt es am Bart. Die braunen Augen blicken wachsam durch die Brille.

»Hallo Sam.«

Wir umarmen uns linkisch. Zwei Küsse, einen auf jede Wange, das überfordert mich jedes Mal. Mit einer kleinen geübten Verbeugung überreicht er mir einen Blumenstrauß. Theo erzählt von der Fahrt, von seiner letzten Ausstellung, wie es sich anfühlt, wieder hier im Cottage zu sein. Er hat sich einen leichten amerikanischen Akzent zugelegt. Ich stehe dicht neben ihm, höre mehr seine Stimme als seine Worte und reiße mich schließlich zusammen.

»Ihr müsst verhungern.«

Nicht die kleinste Pause.

»Nicht wirklich.« Theo umarmt mich kurz. »Sei nicht böse. Wir haben im Beach Hut Mittag gegessen.«

»Aber da wart ihr ja schon fast hier.«

»Wir wollten keine Umstände bereiten«, antwortet Sam galant.

Musste er erst noch Mut ansammeln, bevor er mich kennenlernte? Will er beweisen, dass er Theo so lange von uns fernhalten kann, wie er will? Die Gedanken kommen mir flüchtig in den Sinn.

»Na, jetzt seid ihr ja hier, und das ist wunderbar. Ihr müsst müde sein.«

»Ich will Sam das Cottage zeigen. Wo schlafen wir?«

»Ed und Sophie sind in seinem alten Zimmer, aber deins ist winzig; wollt ihr in unser Schlafzimmer ziehen?«

»Sei nicht albern. Mein Zimmer reicht. Wir brauchen nicht viel Platz.«

Ich spüre, wie Sam mich ansieht und auf eine Reaktion wartet.

»Alles klar.«

»Danke, Mum. Wo ist Ed?«

»Mit Sophie im Pub.«

»Sophie. Mann, lauter Veränderungen.«

»Gute Veränderungen«, sagt Sam.

Bertie taucht auf, wir haben ihn geweckt. Mit wild wedelnder Rute läuft er zu Theo.

»Ist das Bertie?« Sam klingt überrascht. »Er ist älter, als ich dachte.«

»Bertie!« Theo kniet sich hin, um Bertie zu umarmen. Er blickt zu Sam hoch. »Er ist nicht alt, wie kannst du so was sagen!«

Er ist aber alt. Theo hat es auch gemerkt.

»Wann kommt Dad?«

Ich ziehe mein Handy aus der Tasche und werfe einen kurzen Blick darauf. Immer noch keine Nachricht von Ted.

»Morgen.«

Sie gehen ins Zimmer, um auszupacken, und ziehen dann mit Bertie los, um Ed und Sophie zu suchen. Ich lege meine alte blaue Schürze an; ich muss die Fische, die mit den glänzenden grauen Garnelen im Kühlschrank liegen, schneiden und pochieren. Ich fange an, Sellerie, Zwiebeln und Knoblauch klein zu schneiden und drehe Weihnachtslieder im Radio an. Die vertraute Musik weht durch meine Gedanken, und Schuld und Bedauern ebben ein wenig ab.

Es klopft an der Tür. Ich wasche mir schnell die Hände und gehe, um aufzumachen. Meine Augen tränen von den Zwiebeln. Das muss Ted sein, der seinen Schlüssel verloren hat. Mir wird ein wenig übel vor Aufregung, und zugleich ärgere ich mich, dass er mich mit roten Augen und nach

Zwiebeln riechend sieht. Ich trockne mir die Hände an der Schürze und öffne die Tür.

Einen Augenblick kann ich in der Dunkelheit niemanden erkennen, dann tritt Dan in den halbrunden Lichtkegel. Sein Gesicht ist schmaler als sonst, im Schatten seiner Kapuze treten die Konturen hervor. Seine Augen liegen in tiefen Höhlen. Ohne nachzudenken, mache ich einen Schritt auf ihn zu und gebe ihm einen Kuss. Er wird tiefrot.

»Danke für den Baum. Das ist sehr lieb.« Ich versuche, seine Verlegenheit mit Worten zu überspielen. »Sophie hat ihn geschmückt – Eds Freundin. Sie sind gestern angekommen.«

»Warum die Tränen?«, fragt er unvermittelt.

»Das sind nur die Zwiebeln – ich koche Abendessen. Komm rein. Iss mit uns.«

»Nein, ich … Danke für die Zeichnung.«

Er betrachtet mich aufmerksam, dann dreht er sich um und geht davon, mit hochgezogenen Schultern, traurig und wütend zugleich. Er ist von der Familienfeier geflohen und hat hier etwas gesucht. Ich habe das Gefühl, dass ich ihn hängen lassen habe.

Ich rühre erneut die Zwiebeln um, gebe Fisch und Brühe hinzu, dann Safran und Wein. Das Handy in meiner Tasche vibriert. Eine Nachricht. Ich wasche mir die Hände und hole es heraus.

Schaffe es Weihnachten nicht. Hoffe Neujahr. T

Keine Entschuldigung. Kein Gruß. Keine Nachrichten für Ed und Theo. Ich hatte mir geschworen, dass es ihm nie wieder gelänge, mich zu verletzen. *Schaffe es Weihnachten nicht.* Wenn sein Flug storniert worden war, warum dann keine Erklärung? Ohne zu antworten, lege ich mein Handy weg. Im letzten Jahr hatte ich mich bemüht, es keine Rolle spielen zu lassen, was Ted machte, und bisher hatte ich auch geglaubt, dass es ganz gut funktionierte.

BRISTOL 2009
SECHS TAGE DANACH

Teds Untreue war jetzt nicht das Thema. Wir würden anschließend darüber reden, wenn wir wieder Zeit hatten. Dann würde es nicht wehtun.

Ich redete mir ein, dass es mir nicht schwerfiel. Ich setze dauernd Prioritäten.

Ted rief später von der Wache aus an.

»Ich hab der Polizei alles erzählt«, sagte er kurz. »Am Ende war es gar nicht so kompliziert.«

Vielleicht waren die Leute auf der Wache Komplizen. Untreue ist Männersache, sagten sie sich vielleicht; wahrscheinlich glaubten sie nicht, dass es eine große Rolle spielte.

Als Ted wieder in der Küche erschien, sah er besser aus. Es war ihm sogar ein Hauch Erleichterung anzumerken, wie bei einem kleinen Jungen, der etwas ausgefressen hat, aber merkt, dass er ohne Strafe davonkommt. In einem anderen Leben hätte ich ihm die geübte Entschuldigung, er sei im Krankenhaus gewesen, vorhalten können, die er mir an dem Abend aufgetischt hatte, als sie verschwunden war. Aber ich spürte bereits, dass wir in keiner Weise da standen, wo ich uns vermutet hatte, und deshalb hatte es keinen Zweck. Ich war allerdings neugierig.

»Wie kommt es, dass sie dir geglaubt haben?«

»Sie haben Beth einbestellt und …«

»Und?«

»Sie haben in dem Restaurant angerufen, in dem wir essen gehen wollten. Jemand erinnerte sich daran, uns gesagt zu haben, dass sie nicht geöffnet hatten.«

Wir. Uns. Ich stand reglos da, die Worte hallten durch meine Gedanken, und Ted beobachtete mich schweigend. Es durfte keine Rolle spielen. Es durfte uns nicht im Weg stehen.

»Ich habe eine To-do-Liste geschrieben«, sagte ich knapp.

Ted sah weg. »Die Sache war irrelevant, Jenny. Ich war müde und betrunken. Ein dummer Ausrutscher. Das hat rein gar nichts zu bedeuten.«

Ein Ausrutscher. Nicht Betrug oder Lüge. Nach zwanzig Jahren gab es verschiedene Ebenen, auf denen es eine Rolle spielte, aber wenn ich jetzt meinen Standpunkt aufgab, wurde ich womöglich in tiefe Grübeleien gerissen.

»Ich will jetzt nicht darüber reden«, sagte ich.

»Wir können doch nicht so tun, als sei nichts passiert.« Er sah verwirrt aus.

»Doch, genau das werde ich im Augenblick. Wenn wir Naomi finden, beschäftigen wir uns mit der Sache.«

»Dir ist egal, dass ich fremdgegangen bin?« Er klang ungläubig.

»Was willst du, Ted? Eine Szene?«

»Na, das wäre immerhin die normale …« Er wusste nicht, wie er den Satz beenden sollte.

»Keine Chance. Wir haben keine Zeit.«

Etwas flackerte in seinem Blick. Enttäuschung? Triumph? Dann zuckte er mit den Schultern und sagte schnell: »Du hast recht. Wir verlieren Zeit. Was steht heute auf der Agenda?«

»Miss Wenham.«

»Miss Wenham?«

»Die Schulleiterin. Wir haben heute Mittag einen Termin bei ihr.«

»Verdammt. Ich habe meine Sprechstunde auf Mittag verschoben, weil ich zur Wache musste.« Er macht eine unschuldige Miene und streckt die Handflächen von sich. Machtlos.

Schüttel es ab. Ich schaffe das.

»Wir müssen nicht beide hin«, sagte ich. »Ich will nachfragen, ob in der Schule noch jemandem eine Idee kam, seitdem die Polizei da war; und ich habe Naomis Schulfoto und Informationen, wann sie zum letzten Mal gesehen wurde, fünfhundert Mal kopiert.«

»Ich dachte, das hätte die Polizei schon gemacht.« Er runzelte die Stirn, als ob er etwas verpasst hätte. »Ein Zettel hängt draußen am Laternenpfahl; in der Schule müssen jede Menge davon sein.«

»Sie sind nicht für hier«, sagte ich. »Ich will sie überall in Bristol aufhängen – in Clubs, Kneipen, am Bahnhof, an Bushaltestellen. Überall, wo Platz ist, klebe ich sie hin.« Während ich sprach, lief ich im Zimmer herum, holte den Ordner mit Bildern, Tesafilm, Heftzwecken, Hammer und Nägel.

»Ich könnte dir heute Abend helfen, vielleicht kann ich mir heute Nachmittag freinehmen.«

Es fiel mir schwer, ihn anzusehen.

»Michael kommt mit.«

»Was sollen wir den Jungs sagen?«

»Nichts.«

Er sah erleichtert aus. »Wirklich?«

»Sie haben schon genug um die Ohren. Du hast es selbst gesagt, es ist nichts Wichtiges passiert.«

Ted fuhr los, und ich stieg in die Badewanne. Als ich im Wasser lag und mein Körper sich dank der Wärme entspannte, drängten sich unerträgliche Bilder in meine Gedanken. Naomi, wie sie sich verdreckt nach einem behaglichen Bad sehnte, dass ihr zerschundener Körper schmutzverkrustet war oder, schlimmer noch, im Schmutz vergraben. Erde in den Ohren und im Mund. Falls sie tot war, waren ihre Augen noch offen? Und ihr Mund? Ich stieg schnell aus der Wanne und rubbelte mich fieberhaft ab. Denk an etwas anderes, an irgendetwas. Irgendetwas Hoffnungsvolles. Die Jungs kommen zurecht. Jade geht es immer besser. Halt durch, sagte ich zu dem bleichen Gesicht im Spiegel. Denke an Naomis Lächeln nach dem Stück, als Ted sie umarmt hat. Es konnte nicht sein, dass ich sie danach nie wiedersehen würde. »Halte durch bis dahin«, flüsterte ich, und es war nicht klar, ob ich mit Naomi oder mir selbst sprach.

Ich ließ den Mantel am Haken hängen, obwohl der Novembertag draußen kalt und grau war. Vor der Haustür stieß sich ein erschöpft wirkender Mittvierziger mit Notizbuch in der Hand von der Gartenmauer ab. Ein bedächtiger Blick voll Mitleid lag auf seinem rundlichen Gesicht. Als klar war, dass ich keine Fragen beantworten würde, begann er, Fotos zu schießen. Ich drehte mein Gesicht zur Seite und eilte die Straße hinunter; eine Weile hörte ich ihn hinter mir schnaufen. Die Schule lag nur fünf Minuten von hier entfernt. Sie war Hunderte Male hier entlanggelaufen. Hatte sie jemand in den letzten paar Wochen beobachtet? Als sie eine neue Beziehung einging, folgte da jemand ihren Spuren? Merkte sich die Zeiten, zu denen sie kam und ging und wann sie meist allein war?

Miss Wenham saß in ihrem Büro. Die korpulente Frau

in den Fünfzigern stand auf, um mich zu begrüßen. Sie sah immer gleich aus; ob Schulfeier oder Sportfest, das eisengraue Haar war immer ordentlich aufgedreht. Sie schüttelte mir die Hand.

»Doktor Malcolm, das alles tut mir so schrecklich leid. Was für eine furchtbare Lage. Wir tun als Schule alles, was in unserer Macht steht, um bei den Untersuchungen zu helfen.« Als wir uns setzten, sah sie mich forschend an. Nicht unfreundlich, nur neugierig.

»Danke. Ich wollte nur nachfragen, ob vielleicht irgendjemandem aus dem Kollegium oder vielleicht …«, ich konnte bereits erkennen, dass sie mir nichts Neues zu erzählen hatte, und spürte eine so überwältigende Müdigkeit, dass ich meinen Satz kaum zu Ende sprechen konnte, »… von den Schülern noch etwas eingefallen ist und Ihnen erzählt hat, nachdem die Polizei hier war oder …« Es war sinnlos. Sie hatte keine Neuigkeiten.

Sie schüttelte den Kopf. »Die Polizei war jetzt drei Mal hier.« Sie fuhr fort: »Aber Mrs. Andrews, Naomis Klassenlehrerin, möchte noch mit Ihnen sprechen.«

Sie machte eine Handbewegung zu einem Stuhl. Eine blasse junge Frau, die mir noch gar nicht aufgefallen war, stand auf und kam zu mir.

»Hallo, Doktor Malcolm. Ich bin Sally Andrews.«

Ihre Haare waren aus einer Spange über ihrem Ohr gerutscht und fielen ihr in die Augen. Sie schüttelte mir schwach die Hand und lächelte verlegen. »Es tut mir sehr leid … was passiert ist.« Sie wurde rot. »Ich habe mir Gedanken gemacht, nachdem die Polizei hier war. Sie sagten, wir sollen uns melden, wenn uns irgendetwas Ungewöhnliches einfällt. Gestern Abend kam mir ein Gedanke. Etwas war anders an Naomi.« Sie setzte sich neben mich aufs Sofa.

»Was meinen Sie damit?«, fragte ich sie in schärferem Ton, als ich beabsichtigt hatte.

»Seit ungefähr zwei Monaten war sie ein bisschen verträumt. Ich dachte zuerst, das würde am Wetter liegen, aber sie sagte, es gehe ihr gut.«

Ich schwieg. Sally Andrews hatte ihre Schwangerschaft bemerkt, ohne es zu ahnen. Kein Grund mehr, vorlaut zu sein.

Sie redete weiter: »Um ihre Tagträume habe ich mir keine großen Sorgen gemacht, aber sie hat mich dann irgendetwas im Zusammenhang mit einem Schulabbruch gefragt, und das kam mir damals doch seltsam vor.« Sie schluckte. »Sie wollte wissen, ob sie zurückkommen und ihre Abiturprüfungen nachholen könne, wenn sie vorher gehe.«

»Vorher?«

»Ich dachte, sie meinte, wenn sie nach der Mittleren Reife abgehe. Vielleicht wollte sie eine Pause einlegen. Manche Mädchen tun das und holen ihr Abitur dann später nach. Aber als ich gestern Abend in der Badewanne lag, ging es im Radio wieder um Naomi.«

Ich stellte mir ihren schlanken Körper in der Badewanne vor, ihre Haare sind unter einer Badekappe versteckt, und ihr Mann tapst rein und raus.

»Mir fiel auf, dass es bei ihr fast so klang, als wisse sie bereits, dass sie vorher abgehen werde. Vermutlich war das nur ein komischer Zufall, aber als ich hörte, dass Sie heute kommen, dachte ich, dass ich Ihnen erzählen muss, was sie gesagt hat.« Sie schloss ihre Erzählung; ihre Wangen waren rosa.

Nachdem ich ihr erneut die Hand geschüttelt und beiden gedankt hatte, ging ich hinaus. Auf dem Rückweg war mir nach Laufen. Vielleicht hatte Naomi doch alles organisiert; sie konnte im Theater Kleidung versteckt, über mehrere

Wochen Geld gespart und geplant haben, was sie wegen der Prüfungen machen würde, die sie verpasste. Wenn sie bewusst weggelaufen war, änderte das alles. Dann ging es ihr gut. Sie würde zurückkommen.

Als Michael kam, um mich abzuholen, war er überrascht, mich ausgehfertig in der Küche anzutreffen, geschminkt und mit dem Stapel Kopien in der Hand.

»Startklar?«, fragte er.

Ich nickte, und wir verließen gemeinsam das Haus. Als er mir die Autotür öffnete, war nichts peinlich daran; offensichtlich hatte er den Kuss schnell ad acta gelegt. War ihm das vielleicht auch schon vorher passiert, und er wusste, wie er sich so verhalten konnte, als wäre nichts geschehen?

Ich erzählte ihm, was Sally Andrews gesagt hatte. Ich konnte sehen, wie er sorgfältig erwog, welche Bedeutung ihre Worte hatten.

»Naomi war schwanger«, sagte er. »Sie hat vorausgedacht. Das Baby würde für sie eine Auszeit bedeuten, möglicherweise verpasste sie die Prüfungen. Ich glaube, sie wollte einfach wissen, ob es möglich war, sie nachzuholen.«

Meine Hoffnungen begannen zu schwinden.

»Sie klingt nicht wie jemand, der seine Eltern so leiden lässt. Wenn sie es geplant hätte, hätte sie inzwischen von sich hören lassen.« Er warf mir einen Blick zu. »Tut mir leid, Jenny.«

Aber hatte er recht? Die Straßen glitten am Autofenster vorbei. Überall Leute, die nicht Naomi waren. Als ich sie so lebendig und frei über die Bürgersteige laufen sah, wurde mir klar, dass ich sie nicht erst jetzt verloren hatte; vielleicht hatte ich sie schon lange vor ihrem Verschwinden verloren und wusste gar nicht mehr, wer sie eigentlich war.

21

DORSET 2010
DREIZEHN MONATE DANACH

Denn es ist uns ein Kind geboren,
es ist uns ein Sohn gegeben …

Der fröhliche Morgengesang dringt durch die grauen Steinmauern und die bunten Kirchenfenster und schwebt über den moosbedeckten Gräbern. Seltsam, dass sich alle so freuen, dass Jesus geboren wurde, obwohl sie wissen, wie die Geschichte ausging. Ihnen muss doch klar sein, dass es dem Mädchen im Stall das Herz gebrochen hätte, wenn es erfahren hätte, was seinem Baby einmal zustoßen würde.

Naomi war per Kaiserschnitt geboren und im Vergleich zu den körperlichen Qualen, als ich die Jungs herausgepresst hatte, war es sehr einfach gewesen; es hatte sich wie Schummeln angefühlt. Sie wurde herausgehoben und mir in den Arm gelegt, war noch feucht und blutig und brannte auf meiner Haut. Sie sah mir mit ihren dunkelblauen Augen ruhig ins Gesicht, als ob sie mich erkannte. Ich wollte sie gar nicht wieder loslassen, aber sie wurde eingewickelt, und dann hielt Ted sie in der Schwüle des Kreißsaales im Arm, während ich genäht wurde. Sie sahen vollkommen ineinander vertieft aus.

Bertie schnüffelt an der Kirchenmauer und hebt sein Bein. Mit der Nase dicht über dem Boden, wackelt er den kleinen Pfad entlang, und ich folge ihm schläfrig. Ich war gestern Abend zu müde darauf zu warten, bis die Kinder vom Pub zurückkamen, aber obwohl ich früh zu Bett gegangen bin, fühle ich mich erschöpft. Der Weg führt zum Strand. Im Dorf erzählt man sich, dass der kleine Weg früher ein Schmugglerpfad war. Nachts, so sagen manche, kann man das Knirschen von Stiefeln auf dem Kies und das Wiehern der Pferde hören, die Echos von Flüchen und das Rumpeln von Karren mit Fässern voll Rum. Heute früh hört man nur das zarte Knistern des Eises unter dem Schnee, als wir darüberlaufen. Ein männlicher Fasan flattert mit hohlem, krächzendem Alarmruf aus der Hecke. Händels Musik verklingt hinter uns, als ich Bertie weiter den Pfad entlang folge.

Wir sind am Kiesstrand angekommen; das Meer wirbelt gelben Schaum auf. Niemand außer uns ist hier. Als die Sonne höher steigt, tanzen schimmernde Lichtpunkte auf dem Wasser; wenn ich meine Augen halb schließe, kann ich mir vorstellen, dass es die Stadtlichter sind, die an ihrem ersten Abend viel heller wirkten als sonst. Der Psychologe hatte mir geraten, einige Erinnerungen beinahe wie in Papier gehüllt für die Zeit aufzubewahren, wenn ich mich stark genug dafür fühlte. Jetzt fühle ich mich stark genug. Ich erinnere mich, dass die Stadt ausgebreitet vor mir lag wie eine leuchtende Leinwand. Von meinem Platz vor dem

Fenster im Krankenhaus funkelte sie vor all den Lichtern magisch und geheimnisvoll. Ich wusste, dass Verkehr durch die Straßen dröhnte und Erbrochenes und Taubendreck und verwehter Müll auf dem Bürgersteig lag. Aber aus der Entfernung im vierten Stock der Entbindungsstation lagen die Straßen unberührt und feierlich da. In der Ferne funkelten die Lichter der Hängebrücke von Clifton wie Geburtstagskerzen im dunklen Zimmer. Naomis Kopf fühlte sich wächsern an unter meinen Lippen und ihr Haar wie feuchte Federn. Ich setzte mich auf einen Stuhl am Fenster und zuckte zusammen, als die Naht in meinem Fleisch drückte. Naomi bewegte sich und wimmerte. Ich hob ihren Kopf vorsichtig an und schob ihr die Brustwarze in den Mund. Als ich sie stillte, fühlte ich mich mit ihr so verbunden, als wäre sie noch in meinem Bauch. Ted war nach Hause gefahren, um sich hinzulegen. Ich sah ihn vor mir, wie er mit dem Gesicht nach unten, dem Kopf auf meiner Seite des Bettes und dem Arm auf meinem Kopfkissen dalag. Sicher schnarchte er friedlich, und ich erinnere mich noch, dass ich lächelte, als ich sie mir über die Schulter legte und ihre Wärme mein Herz erreichte.

Es hat wieder begonnen zu schneien; Zeit nach Hause zu gehen. Ich sehe mich um, erwarte, Bertie direkt hinter mir zu sehen. Er ist nicht da. Ich weiß, dass er von dem Pfad aus mit mir zum Strand gekommen ist. Die Brandung ist hoch und wild. In kürzester Zeit sind die Wellen bedrohlich höher geworden – wo ist er? Ich rufe immer und immer wieder seinen Namen, aber meine Rufe werden vom Wind verweht; ich renne den Strand hinauf, stolpere halb über die Steine. Vielleicht ist er schon nach Hause gelaufen? Da entdecke ich ihn hinter einem Boot. Er liegt auf dem Boden und zittert; eine Welle muss ihn erwischt haben. Ich strecke meine Arme aus, um ihn hochzuheben. Er ist nass und windet sich ungelenk aus meinem Griff, um sich mit wedelnder Rute hinzustellen.

»Du dummer, dummer Hund.« Ich lehne meine Wange an seinen seidigen, nassen Kopf. »Tu das nie wieder.«

Im Cottage sind alle aufgestanden. Das Feuer flackert. Der Duft von Kaffee und Gebackenem weht zu mir, als ich Bertie mit einem Handtuch trocken rubbele. Sam trägt meine Schürze und auf dem Tisch steht ein glänzendes Waffeleisen mit einer roten Schleife.

»Ihr Geschenk«, sagt er. »Ich wollte Ihnen eine Kostprobe dazugeben.«

Knusprig goldene Waffeln stapeln sich auf einem Teller. Er grinst breit und freundlich und mit strahlend weißen Zähnen. Die Nervosität unserer gestrigen Begegnung ist verschwunden, und ich habe das Gefühl, ich lerne ihn jetzt wirklich kennen.

Ed kommt aus dem Wohnzimmer, aber er vermeidet es, mich anzusehen. Er war vermutlich froh, dass ich so früh zu Bett gegangen bin; dann musste er mir gestern nicht noch einmal in die Augen sehen. Er nimmt sich eine Waffel und schlingt sie mit einem Bissen herunter. Er ist dünner, als mir gestern aufgefallen ist.

»Wann kommt Dad?«, fragt er.

»Er hat mir gestern eine Nachricht geschickt. Er kommt gar nicht ... Er sagt, er schafft es nicht.«

»Ich wusste es. Ich hab dir doch gesagt, er macht Urlaub.«

Er setzt sich. Sam, der gerade noch mehr Waffelteig anrührt, berührt ihn kurz an der Schulter.

»Daran ist diese Frau schuld, oder?« Ed starrt mich an.

»Welche Frau?« Ich werfe ihm einen überraschten Blick

zu. Gibt er Teds Sekretärin die Schuld an den stornierten Flügen?

»Um Himmels willen, Mum, du musst mir nichts vormachen. Ich weiß Bescheid.«

»Worüber?«

»Über Beth natürlich. Sie sind gekommen, um sich zu verabschieden, bevor sie nach Südafrika geflogen sind. Ich wette, es war ihr Wunsch. Wahrscheinlich wollte sie gern länger bleiben. Eine Safari machen oder so.«

Ihr Name klingt so selbstverständlich aus Eds Mund. Nur ein Mal, hatte Ted gesagt. Einen Ausrutscher hatte er die Sache genannt, und ich hatte beschlossen, ihm zu glauben. Im Zimmer ist es still. Ich spüre, dass Sam mich kurz ansieht. Ich ringe damit, äußerlich ruhig zu bleiben.

»Er ist lieber mit ihr zusammen. Ganz offensichtlich«, sagt Ed.

»Vielleicht liegt es nicht an ihr.« Ich greife nach einem Stuhl und setze mich. »Vielleicht wurde er irgendwo aufgehalten.«

»Hör auf, ihn in Schutz zu nehmen.« Ed zuckt mit den Schultern. »Ich meine, wen kümmert's? Spielt es wirklich eine Rolle?«

Er liegt falsch. Ich nehme nicht Ted in Schutz, sondern mich selbst. Ich dachte, es hätte Probleme mit dem Flug gegeben. Wie naiv. Ich lasse meinen Blick durchs Zimmer wandern. Ich suche meine Ankerpunkte. Die Jungs. Michael. Bertie. Meine Bilder. Das Cottage. Mary und Dan. Theo kommt herein und gibt erst mir und dann Sam einen Kuss.

»Wage nicht, mich zu küssen«, sagt Ed zu seinem Bruder und bedeckt seinen Kopf mit beiden Händen.

»Keine Sorge, deinem verlausten Kopf komme ich nicht

zu nahe.« Theo beugt sich zu den Waffeln herüber. »Die sehen hervorragend aus.«

»Dad kommt nicht«, sagt Ed.

»Was?«, nuschelt Theo mit vollem Mund.

»Er vergnügt sich lieber in Afrika mit seiner Freundin.«

»Mit seiner Freundin?« Theo hört auf zu kauen. »Mit welcher Freundin?« Er dreht sich um und sieht mich an.

»Mum nimmt's locker«, gibt Ed zurück. »Wen kümmert's also?«

»Und es bedeutet ...«, Sam balanciert zwei weitere Waffeln auf den Stapel, »... umso mehr Waffeln für uns.« Er lacht.

Gott sei Dank für Sam. In dieser Minute liebe ich ihn. Theo sieht mich lächeln und lächelt ebenfalls unsicher; in dem Moment der Stille erscheint Sophie in einem orangeroten Pulli. Sie sieht in meine Richtung, will sehen, wie es mir geht.

»Frohe Weihnachten!«, sagt sie.

Sam geht voran ins Wohnzimmer, wo er sich vor das prasselnde Feuer stellt und eine der Champagnerflaschen öffnet, die er mitgebracht hat; der Korken knallt an die Decke und das schäumende Getränk fließt über seinen Ärmel, als er versucht, es in Gläser zu gießen. Er reicht mir das erste Glas.

»Auf die Tapferkeit«, sagt er. Seine braunen Augen sehen mich freundlich an.

Ich lächele zurück und hebe mein Glas. »Auf die Tapferkeit.«

»Ja, Mum, du warst wirklich mutig, unseren ganzen Clan über Weihnachten einzuladen«, sagt Theo.

Mutig? Sie retten mich. Ich sehe schnell aus dem Fenster.

Im Garten auf der hinteren Mauer hat jemand – Theo? Sophie? – Krümel verteilt. Die Vögel sehen aus wie kleine Dreiecke, die auf der Spitze stehen. Sie flattern schlemmend rauf und runter und drängen sich gegenseitig ab. Mir steht lebhaft eine Szene vor Augen. Unsere Hochzeitsreise. Ein Zelt in der Serengeti. Vögel fliegen während der Mahlzeiten um uns herum, landen auf unserem Tisch, kämpfen um die Krümel. Ted hält mich im Arm. Wir halten uns die ganze Zeit im Arm. Hitze und Sex und Glück. Der Duft von heißem Leinen. Es prickelt auf meiner Haut. Die beiden sind seit einem Jahr zusammen. Kein einmaliger Ausrutscher. Sie feiern in Afrika.

»Mum. Wir wollen die Geschenke öffnen.«

Er hat nie aufgehört, sich mit ihr zu treffen; er hat ständig gelogen.

»Ed, warte auf Mum.«

Wie idiotisch gutgläubig ich war. Die Zeichen waren offensichtlich, aber ich wollte sie nicht wahrhaben, und als ich kurz die Augen schließe, ist mir, als röche ich ganz leicht Lavendelduft.

»Auf los geht's los. Sieh her, Mum.«

Ich öffne die Augen.

Theo und Sam haben ein riesiges flaches Paket aus dem Auto geholt und lehnen es an die Wand. Theo holt die Schere aus der Küchenschublade und reicht sie mir, aber er lässt eine Hand auf dem Paket liegen.

»Wenn ich es mir recht überlege, Mum, willst du vielleicht noch damit warten, es zu öffnen.«

»Warten? Keine Chance!« Ich muss mich auf das konzentrieren, was gerade wichtig ist. Der Lavendelduft verblasst im warmen Rauch der brennenden Apfelzweige und im Kieferndruft des Weihnachtsbaums. Das wird eins von

Theos New-York-Fotos sein oder eins von Sam. Theo und Sam vor der New Yorker Skyline.

Ich beginne, das Papier aufzuschneiden.

»Es ist Naomi, Mum.« Theo klingt nervös.

Ich reiße das restliche Papier ab.

Auf allen Fotos ist Naomi zu sehen. Das große in der Mitte hat jemand aus der Schule für die *West Side Story* aufgenommen. Damals war sie schwanger. Ihre Haut leuchtet. Es sind mindestens hundert weitere Fotos von ihr, in ganz unterschiedlichen Größen und Formaten. Ich erkenne die dreijährige Naomi auf Teds Rücken. Naomi mit fünf und schrägem Pony, den sie sich selbst geschnitten hat. Mit zehn und Spange im Mund, wie sie uns zwischen den Ästen unseres Baumes zuwinkt. Mit zwölf und Hockeyschläger in der Hand, daneben Nikita. Sie lacht.

»Theo …« Ich komme nicht weiter.

»Es tut mir leid, Mum.« Er sieht gequält aus.

Sam sagt leise: »Ich habe dich gewarnt. Lass es uns wieder rausbringen.«

Er bückt sich, um den schweren Rahmen anzuheben.

»Warte. Es ist wunderschön. Bringt es nicht weg. Lasst es hier an der Wand stehen.« Ich zeige auf die Stelle. »Ich werde es direkt gegenüber von Grandpas Sessel aufhängen. Dann sehe ich es jeden Tag, wenn ich hier sitze, und kann es Stück für Stück bewundern.«

»Ich habe die ganzen Bilder gefunden, als ich mit Dad den Dachboden leer geräumt habe.« Theo sieht wieder fröhlicher aus. »Ich wollte sie dir schon früher geben, aber ich dachte, ich warte lieber noch. Wahrscheinlich hätte ich sie dir noch nicht schenken sollen.«

»Sie sind ein perfektes Geschenk.«

Ed legt noch Holz aufs Feuer. Sam hat darauf bestanden, das Weihnachtsessen zu kochen. Er hat Maisbrot aus Amerika mitgebracht und irgendwo Cranberrys und die Füllung für den Truthahn aufgetrieben. Theo und Sophie verschwinden ebenfalls in der Küche; ich muss draußen bleiben.

»Wir möchten, dass Sie sich ausruhen.« Sophie lächelt schüchtern und schließt die Tür.

Ed liegt vor dem Feuer. Er hat den Kopf auf einen Ellenbogen gestützt und liest eins seiner neuen Bücher. Seine Haltung ist entspannt, als hätte er gestern alles gesagt, was nötig war. Ich beobachte, wie seine Augen hin und her springen. Vielleicht erkennt er eines Tages, dass es nicht leicht war für mich, und vielleicht ist das alles, worauf ich hoffen kann.

Es klopft leise an der Tür. Ed steht auf und läuft in den Flur. Nach einer kleinen Pause höre ich: »Hey. Dein Baum sieht super aus. Willst du ihn sehen?«

»Nein … ich … wollte nur sagen, bei meiner Grandma ist das Holz alle … könnten wir vielleicht …« Die Stimme von Dan. Er klingt zögerlich. Erwartungsvoll.

Die Küchentür geht auf; von meinem Platz aus sehe ich, wie Sam herauskommt und Dan ein Glas Champagner in die Hand drückt. »An Weihnachten kommst du nicht wieder weg, ohne einen Schluck mitzutrinken«, sagt er warmherzig.

Dan kommt herein, zieht seine Schuhe aus. Er wirft mir einen fragenden Blick zu. Ich lächele und hebe mein Glas. Er trägt wieder seinen Kapuzenpulli. Seine Jeans ist ihm auf die Hüfte gerutscht. Er sieht aus, als habe er schon eine Weile draußen gestanden und gefroren.

Theo steht auf und läuft auf Dan zu. »Willst du mitessen?«, fragt er.

Dan verschwindet mit ihnen in der Küche. Nach einer Weile sehe ich, wie Theo im Garten Holz für Mary in die Schubkarre lädt und sie durch das Seitentor auf die Straße schiebt. Sie wird wissen, dass Dan dem Familientreffen entflieht, und eine Entschuldigung finden.

Es ist beinahe kein Platz mehr in der Küche, als wir alle zusammensitzen. Auf dem Tisch winden sich Efeuranken und Stechpalmenzweige um die Kerzen. Sophie hat Bertie gefüttert, und er sitzt ihr zu Füßen. Sam stellt einen dampfenden Teller mit zarten Truthahnscheiben, Füllung und Soße vor Dan, der verlegen wirkt.

»Ich bin nicht …«

Theo unterbricht ihn. »Wir wollten dich kennenlernen. Mum hat erzählt, was du aus den Ästen vom alten Apfelbaum gemacht hast. Ich habe meine Schwester mal fotografiert, und die Zweige um sie herum sahen aus wie die, die du für deine Holzskulpturen verwendet hast, sagt Mum.«

Schwester. Meine Schwester. Ich habe diese Worte seit Monaten nicht mehr gehört. Es klingt, als wäre sie noch hier. Ed sieht mich an. Er hat einen Arm um Sophie gelegt und hebt sein Glas. Er sieht mich an. Sein Blick ist zurückhaltend, aber nicht so wie damals.

BRISTOL 2009
ACHT TAGE DANACH

Eds Blick jagte mir Angst ein.

Ich war morgens in dem Bewusstsein aufgewacht, dass eine Woche und ein Tag vergangen waren, seitdem Naomi verschwunden war. Es hätte Schwung in die Sache gekommen sein sollen. Stattdessen schien alles immer langsamer zu laufen. Ich wartete nur. Schlimmer, ich war wie festgenagelt. Aus Furcht bewegungsunfähig.

»Schluss jetzt.« Ich sagte es in die Stille hinein, als ich die Bettdecke von mir stieß. »Schluss.« Heute würde sich alles ändern.

Ted war bereits zur Arbeit gegangen. Theo hatte ebenfalls schon das Haus verlassen. Ein Zettel von ihm lag auf dem Küchentisch. Darauf stand, er sei früh losgegangen, um sein Material für die Prüfung für sein Stipendium zusammenzusuchen. Er hatte sich an der New Yorker Film Academy für einen Kurs in Fotografie im kommenden Jahr beworben. Das Stipendium konnte ausschlaggebend dafür sein, aber ich hatte vergessen, dass die Prüfung heute war. Sonst hätte ich ihm noch ein richtiges Frühstück gemacht. Wir hätten über Timing und Techniken diskutiert, und ich hätte ihm viel Glück gewünscht. Das schlechte Gewissen traf mich tief; ich ließ zurzeit alles schleifen. Ed kam herunter, als ich gerade Kaffee aufgoss. Er setzte sich an den Tisch, und als ich an ihm vorüberging, nahm ich wieder den muffigen Geruch wahr.

»Es ist Freitag«, sagte ich und versuchte mir seinen Tagesablauf ins Gedächtnis zu rufen. »Hast du Rudertraining?« Anya hatte mir gesagt, dass seine Ausrüstung seit Tagen klatschnass in seinem Badezimmer lag.

Er legte beide Hände an die Tischplatte und schob seinen Stuhl so energisch und schnell zurück, dass ich zur Seite springen musste. Er sah mich an, als er aufstand, und da sah ich den Zorn in seinen Augen.

»Ich bin kein verdammtes Kind mehr«, sagte er, bevor er die Tür hinter sich zuschlug.

Anya kam leise herein. Sie hatte ein kleines blassrosa Alpenveilchen mitgebracht, stellte es in einen Topf auf dem Tisch und nickte mir zu. Ich wusste, dass es mich aufheitern sollte. Einen Augenblick lenkten die weichen Blüten mit den scharfkantigen Kräuseln meine Aufmerksamkeit auf sich. Blumen verband ich mit Krankheit und Gräbern und Tod, aber diese hier waren rosa wie die, die ich während meiner Hochzeit in der Hand gehalten hatte.

»Danke, Anya, sie sind sehr hübsch.«

Sie lächelte, als sie den Tisch abräumte. Die Gegenwart jedes anderen hätte ich als aufdringlich empfunden, aber ihre behutsamen Bewegungen waren wie Balsam. Ohne sie im Haus wäre ich inzwischen in Dreck und Chaos versunken. Ed litt wie wir alle. Für ihn war es sogar schlimmer. Er hatte ein schlechtes Gewissen, egal wie oft ich ihm sagte, es sei nicht seine Schuld.

Ich fand ein DIN-A3-Blatt hinter meinem Schreibtisch; Theo hatte mehr gekauft, als er für sein Waldprojekt brauchte. Ich schrieb mit blauem Filzstift »Naomi« in die Mitte und kreiste ihren Namen ein. Dann zeichnete ich darum einen weiteren Kreis für unsere Familie und noch einen für die Schule; ich schrieb Nikitas Namen hinein und machte einen Haken dahinter, weil die Polizei sie bereits befragt hatte. James, auch ein Haken. Lehrer. Sally Andrews. Miss Wenham. Haken. Haken. Haken. Was war mit den anderen Lehrern? Mrs. Mears, die Lehrerin der Theater-AG, die gekündigt hatte? Ich musste Michael nach ihr fragen.

Ein weiterer Kreis um die Schule herum für die Leute, die sie oft, aber nicht täglich getroffen hatte. Anya? Anyas Mann? Ich sah, wie sie leise den Boden fegte. Sie spürte meinen Blick und lächelte. Ich malte ein Fragezeichen neben

Anyas Mann, weil ich daran denken wollte, Michael zu fragen, ob die Polizei ihn vernommen hatte.

Nachbarn gehörten auch in diesen Kreis. Mrs. Moore von gegenüber, ihr Sohn Harold, die Schattengestalt am Fenster. Michael musste ihn überprüft haben, aber ich setzte ein Fragezeichen hinter seinen Namen, nur für den Fall.

Was noch? Das Theaterstück. Alle, die im Theater arbeiteten. Die Ordner beim Einlass. Hatte Michael dort nachgefragt?

Ein plötzlicher Aufschrei. Der Besen polterte zu Boden.

»Alles okay, Anya?«

»Ich habe mir die Zehen gestoßen. An Ihrer Arzttasche. Ich habe sie da nicht gesehen, sonst steht sie woanders.«

»Tut mir leid. Schieben Sie sie einfach wieder unter die Bank. Jemand muss sie versehentlich herausgezogen haben.«

Arzttasche. Arbeit. Ein weiterer Kreis. Kollegen und Patienten. Wenn ich wieder hinginge, könnte das meinem Gedächtnis auf die Sprünge helfen. Frank meinte, ich sollte mir so lange freinehmen, wie ich brauchte, aber es war schon zu lange. Ich wollte etwas tun. Und wenn es nur eine solche Aufstellung war.

Ich zeigte Michael das Papier, als er gegen Mittag kam. Ich fragte mich, wie es wohl war, unser Haus zu betreten, und ob es schon im Eingang nach Trauer roch. Er zog seine Jacke aus und rollte die Ärmel hoch; seine Arme wirkten kräftig. Irgendetwas in seinem ruhigen Gesicht und dem konzentrierten Blick seiner grauen Augen ließ mich an Soldaten vor dem Kampf denken.

Er stieß einen Bewunderungspfiff aus. »Das sieht nach einem professionellen Schaubild für die Recherche aus. Was haben die ganzen Fragezeichen zu bedeuten?«

Ich reichte ihm den Kaffeebecher und hätte am liebsten losgelacht. »Das Ganze ist ein dickes fettes Fragezeichen.«

Er beugte sich dichter über das Diagramm. »Einige Fragen haben sich schon geklärt, und wir können sie sofort streichen. Zum Beispiel die Schule«, sagte er.

»Was ist mit Mrs. Mears?«

»Wir haben ihr Alibi überprüft. Sie hat einwandfreie Zeugen und Beweise. Wie auch alle anderen Lehrer der gesamten Schule.«

»Was ist mit den anderen Angestellten?«

»Abgehakt. Alle Aushilfskräfte, Gärtner, Putzleute, Köche und Hausmeister, die Ordner und Kellner im Schultheater – wir haben alle befragt und ihre Alibis überprüft.«

Er war fleißig gewesen. Das war natürlich gut, aber mir sank zugleich der Mut; ich hatte gedacht, ich könne etwas beitragen, etwas tun, das uns ihr näherbrachte. In Wirklichkeit lief ich allem nur hinterher.

»Okay. Dann meine Praxis«, sagte ich. »Sollten wir dort nachfragen?«

»Wir haben Ihre Kollegen vernommen. Sie hatten zudem Jeff Price erwähnt, aber er war im Krankenhaus bei Jade, wie Sie bereits sagten.«

Ich senkte die Stimme. »Anyas Mann?«

»Haben wir befragt, und sein Alibi wurde überprüft. Sie haben uns einen Großteil der Informationen schon am ersten Abend gegeben.«

Mein Optimismus verflog. Was war mit meinem Gedächtnis los? Ich konnte mich nur noch daran erinnern, dass ich die Polizei mit Betteln und Heulen gebeten hatte, sie zu finden.

Ich sah erneut auf die Pappe. »Was ist mit den Nachbarn?«

»Haben wir gestern abgeschlossen, da haben wir noch mit Mrs. Moore gesprochen«, sagte er.

»Was hat Harold gesagt?«

»Er war nicht da.« Michael nahm einen Schluck Kaffee. »Sie hat gesagt, ich bräuchte nicht wiederzukommen. Offenbar kann er sich nicht sehr gut mitteilen.«

»Erstens verlässt er nie das Haus, und zweitens bin ich sicher, dass er sich mitteilen kann. Sie beschützt ihn nur.« Ich stellte mir vor, wie die kleine Frau mit dem Rücken zur verschlossenen Tür des Zimmers gestanden hatte, in dem sie ihren Sohn versteckt hielt. Ich lehnte mich vor und sagte eindringlich: »Er sieht ständig aus dem Fenster; vielleicht hat er etwas bemerkt …«

»Dann müssen wir fragen, ob er uns etwas sagen kann.« Michael stand auf. »Wollen Sie mitkommen?«, fragte er. »Es könnte hilfreich sein, aber wenn ich ihn eingehender befragen muss, könnte es sein, dass ich Sie bitten muss, uns allein zu lassen.«

Ich holte Kopien von Naomis Foto vom Stapel neben dem Computer. Als wir die Straße überquerten, blieb Michael kurz stehen und lief zu dem weißen Lieferwagen, der in der Nähe unseres Hauses parkte. Er öffnete die Tür und rief etwas hinein, ich konnte ihn aber nicht verstehen. Er hätte ihnen keine Beachtung zu schenken brauchen. Mir waren die Reporter egal; in dem dröhnenden Horror, der jede Sekunde ausfüllte, spielten sie kaum eine Rolle. Ted hasste sie.

Mrs. Moore kam nach ein paar Minuten an die Tür. Sie hatte sich eine Schürze fest um die Taille gebunden. Ihre Miene versteinerte sich, als sie uns beide sah.

»Ich habe mein Scherflein schon beigetragen.« Sie nickte vorwurfsvoll zu Michael hinüber. »Habe ihm gestern schon alles erzählt.«

»Und Harold?« Ich versuchte, behutsam zu klingen. »Vielleicht kann er uns weiterhelfen, Mrs. Moore. Er guckt häufig aus dem Fenster; von hier aus kann man das Theater sehen.«

»Er isst gerade zu Abend.«

»Wenn wir trotzdem bitte ein Wort mit ihm wechseln dürften?«, sagte Michael leise. »Es dauert nicht lange.«

Im dunklen Flur hing ein Spiegel, der im Zwielicht schimmerte. Mrs. Moore ging voraus in eine große, perfekt aufgeräumte Küche.

Harold aß nicht, er malte. Den Teller mit einem angebissenen Sandwich hatte er zur Seite geschoben. Er trug ein gestreiftes Kurzarmshirt, das sich über seinen gebeugten Rücken dehnte; seine nackten Arme waren pummelig und mit Muttermalen übersät. Er atmete schwer, seine Zunge ragte heraus. Eine Schachtel Wachsmalstifte war auf dem Tisch verstreut. Daneben lag ein Stapel Zeichnungen. Sie waren alle mit blauer Wachskreide beschmiert. Michael nahm eine Zeichnung hoch, und Harold riss sie an sich.

Ich hockte mich neben Harolds Stuhl und zeigte ihm das kopierte Foto.

»Das ist ein Bild von Naomi, Harold. Du kennst Naomi.«

Aus der Nähe sah ich, dass sein Gesicht völlig eben war. Kein Lächeln, kein Stirnrunzeln lag darauf.

»Weg«, sagte er.

»Ah.« Michael wandte sich an Mrs. Moore.

»Das weiß er aus dem Fernsehen«, sagte sie finster. »Und er hat Sie gestern gehört. Ich wollte ihn nicht damit behelligen. Ich habe ihm gesagt, er solle ruhig in seinem Zimmer warten, als Sie das letzte Mal hier waren. Er weiß von nichts.«

»Stimmt das, Harold?«, fragte Michael ihn freundlich. »Oder gibt es irgendetwas, das Sie uns erzählen können?«

Harold sah ihn ausdruckslos an. Er drückte fest auf, als er etwas mit den blauen Stiften zu malen begann. Ich erhob mich, und wir warteten einen Augenblick. Wir sahen zu ihm hinunter und zögerten zu gehen.

»Wenn Sie sich noch an irgendetwas erinnern, dann geben Sie uns bitte Bescheid«, sagte Michael.

Als wir draußen vorbeigingen, waren die weißen Lieferwagen verschwunden. Michael lächelte mit finsterer Miene. In meiner Küche machte er sich Notizen, während ich Frank anrief und erleichtert den Anrufbeantworter hörte; dann musste ich keine Fragen nach meinem Befinden beantworten. Stattdessen hinterließ ich eine kurze Nachricht: Vielleicht brauchten sie Hilfe; im Winter war in der Praxis immer Hochbetrieb. Ich war noch am Telefon, als es laut klopfte. Michael räumte gerade seine Sachen zusammen, um sich zu verabschieden, und öffnete die Tür.

Harold stand draußen, einen Stapel Papier unter dem Arm. »Naomi«, sagte er laut. »Naomi.«

Mrs. Moore erschien schwer atmend hinter seiner Schulter. »Harold wollte nicht warten. Er hat doch noch etwas, was er Ihnen sagen will.«

Harold legte seine Bilder auf den Tisch. Es waren ungefähr zwanzig, alle mit verschmierter blauer Wachskreide gemalt. Auf allen war eine Art Quadrat mit einem Rechteck zu sehen, das quer über das ganze Blatt ragte. Er zeigte darauf.

»Laster«, sagte er.

Michael blätterte durch den Stapel und zog ein Blatt heraus, auf dem die blaue Form vor einem Quadrat war.

»Das ist das Theater«, sagte Mrs. Moore. »Nachdem Sie weg waren, sprach er nur noch von Ihrer Tochter.«

Ein blauer Laster vor dem Theater? Ich versuchte, mich

verzweifelt zu erinnern. Hatte ich einen blauen Lkw oder auch nur ein blaues Auto davor stehen sehen? Irgendwann? Möglicherweise. Es war lehmverschmiert, ein kleiner Hund auf der Rückbank steckte seine Nase durch einen offenen Fensterspalt. Oder war es ein großer dunkelblauer Mercedes gewesen …? Das konnte ebenso stimmen wie frei erfunden sein. Vielleicht hatten die Andeutungen es nur heraufbeschworen.

Harold hielt ein zerknülltes Blatt Papier in der Hand. Er drückte es auf das blaue Bild mit dem Auto. Auf seiner Oberlippe lagen Schweißtropfen. Dem Rasierapparat waren kleine Haarbüschel neben seinem rechten Ohr und an seinem Grübchen im Kinn entgangen. Er wurde ärgerlich.

»Danke, Harold«, sagte Michael leise. »Es ist nett von Ihnen, dass Sie uns helfen wollen, Naomi zu finden.«

Harold starrte ihn an. Michael nahm ihm das zerknüllte Blatt aus der Hand und strich es auf dem Tisch glatt. Es war das kopierte Bild von Naomi.

»Danke«, sagte Michael noch einmal. »Das war sehr hilfreich. Sie haben uns mehr geholfen als jeder andere.«

Nachdem sie gegangen waren, sah ich Michael an. »Das könnte wichtig sein.«

»Schon möglich«, gab er zurück. Er betrachtete das Bild erneut. »Das Rechteck mit dem Quadrat sieht mehr aus wie ein Pick-up.« Als er sich zu mir umdrehte, huschte Besorgnis über sein Gesicht. Ich wusste, was er sah: mein erschöpftes Gesicht, strähnige Haare, rote Augen. Meine neuerdings dürre Gestalt.

»Sie sehen …«

»Sagen Sie nicht, dass ich schrecklich aussehe. Das ist mir scheißegal.«

Sein Blick war kurz schockiert, und ich lachte, ich lachte

tatsächlich. »Wenn Sie wüssten, wie unwichtig mir mein Aussehen ist.«

»Den Jungs aber nicht«, beharrte Michael. »Und Ted auch nicht. Ihr Aussehen trägt dazu bei, dass Sie stark bleiben.«

Ich wusste, dass er recht hatte, aber es war mir fast unmöglich, an mein Äußeres zu denken, wenn in meinen Gedanken nur Naomi Platz hatte. Wie sie ausgesehen hatte, als ich sie zum letzten Mal sah, wie sie wohl jetzt aussah.

Ich berührte Michael am Arm. »Glauben Sie, er wird uns weiterhelfen, der blaue Wagen?«

»Vielleicht.« Er lächelte mir zu. »Es gibt haufenweise blaue Autos in der Gegend, aber es ist eine weitere winzige Information. Ein weiterer Faden. So läuft das. Wir entwirren die Fäden, einen nach dem anderen.«

Theo sah miserabel aus, als er nach Hause kam. Die Prüfung für das Stipendium war nicht gut gelaufen. Er hatte sich zu oft umentschieden und war am Ende in Zeitnot geraten. Wir aßen gemeinsam zu Abend; Ed kam kurze Zeit später. Er war seit Kurzem immer erst später zu Hause, arbeitete häufig in der Bücherei, bis sie schloss. Er wollte nichts essen; er hatte bereits in der Schule gegessen.

Irgendwann nach dem Abendessen sah ich, wie Theo auf dem Bett lag und mit seinem Handy telefonierte. Er grinste mir schon wieder fröhlicher entgegen. Ed hatte seine Tür offen stehen lassen; er war komplett angezogen auf seinem Bett eingeschlafen. Ich zog ihm die Schuhe aus und deckte ihn zu. Als ich mich umdrehte, fiel aus dem Flur Licht auf einen Stapel Papier auf seinem Nachttisch. Ich sah genauer hin. Es waren ordentlich gestapelte Zehn- und Zwanzig-Pfund-Noten. Insgesamt vielleicht dreihundert Pfund. Was hatte er mit dem Geld vor? Woher stammte es? Ted überwies den Jungs ihr Taschengeld von seinem Konto, es war also unwahrscheinlich, dass es von ihm stammte. Hatte er heimlich irgendwo gearbeitet? Vielleicht hatte er an den Abenden, an denen ich dachte, er sei in der Schule beim Lernen, in einer Kneipe gearbeitet. Warum hatte er mir nichts davon gesagt? Wollte er es uns geben, um Wiedergutmachung dafür zu leisten, dass er im Theater nicht bei Naomi gewesen war? Der Gedanke versetzte mir einen Stich. Ich hätte ihn am liebsten aufgeweckt und gefragt; aber selbst im Schlaf sah er erschöpft aus. Ich musste bis zum Morgen warten. Ich schlich auf Zehenspitzen hinaus und schloss die Tür.

22

DORSET 2010
DREIZEHN MONATE DANACH

Nach Weihnachten riecht die Luft im Gartenhaus schal. Auf dem Blatt Papier, das ich auf dem Tisch liegen gelassen habe, liegt Mäusedreck, und an der Wachsmalkreide sind winzige Bissspuren zu erkennen. Meine Schritte knirschen auf dem Sand, der durch den Türspalt hereingeweht ist. Ich schließe die Tür wieder und gehe zurück ins Cottage.

In dieser Nichtzeit zwischen Weihnachten und Neujahr tigere ich morgens, wenn das Licht noch grau ist, durchs Haus. Auch mit geschlossenen Augen weiß ich genau, wo ich mich befinde. Um den blauen Sessel, das seidige Holz des Schreibtisches und den Bücherstapel herum wirkt die Luft anders aufgeladen. Über die vertrauten Möbel zu streichen, ist so, als würde ich über meine eigene Haut streichen. Ich betrachte ein Foto nach dem anderen auf Theos Collage. Heute ist es das Baby im Kinderwagen, das mit ernstem Blick die Kirschblüten betrachtet. Man erkennt die ausgestreckten Finger, mit denen es die Schatten berühren will, die die Blätter innen an den Kinderwagen werfen.

Ich vermisse die Jungs und Michael; er hatte taktvoll eine Schicht bei der Arbeit übernommen, als wir noch dachten, Ted wäre an Weihnachten hier, obwohl er weiß, dass wir getrennt sind. Er ruft jeden Abend an, niemals tagsüber; seine Kollegen wissen immer noch nichts von unserer Beziehung. Ich weiß nicht, was passieren würde, wenn sie es erführen. Ich vermisse ihn, mein Körper vermisst ihn. Ich bin überrascht, wie sehr ich mich nach ihm sehne. In dunklen, misstrauischen Momenten frage ich mich, ob er davon weiß. Und ob er durch seine Abwesenheit irgendeine Form von Macht erlangen will. Kann es sein, dass er ein Spiel mit mir treibt? Er hat eine Grenze überschritten, damit wir uns lieben können – spricht das für oder gegen seine Motive?

Ed ist in die Klinik zurückgekehrt. Er plant, noch ein paar Monate dort zu bleiben, aber er hat nichts Genaueres gesagt. Er wollte auch nicht noch einmal über seine Gefühle sprechen, aber Sophie hat mich umarmt, als sie gefahren sind. Seine Worte hallen in mir nach, und ich drehe und wende sie, bis ich das Gefühl habe, verrückt zu werden; habe ich Naomis Leben gegen meins eingetauscht? Jetzt, da ich so viel Raum und Zeit für mich habe, wie ich mir immer gewünscht hätte, würde ich das alles gegen eine einzige Sekunde mit ihr eintauschen.

Theo ruft an. »Es ist so schön, wieder zu Hause zu sein.« Albern, dass ich dabei ein Stechen verspüre. »Ich glaube, ich könnte für immer hierbleiben.« Während er spricht, höre ich das Klirren von Flaschen und Sam, der im Hintergrund *Carmen* singt. Früher hätte es eine Weile gedauert, bis wir Theos Beziehung mit Sam hätten akzeptieren können. Sie hätte an dem Fahrwasser, in dem unser Leben verlief, und an unseren Einstellungen gerüttelt. Heute fand sie ganz leicht ihren Platz.

Nach Theos Anruf versuche ich erneut, in das Gartenhaus zu gehen, kippe die kleinen verbeulten Metalltuben mit Ölfarbe aus ihrer Kiste zu einem kleinen Berg auf dem aufgebockten Tisch: Französisch-Ultramarin, Indischrot, Neapelgelb, eine ganze Welt aus Farben. Für immer, hat Theo gesagt; das ist die weiteste Distanz, die man sehen kann, wenn man noch keine Verletzung erlebt hat, obwohl er natürlich schon verletzt wurde. Nein, es ist sogar weiter als das; es beschreibt die weiteste Distanz, die man sich überhaupt vorstellen kann. Sie erstreckt sich zu all den Orten und Menschen, von denen man denkt, sie seien immer da. Aber nichts hält ewig. Weder Orte noch Menschen noch Liebe noch das schwindende Leben der Kinder. Verlust hält ewig, und ich beginne, mit Sophies Kohle breite, gerade Striche zu zeichnen. Am Anfang wusste ich noch nicht, wie ich erst die Stunden, dann die Tage, Wochen, Monate dieses »für immer« bewältigen sollte. Die graue Mauer von Naomis Abwesenheit nahm nie ab. Beim Zeichnen brechen dunkle Krümel von den Stäben; und ich puste sie davon. Die Jungs reden nicht viel über Naomi. Was hinter ihnen liegt, ist von ihr erfüllt, aber ihr Leben ist weitergegangen. Meins nicht. Ich habe überlebt, das ist alles.

Ich durchkreuze die senkrechten Striche mit waagerechten Linien, um ein Gitter entstehen zu lassen, und denke über die Farben nach, die dazwischenliegen sollen. Sie sollen leuchten und von Dunkelheit umrandet, aber nicht von ihr befleckt sein; diese Flächen stellen die Leben der Jungs dar. Ich laufe im Kreis und versuche, eine Farbe für sie zu finden, eine, die eine klare Ausstrahlung hat, aber zugleich dunklere Farben enthält. Es ist schwer, ein Pigment zu finden, das Licht und Schatten gleichzeitig in sich birgt, vielleicht ein leuchtendes Zinnoberrot. Ich brauche mehr Farben. Ich stelle mir eine Art satten Wüstenstaub vor, gegerbt von Wind und Hitze. Dann fallen mir die byzantinischen Gemälde aus den Höhlen in Göreme in Kappadokien ein. Die Fresken an den Wänden sahen selbst in den tiefsten Höhlen aus, als würden sie von hinten mit Sonnenlicht beschienen. Auf ihnen lag ein tiefer Schimmer der Hoffnung, der zugleich traurig wirkte. Ich experimentiere auf meiner Staffelei mit verschiedenen Ölfarben. Kadmiumgelb? Hellgelb? Irgendetwas fehlt. Weiß? Rot? Orange? Ich lege meinen Pinsel zur Seite und warte, bis ich es irgendwo sehe. In einem Sonnenuntergang oder einem Eigelb vielleicht.

Als ich mich umdrehe, um hinauszugehen, stoße ich mit den Fingern einen kleinen Stapel Kleinholz von der Bank. Auf dem Weg zum Feuermachen muss ich stehen geblieben sein, um mir ein Bild anzusehen, und habe es wohl versehentlich liegen lassen. Ich sammele es auf, ziehe einen langen Zweig heraus und drehe ihn zwischen den Fingern. Das Holz ist graubraun. Dort, wo sich im nächsten Jahr Blattknospen gebildet hätten, sind kleine Erhebungen zu sehen, die Rinde ist fein gezeichnet und blättert stellenweise ab, am unteren Ende ist der Zweig gespalten und ausgefranst, als hätte jemand darauf herumgekaut. Die verästelten Enden sind wie hauchdünne Finger ausgestreckt. Ich skizziere den Zweig grob, dann noch einmal, sorgfältiger, größer, dann noch größer. Formen und Konturen, die darauf warten, sich in etwas anderes zu verwandeln; die Idee für ein großes Gemälde beginnt sich in mir zu formen, der Kreislauf des Lebens. Ein Triptychon. Eine ungewohnte Vorfreude breitet sich in mir aus, die so zart in der Ferne liegt, dass ich Angst habe, sie zu zerstören, wenn ich weiter darüber nachdenke; ich konzentriere mich auf die winzigen glatten Knospen, die noch nicht ausgebildet sind.

Nach einer Stunde zittern meine Hände vor Kälte, und ich muss aufhören zu zeichnen. Als ich wieder im Cottage bin, ist die Vorfreude verflogen. In den leeren Zimmern senkt sich die Dunkelheit auf meine Schultern, die vertraute Last der Trauer wiegt so schwer, dass ich mich nicht bewegen kann. Als es klingelt, schaffe ich es kaum, zur Tür zu gehen. Draußen steht Dan mit ernstem Blick, in seiner Jacke versunken.

»Bleib nicht da draußen«, ich trete hinaus und lege meine Hand auf seinen Ärmel, »komm rein. Ich hatte gehofft, dass jemand vorbeikommt – und nun bist du da.«

Er läuft mit gesenktem Blick an mir vorbei und ist plötzlich verlegen.

»Es ist schön, dich zu sehen«, sage ich und nehme seinen Anorak. »Nach Weihnachten war es hier viel zu still.«

»Alles in Ordnung hier?« Er sieht mich unverwandt an, mit seinen grün gesprenkelten Augen durchforscht er mein Gesicht.

»Ja, natürlich.« Unter seinem Blick gerät mein Lächeln ins Stocken. »Na ja, vielleicht nicht völlig in Ordnung …«

Ich vermute, dass er von Mary über Naomi Bescheid weiß, auch wenn ich ihr nie davon erzählt habe. Er bleibt stehen. Offenbar wartet er, dass ich weiterrede und mein Widerstand bröckelt: »Vielleicht liegt es an der ganzen Festtagsstimmung, aber dies ist schon das zweite Weihnachten ohne meine Tochter, und es ist, als ob sie immer weiter in die Ferne rückt. Ich frage mich, wie es wohl beim dritten und vierten Weihnachten wird …«

Er wird rot. »Ich könnte hierbleiben … Soll ich hierbleiben?«

»Hast du schon Abendbrot gegessen?«

»Nein, aber …«

»Dann bleib gern. Putencurry? Du kannst das Fleisch von den Knochen lösen, wenn du helfen möchtest.«

Er kommt herein, setzt sich an den Tisch. Ich reiche ihm ein Glas Wein. Er zieht seinen Pulli aus und rollt die Ärmel auf, als ich die großen Truthahnreste aus dem Kühlschrank hole. Trotz des Winters sind seine Arme vom Arbeiten in Marys Garten sonnengebräunt.

»Du bist schön braun.« Als ich Gewürze und Currypaste aus dem Schrank hole, sehe ich aus den Augenwinkeln, dass er rot wird; Ed wurde auch immer so leicht verlegen. Ich hätte es besser wissen sollen. »Was macht deine Entscheidung?«

Er löst vorsichtig das Fleisch von den Knochen, und es fällt in Kringeln auf das Brett. »Ich werde wohl eine Weile weggehen.«

Ich werfe ihm einen überraschten Blick zu.

»Ja.« Er senkt den Blick. »Ich habe etwas Geld gespart. Theo hat mir von der Kunstschule in New York erzählt. Sie kostet sogar weniger als ein Kurs hier. Ich habe mich für Bildhauerei beworben.«

»Das ist klasse, Dan. Wo willst du wohnen?«

»Sam hat gesagt, ich könnte bei ihnen auf einer Matratze schlafen.«

»Das ist fantastisch. Mach das bloß.« Ich schenke ihm noch ein Glas ein und stoße mit ihm an. »Wie bist du am Ende zu deiner Entscheidung gekommen?«

Der Reis blubbert, ich gebe das Putenfleisch, das er vom Knochen gelöst hat, in die köchelnde Soße. Die Küche fühlt sich wieder warm und nach Zuhause an, als ob Theo oder Ed hier wären. Beim Essen erzählt er von seiner Familie, dass seine Mutter mit seinen Plänen einverstanden ist und dass sein Vater zunächst unsicher war, nun aber zugestimmt hat, sich an den Kosten zu beteiligen. Er will wissen, was ich so mache. Seine Augen leuchten, als ich ihm das Gitterbild beschreibe.

»Das klingt super, Jenny. Fast wie Bildhauerei.« Er hat meinen Namen bisher nicht benutzt; es klingt seltsam, obwohl ich nicht genau weiß, warum. Es wäre komisch, wenn er mich Mrs. Malcolm nennen würde. Er beugt sich vor. »Ich würde die Bilder gern fotografieren … vielleicht inspirieren sie mich.«

Ich habe sie noch niemandem gezeigt. »Vielleicht.« Er guckt so bestürzt, dass ich schnell hinzufüge: »Niemand hat sie bisher gesehen, manche sind auch nicht besonders gut.«

Plötzlich überfällt mich Müdigkeit. Es ist spät. Ich lasse Bertie hinaus in den Garten, und Dan steht auf und streckt sich.

»Ich wasche ab.«

»Danke, aber das mache ich immer morgens.« Ich hole seinen Anorak und lenke ein, als ich ihn ihm reiche: »Komm vorbei, bevor du weggehst, Dan. Ich suche etwas raus, das du fotografieren kannst.«

An der Tür dreht er sich um und sieht mich an. »Ich würde auch gern Fotos von dir machen. Von deinem Gesicht.«

Von meinem Gesicht? Vor Verblüffung bin ich verwirrt. Dann lache ich auf. »Doch nicht von mir, Dan. Mary hat ein wundervolles Gesicht. Und die gut aussehenden jungen Mädchen im Dorf kannst du fotografieren.«

»Von Mary habe ich schon jede Menge Fotos gemacht, und Mädchengesichter brauche ich nicht.« Er blickt mich fast wütend an. »Du bist sehr hübsch. Schön sogar.«

»Quatsch, Dan.« Ich versuche, erneut zu lachen.

Ich beuge mich nach vorn, um ihm die Tür zu öffnen, und zucke zusammen, als er die Hand ausstreckt und über mein Gesicht streicht; dann dreht er sich um und ist verschwunden.

Ich schließe die Tür und lehne mich dagegen. Das hatte ich nicht kommen sehen. Oder doch? Ich räume auf, stelle die Reste in den Kühlschrank, spüle die Teller ab, schrubbe Töpfe und bin wütend auf mich selbst. Warum habe ich es so weit kommen lassen? Dan ist sogar noch jünger als meine Jungs. Aber heute hat mir seine Aufmerksamkeit gutgetan – nein, ich habe sie sogar regelrecht genossen. Ich war unvorsichtig; ich werde ihm jetzt eine Weile nicht begegnen. Ich habe mein altes Leben weiter zurückgelassen, als ich dachte, und mit ihm die Person, die ich einmal war – die brave, glückliche, vielbeschäftigte Frau. Ich laufe langsam nach oben. Auf meinem Handy geht eine Nachricht von Michael ein, mit der er mir gute Nacht sagt. Normalerweise schreibe ich zurück, aber heute Abend setze ich mich auf meine Bettkante, halte das Handy locker in der Hand und starre nach draußen in die Dunkelheit. Wenn ich an die Zeit denke, als Ted und ich uns kennengelernt haben, hat sich sogar noch viel mehr verändert.

Daran zurückzudenken ist, als sähe ich einen Film, in dem Schauspieler in unsere Rollen schlüpfen. Ich sehe mich in der überhitzten Bibliothek sitzen. Ich erinnere mich an das geblümte Minikleid, das ich trug, und dass ich mein Haar irgendwie hochgesteckt hatte, damit es mir nicht ins Gesicht fiel; ich hatte alles andere ausgeblendet und war vertieft in ein Buch über Dermatologie. Ich war nach einem Überbrückungsjahr direkt von der Schule gekommen und nahm die Medizin sehr ernst. Ich war überzeugt, dass ich nichts lieber wollte, als Ärztin zu werden. Edward Malcolm war in meinem Jahrgang, gehörte aber einer anderen Studiengruppe an. Er hatte als Einziger ein Auto und spielte Kricket für die Uni. Alles an ihm verunsicherte mich, vor allem sein glattes, gutes Aussehen. Ich bezweifle, dass sich unsere Wege je gekreuzt hätten, wenn wir nicht beide so ehrgeizig gewesen wären und wenn es an jenem Nachmittag in der Bibliothek nicht so heiß und überfüllt gewesen wäre.

Sommer 1985. Ich hatte mir Notizen für einen Essay gemacht, den ich bei einem Wettbewerb einreichen wollte, der mit mehreren Tausend Pfund dotiert war. Ich war froh, dass ich einen Vorsprung vor Ted Malcolm hatte; er war auch hinter jeder Prämie her, brauchte aber das Geld nicht so dringend wie ich. In der Bibliothek war es stickig. Ich packte mir einen Stapel Bücher auf den Arm, den ich mit nach Hause nehmen wollte, und traf ihn auf dem Weg nach draußen. Lässig nahm er das oberste Buch vom Stapel. Ich wollte es ihm lachend und zugleich auch genervt wieder entwenden. Er gab es mir erst zurück, als ich ihm versprach, mit ihm auszugehen. Damit fing alles an.

Ich ziehe mich aus und schlüpfe unter die Decke. Dies war aber kein Film; romantische Filme haben immer ein Happy End. Im echten Leben ist immer nur der Anfang happy und nichts endet gut. Andererseits endet auch nichts wirklich.

23

DORSET 2010
DREIZEHN MONATE DANACH

Am 30. Dezember bin ich es so leid, Michael zu vermissen, dass ich mir schnell etwas vornehme, um kein Loch entstehen zu lassen, in das ich fallen könnte: eine Wanderung zum Golden Cap. Von dieser Erhebung aus erstreckt sich die Jurassic Coast zu beiden Seiten. Im Sommer verströmt der Ginster hier seinen heißen, kokosähnlichen Duft, aber um diese Jahreszeit ist die Luft frisch und salzig. Ich kann auch nach Farben Ausschau halten, wobei ich vermute, dass ich noch warten muss, bis es wärmer wird. Ich kann weitersammeln, was mir noch für die Skizzen für das größere Projekt über Veränderung fehlt, das mir vorschwebt. Ich brauche Blätter, Zweige, winzige Knospen.

Um sieben brechen Bertie und ich auf. Im Dorf ist es noch ruhig; hier und da brennen Lichter, leuchten aus Schlafzimmern, in denen eng aneinandergekuschelte Paare gerade wach werden. Teetassen werden vorsichtig herübergereicht und auf Nachttischen abgestellt. Der Geruch von

Nacht hängt noch immer schwer in den nebeligen Schatten zwischen den Cottages. Ich gehe leise, um niemanden zu wecken, der noch schläft. In der Stille hinter der Straßenecke sind Schritte zu hören, erst weiter entfernt, dann immer näher. Sie klingen müde und ungleichmäßig. Vielleicht ein Farmarbeiter, der nach dem Melken frühstücken geht, oder ein Fischer, der sich nach dem ersten Fang des Tages zu Hause schlafen legen will.

Ein großer Mann biegt um die Ecke; in der Dunkelheit sehe ich seine dünne, gebeugte Gestalt. Es dauert mehrere Augenblicke, bis ich Ted erkenne. Sein Gang ist anders, langsam und etwas zögerlich, nicht ausgreifend und zielstrebig wie sonst. Er sieht erschöpft aus – wie am Ende einer langen Reise.

Ich habe seine Nachricht ganz vergessen, und mir wird übel, ihn hier und jetzt so unerwartet zu sehen. Wenn ich am Straßenrand stehen bleibe, läuft er vielleicht an mir vorbei. Dann würde er das Cottage dunkel und verschlossen vorfinden und vielleicht wieder gehen. Ich lehne mich im morgendlichen Dämmerlicht an eine Gartenmauer; der Stein fühlt sich rau und klamm an. Er kann mich nicht sehen, es sei denn, er schaut direkt in die Schatten. Aber er könnte mein Herzklopfen hören, das den Raum zwischen uns auszufüllen scheint. Jetzt ist er auf gleicher Höhe wie ich, dann ist er vorübergegangen. Ich halte die Luft an, aber da rennt ihm Bertie schwanzwedelnd nach. Ted beugt sich zu ihm hinunter, und vermutlich wundert er sich, wie ähnlich dieser Hund Bertie sieht. Dann erkennt er ihn, blickt schnell hoch und sieht mich. Er nennt meinen Namen, und in seiner Stimme schwingt Erleichterung mit. Als er auf mich zukommt, weiche ich zurück, nur ein wenig. Ich sehe ihm noch nicht in die Augen, sondern blicke hinter ihn, wo die Steine einer alten Mauer vom Efeu auseinandergedrängt werden. Er erzählt, er habe sein Auto vor dem Pub stehen lassen; er habe niemanden wecken wollen, wenn der Motor in den engen kleinen Straßen unter den Cottagefenstern vorbeigedröhnt wäre. Wir laufen zum Cottage zurück; Bertie trottet zwischen uns her und blickt in einem fort zu ihm hoch.

In der Küche setzt er sich in seinem Mantel an den Tisch, wie ein Besucher, der nicht lange bleibt. Ich gieße ihm eine Tasse Kaffee auf und stelle sie vor ihn, dann trete ich einen Schritt zurück, und mir wird bewusst, wie fremd mir seine Gegenwart erscheint.

»Warum hast du dich vorhin versteckt?«, fragt er mich, und auch seine Stimme klingt schleppend und müde. Unter seinen Augen sitzen grauviolette Tränensäcke. Sein Haar ist grauer und dünner geworden. Die Stoppeln am Kinn sind so lang, als wolle er sich einen Bart stehen lassen. »Hätte ich dich an der Mauer nicht bemerkt, hättest du mich vorbeilaufen lassen«, fährt er fort.

»Ich habe mich nicht versteckt. Ich habe gewartet …« Ich betone die einzelnen Worte. Noch lieber würde ich schweigen.

»Gewartet?«

Die Antwort formt sich von selbst, ich spreche sie aber nicht aus. Ja, gewartet. Ich wollte sehen, was passiert, hoffte, er würde nichtsahnend vorübergehen. In den ganzen Wochen und Monaten nachdem Naomi weg war, habe ich auf ihn gewartet. Damals ist er an mir vorbeigegangen, hat mich in den Schatten zurückgelassen. War auf dem Weg zu einer anderen Frau.

»Schon okay, du brauchst nichts zu antworten.« Ted zuckt mit den Schultern und öffnet die Hand mit einem kleinen Lachen; er hat die roten Handflächen eines Alkoholikers. Er merkt, dass ich hinsehe, und umschließt mit den Händen die Kaffeetasse. Ein paar Tropfen spritzen auf die Tischdecke und bilden kleine Kreise.

»Dann geht es dir gut? Hier, meine ich. Natürlich meine ich nicht ...« Er bricht ab.

»Mir geht es gut.«

»Du siehst so aus, als gehe es dir gut. Du siehst gut aus.« Er klingt überrascht.

»Danke.«

»Ich meine, du bist hübsch.« Seine Augen verengen sich zu einem musternden Blick.

»Danke.« Wenn ich hübsch aussehe, dann liegt das an Michael, aber das erzähle ich ihm nicht. Noch nicht.

»Wie ging es den Jungs?« Er verlagert sein Gewicht, um bequemer zu sitzen. »Als du sie Weihnachten gesehen hast?«

»Es geht ihnen gut.« Mein Herz rast noch immer, ich kann keine langen Sätze bilden. Aus Ted hingegen sprudeln die Worte nur so hervor. Immerhin überrascht es ihn nicht.

»Ich habe sie sehr vermisst. Auch wenn ich Ed zwischendurch gesehen habe.«

Wahrscheinlich denkt er gerade daran, dass er Ed zusammen mit Beth besucht hat. Er hat sie immer mitgenommen.

»Wie geht es Theo?«, erkundigt er sich weiter.

»Es geht ihm gut.«

»Ich hätte Weihnachten hier sein sollen. Es tut mir leid.«

Sein Hemd ist zerknittert; vielleicht hat er darin geschlafen. Sein Mantel ist ihm zu groß. Der abgestandene Geruch von Zigaretten weht durch die Küche. Was genau tut ihm leid? Weihnachten? Beth? Die Lügen?

»Denkst du viel an Naomi?«, fragt er unvermittelt in die Stille.

Ich drehe mich zum Fenster um, kann ihn nicht ansehen.

Er fährt fort, redet nun schneller. »Ich denke ständig an sie.«

Ich sehe ihm ins Gesicht. Tränen laufen ihm in die grauen Bartstoppeln. »Im Moment muss ich immer an ihre Hände denken, als sie klein war. Sie waren so weich. Sie hat sie immer an meine Wangen gelegt und so getan, als piekten die Bartstoppeln, und dann haben wir im Spiel ihre Hände verbunden.« Seine Nase läuft; der Staub in seinem Gesicht verschmiert durch die Tränen.

Ich will nicht, dass es so weitergeht. Ich reiche ihm ein Stück Küchenrolle. Er wischt sich das Gesicht ab. Das zerknüllte Papier entfaltet sich ein wenig auf dem Tisch. Es ist schwarz vor Schmutz und schimmert durchsichtig von Tränen und Sekret.

»Ich suche sie, wo immer ich bin.« Er spricht so leise, dass ich mich nach vorn beugen muss, um ihn zu verstehen. »In Kapstadt, auf dem Weg vom Hotel ins Krankenhaus, dachte ich einmal, ich hätte sie gesehen. Ich bin ihr bis in einen Park gefolgt, Herrgott noch mal. Sie hatte denselben Gang wie Naomi.« Er sieht lächelnd zu mir auf. »Erinnerst du dich an den kleinen Schwung, wenn sie lief? Als ob sie ewig weiterlaufen könnte.«

»Nur dass sie es nicht tat.«

»Dass sie was nicht tat?« Er lächelt noch immer, nun ein wenig verwirrt.

»Ewig weiterlaufen.«

»Glaubst du nicht?« Er ballt die Faust und hämmert damit leicht auf den Tisch. »Gib nicht auf. Gib niemals auf. Ich glaube noch immer, dass wir sie finden werden.« Er steht auf. »Ich habe so viele Fehler gemacht.«

»Ich will das jetzt nicht hören, Ted. Es ist zu spät dafür.«

Er steht vor mir, schwankt leicht auf den Füßen, als ob er betrunken wäre, aber er riecht nicht nach Alkohol. Seine Augen fallen ihm zu. Seine Stimme wird undeutlich. »Sorry. Brauche nur etwas Schlaf, konnte im Flieger nicht schlafen. Bin die ganze Nacht gefahren. Ich muss mich mal hinlegen ... Kann ich hierbleiben?«

Ich lasse ihm Badewasser einlaufen und zeige ihm das winzige Gästezimmer. Er blickt auf den Efeu an der Wand, den Dan sorgfältig gemalt hat, auf die blau-grau gestreiften Vorhänge und den Feuerrost mit den weiß bestäubten Tannenzapfen. Er lässt den Blick über den rauen blassblauen Baumwollteppich und die kleine Schale mit vom Meer geschliffenen Glassteinen neben dem Bett schweifen. Sein Rücken entspannt sich. Er zieht seinen Mantel aus und hängt ihn an den Korbstuhl neben dem Fenster. »Schön«, murmelt er. »Du hast etwas verändert. Ich weiß nicht genau was, aber es ist schön.« Er setzt sich aufs Bett und sinkt seufzend zur Seite. Sein Atem verändert sich fast sofort und wird langsam und tief. Ich öffne die Schnürsenkel und ziehe ihm die Schuhe aus. Für einen Moment taucht er aus dem Schlaf auf.

»Bleibst du hier? Legst du dich neben mich?«

Ich schließe die Tür und lasse das Badewasser abfließen. Dann gehe ich hinunter in die Küche und ziehe mir die wärmeren Kleidungsstücke aus, die ich vorhin angezogen habe. Draußen ist es jetzt heller, aber ich höre, dass es anfängt zu regnen. Wir hätten also nicht viel gesehen vom Golden Cap aus. Ich öffne meine Wanderstiefel und ziehe sie aus. Bertie legt seinen schweren Kopf auf meine Füße. Er mag das Gefühl von rauer Wolle unter seiner weichen Schnauze.

BRISTOL 2009
ACHT TAGE DANACH

Ted kam spät, wie immer. Das Abendessen war längst vorbei, als er mit Ringen unter den Augen und verknitterter Kleidung, die er sich nach der OP schnell übergestreift hatte, nach Hause kam. Ich war froh, ihn zu sehen. Er hatte mir versprochen, dass die Episode mit Beth ein Fehler gewesen war, und ich hatte ihm geglaubt. Ich brauchte ihn. Ich hatte nicht genügend Kraft dafür, wütend zu sein; was Ted getan hatte, verblasste bereits angesichts der quälenden Sorge um Naomis Verschwinden. Er schwieg, als er zum Ofen ging, um sich das Essen zu holen, das ich warm gehalten hatte. Das Fleisch sah angetrocknet aus. Die Kartoffeln waren eingefallen, das Gemüse wirkte holzig. Ich stellte mir seinen Tag vor und dass er auf der Rückfahrt vielleicht an ein warmes Essen gedacht hatte.

»Das sieht ja unappetitlich aus, Ted. Soll ich dir ein Omelett braten?«

»Brauchst du nicht.« Er holte eine Flasche Wein aus dem Schrank, öffnete sie und schenkte zwei Gläser ein, dann ließ er sich schwerfällig und mit einem Seufzer fallen.

»Sorry, dass ich nicht angerufen habe«, sagte er, während er am Wein nippte. »Die OP hat den ganzen Tag gedauert. Ich bin später zurück, als ich wollte. Wo sind die Jungs?«

»Theo schwirrt noch irgendwo rum. Ed ist schon ins Bett gegangen.«

»So früh?«

»Er muss Schlaf nachholen; er ist dauernd müde. Anya kommt nicht einmal dazu, in seinem Zimmer zu putzen, weil er so spät aufsteht. Die Sorgen nagen an ihm.« Ich schlage Eier an einer Schüssel auf. »Michael ist vorbeigekommen. Harold Moore hat uns erzählt ...«

»Wer zur Hölle ist Harold Moore?« Er beobachtete, wie die Eiermischung schaumig in die heiße Butter glitt.

Er hörte zu, als ich antwortete und ihm von dem blauen Lieferwagen erzählt.

Ted neigte den Kopf zur Seite. »Ich glaube, ich habe tatsächlich auch einen blauen Wagen, vielleicht einen Lieferwagen, vor dem Theater gesehen. Ein- oder zweimal vielleicht.« Er zuckte mit den Schultern; offensichtlich hielt er es nicht für wichtig. »Wahrscheinlich wird sich herausstellen, dass er der Theaterlehrerin oder sonst irgendwem gehörte«, sagte er matt. »Ich bin bislang nicht davon ausgegangen, dass das Downsyndrom für besondere Glaubwürdigkeit steht.«

»Ich glaube, Harold wäre ein guter Zeuge. Er beobachtet alles. Er hat sich sehr auf seine Zeichnung konzentriert.«

Ted erwiderte nichts. Ich stellte das Omelett vor ihn, und er aß es schnell.

»Michael kümmert sich darum.« Ich setzte mich Ted gegenüber. »Er will einen möglichen Ablauf nachspielen lassen. Nach dem Motto: Ein Mädchen verlässt spätabends das Theater und steigt in ein blaues Auto.«

»Es war spät und dunkel, könnte also sein, dass es nichts bringt. Sonst noch Ideen?«

»Ted, kannst du deine Samstagsschicht nicht abgeben und morgen zu Hause bleiben? Wenn du denkst, dass wir auf dem falschen Weg sind, fällt dir dann etwas anderes ein?« Ich machte eine Pause und zügelte meine Wut. »Ich habe auf einer Pappe eine Art Plan gemacht. Ich würde gerne deine Gedanken dazu hören.«

Ted schob den leeren Teller von sich. »Zeig her.«

Wir beugten uns über den Tisch, betrachteten die Kreise rund um ihren Namen. Zu Hause. Schule. Nachbarschaft. Das Theater.

»Wir brauchen noch einen Kreis«, sagte er langsam. »Feinde. Leute, die einen Groll hegen.«

»Mit fünfzehn hat man solche Feinde nicht.« Ich sah ihn skeptisch an.

»Nicht ihre Feinde. Unsere.« Er sprach leise.

»Ich habe schon in die Richtung gedacht. Jades Vater und auch Anyas Mann, aber ich lag falsch. Glaubst du wirklich, dass uns irgendjemand so sehr hasst?«

Teds Blick war nachdenklich. »Meinem Assistenzarzt wurden mal die Reifen zerstochen. Er hat sich gefragt, ob irgendjemand ihm etwas nachträgt. Ich meine, wer weiß, was wir tun oder unterlassen, aus Versehen. Ärzte spielen Gott.«

»Himmel.« Etwas schien sich zu verändern und meine Entschlossenheit aufzuheben. Ich begann zu weinen.

Ted legte den Arm fest um meine Schulter. Ich roch den vertrauten, leicht parfümierten Duft.

»Erinnert mich an Sommer«, murmelte ich, den Kopf eng an seine Brust gepresst.

»Was?« Er trat einen Schritt zurück und sah mich an.

»Lavendel.« Ich stand direkt vor ihm, war nicht in der Lage wegzugehen. Wir hatten uns seit Tagen nicht berührt. »Keine Kritik, Ted. Ich mag es.« Ich nahm seine Hand.

Er schüttelte sie ab und klopfte mir auf den Rücken. »Die Schwestern suchen die Seife aus, daher ist sie parfümiert und wahrscheinlich auch noch teuer.« Er beugte sich über die Pappe.

»Apropos teuer«, mir fielen die Stapel Geldnoten in Eds Zimmer ein, »hast du den Jungs diesmal Bargeld gegeben, statt ihnen ihr Taschengeld zu überweisen? Ich weiß nicht, ob es gut ist, so großzügig zu sein.«

»War ich großzügig?« Er hatte nicht zugehört. Er hatte sich abgewandt und sein Handy aus der Tasche geholt.

»Ich habe das Geld gesehen, den Haufen Geldscheine. Du musst das nicht machen.«

»Ich weiß nicht, was du meinst, Jen. Ich habe den Jungs seit Monaten kein Bargeld gegeben. Ich habe doch den Dauerauftrag eingerichtet, weißt du nicht mehr? Ich will gerade meinem Assistenzarzt eine Nachricht schicken. Er muss die Scans für morgen noch raussuchen.«

Ich war so müde, dass meine Beine vibrierten und meine Augen brannten. Ich hätte gar nicht erst fragen sollen, ob er zu Hause bleibt. Natürlich würde er keine angesetzten Operationen ausfallen lassen. Woher zur Hölle noch mal kam all das Geld? Ich war zu erschöpft, um heute noch über das Geld nachzudenken. Ich musste Ed am nächsten Morgen fragen. Wir machten uns zum ersten Mal seit Naomis Verschwinden gleichzeitig fertig fürs Bett, aber Ted schlief schon, als ich mich neben ihn legte. Ich versuchte, mich an ihn zu schmiegen, aber er lag auf dem Bauch, der Kopf war weggedreht. Ich legte meinen Kopf auf seine Schulter. Trotz der Müdigkeit blieb ich wach, versuchte nachzudenken, welche Feinde ich haben könnte, hoffte, die Bilder, die aufkamen, wenn ich müde war, und die Wellen äußerster Furcht und Verzweiflung, die überall lauerten, ausblenden zu können.

BRISTOL 2009
NEUN TAGE DANACH

Ed schüttete sich zum Frühstück Müsli in eine Schüssel, und etwas schwappte über die Kante auf den Küchentisch.

»Warum musst du ständig in mein Zimmer kommen?«, fragte er mit eisiger Stimme.

»Ed, du bist mit deiner ganzen Kleidung eingeschlafen. Ich habe dir nur die Schuhe ausgezogen und dich zugedeckt.«

»Ich bin kein Kind mehr.«

»Was ist mit dem Geld?«

»Das geht dich gar nichts an, Mum, oder?« Es entstand eine Pause. Er zuckte mit den Schultern. »Ich nehme an einem Sponsoren-Ruderwettbewerb teil, einer Art Gala. Er findet am Montag statt, wenn du es unbedingt wissen musst. Ich bin für das Geld verantwortlich. Deshalb bin ich immer erst so spät nach Hause gekommen. Ich habe trainiert.«

Das klang einleuchtend. Die Müdigkeit, die späte Rückkehr von der Schule.

Ted schlief noch oben; seine OPs begannen samstags erst später, und ich ließ ihn schlafen, während ich rastlos hin und her lief. Morgens war die Angst immer am größten, brannte unter der Haut. Ich konnte nie lange still sitzen oder mich auf etwas konzentrieren.

Ich rief Michael an. Er erzählte, dass sie alle Schauspieler und Teilnehmer der Theater-AGs überprüft hätten, die das Schultheater benutzt hatten. Alle hatten Alibis.

»Und was jetzt, Michael?«

»Wir spielen die ganze Situation am Donnerstagabend einmal durch. Ich gebe Ihnen Bescheid, wann das über die Bühne geht.«

Ein anderes Mädchen würde also in die Rolle meiner Tochter schlüpfen. Es würde zwischen halb elf und elf Uhr abends vor dem Theater in ein blaues Auto steigen und wenn die Kameraaufzeichnung fertig war, würde sie wieder aussteigen und nach Hause gehen. Ich würde nicht dabei zusehen.

Frank rief auf meine Nachricht hin an, die ich auf dem Anrufbeantworter hinterlassen hatte. Er war einverstanden, dass ich probeweise eine Sprechstunde übernahm, wenn ich mir wirklich sicher war. Bei der Arbeit sei einiges los. Es ging auf Dezember zu. Der übliche Husten und Schnupfen in dieser Jahreszeit. Ob ich übermorgen anfangen könne?

BRISTOL 2009
ELF TAGE DANACH

Ich hatte seit Tagen nicht mehr in meinem Auto gesessen, aber meine Hände auf dem Lenkrad wirkten sicher in dem, was sie taten. Mein Zimmer in der Praxis war tadellos. Der Schreibtisch war aufgeräumt. Ich stellte meine Tasche ab, holte Stethoskop und Otoskop heraus und legte sie neben den leeren Rezeptblock.

Lynn kam herein und umarmte mich fest. »Ich werde dich nicht mit Samthandschuhen anfassen. Du musst heute irgendwie durchstehen. Ich bin nebenan, wenn du mich brauchst.« Während sie hinausging, wischte sie sich mit der Hand über die Augen.

Jo brachte mir eine Tasse Tee und gab mir einen Kuss:

»Wir haben dir heute leichte Patienten zugeteilt, damit du wieder reinkommst.«

Der erste Patient war ein Kind. Ein kleiner dünner Sechsjähriger mit glänzendem Pony und großen braunen Augen. Seine Mutter saß schweigend in ihrem blauen Sari auf dem Stuhl. Er erzählte mir gewissenhaft in perfektem Englisch, was nicht in Ordnung war. Hinten im Rachen hatte er kleine gelbe Punkte, und seine Stirn war heiß vom Fieber. Es war wohltuend, wie vertrauensvoll mich das Kind und seine Mutter anblickten. Als sie gegangen waren, wurde mir bewusst, dass die Qualen ein paar Minuten lang pausiert hatten. Ich trank einen Schluck süßen heißen Tee. Dann kam eine kleine dünne Frau mit gebeugten Schultern herein. Das Leben war leer und grau. Schleppend erzählte sie, dass sie nicht mehr fernsehen, essen oder schlafen konnte. Ich stellte ihr Fragen und ordnete eine Blutprobe an, aber anschließend blieb ich einfach neben ihr sitzen, und als ihr die Tränen über die Wangen rollten, hielt ich schweigend ihre Hand, bis es für sie an der Zeit war zu gehen. Insgesamt fünfzehn Patienten kamen in mein Untersuchungszimmer. Der letzte am Vormittag war ein junger Bauarbeiter mit Ausfluss aus dem Ohr. Mein Otoskop leuchtete nur noch schwach; es brauchte neue Batterien. Ich öffnete meine Tasche. Ganz obenauf in den Rillen eines Schaumstofffachs lagen immer die kleinen Ampullen mit Morphin und Pethidin, sicher geschützt neben flüssigem Ibuprofen und Antiemetika. Als ich die Tasche öffnete, sagte ich mir innerlich, dass ich später nachsehen musste, ob sie abgelaufen waren. Aber die Ampullen waren verschwunden.

Ich starrte auf die leeren Vertiefungen, in denen sie liegen sollten. Hatte ich sie schon weggeworfen und es einfach vergessen? Aber bestimmt würde ich mich an das Gefühl von glattem Glas und das leise Krachen erinnern, wenn sie in dem speziellen Abfallbehälter für scharfe Gegenstände gelandet wären. Ich zog die Tasche noch weiter auf, in meinem Kopf pochte die Panik. Die Tasche enthielt weit weniger, als ich in Erinnerung hatte. Hinter den Gummibändern an der Seite steckten normalerweise Medikamente, die ich bei Hausbesuchen brauchte. Codein. Temazepam. Sie waren ebenfalls verschwunden. Hatte ich vielleicht vergessen, sie wieder hineinzupacken? Hatte ich sie bei einem Patienten liegen lassen? Was, wenn ein Kind sie in die Finger bekam?

Diese Gedanken rasten mir in nur wenigen Sekunden durch den Kopf. Schließlich fand ich die Batterien, tauschte sie aus, untersuchte das Ohr des jungen Mannes und schrieb ihm ein Rezept. Ich war wie benebelt. Vielleicht lagen die Medikamente zu Hause. Vielleicht hatte ich meine Tasche geleert und nicht alles wieder hineingeräumt, und dann hatte Anya sie in unseren Medikamentenschrank gelegt. Ich beschloss, bis zu Hause zu warten. Ich wollte Frank nicht unnötig beunruhigen.

Zu Hause lief ich in die Küche. Vor elf Tagen war ich von der Arbeit gekommen und hatte meine Tochter hier allein tanzen sehen, glücklich und unversehrt. Es herrschte eine leere Stille. Ich lehnte mich an die Wand. Am liebsten hätte ich mich auf den Boden geschmissen und wie ein Kind geheult.

Dann stieß ich mich wieder ab. Ihr zuliebe musste ich stark sein. Heute war ich in der Praxis gewesen. Ich hatte es geschafft. Es hatten sich keine neuen Hinweise aufgetan, aber früher oder später würde vielleicht jemand durch die Tür kommen und mich an etwas erinnern, das ich vergessen hatte. Es musste noch irgendetwas geben, das mir bisher nicht eingefallen war. Irgendein Vorhang, den ich zur Seite schieben musste, um mehr sehen zu können. Vielleicht war es nur eine Sache der Zeit.

Ich sah in unserem Medizinschrank nach, fand aber keine Medikamente aus meiner Tasche. Ich begann in den Schränken im Badezimmer zu suchen, neben meinem Bett, in der Küche. Ich stieß die Türen auf, rannte von einem Zimmer zum nächsten. Ich sah in der Waschküche nach, beim Hundefutter, unter dem Waschbecken. Nichts. Ich blieb zitternd stehen, eine Hand auf der gebügelten Wäsche, die Anya liegen gelassen hatte. Die Kleidung lag ordentlich gefaltet neben den Sockenpaaren. Ich nahm den Stapel und ging damit langsam nach oben. Die Ereignisse mussten mein Gedächtnis in Mitleidenschaft gezogen haben.

Frank würde es verstehen. Ich hatte die Medikamente wahrscheinlich weggeworfen und ihn um Ersatz gebeten und es einfach vergessen. Vielleicht lagen sie schon bei ihm und warteten darauf, dass ich sie abholte. Ich hängte im Bad frische Handtücher auf. Eds Ruderzeug lag noch auf dem Boden. Er musste es auch vergessen haben. Seine Vergesslichkeit im Alltag hatte zugenommen, genau wie bei mir. Aber heute war es wichtig, heute war die Benefiz-Ruder-Gala. Ich holte mein Handy heraus und setzte mich aufs Bett, um ihn anzurufen, erreichte aber nur die Mailbox. Er musste im Unterricht sein. Ich rief in der Schule an und bat darum, mich zum Sportzentrum durchzustellen; schließlich wurde ich mit einem Sportlehrer verbunden und bot ihm an, die Rudersachen vorbeizubringen, weil Ed keine Zeit haben würde, zwischendurch nach Hause zu kommen.

»Rudern für einen guten Zweck?«

»Ja, heute Nachmittag.« Ich war überrascht, dass der Sportlehrer nicht Bescheid wusste. »Ich dachte, ich könnte die Sachen vorbeibringen.«

»Oh, da brauchen Sie sich keine Umstände zu machen, Mrs. Malcolm.«

»Das würde ich normalerweise auch nicht.« Mir gefiel der amüsierte Tonfall nicht. »Aber er hat gerade viel um die Ohren. Da ist es verständlich, dass er momentan einiges vergisst.«

»Dann muss er auch vergessen haben, dass wir in diesem Halbjahr gar nicht rudern. Wir bieten Querfeldeinlauf an, Mrs. Malcolm. Rudern ist nächstes Halbjahr erst wieder dran.« Es folgte ein kleines Kichern, als hätte er einen Witz gemacht.

»Es muss übrigens Doktor heißen«, sagte ich. »Ich bin Doktor Malcolm, nicht Mrs.«

»Ich bitte um Verzeihung.«

Ich legte auf.

Das hatte ich noch nie zu jemandem gesagt. Mein Name hatte bei ihm nach einer Rüge geklungen.

Ich hielt noch immer Eds Socken in den Händen. Ich stand auf und öffnete die oberste Schublade seiner Kommode, um sie zu verstauen. Ich musste mich beeilen, falls er zurückkam. Er würde mich dafür hassen, dass ich in seinem Zimmer war. Warum hatte er mich wegen der Gala belogen? Was hatte er sonst gemacht, als er angeblich beim Rudern gewesen war? Die Schublade quoll bereits über vor Socken. Er musste die dreckigen wieder hineingeräumt haben. Ich holte sie heraus, um Platz zu schaffen. Meine Hände streiften etwas Kleines, Hartes. Ich zog es aus den Falten einer Krawatte, in denen es versteckt war. Es war eine kleine Glasampulle mit winziger schwarzer Schrift auf der Seite und einem gelben Ring um den Hals, wo man sie auffeilen konnte, um an das Opiat darin zu kommen.

24

DORSET 2011
DREIZEHN MONATE DANACH

An Silvester stört Teds schlafende Gegenwart den Morgen. Bertie rennt mir pausenlos um die Füße; als wir draußen auf der Wiese sind, steckt er seine Nase in die nasse Hecke und niest. Gestrüpp hängt an den gelockten Haaren seiner dicken Spanielohren, und er bleibt geduldig stehen, damit ich ihn von der Leine lasse. Zurück im Cottage koche ich den ersten Kaffee des Tages, und er legt sich mit der Nase auf der untersten Stufe unten an die Treppe und winselt leise. Im Gartenhaus finde ich die Silberblattstiele, die Mary mir gestern gegeben hat. Ich hatte gesehen, dass sie neben ihrer Haustür wachsen.

»Nimm alle mit – bin froh, wenn ich sie loswerde. Hier«, hatte sie gesagt und mir einen Eimer Mais gereicht, »und wenn du dabei bist, füttere doch bitte auch noch die Hühner für mich.«

Die getrocknete Hülse in meiner Hand ist fein geädert. Sie schimmert und umhüllt die pfeilartigen Samen in ihrem

Inneren. Meine Gedanken, die ich vor einer Weile gesät habe, wachsen. Das Triptychon soll fließende Grenzen haben. Oder vielleicht gemalt sein, als ob es sich auf der Innenseite einer aufgeschnittenen Kugel befände, in dem Samen zu Blumen werden, die zu Früchten werden und dann in einem fließenden Kreislauf wieder zu Samen; ich skizziere einen Entwurf.

Es ist schon Mittag, als ich eine Pause mache und zurück ins Haus gehe. Ted ist in der Küche. Er hat den Bademantel gefunden, den Sam vergessen hat; seine weichen schwarzen Falten hängen locker herunter. Teds Gesicht ist verschwitzt; sein Haar fällt in nassen Strähnen nach vorn.

»Ich fühle mich elend.« Seine Stimme vibriert, weil seine Zähne klappern. »Ich muss mir irgendwo unterwegs was eingefangen haben. Herrgott, ich muss mich übergeben.« Er stolpert zur Toilette, und ich höre ihn mehrfach würgen. Zitternd steigt er die Treppe hoch, und ich folge ihm, dann fällt er wieder ins Bett. Ich drehe sein Kissen um und öffne das Fenster, aber er zittert und zieht sich die Decke fest um den Körper, sodass ich es wieder schließe und die Vorhänge zuziehe.

»Kopfschmerzen? Bauchschmerzen?« Sein Puls geht schnell, seine Haut ist glühend heiß.

»Es ist nicht Meningitis und nicht der Blinddarm.« Für einen kurzen Moment verzieht sich sein Mund zu einem Lächeln, dann schließt er die Augen. »Ich habe Durst …«

Das Gewicht seines feuchten Kopfes fühlt sich vertraut an. Nach ein paar Schlucken sinkt er mit einem Seufzer zurück. Der dunkle Nachmittag vergeht nur langsam. Ich bringe noch mehr Wasser hoch, geschnittenen Apfel, gesüßten Tee. Er wacht kurz auf; einmal hält er meine Hand und lässt sie mehrere Minuten lang nicht mehr los, murmelt etwas und schläft wieder ein. Später höre ich Stimmen und nehme an, dass es ihm besser geht und er telefoniert. Als ich ins Schlafzimmer komme, sitzt er nackt auf dem Sessel und starrt auf die Vorhänge. Seine Augen glänzen unnatürlich, und seine Hand zittert, als er auf die Streifen zeigt. »Sie ist da drin«, sagt er.

Einen Moment denke ich, er meint vielleicht Mary, die er auf der anderen Straßenseite durch ihr erleuchtetes Küchenfenster gesehen hat.

»Sie ist hinter den Gitterstäben.« Er zeigt auf den gestreiften Vorhang und wird lauter: »Sie will, dass wir ihr helfen. Sie ist im Gefängnis.«

Ich fühle seine Stirn: glühend heiß. Er umfasst mit verschwitzten Fingern meine Hand.

»Hilf ihr«, sagt er mit zitternder Stimme. »Es ist meine Schuld.«

Er ist krank. Ich brauche mich vor seiner wilden Stimme und den verschwitzten Händen nicht zu fürchten. Ich gebe ihm Paracetamol und Wasser. Er umklammert meine Hand, seine Augen brennen.

»Es war meine Schuld. Ich war nicht da. Sie ruft nach mir, hör mal.«

Ein Teil von mir, der weniger rationale Teil, der an Magie und Geister glaubt, hätte am liebsten gefragt, was sie sagt und wie sie klingt. Stattdessen sage ich so ruhig wie möglich: »Du hast Halluzinationen vom Fieber. Sie ist nicht hier, Ted.«

»Du verstehst mich nicht. Es war meine Schuld.« Er wird leiser. Er flüstert nur noch. Ich muss mich zu ihm nach vorn beugen, um ihn zu verstehen: »Sie hat gesagt, ich hätte mir nicht genug Mühe gegeben.«

»Sie hat dir was gesagt, Ted? Mühe gegeben wofür?«

Er schließt die Augen, und sein Kopf sinkt nach unten. Er zuckt und murmelt etwas. Ich lasse kaltes Wasser in die Badewanne fließen und helfe ihm hinein. Sein Körper ist ausgemergelt; sein Penis hat sich in sein Nest aus grauem Haar zurückgezogen. Seine Rippen stechen hervor; sein Rücken ist blass und auf der Wirbelsäule sitzen Schweißperlen. Die Flügel seiner Schulterblätter sehen aus wie Messer. Ich gieße ihm Wasser über die Haut und lasse es über seinen Rücken fließen. *Mit meinem Leib will ich dich ehren.* Haben wir uns das zugesprochen? Haben wir versprochen, dass es ewig hält? Ich kann mich nur an die Wärme seiner Hände erinnern. Ich dachte, Versprechen seien irrelevant.

Als er wieder im Bett liegt, murmelt er vor sich hin, und ich verstehe »Naomi« und »Stopp« und »bitte«. Er wirft seinen Kopf von einer Seite auf die andere. Alle halbe Stunde versuche ich, ihm etwas Wasser zu geben, und reibe seine Stirn mit einem Schwamm ab. Später wechsele ich die verschwitzten Laken. Er sitzt im Sessel, sein Kopf fällt auf die Brust, er reißt ihn wieder hoch, dann sinkt er wieder nach unten.

»Es tut mir leid … es tut mir leid«, brummt er.

Ich helfe ihm zurück ins Bett, und er legt sich mit einem kleinen Seufzer der Erleichterung hin, so wie früher, wenn er nach Hause kam und sich nach einem langen Tag in seinen Sessel fallen ließ. Aber ich lebe nicht mehr in diesem Zuhause. Ich bin nicht seine Frau. Die Versprechen waren zerbrechlicher, als ich dachte. Seine Augenlider sinken nach unten, und er schläft ein.

In der Küche sehe ich, dass Michael mir einen Gruß zu Neujahr geschickt hat; er ist allein und vermisst mich. Ich schreibe ihm zurück, dass ich ihn auch vermisse und dass Ted hier und krank ist.

Die schrille Stimme des Radiosprechers verkündet, am Trafalgar Square sei nun Mitternacht. Der Big Ben läutet langsam, im Hintergrund sind Explosionen und Jubel zu hören. In der Stille des dunklen Gartens fliegt der Champagnerkorken mit einem dumpfen Knall durch die Luft und landet mit leisem Rascheln im nassen Gras. Ich hebe die Flasche.

»Frohes neues Jahr, Süße.«

Die kühle Öffnung der Flasche stößt an meine Zähne und der Champagner schmeckt sauer. Sie kann mich nicht hören. Ich kippe den Rest ins Gras. Ein neues Jahr beginnt.

Am Morgen ist Teds Fieber gesunken. Er isst Toast mit Marmite, trinkt eine Tasse Tee nach der anderen und schläft erneut. Das Gemälde nimmt Formen an. Die schmalen Samen leuchten schwarz in ihren silbrigen Umschlägen, ihre Zukunft bildet sich im Verborgenen. Welches Geheimnis hat Ted? Er sagte, es war seine Schuld. Was meinte er damit? Zwischen einem Stapel Zweige auf der Bank liegt eine runzlige Hagebutte. Der Schnitt, den ich mit meinem Taschenmesser setze, offenbart die pyramidenförmigen Samen, die in Reihen liegen und oben ein kleines Haarbüschel haben. Sie sind noch nicht reif.

Am Abend schläft Ted weiter. Ich öffne die Vorhänge und das Fenster in seinem Zimmer. Es hat aufgehört zu regnen, und die Luft riecht frisch. Ich träume von schwarzen Samen, die auf die Erde fallen, von Rosenknospen, die abgeschnitten werden, bevor sie geblüht haben.

Als ich am nächsten Morgen nach dem Malen in die Küche komme, duftet es warm nach Toast und Kaffee. Auf dem Tisch fließt Marys Pflaumenmus dickflüssig am Glas hinunter. Ted sieht seltsam groß aus in der Küche; seine Beine reichen bis zur anderen Tischseite, haarige Fußgelenke und große Füße ragen hervor. Einen Augenblick lang ist er ein Fremder, dann lächelt er.

»Mir geht's bestens. Mein Fieber ist weg, und ich komme um vor Hunger.« Er deutet auf die Toastkrümel auf dem Tisch und lacht. »Ich konnte nicht warten.«

Mein Gesicht ist zu steif, um zu lächeln. Mein Terrain. Meine Küche. Meine Lebensmittel. Dann schäme ich mich. »Ich bin froh, dass es dir besser geht.«

»Was hast du heute Morgen gemacht?«, fragt er, während er sich dick Butter und Marmelade auf seinen Toast streicht. Glaubt er wirklich, wir könnten auf Knopfdruck ein Jahr zurückspringen?

»Gearbeitet.«

»Du arbeitest wieder?« Er spricht mit vollem Mund und klingt überrascht. »In Bridport?«

»Gemalt, meine ich.«

»Ah. Die Form von Arbeit. Klingt spannend. Darf ich es sehen?«

Spannend? Ich kann aus dem Küchenfenster eine Ecke vom Gartenhaus sehen. In ihm ist nahezu alles, was mich wieder zurück auf die Erde geholt hat. Er hat gemerkt, dass er eine unsichtbare Linie überschritten hat und rudert zurück.

»Schon gut. Vielleicht später.« Er streckt sich wohlig. Er hat sich rasiert, und sein Gesicht sieht voller aus. »Danke, dass du dich um mich gekümmert hast. Ich lade dich zum Mittagessen ein. Gibt es das Beach Hut noch?«

Ich verschränke die Arme noch fester vor der Brust. »Vorgestern hast du gesagt, es sei deine Schuld gewesen«, sage ich. »Was meintest du damit?«

»Habe ich das gesagt?« Er lehnt sich nach vorn, um kleine Schlucke Kaffee zu trinken, und runzelt leicht die Stirn.

Ich fahre fort, obwohl sein Blick mir sagt, dass er etwas dagegen hat. »Du dachtest, du könntest Naomi hinter den zugezogenen Vorhängen rufen hören.«

»Himmel. Ich muss ja wirklich krank gewesen sein.«

In dem Augenblick weiß ich, dass er etwas verbirgt. Ich würde am liebsten auf ihn zustürzen und die Wahrheit aus ihm herausprügeln. Auch wenn es eine alte Wahrheit ist, die zu spät kommt. Ich muss sie kennen.

Ich spüre, dass er mich genau beobachtet. »Ich habe dich schon müde gemacht, Jenny. Vorgestern sahst du noch so gut aus. Es ist meine Schuld.«

Was genau war seine Schuld? Mein Herz klopft. »Es geht mir gut.« Ich muss behutsam vorgehen. Ich streife ihn mit meinem Blick, als ich aus dem Fenster sehe. Wenn ich ihn jetzt weiter mit Fragen bedränge, macht er dicht. Ich werde warten, den richtigen Moment abpassen.

»Ich nehme ein Bad und ziehe mich an, und dann gehen wir los, okay?« Er klingt wieder fröhlich.

»Okay.«

Später spazieren wir am Strand entlang, unsere Schritte knirschen auf den Kieseln. Ted bückt sich, um Steine aufzuheben. Er sieht sich jeden einzelnen genau an und sammelt die hellen, die wie große Perlen leuchten und mit Goldadern durchzogen sind.

»In Südafrika habe ich einen Markt für Steine besucht.« Er schüttelt die kleine Sammlung in seiner halb geschlossenen Hand, und die Steine klirren aneinander. »Manche Stände hatten hinten große Brocken Kalahari-Jaspis. Auf unterschiedlichen Haufen lagen Steine in verschiedenen Schleifstadien; jedes Mal werden die Steine schöner, glänzen mehr, verlieren ihre Kanten.« Er sieht mich einen Augenblick an, dann wieder weg. »Wie wir.«

»Das glaube ich nicht.« Ich nehme ihm einen ebenen weißen Kieselstein aus der Hand und lasse ihn flach über das Wasser schnellen. »Leiden verändert nichts zum Positiven.« Der Stein hüpft drei Mal, man sieht sein strahlendes Weiß vor dem Grau, dann verschwindet er in einer Welle. »Es macht traurig und verbittert.«

»Du hast dich verändert, Jenny. Was hast du gelernt, als du hier so ganz allein warst?«

»Ich habe gelernt zu überleben.« Die Möwen kreisen über unseren Köpfen, schreien im Wind.

Das Beach Hut ist überfüllt. In der Ecke steht noch ein Weihnachtsbaum. Die Lichterkette und das Lametta wirken kitschig in dem klaren grauen Licht, das vom Meer durch die Fenster scheint. Ted führt uns zum selben Tisch, an dem ich mit Michael gesessen habe, und ich denke an Michaels Augen und Hände, während ich Ted hinterherblicke, als er zum Tresen geht, bestellt und mit einer Flasche Wein zurückkehrt. Er schenkt uns beiden ein und nimmt einen großen Schluck aus seinem Glas, wie jemand, der durstig ist und Wasser trinkt. Er atmet aus und sieht mich an.

»Ich schätze, wir haben wohl unterschiedlich überlebt«, sagt Ted. Er fängt an, von Südafrika zu erzählen, vom Krankenhaus, in dem er geforscht hat, von der Trockenheit, den ausgemergelten Kindern, den seltenen Hirntumoren. Beth erwähnt er nicht.

Ich sehe ihn an, sehe die schmalen Schultern und die neuen Falten zwischen Nase und Mund. Es war auch für ihn nicht leicht. Ich schenke ihm noch ein Glas ein, und er trinkt sofort. Als das Essen kommt, sickert aus den dicken Steaks das Blut in die Kartoffeln. Ich kriege keinen Bissen herunter, aber Ted isst, als wäre er kurz vorm Verhungern; am Ende wischt er mit dem Brot noch die Soße vom Teller und lehnt sich seufzend zurück. Er lächelt und hebt mit einem Nicken sein Glas.

»Das habe ich gebraucht. Prost, Jenny.«

»Also«, sage ich langsam, »willst du mir jetzt erzählen, was Naomi zu dir gesagt hat?«

»Wann?« Er stellt sein Glas ab. Seine Augen verengen sich ein wenig.

Ich muss behutsam sein. Ich denke an all die Kurse über Gesprächsführung für angehende Allgemeinmediziner und welche Formulierungen wir benutzen sollten.

»Als du halluziniert hast, sagtest du, dass Naomi etwas zu dir gesagt hat; dass du dich nicht genug bemüht hast und dass es deine Schuld war.« Mein Ton ist sachlich. »Offensichtlich hat es dich beschäftigt. Willst du mir davon erzählen?«

Ted starrt mich einen Augenblick an, dann entspannt sich sein Gesicht ein wenig.

»Die Sache ist die …«, sagt er und nimmt schnell einen Schluck aus seinem Glas, »… ich habe dir davon erzählt. Zumindest …«

»Du hast mir davon erzählt?«

»Ja, und auch der Polizei.«

Er verteidigt sich bereits, und das jagt mir Angst ein. »Was meinst du?«

»Dass Naomi Drogen genommen hat.«

Ich hätte fast losgelacht. Er bringt alles durcheinander. »Das war Ed.« Es muss an seinem Infekt liegen, vielleicht ist er immer noch krank. Ich sage es noch einmal vorsichtiger: »Ed hat Drogen genommen. Deshalb hat er den Entzug gemacht.«

Er erwidert mit langsamerer Stimme: »Das war später. Naomi hat vorher Drogen genommen.«

Ich starre ihn an, als er fortfährt: »Erinnerst du dich

daran, dass ich dir erzählt habe, Naomi habe einmal mit Freunden Drogen genommen? Wir waren allein; ich glaube, die Jungs waren weg. Es war heiß …«

»Diese Geschichte? Aber das war doch harmlos.«

Sommer. Vor zwanzig Monaten. Die Fenster standen offen, und die warme Luft wehte mit dem Duft von Grillfleisch und einem leichten Geruch von Müll aus den Tonnen draußen herein. Die Jungs waren mit der Schule auf einer Expedition nach Marokko. Naomi spielte mit Freunden Tennis. Wir hatten nach dem Abendessen Eiskaffee getrunken, als er es mir erzählte.

»Nur ein Mal«, hatte er gesagt und seine Hand auf meine gelegt. Sie war warm und beschwichtigend. »Alle Jugendlichen probieren mit ihren Freunden solche Sachen aus. Das tun sie halt. Kein großes Ding. Sie hat versprochen, dass es damit beendet ist. Sag ihr nicht, dass du Bescheid weißt, sonst vertraut sie mir nicht mehr; sie will nicht, dass du dir Sorgen machst.«

»Du hast gesagt, sie haben es nur mal ausprobiert.« Ich sehe Ted eindringlich an.

Er wird rot und wendet den Blick ab, während ich mich in Gedanken in die Situation zurückversetze. Ausprobieren sei nicht das Gleiche wie Drogen nehmen, hatte ich damals beschlossen. Naomi war nicht in Gefahr, denn schließlich war sie Naomi, meine kluge, sensible Tochter, die einfach gemacht hat, was Jugendliche eben so machen, wenn sie erwachsen werden. Michael hatte mich schon früh nach Drogen gefragt. Einmal, als wir warteten, dass Ted von der Arbeit kam, und damals hatte ich es für irrelevant gehalten; ich hatte sogar befürchtet, er könne denken, sie nehme wirklich Drogen, und würde Zeit verschwenden, weil er die falschen Spuren verfolgte.

»Jenny, hat Naomi geraucht?«

»Nein.«

»Getrunken?«

»Nicht wirklich.«

»Drogen?«

»Nein. Ach so, doch, ein Mal.«

»Ja?«

»Vor ein paar Monaten. Nur das eine Mal, auf einer Party mit Freunden. Sie hat Ted davon erzählt. Das waren nur Jugendliche, die mal Gras ausprobiert haben. Seither nicht wieder. Das wüsste ich.«

»Ich brauche die Namen.«

Ich wusste keine Namen. Er hatte schließlich ihre Freunde Nikita und James gefragt und alle anderen Schüler. Niemand wollte etwas zugeben. Die Sache verlief im Sande.

Der Kellner kommt an den Tisch. Er streckt seine muskulösen braunen Arme über den Tisch und sammelt Teller und Besteck ein; er hat ein paar Pickel am Haaransatz, sonst ist seine Haut glatt. Er sieht wie ungefähr sechzehn aus. Ich vermute, dass er in seiner Freizeit schwimmen geht und nie eine Zigarette anrührt. Ted bestellt uns noch Kaffee, und der Junge nickt ernsthaft, bevor er sich umdreht.

»Wieso hast du an die Drogen gedacht, als du krank warst, wenn sie so belanglos waren?«

Er lächelt kurz. »Ich habe wirres Zeug geredet.«

»Wieso, Ted?«

Als er meinem Blick ausweicht, presst er die Lippen aufeinander. Er streicht sich mit den Fingern über die rechte Augenbraue. Vor und zurück.

»Ich musste in Afrika immer wieder darüber nachdenken. In der Township, in der wir mit unserer mobilen Klinik waren, hingen die Jugendlichen an den Straßenecken rum oder lagen völlig zugedröhnt auf dem Asphalt. Kinder. Mich ließ der Gedanke nicht los, dass ich mich auf sie verlassen und nie weiter nachgefragt hatte.«

»Aber es war nur Gras und nur ein einziges Mal, Ted ...«

Wieder kriecht die Röte in seine Wangen; er verlagert sein Gewicht auf dem Stuhl und senkt den Blick.

»Gras war vorher, Jenny. Es war Ketamin.«

Ich höre undeutlich Gläser klirren und Messer klappern. Mir ist, als wäre zwischen uns und die anderen Restaurantgäste eine Decke gefallen.

Ketamin. Mein Gesicht fühlt sich heiß an vor Schreck. »Scheiße. Wie kommt es, dass du es mir nie erzählt hast?« Meine Stimme wird lauter, und das junge Paar am Tisch neben uns hustet leise und starrt geradeaus.

»Ich habe es der Polizei erzählt.« Er wirft mir einen schnellen Blick zu und sieht dann wieder nach unten. »Als ich allein da war, um ihnen ... die Sache mit Beth zu erzählen.« Er gießt sich noch Wein ein und kippt ihn schnell herunter. »Dabei habe ich ihnen auch vom Ketamin erzählt. Sie glaubten nicht, dass es von Belang ist, aber sie wollten der Sache nachgehen.«

»Sie?«

»Michael hat mich zu zwei diensthabenden Beamten gebracht. Sie haben sich die Einzelheiten aufgeschrieben. Ich kann mich nicht an ihre Namen erinnern.«

»Und?«

»Nichts. Niemand hat mich je wieder darauf angesprochen, daher dachte ich, es sei unerheblich gewesen.«

»Mit dieser Information kann alles passiert sein – vielleicht hielten sie sie für belanglos, vielleicht haben sie vergessen, sie aufzuschreiben oder ordnungsgemäß abzuheften ...« In meinem Kopf ist es siedend heiß und schwarz; die

Schwärze schwillt an und rutscht mir in den Hals, Reden fällt mir schwer.

»Polizisten sind Profis«, sagt er.

»Profis machen Fehler.«

Er sieht weg, klopft mit den Fingerspitzen auf den Tisch.

Der Junge kommt zurück und bringt den Kaffee. Er stellt das Tablett sehr vorsichtig vor mir ab und räumt die kleinen Kannen mit Milch und Kaffee auf den Tisch. Er lächelt und verschwindet. Als ich mir Kaffee einschenke, fällt mir Michaels Ratschlag ein: einen Schritt nach dem anderen gehen, jede Spur an den Anfang zurückverfolgen.

»Wodurch hast du beim ersten Mal davon erfahren?«, frage ich.

»Das war, als sie ihr Praktikum in meinem Labor gemacht hat. In den Sommerferien vor ihrem letzten Halbjahr. Erinnerst du dich?«

Natürlich erinnere ich mich. Ich hatte sie dazu ermutigt. *»Das macht sich gut in deinem Lebenslauf, Liebling. Es ist eine gute Chance, um herauszufinden, wofür du dich entscheiden willst, Schauspiel oder Medizin. Du kannst Dad zur Visite begleiten, wenn du morgens mit ihm losgehst. Ed hat das auch gemacht.«*

Sie hatte sich für die Idee erwärmt. Sie war stolz darauf, in Teds Krankenhaus zu arbeiten. Je länger das Praktikum dauerte, desto früher war sie aufgestanden und verbrachte Stunden damit, sich zu schminken, um äußerlich hineinzupassen.

Ted fährt fort: »Ihre Aufgabe war aufzuschreiben, welche Medikamente wir in den verschiedenen Tests gegen Verletzungen an der Wirbelsäule verwendet hatten; sie sollte die Bestellformulare ausfüllen, damit wir wussten, wie viele Ampullen Ketamin wir bestellen mussten, um die Ratten zu betäuben. Sie war flink und genau. Ich war stolz auf sie.« Er macht eine Pause, stellt seine Ellenbogen auf den Tisch und stützt seinen Kopf auf die gefalteten Hände. Dadurch werden seine Worte undeutlicher. »Niemand hat je davon erfahren. Sie war diejenige, die die Ampullen zählte; wenn sie sich welche mitnahm, bestellte sie einfach eine größere Anzahl nach. Als mir einmal auffiel, dass die Bestellung nicht mit der Menge übereinstimmte, die wir verwendet hatten, sagte sie, ihr sei ein ganzer Karton runtergefallen.« Er hält den Blick gesenkt und spricht noch leiser. »Sie hat mir sogar das zerbrochene Glas gezeigt.«

»Clever«, sage ich leise. »Wie hast du es dann herausgefunden?«

»Sie hat ihre Tasche im Labor vergessen. Ich wusste nicht, wem sie gehörte, daher habe ich reingeschaut. Ich öffnete die Handtasche darin und fand ihre Bankkarte. Aber es lagen auch sechs Ampullen Ketamin in der Tasche, sorgfältig mit Papier gepolstert.«

Es entsteht eine kleine Pause. Ich stelle mir vor, wie pervers dieser Moment gewesen sein muss und wie still es im Labor war, abgesehen von Teds Atem und dem Getrippel der Ratten in ihren Käfigen.

»Ich habe das Ketamin ausgepackt und die Tasche abends mit nach Hause genommen und sie auf den Küchentisch gestellt, damit sie sie am nächsten Morgen findet. Ich musste morgens früh los, und als sie ins Krankenhaus kam, ist sie zu mir gekommen und hat angefangen zu weinen. Sie sagte, sie wollte es für Freunde mitnehmen.«

Ich sehe sie vor mir, wie sie es Ted erklärt: die Hände über den Augen und die blonden Haare, die ihr über die Hände fallen.

»Sie hatte damals mit älteren Jugendlichen auf einer Party Gras geraucht, und als die später herausfanden, dass sie Zugang zu Ketamin hatte, ließ sie sich überreden, etwas davon zu stehlen. Sie hat fest beteuert, dass sie selbst nichts davon genommen hat.«

»Warum ist sie anschließend nicht zu mir gekommen?« Ich bin verwundert; ich dachte, damals hätte Naomi mir noch alles erzählt, alles Wichtige zumindest.

»Ich habe sie dazu ermutigt, aber sie sagte, du würdest ihr erst nicht glauben, und dann wärst du enttäuscht, und das sei noch schlimmer, als wenn du wütend werden würdest.«

Er hält inne und sieht besorgt nach, wie seine Worte auf mich wirken. Ich setze eine ausdruckslose Miene auf.

»Mach weiter.«

»Sie meinte, du würdest perfektes Verhalten erwarten – nicht nur von dir selbst, sondern auch von allen andern.« Er trinkt in kleinen Schlucken und sieht aus dem Fenster. Er macht ein unglückliches Gesicht. »Bei dir könne man nicht so sein, wie man ist. Sie hatte das Gefühl, du würdest sie gar nicht kennen.«

»Das ist nicht wahr.« Ich war wie benommen. »Ich kannte sie besser als jeder andere.«

Eine kleine Pause entsteht. Ich hatte sie nicht wirklich gut gekannt. Ich hatte weder von James noch von ihrer Schwangerschaft gewusst. Sie hatte Ted viel mehr erzählt. Er blickt zu Boden; ich kann Flecken auf seiner Kopfhaut sehen, die Sonne hatte durch sein schütter werdendes Haar gebrannt. Weil er nicht versuchte, perfekt zu sein? Die Weinflasche ist fast leer. Ich gieße ihm den Rest ins Glas.

»Ich verstehe nicht, warum du mir damals nichts davon erzählt hast.«

Er trinkt den Wein schnell leer. Alle anderen Gäste sind bereits gegangen. Der Kellner wischt die Tische ab, sieht zu uns hinüber.

»Ich zahle jetzt. Wir müssen gehen.« Er steht auf und zieht sein Portemonnaie aus der Tasche.

Wir haben zu lange gesessen. Ich zittere, und der trostlose Januarnachmittag sickert von draußen herein. Die kleinen bunten Birnchen am Weihnachtsbaum blinken sinnlos im trüben Licht.

BRISTOL 2009
ELF TAGE DANACH

Die kleine Glasampulle fühlte sich kühl an. Ich hielt sie sorgfältig fest. Ich lief aus Eds Zimmer hinaus, die Treppe hinunter und öffnete die Hintertür in den Garten, aber auch die kalte blätterlose Umgebung änderte nichts an den Tatsachen, die mir durch den Kopf rasten. Ich lehnte mich an die Mauer. Ed hatte gelogen; ich hatte keine Ahnung wie lange schon. Er hatte sich aus meiner Tasche Medikamente genommen und sie vielleicht verkauft. Das würde die Geldscheine erklären. Anya hatte sich an der Tasche den Fuß gestoßen, weil sie hervorgeholt und nicht zurück an ihren üblichen Platz gestellt worden war. Drogendiebstahl. Es klang unmöglich.

Andererseits, wie war es möglich, dass Naomi seit elf Tagen verschwunden war? Es stimmte. Ich hatte selbst gesehen, wie die Zeiger Stunde für Stunde vorgerückt waren. Ich hatte das Telefon angestarrt, als ob ich es dadurch zum

Klingeln bringen könnte. Ich hatte ihr Foto überall vorbeigebracht, wo ich Bescheid gesagt hatte, und noch an viele Orte mehr – zu Zeitschriftenhändlern, Poststellen, zur Bücherei, in die Notaufnahmen –, und all das hatte geholfen, die Zeit totzuschlagen. Ich war abends durch die Straßen gelaufen und hatte an den Anlegestellen gesessen und ins schwarze Wasser gestarrt. Ich hatte mit Nikita und Shan und James gesprochen. Ich hatte die Reporter ignoriert, die immer noch in einer Reihe draußen standen und mich sprechen wollten oder mehrmals am Tag bei uns anriefen. Und zwischendurch blieb ich einfach stehen, so wie jetzt, weil es nicht richtig war, mich hinzusetzen, weil es zu bequem war. Während der Arbeit heute hatte es Momente gegeben, in denen ich nicht daran gedacht hatte. Aber dann wieder hatten mich die süßen Fingerspitzen eines Kindes, das sich an der Tischkante festgehalten hatte, fast aus der Bahn geworfen.

Wenn es möglich war, ein Kind zu verlieren, war jede Katastrophe denkbar.

Es knackte sacht, und ich spürte, wie mir etwas über die Hand floss und die Kanten von Glassplittern. Das Telefon klingelte. Ich klemmte es zwischen Ohr und Schulter, während ich mir die Hände im Waschbecken abspülte. Blut und Glasscherben strudelten durch den Abfluss. Es war Michael. Er wollte mir Bescheid geben, dass sie alle Discobesitzer in Bristol befragt hatten. Aber bisher sei nichts dabei herausgekommen. Er werde morgen vorbeikommen.

Als ich meine Hand in ein Geschirrtuch wickelte, hörte ich Ed nach Hause kommen. Ich stand unten an der Treppe und hörte, wie er nach oben in sein Zimmer ging und die Tür zuschlug. Sie ging wieder auf, und ich setzte mich auf die unterste Stufe und sah seine Füße in zerknitterten grauen Socken langsam die Treppen zu mir herabsteigen, bis sie neben mir standen. Ich stand auf und sah Falten unter seinen Augen, die wie rote Balken aussahen, sein Haar war zerzaust, und auf seiner Schulkrawatte waren Flecken. Die Hemdärmel hingen aufgeknöpft über seinen dünnen Handgelenken. Er hatte deutlich Gewicht verloren, das war mir bisher gar nicht aufgefallen. Wie konnte ich etwas so Offensichtliches übersehen?

»Du bist früh zurück.«

Er ging nicht darauf ein. »Warst du in meinem Zimmer, Mum?«

»Wäre das denn eine Überraschung?« Meine Stimme wurde unwillkürlich lauter. »Schließlich wurde nicht gerudert.«

»Ja, abgesagt. Was ist mit meinem Zimmer?«

Es lag an dieser Lüge; hätte er nicht gelogen, hätte ich vielleicht warten können, bis er mir von selbst davon erzählte.

»Nichts wurde abgesagt. Es gibt kein Rudern in diesem Jahr. Warum hast du uns angelogen?«

»Verdammt.« Er zuckte, als hätte ich ihn geschlagen. »Weil es so scheißwichtig für euch ist. Mitzuspielen. Solange ich so tue, als ob ich hingehe, lasst ihr mich wenigstens in Ruhe.«

»Lassen wir dich in Ruhe was tun, Ed?«

Er sah zu Boden und zuckte mit den Schultern.

»Medikamente aus meiner Tasche zu stehlen? Wofür?«

Er starrte mich wortlos an, und sein Gesicht war blasser, als ich es je gesehen hatte. Seine Augen waren dunkler und gequälter.

Und dann kam mir die Idee. Ich war schnell, und noch bevor er sich wegdrehen konnte, hatte ich schon seinen losen Hemdsärmel hochgeschoben. Innen auf seinem linken Arm waren jede Menge schwülstige rote Narben. In der Ellenbogenbeuge kreuzten sich ältere und frische Einstiche von Nadeln, mit denen jemand ungeübt nach Venen gestochert hatte.

25

DORSET 2011
DREIZEHN MONATE DANACH

Die Klippen hinter dem Strand sind ungleichmäßig ausgehöhlt. Das Meer hat kleine Höhlen und Spalten in den Fels gewaschen. Im Sommer stinkt es hier sauer nach altem Urin, aber die Winterstürme haben die Felsen sauber gefegt. Als wir uns vor dem Wind zwischen die Felsausläufer ducken, liegt nur der kalte Geruch von Salzwasser und frischem Seegras in der Luft. Ted beugt sich nach vorn, um sich die Zigarette anzuzünden, die er aus einem zerknitterten blauen Päckchen gezogen hat. Er dreht sich wieder zum Meer und seufzt. Der würzige Rauch von Gitanes weckt sofort vergessene Erinnerungen an zerwühlte Laken, Bücher unter dem Bett, verteilte Mitschriften auf dem Boden. Sex nach den Vorlesungen. Wann hat er wieder angefangen zu rauchen? Vielleicht raucht Beth auch. Obwohl das nicht in mein Bild von ihr passt. Vielleicht rauchen sie nach dem Sex, wie wir früher. Die Gedanken trudeln ein paar Sekunden neben den Sorgen dahin, bis sie darin untergehen.

»Warum hast du mir nichts erzählt, Ted?«, frage ich ihn erneut.

Er zieht an seiner Zigarette, und es entsteht eine kleine Pause. »Sie hat mich darum gebeten«, antwortet er schlicht. »Sie hat mir vertraut.«

»Ist dir nicht in den Sinn gekommen, dass ich darüber Bescheid wissen sollte? Du hättest es mir erzählen können, ohne dass sie davon erfährt …«

Ted zuckt mit den Schultern. »Vielleicht hättest du geglaubt, mit ihr darüber reden zu müssen.«

Der Zigarettenqualm brennt mir in den Augen. Ich drehe mich weg.

Er fährt fort: »Bei dir gibt es nur Richtig oder Falsch. Natürlich weiß ich, dass du nie die Polizei eingeschaltet hättest …«

Noch bevor er mir die Schuld für alles geben kann, stehe ich auf. Der Wind fährt in meine Haare und weht sie mir in die Augen. Ich fange die Strähnen auf und halte sie grob zurück, während wilder Zorn in mir aufwallt. In diesem Moment hasse ich ihn, aber ich hasse mich selbst noch mehr. Am liebsten würde ich mir büschelweise Haare ausreißen und sie vom Wind davonwehen lassen.

»Sie hätte nie geglaubt, dass ich deswegen die Polizei einschalten würde. Ich habe sie nie für etwas bestraft.« Mir bleibt der Atem weg. »Ich erinnere mich kaum, dass Naomi je etwas falsch gemacht hat. Sie war immer lieb, schon als kleines Kind.«

»Das ist genau der Punkt. Wie hätte sie dich da enttäuschen können? Der Erwartungsdruck hat dazu geführt, dass sie lügt.«

Seine Worte sind wie ein Netz, das mich mit jeder Bewegung mehr einfängt und mir ins Fleisch schneidet. Wohin ich mich auch wende, es lag an mir. Das Meer hat sich verändert, es kracht und zischelt. Meine Zähne schmerzen in dem kalten Wind.

»Ich gehe jetzt nach Hause.« Als ich loslaufe, sind meine Beine steif und kommen nur langsam in Gang. Ted folgt mir, schirmt seine Zigarette mit der hohlen Hand ab, stolpert ein wenig über die Kiesel.

»Als sie weg war«, rufe ich über meine Schultern gegen den Lärm der Wellen an, »gab es nichts mehr zu verlieren. Warum hast du es mir nicht wenigstens dann erzählt?«

Er holt auf, beugt sich zu mir hinüber und legt seine Hand auf meine Schulter, damit sein Mund dicht an meinem Ohr ist. »Du hattest zu viel zu bewältigen.« Er schnauft ein wenig. »Außerdem habe ich von da an den Ketaminbestand mit Argusaugen gehütet. Nicht eine Ampulle ist seither verschwunden.« Er stolpert erneut, und sein Griff auf meiner Schulter wird fester. Wir haben den höchsten Punkt am Strand erreicht, und er bleibt stehen, hält mich bei sich fest. Etwas leiser sagt er: »Ich dachte, es sei nur ein Mal vorgekommen.«

Er schweigt. Drei Möwen fliegen eilig über uns hinweg, Richtung Land, auf der Flucht vor einem Sturm, der sich über dem Meer zusammenbraut, wo die dunklen Regenwolken schon bis zum Horizont reichen. Er räuspert sich, als wir den kleinen Feldweg hinaufgehen, der zum Friedhof führt.

Was hätte ich gemacht, wenn ich es damals gewusst hätte? Ich hätte sofort die Polizei und jeden anderen, der hätte helfen können, eingeschaltet. Ich bleibe stehen und rufe mir die Schlagzeilen in den Boulevardblättern in Erinnerung: »Junge Ärztetochter verschwunden« hatten sie marktschreierisch verkündet. Das Schulfoto daneben hatte im

Zeitungsdruck körnig gewirkt. Manche Zeitungen hatten ein altes Foto abgedruckt, auf dem Naomi nach einem Schwimmturnier einen Pokal überreicht bekommt. In ihrem engen Badeanzug sah sie aus, als wäre sie fast nur Bein, ihre kleinen Brüste wurden platt gedrückt; sie war erst vierzehn, als das Foto entstand, aber Bilder eines halb nackten Mädchens steigern die Auflage. Wenn die Medien von der Ketamingeschichte Wind bekommen hätten, wären die Überschriften noch reißerischer ausgefallen: »Junkietochter zweier Ärzte verschwunden«. Sie hätte sich betrogen gefühlt; sie wäre nie zurückgekommen, selbst wenn sie gekonnt hätte. Andererseits hätte die Polizei sie vielleicht inzwischen gefunden, wenn sie von dem Ketamin gewusst hätte.

Ich gehe eilig weiter, als könnte ich die verlorene Zeit wettmachen, wenn ich schneller lief. Teds Hand rutscht von meiner Schulter. Wir erreichen den dunklen, rutschigen Weg neben dem Friedhof, wo die langen Äste der Eiben tief herunterhängen; im Herbst werfen sie ihre roten Beeren ab und das zertretene Fruchtfleisch auf dem Boden ist glitschig. Heute ist der Matsch von Feuchtigkeit und winzigen Eisnadeln aufgequollen.

Wir sind fast zu Hause, als der Regen einsetzt. Mary füttert gerade ihre Hühner. Sie dreht sich zu uns um, als wir an ihrem Tor vorbeikommen, und wir winken uns zu. Ein kurzer wortloser Gruß. Sie versteht, dass manchmal sogar die Andeutung eines Lächelns die eigenen Kräfte übersteigt.

Als wir die Haustür erreichen, sieht Ted mich an. In seinem Blick liegen Schuldbewusstsein und Kummer.

»Als ich die Ampullen in Naomis Tasche fand, war gerade viel los. Mir drohte ein Gerichtsverfahren wegen der

Wirbelsäulen-OP dieses Mädchens, und ich war dauernd in Schweden wegen der Stammzellentests, die zudem nicht gut liefen. Ich hätte häufiger bei ihr nachfragen sollen.«

Als wir im Haus sind, trottet Bertie schläfrig herbei, um uns zu begrüßen, und stupst mit seiner feuchten Nase gegen unsere Beine. Ich beuge mich zu ihm hinunter und wärme mir meine Hände an seinem festen Rücken, aber ich kann nicht still stehen bleiben. Ich laufe in der Küche umher, dann ins Wohnzimmer und wieder zurück. Ein Fenster klappert im auffrischenden Wind, und der Regen tropft leicht gegen die Scheibe. Ted zieht seinen Mantel aus und schaltet den Wasserkocher an.

Ich drehe mich zu ihm um, als er den Schrank öffnet, um Tassen herauszuholen.

»Warum hättest du häufiger bei ihr nachfragen sollen? Hättest du sonst noch etwas herausfinden können?«

»Ich hätte noch mehr Fragen stellen können. Sie hat gesagt, es sei für ihre Freunde gewesen, und ich ging damals davon aus, dass sie Schulfreunde meinte. Aber vielleicht war es auch jemand anders.«

Als ich darüber nachdenke, kommt mir ein neuer Gedanke. »Was ist mit Ed? Gibt es da eine Verbindung?«

»Er hatte andere Sorgen. Naomi hat keine Drogen genommen wie er, sie hat sie … nur geklaut.«

»Er auch.«

Ted schiebt mir eine Tasse Tee über den Tisch zu. »Beide haben geklaut, weil sie die Möglichkeit dazu hatten, aber ihre Motive waren völlig andere. Nur ein dummer Zufall.«

In der anschließenden kleinen Pause sage ich mir, dass es so etwas wie Zufall nicht gibt.

»Ich glaube immer noch, dass sie die Wahrheit gesagt

hat«, fährt Ted fort und nippt an seinem Tee. »Es war eine einmalige Sache, für Freunde.«

Aber sie hatte jetzt schon so oft gelogen. »War Naomi je mit einem ihrer Freunde im Krankenhaus oder mit jemandem von außerhalb, den du nicht kanntest?«, frage ich. Jemand, der sie ermuntert hatte, die Medikamente zu stehlen, ihr vielleicht Geld zugesteckt hatte.

»Nein. Ich habe immer ein Auge auf sie gehabt, wenn sie im Labor oder auf der Station war. Das hätte ich mitbekommen.«

»Ich wusste nicht, dass sie auch auf Station war.«

»Doch, das wusstest du.« Er sieht überrascht aus. »Es war doch deine Idee, dass sie mit mir auf Visite geht. Sie mochte den Trubel dort. Manchmal habe ich gesehen, wie sie sich mit Patienten unterhielt, während sie auf mich wartete. Ich glaube, sie haben sie in ihrem Laborkittel für eine Medizinstudentin gehalten.«

»Hat sie bei der Vergabe von Medikamenten geholfen?«

»Um Himmels willen.« Er weiß sofort, was ich denke. »Die Medikamente sind verschlossen. Man muss ausgebildete Schwester sein, um auch nur den Wagen zu schieben. Sie hat nur mit Leuten zusammengesessen und sich unterhalten.«

»Ist sie ihr begegnet?« Plötzlich blitzt ein neuer Verdacht vor mir auf.

»Wem?«

»Deiner Freundin Beth.«

»Sie ist nicht mehr meine Freundin. Es ist aus.« Er steht auf und stellt sich mit dem Rücken zu mir hin; er sieht aus dem Küchenfenster in den Garten, wo der Regen nun in dichten Schleiern vom Himmel fällt. »Und die Antwort auf deine Frage lautet Nein.«

»Woher weißt du das?«

Er zuckt mit den Schultern. »Sie war nie dabei, wenn ich Naomi abgeholt habe; sie hatte oft Spätschicht.«

Beth muss Naomi gesehen haben, egal was Ted meint; vielleicht hat sie sich gefragt, wie es wäre, mit Ted ein Kind zu haben, vielleicht hat sie sich vorgestellt, Naomi wäre ihre Tochter. Der Gedanke nistet sich ein.

»Wo ist sie jetzt?«

»Wer?«, fragt er erneut.

»Herrgott noch mal, Ted, Beth natürlich. Vielleicht war sie es. Vielleicht hat sie sich Naomi geschnappt, weil sie zu dir gehört und ...«

»Hör auf.« Er steigt auf die Zehenspitzen und sinkt wieder hinunter, die Hände tief in den Taschen vergraben. Er wirkt ruhig, abgesehen von den Fäusten, die so fest geballt sind, dass seine Hose sich darüber spannt; ich kann die Fingerknöchel durch den dicken Baumwollstoff erkennen.

»Du weißt doch, dass sie in der Nacht bei mir war, in der Naomi verschwunden ist.« Er spricht es leise aus.

»Ich weiß nur, dass du mir das erzählt hast.«

»Sie war in ihrer Wohnung. Sie hat ein einwandfreies Alibi.«

Redet er über sich? Er dreht sich um, und unsere Blicke kreuzen sich.

»Ich meine nicht mich damit. Sie hat ein Alibi bei der Polizei.« Ich kann sehen, dass er noch immer etwas zu verbergen hat. »Sie hat die Polizei gerufen, weil an dem Abend jemand bei ihr eingebrochen ist.« Er hält für einen Sekundenbruchteil inne. »Danach hat sie mich angerufen.«

»Sie hat dich angerufen?« Meine Gedanken kreisen abwärts zu Orten, die ich noch nie gesehen habe. »Dann warst du also nicht zum ersten Mal bei ihr und hast einen Fehler gemacht, weil du müde und betrunken warst. Ihr hattet vorher schon eine Affäre. Herrgott, ich war noch dümmer, als ich dachte.«

»Ich hatte nie die Chance, irgendetwas zu erklären ...«

Wie lange braucht man, um jemandem zu sagen, dass man gelogen hat? Minuten? Monate? Jahre? Ich stelle meinen Becher Tee ab; er ist unangenehm dünn. »Mir war schon klar, dass eure Beziehung weiterging, obwohl du sagtest, sie sei beendet. Ich wusste aber nicht, dass du mich schon über den Beginn belogen hast.«

»Wie hätte ich es dir denn sagen sollen, nachdem Naomi verschwunden war?« Er hat sich umgedreht, um mir in die Augen zu sehen.

Ich übergehe seine Frage, blende alle vergangenen und zukünftigen Lügen aus. Ich muss mich konzentrieren.

»Beth hat erst die Polizei und dann dich angerufen, weil in ihre Wohnung eingebrochen worden war.« Ich spreche langsam, lasse mir selbst alles durch den Kopf gehen. »Die Polizei sollte später eigentlich selbst die Verbindung gezogen haben, dass Beths Liebhaber Naomis Vater war und dass ihre Wohnung in derselben Nacht verwüstet wurde, als Naomi verschwand. Das ist eine wichtige Information. Warum hat Michael mir nichts davon erzählt?«

»Er wusste es nicht.« Ted setzt sich wieder hin und sieht mich über den Tisch hinweg an. »Die Polizei hat erst später herausgefunden, dass ich ... mit Beth zusammen war. Erst als ich es ihnen auf der Wache erzählt habe. An dem Abend habe ich weiter unten in der Straße geparkt, wo sie wohnt, und gewartet, bis die Polizei gegangen ist.«

Welche Gedanken gingen ihm wohl durch den Kopf, als er sich in der dunklen Straße versteckt hielt? Schämte er sich? Vielleicht dachte er auch an seine Forschung oder die schiefgegangene OP. Nein, er muss an Beth gedacht haben. An Sex mit Beth, wenn die Polizei weg war.

»Natürlich«, sage ich. »Ich Idiotin schon wieder. Es durfte natürlich nicht ans Licht kommen.«

»Ich wollte die Sache beenden …«

Das ist hier nicht der Punkt, sage ich mir. Nichts von alledem. Mir fehlt immer noch ein Puzzleteil.

»Was hast du gemacht, als sie dich angerufen hat?« Ich springe zurück zum Anfang. Ein Faden nach dem anderen.

»Ich bin ins Auto gestiegen. Ich war total erschöpft an dem Abend.« Bei dem Gedanken daran schüttelt er den Kopf. »Das Gerichtsverfahren wurde fallen gelassen, und ich war fertig. Ich war so erleichtert, dass die OP, die eigentlich angesetzt war, nicht stattfand; ich wollte nur nach Hause. Ich wusste nicht einmal mehr, ob ich Naomi abholen sollte oder nicht.«

Das klingt einleuchtend, und ich glaube ihm.

»Dann rief Beth an. Sie war völlig aufgelöst. Die ganze Wohnung war verwüstet. In der Küche haben sie sogar Feuer gelegt.«

Die vage Erinnerung an den Brandgeruch, wie Ted vor dreizehn Monaten im Flur gestanden und ich Qualm an ihm roch, kommt mir in den Sinn. Ich hatte gedacht, daran wäre der Kauter schuld, den er bei der OP benutzt hatte, und hatte es in der überwältigenden Angst in jener Nacht sofort wieder vergessen.

»Sie? Es waren also mehrere?«

»Die Polizei vermutete offenbar, dass es sich um irgendeine Bande handelte, vielleicht Jugendliche. Selbst als sie von meiner Beziehung zu Beth erfuhren, glaubten sie nicht, dass es irgendwie in Beziehung zu Naomis Verschwinden stand.«

»Was haben sie denn geklaut?«

»Offenbar nichts.« Ted zuckt mit den Schultern; er hat die merkwürdige Situation mittlerweile akzeptiert. »Laptop, Fernseher, Kamera, Schmuck – es war alles noch da, aus den Schränken geräumt, aber da.«

»Kommt dir das nicht seltsam vor? Dass es genau an dem Abend passierte, als Naomi verschwand?« Ich sehe ihn an, aber er schüttelt den Kopf.

»Einbrüche passieren jede Nacht in ganz Bristol.« Ted klingt abgespannt.

Ein dürres Kind mit blauen Flecken und dauernder Müdigkeit. Diese Kombination war ebenfalls kein Zufall gewesen. Und auch keine Kindesmisshandlung. Jade hatte Leukämie.

»Hat Naomi dich und Beth jemals zusammen gesehen?« Es fällt mir immer schwerer still zu sitzen; ich stehe auf und spüle die Becher aus, wärme meine Hände in dem Wasser.

»Nein. Ich habe doch gerade schon gesagt …« Dann hält er inne, als ob ihm etwas einfällt. »Wenn ich zurückdenke, stimmt das nicht ganz. Beth kam einmal in mein Büro, sah Naomi und ging wieder. Naomi hat es nicht einmal bemerkt.«

Da lag er daneben. Vielleicht hatte Naomi Beths Duft wahrgenommen, als sie hereinkam; sie hob den Kopf und stellte überrascht fest, dass er ihr vertraut vorkam, bis ihr einfiel, dass sie ihn schon an ihrem Vater gerochen hatte. Sie tat so, als sähe sie aus dem Fenster, dem schmalen über dem Schreibtisch, an dem der Vorhang mit dem Pfauenmuster hängt, den ich vor Jahren genäht hatte; gleichzeitig beobachtete sie Beth aus dem Augenwinkel und fing den winzigen Blick zwischen Beth und Ted auf. Naomi wird alles sofort durchschaut haben.

»Ich muss Michael anrufen und ihm Bescheid sagen.«

»Habt ihr noch Kontakt?«

Ich denke an seine warmen Hände und den ernsthaften Blick und wie unsere Lippen sich berühren.

»Ja.« Ich sehe nach unten und dann zur Seite. Warum sollte ich ihm von Michael erzählen? Ich schulde Ted nichts mehr. »Du musst hierbleiben und mit ihm reden, wenn er sich bereit erklärt herzukommen.«

»Natürlich. Sieh mal, Jenny ...«

Jetzt sehe ich ihn an, und hinter seiner vertrauten Erscheinung, den neuen Bartstoppeln und den ungewohnten Nikotinflecken an den Fingern, dem längeren Haar und dem beruhigenden Lächeln erkenne ich einen Mann im besten Alter, der älter, müde und verbittert geworden ist. Als wisse er von seinen Fehlern und wünschte, sie rückgängig machen zu können.

»Ich habe gemeint, was ich vorhin gesagt habe. Die Sache mit Beth ist ein für alle Mal vorbei.«

»Im Pub kann man auch essen«, sage ich. »Komm zurück, wenn du schlafen gehen willst.«

Nachdem er gegangen ist, versuche ich, Michael anzurufen, aber er meldet sich nicht. Ich gehe ins Gartenhaus. Es ist kalt und unaufgeräumt; normalerweise nehme ich das Chaos nicht wahr. Mir ist nicht nach Malen zumute, daher räume ich die verstreuten Samen und Hagebutten weg. Aber in der Nacht träume ich nicht von ihnen. Stattdessen sehe ich im Traum Naomi, wie sie zerbrochenes Glas an die Wände von Beths verbrannter Küche wirft und lacht. Ich wache davon auf, und das Gelächter verwandelt sich in den Schrei einer Möwe, die von ihrem Ausblick auf dem Dach die Nacht herbeiruft. Die Vergangenheit hat sich verwandelt. Naomi. Ketamin. Einbruch bei Beth. Meine Gedanken drehen sich im Kreis. Wie hatte mir so vieles entgehen können? Aber ich weiß, wie leicht man etwas übersieht. Ich hatte nicht bemerkt, was mit Ed passiert war. Auch für ihn hätte es leicht zu spät sein können.

Ich gebe den Versuch auf weiterzuschlafen; ich stehe auf, laufe im Dunkeln nach unten und schalte den Wasserkocher an. Mein Skizzenblock liegt umgedreht und aufgeschlagen daneben. Hat Ted ihn nur schnell durchgeblättert oder sich jedes Bild einzeln angesehen? Vielleicht war er enttäuscht, dass er nirgendwo zu sehen ist. Sein nasser Mantel hängt über dem Stuhl; aus den Ärmeln sind kleine Wasserpfützen auf den Boden getropft. Ich habe nicht gehört, wie er vom Pub zurückgekommen und nach oben gegangen ist. Ich öffne die Tür zum Garten und blicke in die schwarze Stille. Der Sturm, der vom Meer kam, ist schon wieder weitergezogen. Ich schließe die Tür und lasse mich auf den Boden sinken, lehne mich mit dem Rücken an den Holzofen und stelle die Teetasse neben mir ab. Skalpelle sind leicht zu zeichnen, die Finger sind schon schwieriger, aber darzustellen, wie sie zittern, ist unmöglich.

BRISTOL 2009
ELF TAGE DANACH

Ed zog den Arm weg und schüttelte den Ärmel wieder nach unten. Er drehte den Kopf weg, und in der abfallenden Kurve seines dünnen Halses sah ich, wo er es auch schon überall probiert hatte. Ich schlang meine Arme um seine Schulter. Ich konnte spüren, wie er zitterte.

»Was ist mit dir geschehen?«

Schulterzuckend drehte er sich weg.

»Ich bin nicht sauer.« Aber ich hatte nicht das Gefühl, dass er mich hörte. Es stimmte aber. »Ich will dir helfen.«

Er lief ins Wohnzimmer, setzte sich aufs Sofa, lehnte den Kopf zurück und starrte an die Decke. Ich setzte mich neben ihn.

»Kannst du mir sagen, was passiert ist?«

Er sah mich plötzlich an, seine braunen Augen funkelten mir ins Gesicht. »Wage es verdammt noch mal nicht, Dad davon zu erzählen.«

»Hast du Medikamente aus meiner Arzttasche genommen?«

Keine Antwort.

»Da sind aber nie genug drin für das hier.« Ich berührte seinen inneren Ellenbogen leicht, aber er erschrak und zog den Arm weg. Ich hatte eine heiße Schwellung durch das Shirt gespürt.

»Ich mache uns beiden ein Sandwich und einen Kaffee.« Vielleicht war es der beste Weg, wenn ich mich zwang, ruhig und sachlich zu bleiben, obwohl mir bei seinem schmerzverzerrten Gesicht zum Heulen zumute war. »Es könnte sein, dass du einen Abszess hast an der Stelle, Ed. Ich könnte ihn mir nachher mal ansehen.«

Wir aßen schweigend, was ihm nichts auszumachen schien. Er starrte beim Kauen mit leerem Blick aus dem Fenster. Als wir anschließend Kaffee tranken, setzte ich behutsam an.

»Wie fühlst du dich jetzt?«

Er warf mir einen schnellen, verächtlichen Blick zu. »Wie ein Stück Scheiße, was glaubst du wohl?«

»Wie lange geht das schon so?«

»Keine Ahnung.« Er hob die Schultern.

»Wie oft?«

»Ab und an.«

Aber seine Schultern senkten sich, als ob Reden half, innerlich etwas in ihm zu lösen.

»Was hast du genommen?«

»Unterschiedlich.« Pause. Dann ein tiefes Gemurmel, dass ich mich vorbeugen musste, um ihn zu verstehen. »Meistens Ketamin.«

Die Gefahr, in der er schwebte, löste Übelkeit in mir aus. »Woher?«

Er sah mich schräg von der Seite an und grinste verächtlich: »So'n Typ in der Disco.«

»Wo soll das hinführen?«

»Woher zur Hölle soll ich das wissen?«

»Wieso Drogen, Ed?«

Er rollte mit den Augen. »Wegen der ganzen Scheiße.«

»Welcher Scheiße?«

»Sachen halt.«

»Zum Beispiel?«

»Theo«, sagte er leise. »Naomi.«

»Theo?« Drogen konnten gegen die Schuldgefühle wegen Naomi helfen. Manche Narben waren aber älter. Er musste sie schon genommen haben, bevor sie verschwunden war. Aber wie passte Theo dazu?

»Lass gut sein, Mum.« Er begann, mit den Knien zu wippen.

Ich sah mich im Zimmer um, als lägen die Werkzeuge, mit denen sich alles reparieren ließe, hier irgendwo rum, auf dem Sideboard oder außer Reichweite auf einem hohen Regalbrett.

»Es war nicht deine Schuld, dass sie entführt wurde. Wir

haben schon alles versucht, dir das beizubringen; auch wenn du gewartet hättest …«

»Ich habe gesagt, lass gut sein.«

»Und das Geld?«

Er schwieg.

»Ed, woher hast du das Geld?«

Das Wippen wurde schneller, dann stand er plötzlich auf und lief zur Treppe.

»Wohin gehst du?«

»Zum Scheißnordpol.«

Ich wartete, bis seine Zimmertür zufiel und setzte mich. Das Zimmer schien um mich herum niedriger zu werden. In der Luft hing ein leises Klirren, wie nach einer Explosion. Es war in meinem Kopf. Ich sah auf meine Hände, die auf dem Tisch lagen. Die Sehnen schimmerten in blassen Strängen durch die Haut; die Hände waren dünner, aber immer noch drahtig. Ich hatte mit ihnen Babys auf die Welt gebracht, Katheter und Tropfe angelegt, Wunden genäht, meinen Kindern beim Spucken die Stirn gehalten. Ich ballte sie zur Faust. Ich konnte auch das hier packen. Ich musste es.

Er saß mit Kopfhörern im Ohr an das Kopfteil seines Bettes gelehnt. Auf seinen angewinkelten Knien lag ein Buch, und als ich hereinkam, begann er die Seiten schnell umzublättern.

Ich setzte mich aufs Bett, und er zog energisch seine Beine zur Seite.

»Manche Eltern würden jetzt die Schule informieren. Manche würden die Schule und die Polizei einschalten.« Er hörte auf zu blättern, sah aber nicht auf. »Viele Eltern würden darauf bestehen, die genauen Einzelheiten zu erfahren, aber ich biete dir einen Deal an.«

Er zog die Ohrstöpsel heraus und wartete.

»Wenn du einwilligst, einen Entzug zu machen, lassen wir die Schule und die Polizei aus dem Spiel, und wenn du aufhörst und dich behandeln lässt, brauchst du uns nicht zu erzählen, woher die Drogen und das Geld kamen, das ich gefunden habe.«

Er starrte mich schweigend an. Dann sah er auf das Buch in seinem Schoß, aber seine Augen blieben starr.

»Ich gehe einfach von der Schule ab?«

»Ja, und gehst in eine Entziehungsklinik.«

Er lehnte sich zurück und schloss die Augen.

Ich nahm behutsam seinen Arm, schob den Ärmel hoch und sah mir die Narben an. Jetzt konnte ich es deutlich erkennen; die Haut spannte sich über eine Schwellung von der Größe einer kleinen Pflaume.

»Ed, das muss entleert werden. Wir müssen in die Notaufnahme.«

»Mach du das.«

Ich diskutierte nicht mit ihm; vielleicht hätte er dann die Vereinbarung ausgeschlagen, die ich ihm angeboten hatte. Ich holte das sterile Verbandszeug aus dem verschlossenen Kasten im Auto. Lynn scherzte immer, dass ich eine Operationseinheit mit mir herumfuhr, aber ich fand es über die Jahre immer wieder hilfreich für Patienten, bei denen kleine Eingriffe nötig waren und die nicht ins Krankenhaus gehen konnten. Es war häufig sehr zufriedenstellend. Aber heute lag der Fall anders. Ich holte Antibiotika aus der Tasche. Die Vorstellung, in die Haut meines eigenen Sohnes zu schneiden, ließ mich schwächeln, als ich die Treppe wieder hinaufstieg. Ich wusch mir im Badezimmer die Hände so heiß ich konnte. Ich wusste, ich würde ihm wehtun. Ich musste einen Weg finden, damit umzugehen, damit ich die Sache fachgerecht über die Bühne bringen konnte. Ich trocknete mir die Hände an dem Papiertuch aus der Packung ab, streifte mir OP-Handschuhe über und spürte, wie ich damit in eine andere Rolle schlüpfte; aus der Mutter wurde die Ärztin. Es war einfach ein Problem, das gelöst werden musste; die Sache war eindeutig, ich konnte das packen. Ich reinigte seinen Arm mit Jod, deckte den Arm über und unter dem Ellenbogen mit Papier ab, stellte die Pappschale zum Auffangen der Flüssigkeit darunter und betäubte den Abszess und die umliegende Haut mit Eisspray.

»Das kühlt zwar, es tut aber trotzdem weh. Im Krankenhaus würdest du eine bessere Betäubung bekommen. Bist du sicher, Ed?«

»Mach schon.«

Ärztin, nicht Mutter …

Ich nahm das Skalpell und schnitt fest durch die dünne Haut über dem prallen Abszess.

Ed schrie, als die Haut sich sauber trennte und dicker gelber Eiter zwischen den Schnittkanten herausquoll und über seinen Ellenbogen in die Schale floss.

»Scheiße. Fuck.« Auf seiner Stirn perlten Schweißtropfen, als die klumpige Schmiere mit Blut vermischt in die Schale rann. »Verdammte Scheiße, das brennt höllisch.«

»Bin fast fertig.« Ich fühlte, wie mir kalter Schweiß aus den Achselhöhlen floss, und ich konnte das Zittern meiner Hände nicht ganz unterdrücken, als ich den letzten Eiter vorsichtig herauspresste. Dann schob ich einen gelben weichen Docht in die Wunde, legte einen Verband an und sah zu, wie Edward die Sättigungsdosis aus Antibiotika, Penizillin und Metronidazol schluckte. Dann Paracetamol. Und Tee.

Anschließend setzte ich mich aufs Bett und klemmte mir die zitternden Hände zwischen die Knie. Eds Lippen waren weiß.

»Sag Dad nichts davon«, presste er durch die Zähne.

»Natürlich muss er davon erfahren. Er muss ja wissen, warum du von der Schule abgehst. Er wird es verstehen. Selbst ihm ist es damals schwergefallen, mit dem Rauchen aufzuhören.«

»Ich wusste gar nicht, dass Dad geraucht hat.«

»Nicht nur Zigaretten. Hin und wieder zumindest.«

»Wirklich?« Ed wirft mir einen schnellen Blick zu, kurz flackert Neugier in seinen Augen.

»Niemand ist perfekt, wir alle machen früher oder später mal Fehler.«

»Selbst der perfekte Theo, der perfekte Sohn?«

Aha. Er sah auf die Bettdecke herunter. Ich konnte sein Gesicht nicht ganz erkennen, aber seine Worte klangen verbittert. Ich wartete ab, aber er sagte sonst nichts über Theo.

»Ich habe sie getauscht«, murmelte er undeutlich. »Gegen Ketamin.«

»Ach ja?« Er hatte die Medikamente aus meiner Tasche genommen, um an die ranzukommen, die er brauchte; es gab vermutlich immer jemanden, der bereit war, Pethidin und Temazepam gegen Ketamin zu tauschen. Ich rutschte näher an ihn heran, als er weitermurmelte, konnte aber nicht verstehen, was er sagte. Dann fielen ihm die Augen zu, und er schlief ein.

Ich schloss leise die Tür und nahm die Schale und die Handschuhe mit nach unten. Mein Handy klingelte.

»Es kommt in den Nachrichten.« Michaels warnender Tonfall versetzte mich in Alarmbereitschaft. Eds Drogenkonsum. Jemand musste davon erfahren und es einem

Reporter gesteckt haben. Gott sei Dank schlief er, sonst würde er denken, es sei meine Schuld gewesen. Michael redete weiter, und es dauerte ein paar Sekunden, bis mir klar wurde, dass seine Worte nichts mit Drogen zu tun hatten.

»Man hat einen blauen Pick-up verlassen im Wald gefunden.«

26

DORSET 2011
DREIZEHN MONATE DANACH

Als das Badewasser abfließt, bleibt eine schmale Reihe Steinchen zurück, die am Strand ihren Weg in meine Socken gefunden und Abdrücke auf meiner Haut hinterlassen haben. Ich schiebe sie zum Abfluss; winzige Felsenreste, die das Meer geschliffen hat. Ihre nassen Ränder funkeln schwarz und braun.

Nach dem Bad gehe ich raus zum Telefonieren. In der weißen Landschaft des vereisten Gartens klingt meine Stimme dünn. Ich halte mir das Handy nahe an den Mund. Teds Fenster ist offen; vielleicht ist er wach und hört mit. Als ich darauf warte, dass Michael sich meldet, schwingt der schwarze Körper einer Spinne, der an einem Faden von der Mauerkrone hängt, wie eine Perle an einem Pendel auf die Steine in der Gartenmauer zu. Michael klingt überrascht, mich zu hören.

»Ted ist noch hier.« Ich schiebe die Spinne mit dem Finger zur Mauer, und sie hält sich an der rauen Oberfläche fest.

»Ah.«

»Er war krank, als er ankam, daher …«

»… musst du dich um ihn kümmern«, beendet Michael den Satz.

»Ich habe ihn hier übernachten lassen. Er hat mir einiges über Naomi erzählt, was ich noch nicht wusste. Sie hat Medikamente gestohlen.«

Ein paar Sekunden Stille.

»Okay«, sagt er leise.

»Das war während eines Praktikums in Teds Tierlabor. Sie hat an einem Tag ihre Tasche vergessen, und Ted hat ein paar Ampullen darin gefunden.« Die Worte kommen mir flüssig über die Lippen, aber ich habe das Gefühl, mir bleibt beim Sprechen der Atem weg.

»Warum hat er es niemandem erzählt?«

»Er hat einem Polizisten auf der Wache davon erzählt, aber man hat die Spur nicht weiterverfolgt.«

Die Spinne krabbelt über den Stein, sucht einen Spalt, in dem sie sich verstecken kann.

»Aber er hat dir nichts davon erzählt«, sagt er sachlich.

»Offenbar wollte er mich nicht mit etwas belasten, das ihm nicht wichtig erschien.«

Pause. Dann wieder seine ruhige Stimme: »Okay. Was für Medikamente?«

»Ketamin.«

Wie auf Kommando erfüllt durchdringendes Glockengeläut die Luft; der frühmorgendliche Klang dringt unschuldig in alle Ecken und Kanten des Dorfes und bringt das Gefühl von Feiertagen, Sonnenschein, ordentlichen Rasenflächen und Sonntagsessen mit sich.

»Ted hat damit Versuchsratten betäubt. Naomi war im

Labor und hatte Zugriff darauf. Die Vergabe ist nicht beschränkt, und man hat ihr vertraut.«

Die Spinne ist verschwunden; ich muss den Moment verpasst haben, in dem sie in einer Ritze zwischen den Steinen verschwunden ist.

»Es gibt einen großen Ketaminhandel«, sagt Michael langsam.

»An so etwas hätte Naomi sich nicht beteiligt. Ed hat mit Drogen gehandelt, nicht Naomi.«

Michael fährt fort, als hätte ich nichts gesagt: »Ich kann eine Liste der Beteiligten anfordern.«

»Eine Liste der Beteiligten? Ted hat gesagt, sie hat nur ein paar Ampullen für Freunde mitgenommen …«

»Wer Ketamin nimmt, ist meist älter als Naomi«, wirft er dazwischen. »Es ist unwahrscheinlich, dass es Schüler waren. Wahrscheinlich hatte sie noch andere Kontakte.«

Das Wort eröffnet einen Spalt in die Welt, der Ed einen Besuch abgestattet hat, die Welt, in der undurchsichtige Gestalten in geheimen Netzwerken am Rande der Gesellschaft leben und auf der Lauer liegen. Kontakte. Das sagt man auch, wenn man die Partner eines Patienten mit Chlamydien oder Tripper meint; jemand Unbekanntes, der die Macht hat, einen anderen unbemerkt zum Krüppel zu machen.

»Immerhin wissen wir nun, wofür das K in ihrem Tagebuch steht«, sagt Michael.

Ich dachte, es sei die Abkürzung für Kursarbeit. Wie naiv ich war; das fand Naomi wahrscheinlich auch, als sie ihre Geheimnisse hütete.

»Ich komme zu dir.« Michael klingt entschlossen.

»Hast du denn die Möglichkeit dazu?« Mir kommen die Tränen.

»Ich bin in zwei Stunden da. Es könnte hilfreich sein, wenn ich mit Ted rede.«

»Danke.« Ich suche nach einem anderen Wort, das mehr sagt, das größer ist, aber ich finde keins. Ich denke noch daran, ihn zu warnen: »Er weiß nichts von uns.«

»Nein, das darf er auch nicht.«

Möglicherweise würde er von unserem Fall abgezogen oder sogar entlassen, wenn bekannt würde, dass wir zusammen sind. Aber die Geheimhaltung bürdet unserer Beziehung eine Last auf, verhindert Tiefe. Wenn ich allein bin, denke ich manchmal, ich hätte mir vielleicht alles nur eingebildet.

Als unser Gespräch beendet ist, lege ich meine Hand auf die Mauer. Sie fühlt sich rau und kalt an. Die dunklen Ritzen müssen voller Spinnen sein, die niemals zu sehen sind, und voller Spinnweben und gefangener Insekten. Als ich zurück ins Cottage gehe, hinterlassen meine Füße deutliche Abdrücke im steifen weißen Gras. Die Luft ist klar und kalt; es wird ein sonniger Tag mit Bodenfrost. Ich lasse Bertie hinaus, und er wälzt sich im Reif. Sein Körper lässt das Eis schmelzen; als er aufsteht und sich schüttelt, ist ein großer grüner Fleck auf dem weißen Rasen zu sehen. Die Veränderung im Garten begeistert ihn; er scheint es zu mögen, dass ihm die Kälte in die Haut dringt. Er läuft wie ein Welpe im Kreis. In der Küche macht Ted gerade Kaffee. Er sieht anders aus als bei seiner Ankunft, etwas fülliger vielleicht, aufrechter. Er trägt seinen Mantel, und neben seinen Füßen steht ein kleiner Koffer. Er weicht meinem Blick aus. Dann sieht er mich wie ein schuldbewusstes Kind an.

»Es tut mir leid«, sagt er. Er reicht mir den Becher Kaffee, den er gerade aufgegossen hat, und löffelt Instantkaffee in einen weiteren. Er fährt eilig fort. Er glaubt, ich würde ihn unterbrechen, bevor er das sagen kann, was er sich vorgenommen hat. »Sie hat dich geliebt.«

Das braucht er mir nicht zu sagen. Ich umfasse den Becher mit den Händen und lehne mich gegen das Abtropfbrett. Die Sonne strahlt durch die Scheibe und liegt in hellen, zerteilten Rechtecken auf dem Boden, offenbart Staub und Flecken an den Leisten.

»Ich habe so viel falsch gemacht«, sagt er weiter und verhaspelt sich in der Stille.

»Was genau?« Ich greife in den Schrank und gieße Porridge in einen Stieltopf. Aber ich weiß schon, dass es nichts Genaues gibt. Meine eigenen Fehler lagen irgendwo zwischen zu viel erwarten und zu wenig hinsehen.

»Ich war nicht da, habe zu viel gearbeitet …«

Wie kann er denken, dass es so einfach ist? Dass Naomi verschwunden ist, weil er zu viel gearbeitet hat? Als ob alles andere, was er getan oder unterlassen hat, egal sei.

»Und die Regeln, die du gebrochen hast?« Ich messe Wasser ab und gieße es in die Haferflocken. Meine Hände zittern vor Wut. »Sie musste denken, Regeln seien überflüssig …« Ich sehe ihn an und bemerke das kleine ungeduldige Schulterzucken.

»Wenn du Beth meinst – ich habe schon gesagt, das Naomi nichts davon wusste. Ich war vorsichtig.«

Und als sei damit alles in Ordnung, fügt er hinzu: »Du weißt, dass die Sache vorbei ist.« Er kommt näher, sieht mir über die Schulter. »Warum gibst du nicht noch Milch dazu? Dann schmeckt es besser.«

»Michael kommt.« Ich trete einen Schritt zur Seite und gebe noch eine halbe Tasse Wasser hinzu.

»Ich habe morgen einige OPs, deshalb muss ich heute die

Patienten noch einmal untersuchen. Ich dachte, vielleicht könnten wir danach …«

»Ich habe heute Morgen mit ihm gesprochen.« Ich sehe ihn nicht an und rühre im Topf. »Er kommt her, um mit uns über das Ketamin zu sprechen.«

Ich gebe den Porridge in eine Schüssel und stelle sie ihm auf den Tisch.

»Dann warte ich noch.« Er spricht langsam und beobachtet mich.

Es hängen noch Worte unausgesprochen in der Luft. »Ich gehe eine Weile arbeiten.« Damit lasse ich die Tür hinter mir ins Schloss fallen.

Es ist nicht die richtige Jahreszeit für die Blumen, die ich für meinen Kreislauf noch brauche, aber vielleicht finde ich welche in der Hecke neben der Wiese. Mein Ärmel bleibt hängen, als ich das Tor öffne. An dem Dornenzweig, an dem ich mich verheddert habe, schwingt an einem schwarzen Stiel eine einzelne gefrorene Rosenknospe. Die äußeren Blätter müssen zuerst vertrocknet sein, später die zarten inneren. Ich befreie mich, und die Blüte mit dem Stiel daran fällt mir in die Hand; das Spinnennetz zwischen Blüte und Stiel dehnt sich ein wenig und reißt.

Im Gartenhaus hebt sich die Rosenknospe klar von dem dicken weißen Papier ab. An den Rändern, die sich wie winzige gezackte Kragen nach hinten biegen, sind die dunklen Blütenblätter steif; nah am Blütenkelch sehen einige Blütenblätter rosa aus, aber sie sind gefleckt und von violetten und tiefbraunen Linien durchzogen. Die Blütenblätter sind noch eng verschlossen, und die Lagen treffen sich an einem Punkt. Wenn ich mit dem Rosa der Blütenblätter beginne und Schwarz darüberlege, erziele ich vielleicht das glasige Aschbraun. Ich will nicht an das Gedicht von William Blake denken, aber während ich arbeite, tauchen seine Worte dennoch auf, als hätten sie auf mich gewartet:

Oh, Rose, dir geht es nicht gut.
Der kleine unsichtbare Wurm,
der umherkriecht in der Nacht
im heulenden Sturm:

Vor dreizehn Monaten war sie noch in der Welt geborgen. Familie, Schule, Freunde. Jetzt weiß ich, dass die Welt außerhalb dieses erleuchteten Kreises voller Gefahren war und nur darauf lauerte, dass jemand heraus in die dunklen Schatten trat. Es brauchte nur eine Person, einen Kontakt.

Er fand dein Bett
des purpurnen Glücks:
Und seine dunkle heimliche Liebe
hat nun dein Leben zerpflückt.

Ich versuche zu malen, versuche, mich so stark zu konzentrieren, dass ich nur dunkle Farben und gebogene Formen sehe. Wenn er sie geliebt hätte, hätte er ihr sicher nicht das Leben genommen. Ich zeichne die Umrisse der Knospe und bin so vertieft, dass ich mich erschrocken umdrehe, als sich knarrend die Tür öffnet.

»Es tut mir leid, ich habe es schon wieder getan.« Michael trägt einen Mantel und seinen Schal, er hält die Autoschlüssel in der Hand. Er hat vermutet, dass ich hier bin, und ist direkt über den Rasen gekommen. Er zieht seine breiten Schultern ein wenig zusammen, als ob er sich selbst als sicheren Ort anbieten wolle.

Ich berühre sein Gesicht, und die Haut fühlt sich warm an. »Schön, dich zu sehen.«

Er schiebt seine Lippen in meine Hand. »Du siehst müde aus. Ich hätte früher kommen sollen, aber ich dachte, du hättest die Jungs hier.«

»Sie sind vor ein paar Tagen wieder gefahren. Komm mit ins Haus, sonst sucht Ted uns noch.«

Ted hat auf dem Abtropfbrett Messer ausgebreitet, wie im OP-Saal. Auf dem Tisch liegen gehackte Zwiebeln, kleine Mengen Gewürze, zerkleinerte Pastinaken. Als wir in die Küche kommen, hält er in der einen Hand einen Messergriff, drückt mit der anderen schwungvoll von oben auf die Klinge und zerkleinert kleine Büschel Petersilie. Sein Mantel und sein Koffer sind nirgendwo zu sehen.

»Ich will, dass sie etwas Nahrhaftes isst«, sagt er zu Michael, nachdem sie sich die Hände geschüttelt haben. »Sie hat sich um mich gekümmert, und jetzt muss ich mich um sie kümmern.« Als ob er unsere Nähe gespürt hat und versucht, mich für sich zu beanspruchen. Er gibt die Zwiebeln in einen Topf, rührt in der Brühe.

Michael geht weiter ins Wohnzimmer. »Warum kommen Sie nicht beide her und setzen sich?«

Ted zieht den Topf von der Platte und folgt uns, setzt sich ein wenig zu dicht neben mich und breitet seinen Arm auf der Sofalehne aus.

Michael nimmt den Sessel gegenüber und beugt sich nach vorn, sehr bewusst und professionell. Er sieht uns an. »Nachdem Jenny mir von dem Ketamin erzählt hat, habe ich es überprüft. Mit unserer Software können wir auf eine landesweite Liste von Konsumenten und Dealern zugreifen und zudem den Bezug zu anderen Verbrechen herstellen.«

Verbrechen wie Kidnapping oder Verbrechen wie Vergewaltigung und Mord? Ich werfe Ted einen Blick zu, um zu sehen, ob er dasselbe denkt, aber er hat den Kopf gesenkt und versucht, das ganze Ausmaß von Michaels Worten zu begreifen.

»Ich habe ein paar Listen mitgebracht. In Bristol tauchten ein paar Hundert Namen auf, als ich ›Ketamin‹ eingegeben habe. Sie müssten bitte einmal durchgucken, ob Ihnen Namen davon bekannt vorkommen.«

»Warum sollten sie?«, fragt Ted.

»Naomi könnte beispielsweise einen Namen mal nebenbei erwähnt haben, oder es ist der Freund eines Freundes der Jungs darunter.«

»Ich bezweifle, dass sie häufig mit kriminellen Drogenkonsumenten zu tun hatten«, sagt Ted lakonisch.

»Naomi hat Medikamente gestohlen, Ed ebenfalls.« Ich werde laut, als ich mich zu Ted umdrehe. Wie kann er noch immer so blind an die Unschuld seiner Kinder glauben? »Natürlich können sie Kontakt mit kriminellen Drogenkonsumenten gehabt haben.«

Es entsteht eine Stille. Ted zieht seinen Arm zurück. Als Michael auf seine Liste sieht, hat er rote Wangen. Ich spüre einen Anflug von Enttäuschung; es ist ihm unangenehm, dass ich die Beherrschung verloren habe. Ich wende den Blick von beiden ab, sehe aus dem Fenster zum Gras und zum Himmel und zu den Bäumen.

Michael reicht uns zwei identische Ausdrucke.

»Was immer Ihnen aus welchem Grund auch immer ins Auge springt, könnte uns weiterbringen«, sagt er.

Tom Abbot, Joseph Ackerman, Silas Ahmed, Jake Austin, Mike Baker … Ich lese die Namen auf der Liste. Ich habe keinen von ihnen je gehört. Ich bin erleichtert – und auch wieder nicht: Das bedeutet, dass wir keinen Schritt weiter sind. Ted schüttelt den Kopf. »Tut mir leid, aber da klingelt nichts bei mir.«

»Ich habe noch eine längere Liste, die den ganzen Südwesten abdeckt.« Michael holt weitere Papiere aus seiner Tasche.

Ted beginnt, die neue Liste durchzugehen; er liest schnell und blättert die Seiten schneller um als ich. Ich will, dass er sich mehr Zeit nimmt, genauer hinsieht. Aber er hat schon immer schneller gelesen als ich. Er zieht genau das aus dem Text, was für ihn wichtig ist, als könne er es herausschneiden. Ich lese und lese noch einmal und werfe einen Blick zu Michael hinüber. Ich will, dass er weiß, wie dankbar ich bin, aber er geht ebenfalls die Liste durch und runzelt dabei leicht die Stirn. Er muss müde sein. Ich stelle ihn mir vor, wie er heute Morgen ins Büro gegangen ist, seinen Computer hochgefahren, die Listen für uns ausgedruckt hat und zwei Stunden nach Dorset gefahren ist. Welche Gedanken haben ihn wohl beschäftigt, als er auf die Straße sah und die Landschaft vorüberflog? Es kommt mir plötzlich komisch vor, dass ich überhaupt keine Ahnung habe.

Ted hat die neue Liste als Erster fertig durchgesehen. Er legt sie vor sich ab. »Kein Glück«, sagt er knapp. Er geht in die Küche und beginnt geräuschvoll, die Schränke zu durchsuchen.

Ich sehe weiter die neue Liste durch, überlege bei jedem Namen, ob er mir etwas sagt. Keiner weckt Erinnerungen bei mir. Michael kommt zu mir herüber und legt mir die Hand auf die Schulter. In der Küche surrt eine Maschine, hört kurz auf und startet erneut. Die Hitze von Michaels Hand brennt auf meiner Haut. Ich schließe die Augen; nach ein paar Sekunden geht er zurück zu seiner Tasche und holt zwei dickere Bündel heraus.

»Ich habe auch noch eine landesweite Liste.«

»Mein Gott«, sagt Ted, der mit einem Tablett voll dampfender Tassen erscheint. »Sie werfen das Netz ja sehr weit aus.«

Michael nimmt sich einen Becher Suppe und trinkt einen Schluck. »Danke. Ich schätze, das ist bei Ihnen genauso, wenn jemand krank ist und Sie die Ursache noch nicht kennen. Sie würden alle möglichen Maßnahmen durchführen, alle Bluttests und Untersuchungen. Detektivarbeit eben.«

Ted nickt. »Da ist was Wahres dran. Manchmal kann eine einzige Information entscheidend sein: eine andere Form von Kopfschmerz, eine winzige Abweichung im Elektrolythaushalt oder der kleine verschwommene Schatten auf dem Röntgenbild – und man hat die Diagnose.«

Die Suppe ist warm und deftig. Ted hat Kochen gelernt. Für einen Moment erscheint Beth vor meinem inneren Auge, wie ich sie mir vorstelle: rot vor Hitze am Herd, wie sie in einem Topf Suppe rührt. Ted lehnt sich von hinten über sie, um hineinzusehen, und küsst ihren Hals. Meine Augen brennen vom Lesen der winzigen Schrift. Ich hole die Brille aus dem Gartenhaus, die ich inzwischen brauche, wenn ich Details zeichne. Als ich zurück ins Zimmer komme und Michael meine Brille bemerkt, steht er auf und schaltet das Licht an.

Ted hält ein Glas Wein in der Hand. Er lächelt mir zu. »Meine Frau trägt mittlerweile also Brille. Steht dir gut.«

Ich setze mich ihm gegenüber, in den Sessel neben Michael.

Michael reicht uns die beiden Stapel. »Das ist die landesweite Liste; überall da, wo Drogenkonsumenten mit anderen Verbrechen in Verbindung stehen, ist neben dem

Namen ein Sternchen. Die Liste deckt Schottland, Nordengland, Mittelengland, Ostanglien, Wales und unten den Süden ab, inklusive London.«

»Hier müssen ja Tausende aufgelistet sein«, sagt Ted.

Ich muss aber nicht Tausende von Namen lesen. Er steht unten auf der zweiten Seite. Dahinter ein Sternchen. Yoska. Yoska Jones. Wieder dieser seltsame Vorname, und diesmal fährt er mir wie ein schneidendes Messer in die Haut unter meinem Brustkorb.

»Er hatte einen walisischen Akzent«, sage ich langsam. »Das war seltsam.«

»Wer?« Michael steht von seinem Sessel auf und hockt sich neben mich. »Was war seltsam?«, sagt er eindringlich und sieht mich an.

»Es war seltsam, weil Yoska kein walisischer Name ist.«

Michael sieht auf die Liste mit Namen, die ich in der Hand halte und überfliegt sie schnell.

»Yoska Jones? Irgendwelche Erinnerungen?«

»Ich erinnere mich an einen Mann, der Yoska hieß«, erwidere ich, sehe zu Michael hinunter, und statt seiner forschenden grauen Augen sehe ich braune Augen in einem schmalen Gesicht vor mir. Kräftige Hände, schlanker, kräftiger Körper, dunkles Haar. Hohe Wangenknochen. Dann erscheint vor meinem inneren Auge ein neues Bild, und für einen Moment sehe ich ihre Handschrift vor mir: XYZ. Das Y versteckt hinter dem X und dem Z, in roter Schrift, darüber ein Herz. Er muss sie gewarnt haben, niemals seinen Namen irgendwohin zu schreiben.

»Was war mit ihm los?«, fragt Michael.

»Das ist genau der Punkt. Ich habe es nie herausgefunden.«

»Warum nicht? Hat er nicht viel geredet? War er

schwierig?« Michaels Fragen kommen wie aus der Pistole geschossen.

»Im Gegenteil. Er war sehr charmant.«

»Was hat er gesagt?« Michael blickt mich erwartungsvoll an. Ted sieht von der anderen Zimmerseite herüber und schüttelt den Kopf. Ich kann sehen, dass er nicht glaubt, dass ich mich so weit zurückerinnern kann.

»Ich erinnere mich nur schwach«, antworte ich auf Michaels Frage. »Es ist über ein Jahr her.«

Ich erinnere mich, dass er anfangs, als er hereinkam und sich hinsetzte, nicht so wirkte, als würde ihm etwas fehlen – und allein das war schon merkwürdig. Die Leute sahen normalerweise krank aus, wenn sie zu mir kamen: entweder hatten sie Schmerzen oder Sorgen oder waren traurig. Yoskas Gesichtsfarbe war normal, und ich glaube, er lächelte sogar – oder zumindest sein Mund. Vielleicht hatte er eine Narbe, eine kleine Narbe unter dem linken Auge, wodurch sein restliches Gesicht umso ebenmäßiger wirkte. Er hatte mich mit seinen braunen Augen in dem schmalen dunklen Gesicht genau beobachtet. Krank hatte er nicht gewirkt, nur neugierig.

»Wenn Sie können, schreiben Sie bitte auf, was er gesagt hat.« Michael griff in seine Tasche und reichte mir ein leeres Blatt Papier, das auf einem Clipboard lag. Er fühlte in seiner Innentasche nach dem Stift, den er immer dabeihatte.

»Es könnte wichtig sein. Schreiben Sie es genau so auf, wie es war.«

»Wort für Wort?«

»Sie werden überrascht sein, wozu Ihr Gedächtnis in der Lage ist, wenn Sie es so machen. Probieren Sie es aus.«

Dann lächelte er, als wäre es die einfachste Sache der

Welt, sich an ein siebenminütiges Behandlungsgespräch zu erinnern, das vor über einem Jahr stattgefunden hat. Es war der 2. November. Ich weiß das so genau, weil er vor Jade kam, das Datum ist in mein Gedächtnis eingraviert.

Ich schreibe das Datum oben auf das Blatt Papier und unterstreiche es. Dann schreibe ich auf, was ich glaube, was wir gesagt haben, und zwischendurch versuche ich, mich zu erinnern, wie es gewesen war.

2. November 2009

»Was kann ich für Sie tun?«

Ich muss etwas in der Art gesagt haben; ich glaube, ich habe mich kurz gefasst. Ich kann mich erinnern, dass ich in Eile war, weil ich schon früh dem Zeitplan hinterherhinkte. Er lehnte sich zu mir nach vorn und legte seine Hand auf den Tisch. Ich erinnere mich genau, denn normalerweise berühren Patienten den Tisch nicht: Das war mein Bereich. Yoskas Hand hatte zu nah neben meiner gelegen, und ich hatte meine Hand zurückgezogen. Es war ein Kräftemessen, das er gewann. Er hatte schnell geantwortet.

»Rückenschmerzen, liegt in der Familie.«

Rückenschmerzen sind im Normalfall nicht vererbbar, aber ich spürte, dass er eine Reaktion sehen wollte, daher widersprach ich ihm nicht.

»Was glauben Sie, woher die kommen?«

Manche Patienten mögen diese Frage nicht; sie wissen nicht, dass ihre Einschätzung hilfreich sein kann, und meinen, der Arzt müsse es selbst wissen. Yoska hatte nichts dagegen. Er antwortete sofort, als wäre er darauf vorbereitet.

»Ich schleppe dauernd meine kleine Schwester rum. Sie sitzt gern auf meiner Schulter, aber sie wird immer schwerer.«

Ich konnte sehen, dass ihm der Vorschlag nicht gefiel, er solle seine Schwester allein laufen lassen. Ich hielt ihn für einen Mann, der sich nicht gern vorschreiben lässt, was er zu tun hat, vor allem nicht von einer Frau.
Als ich ihn seine gestreckten Beine anheben ließ, war das linke in der Bewegung eingeschränkt. Ich sagte ihm, es handele sich um den Ischiasnerv, und schrieb ihm ein Rezept. Ich erinnere mich, dass er lächelte und mir die Hand reichte. Ich erwiderte sein Lächeln und war erleichtert, dass es am Ende so einfach gewesen war.

Michael überfliegt den Dialog, den ich aufgeschrieben habe, und Ted steht auf und liest über seine Schulter hinweg mit.

»Ist das hilfreich?« Ich sehe Michael an.

»Definitiv.« Er nickt entschieden. »Wenn das derselbe Yoska ist wie auf meiner Liste – auch wenn das natürlich erst einmal nur eine vage Vermutung ist …«

»Klingt nach einem einfachen Behandlungsgespräch«, sagt Ted. »Ich kann mir nicht vorstellen, was es mit Naomi zu tun haben könnte.« Er geht zum Sofa, setzt sich wieder hin und beginnt, mehrfach über seine rechte Augenbraue zu streichen.

»Ich müsste ein Foto von der Datenbank bekommen können«, fährt Michael fort. »Wenn ja, maile ich es her.«

»Und dann?« Ich sehe ihn an und spüre, wie der kleine Hoffnungsschimmer verblasst. »Selbst wenn der Yoska aus meiner Praxis derselbe Mann ist wie der Ketamindealer von der Liste, was beweist das?« Das rote Y im Tagebuch scheint bei meinen Worten zu verblassen, die kleinen Herzen lösen sich im Nichts auf.

»Ich kann es noch nicht genau benennen, aber vielleicht haben wir etwas an der Hand, womit wir weiterarbeiten können.« Dann lächelt Michael mich an. »Ein Schritt nach dem andern. So läuft das immer.«

Später fällt mir ein, wann er zum ersten Mal von kleinen Schritten gesprochen hat und dass sie einen am Ende ans Ziel bringen. Elf Tage nachdem sie verschwunden war. Als ich dachte, wir würden nie mehr etwas erreichen.

BRISTOL 2009
ELF TAGE DANACH

Als wir die Kurve auf der Straße zwischen Thornbury und Oldbury-on-Severn erreichten, sahen wir die Poller und das gelb-blaue Polizeiauto, das in der Dämmerung des Winternachmittags hell leuchtete. Die Lichter blinkten bereits, und es regnete stark.

Michael hielt mit dem Jeep dicht an der Hecke, stieg aus und lief hinüber zu dem wartenden Polizisten. Trotz der Regentropfen auf der Windschutzscheibe konnte ich sehen, wie sie aufeinander zu und dann gemeinsam zwischen den Pollern hindurchliefen. Durch ein offenes Tor betraten sie eine Wiese und verschwanden am Anfang eines matschigen Weges aus meinem Blick.

Ich war froh, dass Ted Bereitschaftsdienst hatte und ich allein mit Michael im Polizeijeep hergekommen war. Wenn Ted hier wäre, hätten wir jetzt allein hier gesessen und darauf gewartet, dass Michael zurückkam; die Angst, die über uns schwebte, wäre nur noch größer geworden oder hätte sich in Zornesausbrüchen entladen. Stattdessen war er bei Ed geblieben, der noch mit bandagiertem Arm im Bett lag, und das Krankenhaus konnte ihn im Notfall erreichen. Ich war von dem Bedürfnis getrieben, da zu sein, wo Naomi möglicherweise gewesen war, seit wir sie zuletzt gesehen hatten.

Nach ein paar Minuten stieg Michael wieder ins Auto und brachte von draußen eine feuchte Kühle mit. Er presste grimmig die Lippen aufeinander.

»Der Transporter wurde in einem kleinen Wäldchen am Rand der Wiese abgestellt, weiter oben am Weg.« Er nickte zum offenen Tor und zur Wiese dahinter und umklammerte das Lenkrad fester.

»Was ist los, Michael?«, fragte ich, aber er starrte nur geradeaus. »Was ist passiert?«

Er nahm eine Hand vom Lenkrad und legte sie auf meine Hände, die verschränkt in meinem Schoß lagen. »Er ist teilweise ausgebrannt«, sagte er.

Die Wärme seiner Hände übertrug sich auf mich. Fast hätte ich sie umklammert, aber Michael lehnte sich vor und startete den Motor. Wir rollten langsam zum Tor, wo der Polizist die Poller zurückzog und uns durchließ.

In meinem Kopf war nichts als ihr Name, wie ein Gebet, als das Auto auf den zerfurchten Feldweg rumpelte und langsam die schräge Wiese hinauffuhr. Ich nahm den Anblick vom Graben hinter der Hecke, hinter der dicht verzweigten Hecke, und die hügeligen braunen Wiesen in mich auf. Der Graben war am Rand ordentlich gemäht und voller braunem Wasser. Ich musste an Ratten und kleine tote Tiere denken, die vielleicht unter der Wasseroberfläche schwammen. Auf einer abgesonderten kleinen Erhebung, die hinter der Wiese lag, konnte ich oben eine Reihe von Bäumen erkennen. Von hier aus sah sie aus wie jede andere Ansammlung kahler, brauner Winterbäume in South

Gloucestershire. Durch die neblige Luft schien sie jedoch wie entrückt.

Michael hielt unterhalb der Erhebung und stieg aus. Ich folgte ihm. Es hatte aufgehört zu regnen; die Luft war feucht und kalt und roch nach Lehm und nassem Gras. Es war still nach dem Motorenlärm, aber die Stille füllte sich langsam mit dem Geräusch der Stare in den Bäumen und den abrupten schroffen Schreien von Krähen, die hoch oben ihre Kreise zogen. In weiter Ferne konnte ich Kühe hören und in der Nähe tropfendes Wasser, das von den Bäumen auf den Boden fiel. Der graue Himmel spannte sich hier oben weit; wir waren höher, als ich gedacht hatte.

Wir kletterten den steilen Weg hinauf, unsere Füße versanken in dem Mulch aus vertrockneten Buchenblättern. Dann stiegen wir über das blau-weiße Band, das zwischen den Bäumen gespannt war. Meine Beine blieben an dornigem Gestrüpp hängen, und erst konnte ich den Wagen nicht sehen. Man hatte ihn unter eine einzelne Konifere geschoben, und die unteren verkohlten Äste waren nackt. In den Fenstern waren keine Scheiben mehr, und das Metalldach war schwarz verkohlt. Ich blieb daneben stehen, stellte mir die Flammen vor, die das hier angerichtet hatten, die Hitze, die die äußerste Hülle des Wagens zerstört hatte, die Geräusche, den Geruch.

Wir liefen zur Vorderseite, wo die Motorhaube gegen einen Baumstamm stieß. Es waren noch Überreste blauer Farbe zu sehen, die fast überall abblätterte und schwarz gefleckt war. Das Nummernschild war abgerissen.

»Dieser Teil war weniger verbrannt«, erklärte Michael. »Der Tank muss als Erstes in Flammen aufgegangen sein.«

»Ich will den Innenraum sehen, Michael.«

»Das dachte ich mir schon.« Er lief zu seinem Auto zurück, holte irgendetwas aus dem Kofferraum und kam mit blauen Gummihandschuhen zurück. Ich zog sie an, pulte mir das Gummi über die nassen Finger.

Die Beifahrertür war weg; ich lehnte mich hinein und sah die Kabel und Spiralen, das, was von den Sitzen übrig geblieben war. Ich schob die Hand in die leere Halterung, wo das Radio fehlte. Das Handschuhfach war herausgerissen. Ich sah an der Rückbank hinein. Noch mehr Kabel und Spiralen. Es hatte hereingeregnet, und unter dem Vordersitz war eine große Pfütze aus schwarzem Wasser. Ich konnte nicht sehen, ob etwas darin lag, aber es sah nicht tief genug aus, um etwas zu verbergen. Ich schob meine Hand zwischen die Spiralen und strich mit den Fingern über das Metall hinten am Auto; ich tastete das Äußere des Autos so sorgfältig ab, wie die Haut meiner Patienten. Nichts.

»Warum hier?«, fragte ich Michael. »Das ist so weit weg von allem. Keine Hauptstraße, kein Dorf, kein Bahnhof in der Nähe. Kein Fluchtweg.«

»Das ist nicht klar ersichtlich«, sagte Michael. »Entschuldigung, ich muss eben ein paar Anrufe erledigen.«

Er entfernte sich, lief zwischen den Bäumen durch, beugte sich über sein Handy, und nach ein paar Momenten verlor ich ihn aus dem Blick. Ich musste darüber nachdenken, dass es hier im Frühling ganz anders aussah, wenn die Sonne schien und sich zwischen Glockenblumen und Bärlauch Schatten über die Erde schoben und das Licht grün und golden durch das Buchenlaub fiel. Das kleine Wäldchen musste beinahe wie eine Kathedrale wirken.

Ich hörte das Geräusch von einsetzendem Regen, der auf die Blätter fiel, bevor ich einen Tropfen auf meinem Kopf spürte. Es war inzwischen dunkler geworden, und ich fragte mich, welche Geräusche wohl im Wald zu hören waren, wenn die Nacht anbrach.

»Wir müssen los.« Michael war zurückgekommen und stellte sich dicht neben mich. Sein Gesichtsausdruck war ernst. »Gleich kommen noch mehr Einsatzkräfte. Der Wagen wird zur Spurensicherung abgeholt.«

Ich blieb noch einen Augenblick stehen. Was hatte es gebracht? Nichts in diesem verbrannten Auto oder im Wald hatte mich näher zu Naomi geführt, nichts ließ erahnen, ob dies überhaupt das Auto war, in dem sie gesessen hatte. Nichts außer ein paar blauen Lackresten.

»War das reine Zeitverschwendung, Michael? Wir sind kein Stück weitergekommen.«

Michael drückte kurz meine Hand und ließ sie wieder los. »Das stimmt nicht, Jenny. Wir kommen immer ein Stück weiter, aber wir müssen Geduld haben. Mir fällt es leichter, weil ich dafür ausgebildet wurde. Wie gesagt, es sind Schritte wie dieser, einer nach dem anderen, die uns am Ende ans Ziel führen werden.«

Aber die Schritte sind zu klein, dachte ich. Es dauert zu lange. Dennoch wurde die Enttäuschung ein wenig kleiner.

»Und jetzt?«, fragte ich.

»Der Wagen wird zur Spurensicherung ins Polizeipräsidium in Portishead gebracht und Millimeter für Millimeter untersucht; jedes Detail wird notiert für den Fall, dass später weitere Informationen zutage kommen, die uns weiterbringen. So läuft das«, sagte er.

Als ich zwischen den Bäumen heraustrat, nahm ich zum ersten Mal den Ausblick wahr. Die Wiesen an der Severnmündung, etwa zwei Meilen von unserem Hügel entfernt, wurden zum breiten Fluss hin flacher. Das Wasser zwischen den hohen lehmigen Ufern, wo die hellen Segelboote oberhalb der Gezeitenlinie auf der Seite lagen, war braun. Links in der Ferne leuchteten die Lichter der neuen Severnbrücke in der Dämmerung.

»Da drüben liegt Wales«, sagte Michael und nickte zu den Hügeln jenseits des Wassers hinüber, die so nahe wirkten, als könne man sie berühren.

27

DORSET 2011
DREIZEHN MONATE DANACH

Als ich Mittwochvormittag vom Einkaufen komme, sehe ich, dass Mary mit einem Bausch Federn in den Händen langsam durch ihren Garten geht. Sie sieht mich über die Mauer hin an.

»Der Fuchs«, sagt sie. »Hat sich reingegraben.« Ich sehe runde Konturen, die sich unnatürlich ihrem Griff entwinden, zwischen ihren runzligen Fingern ragt etwas Langgestrecktes heraus. Von Nahem erkenne ich, dass es die abgerissenen Hälse von zwei Hühnern sind. Im Hühnerstall hinter ihr liegen bergeweise rot gesprenkelte Federn. Es sind keine leisen Vogelgeräusche zu hören, nirgends heben und senken sich Köpfe.

In der Dunkelheit ihres aufgeräumten Werkzeugschuppens riecht es nach Teer, und von den Spaten, die in einer glänzenden Reihe an der Wand hängen, hole ich zwei heraus, und wir graben in einer Ecke ihres Gemüsegartens, wo die Erde weicher ist, ein tiefes Loch. Sie wirft die sechs toten Vögel hinein. Die zerfledderten Körper zeichnen sich hell gegen die Wände aus kalter, dunkler Erde ab. Wir trampeln die Oberfläche glatt, nachdem wir das Loch wieder zugeschüttet haben. Die Bilder tauchen wieder auf; ich hatte erwartet, dass das kommen würde. Sie lodern und brennen noch immer in meinen Gedanken, wenn auch seltener. Jetzt ist es ihr weiches Gesicht, das da unter der Erde liegt, ihr Haar ist vom Lehm verschmiert. Ich stampfe fest mit den Füßen und noch fester, und das Bild verblasst. Marys kleines Gesicht wirkt verschlossen, und ich frage mich, ob sie meine Gedanken errät. Sie sieht mich an, als sie mir den Spaten aus der Hand nimmt, und lächelt.

»Immerhin wird der Porree im nächsten Jahr gut gedeihen«, sagt sie. »Verdammte Füchse.«

Drinnen sitzen wir schweigend an beiden Seiten ihres Küchentischs. Salbei und Schnittlauch stehen in einer geblümten Teekanne zwischen uns, und aus einer Papiertüte quellen rote, gelbe und blaue gestrickte Quadrate, die noch zu Nachbarn gebracht werden müssen, damit daraus Decken genäht werden können. Daneben steht ein Stapel leerer Eierkartons.

Ihr Mund wölbt sich um den Rand der Porzellantasse, und sie schiebt eine Keksdose in meine Richtung. »Sandy hat sie zu Weihnachten gekauft. Ich mag sie nicht.« Marys Liebe zu ihrer Tochter ist irgendwo tief vergraben. Manchmal versuche ich, sie auszubuddeln.

»Sie hat sie vermutlich gebacken, Mary.«

»Wenn sie wie selbst gebacken aussehen, dann deshalb, weil sie sie billig auf dem Schulbasar gekauft hat. Sie kann mich nicht hinters Licht führen.« Wie als ob es ohne Belang wäre, fügt sie hinzu: »Dan hat sich gefreut, deine Jungs kennenzulernen. Er plant, bei ihnen in New York zu wohnen.«

»Ja, er hat mir davon erzählt.« Ich strecke die Hand aus und zerreibe ein Salbeiblatt zwischen den Fingern. »Er war kürzlich abends bei mir.«

Marys helle Vogelaugen blinzeln im Dampf ihrer Tasse. »Der Junge muss mal raus.«

Dans Gesicht schwebt zwischen uns.

»Mein Mann hat ihm etwas Bargeld hinterlassen.« Sie nickt zum Foto auf dem Fernseher hinüber. »Für seine Ausbildung. Kommt jetzt sehr gelegen.«

Mit tief unter buschigen Augenbrauen liegenden Augen blickt er streng aus dem Rahmen. Er wusste damals, dass Dan sich noch verändern könnte. Er musste seinem Enkel zugehört und ihn beobachtet haben, was ich bei meinen Kindern versäumt hatte. Meine Reue liegt gleich unter der Oberfläche und lauert nur darauf, bei jedem Gedanken aufzutauchen.

Mary stößt ein kurzes Lachen aus. »Dan steckt gerade ziemlich in der Klemme mit seinen Gefühlen.« Sie sieht mich von der Seite an. »Er glaubt, er ist verliebt.«

Sie beugt sich zu mir hinüber und tätschelt mir die Hand. Meine Wangen werden warm, als ob ich irgendetwas ausgefressen hätte. »Mary, um Himmels willen, er ist noch ein Kind, er ist so alt wie meine Jungs.«

»Du wirkst auf ihn nicht wie eine Mutter, das ist alles. Das ist nicht deine Schuld.«

Sie steht auf, nimmt die leeren Eierkartons und wirft sie in die Recyclingtonne.

Als ich später im Gartenhaus Blumen zeichne, taucht Dans schattenhaftes Gesicht zwischen mir und dem Papier auf. Es wirkt unsicher und unglücklich. Ich habe Dan nicht mehr gesehen, seit er zum Abendessen hier war. Er würde nie zugeben, dass er verliebt ist. Er würde nicht darüber reden wollen und sich zerknirscht abwenden. Oder liege ich wieder falsch? Will er darüber reden, was er empfindet? Ich setze mich mit den Pinseln in der Hand auf die Bank und sehe aus dem kleinen Fenster hoch in den grauen, konturenlosen Himmel. Was weiß ich, wie viel Raum eine Person für sich braucht? Ich dachte, Naomi brauche ihren Freiraum, aber vielleicht wollte ich nur, dass sie ihn brauchte. Dann war es einfacher für mich. Es konnte so oder so gewesen sein, beides war denkbar. Alles hatte wieder zu wanken begonnen. Mit der Zeit war ich ganz gut zurechtgekommen, aber jetzt drohte ich wieder dahin abzugleiten, wo ich begonnen hatte. Seit den Drogen, seit ich den Namen Yoska wieder gelesen hatte.

Ich stehe auf und betrachte die verstreuten Samen auf dem Papier; ich lasse den Blick auf den winzigen roten ovalen Hagebuttenfrüchten mit den schwarzen Punkten oben ruhen. Nach und nach werden sie zu allem, was existiert. Diese winzig kleinen Kerne des Lebens, die umhüllt sind und warten. Die Stille wird vom Handyklingeln unterbrochen.

»Ich habe ein Bild von Yoska Jones gefunden.« Michael spricht behutsam. »Das ist aber nicht sein echter Nachname. Er hat mehrere Decknamen.«

»Wie sieht er aus?« Ich halte das Handy so fest, als wäre es Michaels Hand.

»Mitte zwanzig, mittlere Statur.« Liegt es an Michaels abgehackter Polizeibeschreibung, dass mich plötzlich fröstelt? »Olivfarbener Teint, braune Augen, braune Haare.«

Mir fallen die schräg stehenden brauen Augen ein, die jede meiner Bewegungen registrierten.

»Ich habe ein wenig nachgeforscht«, fährt Michael fort. »Wir sehen uns in ein paar Stunden.« Er legt auf.

Die Gedanken rasen mir durch den Kopf. Wie verängstigte Tiere, wie Marys Hühner, als sie durch die Dunkelheit jagten und flatterten, um dem Fuchs zu entfliehen. Was hat er herausgefunden? Wenn sich herausstellt, dass Yoska, der Patient, auch Yoska, der Drogendealer ist, und er an der Sache beteiligt war, ist das dann besser, als wenn es jemand war, den ich nicht kenne? Wenn er es war, der sie verschleppt hat, wäre das gut oder schlecht? Schlecht, antwortet die Stimme in meinem Kopf. Schlecht, schlecht.

Hätte ich in der Praxis irgendetwas anderes sagen können? Wenn er es war und ich ihn gebeten hätte, noch einmal wiederzukommen, oder wenn ich ihn an einen anderen Arzt überwiesen hätte, hätte ihn das vielleicht beschwichtigt. Was, wenn ich ihn nach der Schwester gefragt hätte, von der er sprach, und ihm Hilfe angeboten hätte?

Im Haus zünde ich ein Feuer an, um Michael willkommen zu heißen. Theos Fotocollage wirft das flackernde Licht zurück. Das große Foto in der Mitte fesselt mich jedes Mal. In ihrem Gesicht liegen lauter Geheimnisse. Heute betrachte ich zum ersten Mal bewusst ihren Mund. Ich stelle fest, dass ihre Lippen einen kleinen spöttischen Zug an sich haben. Wie war es auf dem Foto vor diesem? In der Ecke ist ein Foto voller orangefarbener Blätter – das erste aus Theos Waldserie –, und sie lacht, sie besteht fast nur aus Mund und Zähnen, ihre Augen sind kaum zu erkennen. Und auf dem Foto davor? Ein Profilfoto am Strand. Ihre Augen sind auf etwas außerhalb des Bildes gerichtet und ganz leicht verengt. Was dachte sie in dem Moment? Sie war zu der Zeit stiller als sonst, schrieb SMS, las oder war über ihr kleines Tagebuch gebeugt, das sie überall mit hinnahm und in welches sie immerzu schrieb. Sie stritt nicht so viel mit den Jungs; sie kam nicht mit mir einkaufen. Ted sagte, sie sei launisch. Ich sehe mir die Fotos davor an, betrachte sie auf der Neujahrsparty im Jahr davor; Theo muss zu meiner Praxis gefahren sein und die Fotos geholt haben, die dort an der Wand hingen. Ich hatte schon auf dem Foto davor ihren eindringlichen Blick bemerkt, aber jetzt sehe ich, dass sie noch strenger und entschlossener guckt, als ich gedacht hatte. Ich setze mich zitternd hin. Hatte sie schon seit Langem darauf gewartet zu fliehen? War sie so erpicht darauf gewesen wegzukommen, dass sie unvorsichtig geworden war, als sie ihre Chance witterte, und hatte die erstbeste gefährliche Gelegenheit ergriffen, die sich ihr bot?

Michael klopft an die Tür. Er kommt herein und küsst mich flüchtig, sein Blick ist zerstreut, seine Lippen fühlen sich kalt an. Er zieht langsam seinen Mantel aus, und ich warte, dass diese Sekunde endlich vorübergeht und dann die nächste. Gleich wird er mir das Foto zeigen, gleich werde ich es wissen.

Wir gehen ins Wohnzimmer; er öffnet den Koffer, nimmt das Foto heraus. Ich stehe neben ihm, um es mir anzusehen. Das Gesicht auf dem Foto hat dichte Bartstoppeln, aber ich erkenne ihn sofort. Die schräg stehenden Augen, die hohen Wangenknochen, selbst auf einem Polizeifoto sieht er gut aus.

Ich will nicht, dass es dieser Mann war; er war zu hinterlistig und sein Blick zu wachsam. »Das ist er, das ist mein Patient.« Dann sage ich schnell: »Aber selbst wenn dieser Mann in meiner Sprechstunde war und selbst wenn wir wissen, dass er mit Ketamin gedealt hat, bleibt es trotzdem eine vage Vermutung, oder?«

»Deine Praxis konnte uns nicht weiterhelfen, weil er vorübergehend in der Gegend war und keine Adresse angegeben hat. Aber es gibt eine weitere Verbindung«, sagt

Michael. »Ich kenne sein Gesicht. Ich habe es schon einmal gesehen.«

»Wie kommt das?« Natürlich, er war Drogendealer. Die Polizei muss ihm immer wieder begegnet sein.

»Im Krankenhaus.«

»In welchem Krankenhaus?«

»Im Frenchay-Krankenhaus.«

Teds Krankenhaus.

»Er gehört zu einer großen Romafamilie, die im Sommer 2009 Radau gemacht hat.« Michael klingt schroff; überrascht sehe ich ihn an. Roma werden häufig zu Unrecht verdächtigt und verachtet. Aber so ist Michael nicht, oder?

Er spricht weiter: »Sie haben auf der Station einigen Wirbel veranstaltet, Möbel zerschmettert, Computer zerstört. Sie brachen in Häuser in der Gegend ein.«

»Warum?«

»Sie waren wütend. Eine Operation an einem kleinen Mädchen aus der Familie war schiefgelaufen.« Er macht eine Pause, setzt sich aufs Sofa und nimmt meine Hand, um mich zu sich zu ziehen. »Eine neurochirurgische Operation.«

Als er die Worte sagt, schon vorher eigentlich, weiß ich, wovon er spricht.

Teds Stimme war matt, monoton. War es im Juni oder im Juli 2009 gewesen?

»Bei mir auf der Arbeit ist etwas Schlimmes passiert. Es war meine Schuld.«

Normalerweise sprach er nie davon, dass etwas sein Fehler gewesen war. Ich hätte aufhorchen sollen. Ich stapelte gerade Ausrüstung für die Jungs auf unser Bett, die auf eine

Expedition gingen. Sie fuhren mit der Schule ins Atlasgebirge. Ich hakte die Liste ab, während ich die Kleidung zusammensuchte. Es war schwül. Ted war ungewöhnlich früh nach Hause gekommen und hatte auf dem Bett gelegen, die Krawatte abgelegt, die Hemdsärmel aufgerollt.

»Was war deine Schuld, Liebling?«

Ich warf ihm einen kurzen Blick zu, als ich zu den Kommoden ging und dicke Socken herausholte, die in Wanderstiefeln bequemer sein würden.

»Eine OP an einem kleinen Mädchen. Sie hatte das Hurler-Syndrom ... Ihre Wirbelsäule war verkürzt, sie hatte einen Buckel.«

Seine Stimme war so tief; ich dachte, das läge an der Müdigkeit nach einem langen Tag. Er war in letzter Zeit immer später nach Hause gekommen, hatte mehr gearbeitet. Ich sah auf die Liste: Sonnencreme, Sonnenhüte, außerdem Wollmützen, denn es konnte nachts kalt werden in den Bergen.

»Hurler, das kommt mir bekannt vor.« Ich drehte mich einen Augenblick zu ihm um. »Lysosomale Speicherkrankheit? Es fehlt ein Enzym, sodass Glykosaminoglykane nicht abgebaut werden können und überall im Körper gespeichert werden: in der Wirbelsäule, der Leber und so?« Ich war überrascht und ein bisschen stolz, dass ich es mir seit meinem Examen vor Jahren gemerkt hatte.

Ich glaube, Ted stand auf und lief durchs Zimmer.

»Ich habe Martin die OP durchführen lassen. Er wollte Erfahrungen sammeln. Es ging schief.«

Ich markierte mit meinem Finger die Stelle auf der Liste, an der ich mich gerade befand. »Das ist nicht gut.« In Gedanken setzte ich für jeden noch einen Fleecepulli auf die Liste.

»Es ist meine Schuld. Das denken sie zumindest.« Er drehte sich weg, und ich konnte seinen Gesichtsausdruck nicht erkennen. Seine Stimme war leise. »Weil es unter meiner Aufsicht passiert ist.« Er setzte sich auf die Bettkante und legte den Kopf in die Hände. »Das kann vor Gericht landen.«

»Das ist ja schrecklich, Liebling. Die arme Familie. Aber es war doch nicht deine Schuld. Es wird alles gut ausgehen für dich, du wirst schon sehen. Sie werden feststellen, dass die Schuld nicht dir zuzuschreiben ist.« Mit der Kleidung auf dem Schoß setzte ich mich neben ihn. Ich konnte sein Gesicht nicht sehen, daher nahm ich seine Hand.

»Aber die Schuld *ist* mir zuzuschreiben. Moralisch und rechtlich.« Er zog nach einer Weile seine Hand weg, und ich stand auf.

Ich zögerte, das Packen zu unterbrechen. »Ich bin hier fast fertig. Kannst du bis zum Abendessen warten? Dann können wir weiterreden. Versuche, dir nicht zu große Sorgen darüber zu machen.«

Aber während ich noch die Kleidung sortierte, klingelte sein Handy, und er musste zurück ins Krankenhaus. Ich aß allein zu Abend. Ich dachte, wir würden später noch einmal darüber reden; stattdessen geriet es unmerklich aus dem Blick.

»Es war Teds Fall, nicht wahr?«, frage ich Michael ängstlich.

»Ja.«

»Scheiße. Dann hatte er recht.« Jemand, der einen Groll hegt, hatte er gesagt. Ärzte, die Gott spielen.

»Was meinst du?«

»Als ich damals das Diagramm gezeichnet habe mit den

Leuten, die wir befragen müssten, meinte Ted, es könnte sich auch um Rache handeln. Man macht sich schnell Feinde, sagte er; es braucht nur einen Fehler.« Ich kann kaum atmen, als ich die Worte ausspreche. »Ich weiß noch, dass ich sagte, ich könne mir nicht vorstellen, dass uns jemand so sehr hasst.«

Ich stehe auf, um Ted anzurufen, und er meldet sich fast sofort. »Ich komme. Ich will das Foto sehen.«

»Ja.«

»Wenn er es ist, dann ist es wirklich meine Schuld.« Die Worte kommen schnell, dann legt er auf.

Ich drehe mich zu Michael um. »Du hast damals auch daran gedacht.«

Er runzelt die Stirn; ich sehe, dass er sich zurückerinnert.

»Du hast mich vor langer Zeit gebeten, unsere Feinde aufzuschreiben«, fahre ich fort. »Mir fielen damals nur Jades Vater und Anyas Ehemann ein.«

Er nickt, erinnert sich. Ich spüre einen Stich des Bedauerns. Was, wenn ich damals an Yoska gedacht hätte?

Meine Zähne beginnen zu klappern, mein Körper zittert. Ich muss mir Teds Virus eingefangen haben. Michael drückt mir ein Glas Whisky in die Hand und lässt mir ein heißes Bad einlaufen. Das warme Wasser löst das Zittern, und anschließend umarmt er mich fest. Er küsst mich und zieht mich an sich heran, aber ich fühle mich zu krank, zu erschöpft, um mit ihm zu schlafen. Er sitzt neben mir, als ich in den Schlaf gleite, aber als ich aufwache, bin ich allein. Ich kann unten Teds Stimme hören. Ich setze mich verwirrt auf, kann nicht glauben, dass ich geschlafen habe, und mir ist schwindlig, als ich aufstehe. Mein Kopf tut weh.

Unten kommt Ted auf mich zu. »Himmel, du siehst fürchterlich aus, Jen.«

Michael legt seinen Arm um meine Schultern und führt mich zu einem Sessel. Das Feuer lodert wieder, jemand hat aufgeräumt. Ted hält inne und sieht erst mich und dann Michael an. Dann verfinstert sich sein Blick vor der Erkenntnis. Er presst die Lippen aufeinander. Er beschließt, nichts zu sagen. Nicht jetzt.

»Wo ist das Foto?« Ted dreht sich abrupt zu Michael um.

Michael nimmt es vom Tisch, wo ich es liegen gelassen habe, und reicht es ihm behutsam.

»Einer von ihnen, alles klar«, sagt Ted. Er will es gerade wieder zurücklegen, als könne er den Anblick nicht ertragen, da sieht er es sich erneut an. »Er war am häufigsten da.«

Ich sehe ihn an. Sagen kann ich nichts. Etwas beginnt in meinem Kopf zu pochen, und glänzende kleine Linien schlängeln sich am Rande meines Gesichtsfelds.

»Er war immer da, um genau zu sein.« Er dreht sich zu mir um, und seine Stimme klingt anders, ängstlich. »Ist das der Kerl aus deiner Praxis? Von dem du erzählt hast?«

Ich nicke. Meine Stimme ist nicht mehr als ein Flüstern. »Was ist aus dem Mädchen geworden? Ich habe es nie erfahren.«

»Ich habe versucht, es dir zu erzählen.« Er sieht mich an. »Aber es hat dich nicht interessiert.«

Ich versuche zu erkennen, ob er wirklich glaubt, was er gerade gesagt hat. Ist das eine Ausrede, oder habe ich tatsächlich diesen Anschein gemacht? Ist es so gewesen?

Ted sieht Michael streng an. »Müssten wir nicht jemanden anrufen? Sollten wir nicht sofort irgendwas unternehmen? Nun, da wir Bescheid wissen?«

»Wir wissen noch nicht, ob wir wirklich sicher etwas in der Hand haben«, sagt Michael mit ruhiger, fester Stimme. »Ein Team untersucht die Sache schon und versucht, die

Familie zu finden. Sie können uns am besten helfen, indem Sie uns genau erzählen, was passiert ist.«

Ted gießt sich einen Schluck Whisky in mein leeres Glas auf dem Tisch und schluckt ihn schnell herunter. Er setzt sich neben das Feuer und sieht hinein, während er redet. In den Händen hält er noch immer das Foto.

»Die Sache fing vor fast zwei Jahren an. Da habe ich das Mädchen zum ersten Mal in meiner Sprechstunde gesehen. Das Behandlungszimmer war voller Menschen. Sie standen an der Wand, lehnten am Tisch. Eine riesige Familie. Sie waren Zigeuner, so haben sie sich selbst vorgestellt – oder sagten sie Roma?« Er lacht kurz. »Na jedenfalls weiß ich, dass ich dachte, dass das Mädchen Glück hatte.«

»Glück?« Michael sieht schnell zu Ted hinüber, in seinen grauen Augen liegt Erstaunen. »Ich dachte, sie war krank.«

»Sie hatte schwere Behinderungen, ja, aber alle hatten sie begleitet: Großeltern, Eltern, Onkel, Tanten.« Er macht eine Pause. »Sie saß bei jemandem auf dem Schoß, war ganz ruhig und lächelte. Es war offensichtlich, dass sie geliebt wurde.«

Ich starre Ted an. Warum redet er gerade jetzt vom Zusammengehörigkeitsgefühl als Familie? Will er sich selbst oder mich damit bestrafen?

»Welchen Platz hatte Yoska darin?«, fragt Michael.

Ted sieht erneut auf das Foto in seiner Hand und schweigt eine Weile. »Ich habe das Familiensystem nie ganz durchschaut, aber ich glaube, er war ihr älterer Bruder. Möglicherweise auch ein Onkel.« Er hält inne und sieht Michael an: »Er war der Stille, der die Macht hat; geredet hat die Mutter, aber gehört hat die Gruppe auf ihn.«

Gute oder schlechte Macht? Ich lasse die Minuten in meinem Behandlungszimmer Revue passieren; seine Hände auf dem Tisch, das Lächeln, die Art, wie er das Behandlungsgespräch geführt hat.

»Was haben Sie ihnen erzählt? Über die OP, meine ich?« Michael holt sein Notizbuch heraus, und seine Hände gleiten schnell über das Papier.

»Ich habe ihnen in der Ambulanz erklärt, was passiert, wenn wir nichts tun. Dass eine komplette Lähmung eintreten kann. Ich habe ihnen gesagt, dass die OP sie heilen könnte, dass jedoch Risiken bestehen.«

»Haben sie das verstanden?«, frage ich.

Ted nickt.

»Als sie die Einverständniserklärung unterschrieben haben, bist du sie doch noch einmal mit ihnen durchgegangen, oder?«, hake ich nach.

»Martin hat die Aufklärung gemacht.« Ted sieht mich dabei nicht an. »Der Assistenzarzt der Kinderchirurgie.« Er wendet Michael den Blick zu. »Die Kinderärzte waren involviert, und Martin hatte großes Interesse. Außergewöhnliche Probleme mit dem Rückenmark – wir wollten den Fall veröffentlichen.«

Warum war die Familie so wütend geworden, wenn sie die Risiken doch kannte? Vielleicht weil niemand ihnen zugehört hatte? Hätte Ted wirklich hingehört, hätte er gemerkt, was sie nicht verstanden, und sie angemessen aufklären können.

Ted fährt fort: »... da der Rücken derart gebogen war, dauerte die Prozedur länger, als Martin dachte. Während der OP sackte der Blutdruck unvorhersehbar ab, sodass es in der Wirbelsäule zu einer kritischen Ischämie kam.«

»Jetzt komme ich nicht mehr mit.« Michael unterbricht seine Notizen.

»Tut mir leid.« Ted lächelt kurz. »Die Blutversorgung

gewisser Rückenmarksbereiche war unterbrochen, sodass diese Areale abstarben. Das führt dazu, dass Botschaften vom Gehirn nicht mehr die Beine erreichen und umgekehrt. Sie war sofort gelähmt.«

Ein Holzscheit rutscht zur Seite. Im Zimmer herrscht Stille.

Es fällt mir schwer, sitzen zu bleiben. Ich stehe auf, aber mein Kopf dröhnt, und mir ist immer noch so schwindelig, dass ich mich gleich wieder setzen muss.

»Und was passierte dann?«, fragt Michael.

»Ich hörte von der OP, aber ich musste am nächsten Morgen früh los zu einer Konferenz in Rom ...«

»Warum?«, unterbreche ich ihn. »Hättest du nicht dableiben und mit der Familie reden können? Ihnen erklären können, warum du als Chefchirurg nicht selbst operiert hast?«

»Wir sind verpflichtet, den Assistenzärzten auch komplexe Fälle zu übertragen«, sagt Ted schroff. »Wir sind ein Lehrkrankenhaus.«

»Und dann?« Michael hat ruhig zugehört, jetzt sieht er kurz zu Ted hinüber.

»Als ich nach einer Woche zurückkam, war die Gruppe größer geworden«, erwidert Ted. »Es herrschte Feindseligkeit. Tag und Nacht waren Menschen bei dem Mädchen, wie um es zu bewachen.«

Verständlicherweise. Sie mussten das Gefühl gehabt haben, es vor weiterem Unheil beschützen zu müssen.

»Ich habe versucht, mit ihnen zu reden, aber es war, als würde ich eine andere Sprache sprechen.«

Medizinische Fachausdrücke sind tatsächlich eine Fremdsprache und werden nur zu gern benutzt, um verängstigte Menschen in Schach zu halten.

»Hast du dich entschuldigt?«

Ted rutscht gereizt auf seinem Stuhl nach vorn. »Natürlich nicht. Das wäre ja ein Schuldeingeständnis gewesen.«

»Du hättest damit ihre Trauer ernst genommen.«

Aber ich trug ebenfalls Schuld. Hätte ich Yoska wirklich zugehört, wäre mir vielleicht klar geworden, weshalb er bei mir war. Wenn ich nachgefragt hätte, warum er seine Schwester herumtragen musste, hätte er mir vielleicht erzählt, was geschehen war, und ich hätte ihm erklären können, dass Operationen aus Zufall schiefgehen können, nicht aus Fahrlässigkeit, und dann wäre vielleicht keine Rache nötig gewesen. Wollte er mir die Chance geben, Ted zu entschuldigen? Vielleicht wollte Yoska von mir nichts anderes, als dass ich ihm zuhörte. Die reuevollen Albträume lauern über mir, sie umzingeln mich.

Michael sieht uns beide an, dann steht er auf: »Kaffee?« Er geht in die Küche.

Ted und ich sehen uns an. Hier drinnen ist es inzwischen dunkel geworden. Ich kann nur seine Augen erkennen. Sie werden von den Flammen erleuchtet und blicken mich an.

Ich blicke zurück. »Abgesehen davon, dass eine Entschuldigung eine normale menschliche Reaktion ist, hätte es diesen Menschen die Möglichkeit gegeben, dir zu vergeben.«

»In welcher Welt lebst du, Jenny?« Er lacht kurz verbittert auf. »Sich zu entschuldigen bringt einem eine Klage an den Hals.«

»Aber sie haben doch trotzdem versucht, dich zu verklagen, oder?«

Michael kommt mit vollen Kaffeebechern zurück. Er reicht Ted einen hinüber und streicht mir mit den Fingern über die Hand, als er mir den anderen gibt; es hilft mir, mich zusammenzureißen. Ted die Schuld zu geben hält uns nur auf. Von meinem Platz aus sehe ich Naomis Fotos im Schein des Feuers glänzen. Warte auf uns, rufe ich ihr innerlich zu. Wir versuchen, dich zu finden, wir kommen dir näher. Ich trinke meinen Kaffee und konzentriere mich auf Ted, als er mir antwortet.

»Ja, das haben sie versucht«, sagt Ted und seufzt verbittert. »Zum Glück hatten sie keinen Erfolg. Fahrlässigkeit konnte nicht nachgewiesen werden, daher kam es nie zum Gerichtsverfahren.«

»Wann war die OP?«, fragt Michael; er hat wieder angefangen, sich Notizen zu machen, und blickt nicht auf.

»Im Sommer«, sagt Ted nach einer kleinen Pause. »Das weiß ich deshalb, weil ich mit Naomi darüber sprach, als wir zusammen ins Krankenhaus fuhren. Sie hat ein Praktikum bei uns gemacht. Sie schien sich sehr für den Fall zu interessieren. Es hat mir geholfen, mit ihr darüber zu reden.«

»Wann war das Praktikum?« Michael sieht uns nacheinander an.

»Anfang Juli«, antworte ich prompt.

Ich bin mir ganz sicher, denn ich erinnere mich noch an die Enttäuschung. Die Jungs waren schon auf ihrer Expedition; Naomis Prüfungen waren vorbei, und sie war mit ihrem Praktikum beschäftigt. Ich hatte mich darauf gefreut, Anfang Juli zusammen mit Ted Dinge zu unternehmen – das, was andere Paare auch tun: Kino, essen gehen. Aber das war genau die Zeit, als er fast jeden Abend spät nach Hause kam. Jede Menge Arbeit, hatte er gesagt. Und die Kollegen im Urlaub. Ich hatte die Gelegenheit genutzt, meine Beurteilungsbogen auszufüllen, Freunde zu besuchen, aber das war eigentlich nicht das, was ich mir vorgestellt hatte.

»War Naomi während ihres Praktikums auch auf der Station?«, fragt Michael.

»Meist hat sie im Labor gearbeitet, aber sie war gern auf Station«, gibt Ted zurück. »Sie hat sich mit den Patienten und deren Familien unterhalten.«

»Dann war sie zur selben Zeit da wie das kleine Mädchen und Yoska.« Dann fügt Michael leise hinzu, fast als würde er mit sich selbst reden: »Yoska muss herausgefunden haben, wer sie war, und sie angesprochen haben, damit er über sie an das Ketamin herankam. Lukrative Rache.«

Naomi musste seinem Charme und seiner Dominanz erlegen sein – und dass er aufregend anders war als die Jungs aus der Schule. Sie musste begeistert gewesen sein von ihrem neuen Geheimnis. Sie hatte sich jeden Tag geschminkt, nicht für ihren Job, sondern damit der exotische Fremde nicht merkte, wie jung sie in Wirklichkeit noch war. Sie hatten ihre Beziehung nach dem Praktikum weitergeführt. Yoska hatte langsam ihr Vertrauen gewonnen; sie war zwar mit James zusammen, aber sein Einfluss nahm immer weiter zu.

»Wer war Stationsschwester damals?« Michael sieht Ted an.

»Beth«, sagt Ted leise. Er weicht meinem Blick aus, sieht erneut aus dem Fenster, obwohl es mittlerweile zu dunkel ist, um irgendetwas zu erkennen. »Beth Watson.«

»Ach ja, natürlich, Beth Watson. Am Abend des 19. Novembers hat es in ihrer Wohnung gebrannt.« Michael macht eine kurze Pause und wirft mir einen Blick zu; er weiß, dass ich Naomi an dem Tag zum letzten Mal gesehen habe. Das Datum zu hören ist wie ein Messer in der Wunde. Dann fährt er langsam fort: »Ich habe Jenny vorhin von dem Aufruhr im Krankenhaus erzählt. Die Romakinder aus Yoskas Familie.« Er sieht mich wieder an und spricht weiter: »Wir haben immer gedacht, das Feuer in Miss Watsons Wohnung am selben Tag sei ein Zufall gewesen.«

Ich beobachte Michael, als er sich aus seinem Sessel erhebt und sich ans Fenster stellt. Der Feuerschein spiegelt sich in der Scheibe hinter ihm. Von draußen müssen wir wie eine glückliche Gruppe im Warmen wirken, Freunde und Familie zusammen.

»Inzwischen glaube ich aber, dass Yoska von der Beziehung zwischen Ted und Miss Watson wusste.«

Er musste sie nur einmal zusammen beobachtet haben. So wie meiner Einschätzung nach Naomi auch. Yoska hatte die Sache wahrscheinlich schnell durchschaut; vielleicht hatte sogar Naomi ihm davon erzählt.

»Möglicherweise haben die Roma absichtlich Feuer in Miss Watsons Wohnung gelegt, wohl wissend, dass sie Ted anrufen würde«, sagt Michael leise.

Ted hatte in der Nacht im Flur gestanden und nach Qualm gerochen. Ich sehe ihn kurz an; seine Miene ist von Schuldgefühlen verfinstert.

»Es wäre günstig für Yoska gewesen, wenn Ted später als sonst nach Hause kam. Das gab ihm mehr Zeit, um mit Naomi zu fliehen. Vielleicht haben sie gehofft, wenn Ted später käme, werde auch die Polizei erst später alarmiert.«

Michael sieht uns beide nacheinander an. »Die eigentliche Zielscheibe an dem Abend war Naomi.«

Zielscheibe. Warum muss er dieses Wort benutzen? Es lässt mich an Geschosse denken, die einen Papierkreis durchschlagen, einen Kreis, der ein Herz darstellt, ihr lebendiges Herz.

»Da wäre noch etwas…« Pause. Dann sagt Michael langsam, beinahe zögerlich: »Wir wissen bereits, dass Ed die Drogen, die er aus Jennys Tasche nahm, gegen Ketamin eingetauscht hat. Es könnte sein, dass Yoska ihm, als Teil seiner Rache, das Ketamin im Tausch für die anderen Medikamente gegeben hat.«

Wir starren beide Michael ungläubig an. Ed auch?

Ted steht auf. »Das ist unmöglich. Er hat Ed nie getroffen …«

»Ich habe Ed gestern besucht«, unterbricht ihn Michael mit schnellen Worten. »Ich hoffe, das war in Ihrem Sinne, aber ich hatte das Gefühl, wir dürften keine Zeit verlieren. Ich habe das Foto mitgenommen. Er hat Yoska als den Mann identifiziert, der ihm das Ketamin besorgt hat. Er dachte, er wäre großzügig, denn Yoska hat ihn noch lange mit Ketamin versorgt, nachdem Ed die Medikamente aus Jennys Tasche ausgegangen waren. Ed hatte nichts anzubieten, aber das schien Yoska nicht weiter zu stören.«

Michaels Worte hallen in der Stille nach. Ich sehe, dass Ted Mühe hat, das Gehörte zu verarbeiten. Er läuft im Zimmer auf und ab. Dann dreht er sich um, um Michael ansehen zu können. »Er konnte nicht wissen, wer Ed war – wie um alles in der Welt hat er ihn gefunden? Und wo?«

»Es kann ein Leichtes für Yoska gewesen sein, Ed zu finden, mit alldem, was Naomi ihm vielleicht über ihre Familie erzählt hat«, erwidert Michael mit ruhiger Gewissheit. »Sein Name hätte schon gereicht. Jeder Dealer weiß, wo er potenzielle Klienten findet: am Schultor, im Pub, in der Disco.«

So'n Typ in der Disco. Eds Worte fallen mir ein.

Ted tigert weiter durch das Zimmer, die Fäuste in den Taschen geballt. »Warum hat Ed uns nichts erzählt? Er muss über Yoska und Naomi Bescheid gewusst haben, warum zur Hölle hat er nichts gesagt, nachdem sie verschwunden war?«

»Aus dem einfachen Grund, weil er nichts davon wusste.« Michaels Stimme ist sehr resolut. »Er hatte absolut keine Ahnung, weil Naomi ihre Freundschaft mit Yoska geheim hielt und Yoska nicht im Traum darauf gekommen wäre, Ed zu erzählen, dass er mit seiner Schwester angebandelt hatte. Das hätte seinem Ziel in keiner Weise genützt.«

Wobei sein Ziel natürlich war, unsere Familie zu zerstören, jeden Schaden anzurichten, der ihm möglich war – aus Rache für seine Schwester.

Michael versichert uns, dass die Suche mit den neuen Informationen nun schnell Fortschritte machen wird. Er verabschiedet sich; er hat gleich frühmorgens etwas zu erledigen. Er berührt mit den Lippen meine Wange, als er durch die Tür geht. Ted wartet unten an der Treppe.

»Wie kannst du das machen, wenn so viel auf dem Spiel steht?«

»Was machen?« Ich versuche, mich an ihm vorbeizudrängen. »Ich bin müde, Ted, ich muss schlafen. Wir reden später.«

»Such dir eine Affäre, wenn du willst. Wer bin ich, das zu verurteilen?« Aber seine Stimme wird lauter. »Er ist Polizist. Das ist vollkommen unmoralisch.«

»Wie kannst du dir darüber bloß gerade Gedanken machen?« Ich nehme sein rotes Gesicht, seine zornig funkelnden Augen wahr. »Michael hat uns mehr geholfen, als dir je bewusst sein wird …«

Ted schnauft verächtlich. »Natürlich hat er das. Männer wie er suchen sich Frauen, die verletzlich sind; die Masche hat er wahrscheinlich schon häufiger durchgezogen.«

Er ist eifersüchtig. Trotz der Geschichte mit Beth. Wortlos drehe ich mich um und steige die Treppe hinauf. Ich spüre, dass er mich beobachtet. Jetzt weiß er, wie es sich anfühlt, aber ich bin zu müde, zu bekümmert, um Genugtuung zu empfinden.

Der Schlaf will nicht über mich kommen. Hinter meinen brennenden Augenlidern richtet Yoska eine Waffe auf Naomis Herz. Er hat uns eine Falle gestellt. Er hat sich sowohl Ed als auch Naomi geschnappt. Weiß Beth, dass Naomi an dem Abend, als sie Ted angerufen hat, verschwunden ist? Ich frage mich, ob sie ein schlechtes Gewissen hat. Wenn Ted ganz normal nach Hause gekommen wäre, hätte sich der Abend vielleicht ganz anders entwickelt. Ich wäre früher aufgewacht; wir hätten früher die Polizei einschalten können.

Ich habe irgendwann ihr Halstuch gefunden. Ich verabschiede mich vom Schlaf und laufe nach unten, um mein Skizzenbuch zu holen. Ich gieße mir eine Tasse Tee auf und setze mich in der ruhigen Küche an den Tisch, blättere die nächste freie Seite auf und zeichne einen Streifen Seide, so dünn und gewunden wie die Flammen auf dem Feuerrost.

BRISTOL 2009
ZWÖLF TAGE DANACH

Das unbekannte rote Tuch lag locker neben den alten CDs im Handschuhfach. Ich hatte es geöffnet, um Bonbons für Ed zu suchen, weil ihm auf der Fahrt übel wurde. Als ich mich dicht über das offene Fach beugte, schien das Tuch in der Dunkelheit darin zu leuchten: rot für Gefahr. Ein schwacher Lavendelduft stieg zu mir auf.

»Keine Bonbons?«, fragte Ted.

Das Fach schloss mit einem metallischen Klicken. Alles in diesem warmen, nach Leder duftenden Wagen schloss sich sanft und passgenau. Der Transporter, den ich tags zuvor im Wald gesehen hatte, hatte keine Türen mehr gehabt.

»Nein.« Ich drehte mich bei meiner Antwort nicht zu ihm um. Jemand hatte sie in dem Transporter mitgenommen. Ich brauchte Ted. Wenn wir gemeinsam suchten, war die Chance größer, sie zu finden. Alles andere hatte ich ausgeblendet. Die Sache mit Beth lag hinter uns. Das Tuch spielte keine Rolle.

»Wir können an der nächsten Raststätte halten.« Ted sah im Rückspiegel zu Ed. »Kommst du klar?«

Ich drehte mich herum, um Ed anzusehen. Sein Gesicht war grau, er drückte es in die Ecke zwischen Rücksitz und Fenster. Er hatte die Augen geschlossen und erwiderte nichts. Er gab vor zu schlafen oder schlief vielleicht tatsächlich. Ich ließ das Fenster herunter. Ted fuhr lieber mit Klimaanlage, aber vielleicht tat Ed die frische Luft gut.

Ich lehnte mich zurück und betrachtete Teds Hände am Steuer. Seine Fingernägel waren sauber und ordentlich geschnitten, selbst die dichten hellen Haare auf seinen Handrücken sahen wie ordentlich gekämmt aus. Sein Gesicht wirkte ruhig, beinahe zufrieden. Wie machte er das? Ich musste an mich halten, um nicht laut loszuschreien und mir die Haut von Gesicht und Armen zu reißen.

Als ich am Abend zuvor nach Hause gekommen war, konnte ich das kleine Wäldchen nicht aus meinen Gedanken verbannen. Der Ort hatte unheilvoll gewirkt. Nun rasten meine Gedanken durch lange dunkle Korridore. Ich sah Naomi, wie sie aus dem Auto gezogen wurde, sah ihre verängstigten Augen, wie ihr jemand den Mund zuhielt und ihre Rufe nach mir, nach Ted erstickte. Die Flammen loderten, schüchterten sie ein. Meine Hände begannen zu zitterten. Ich schob sie unter meine Oberschenkel.

Die Ruhe auf Teds Gesicht beruhigte mich unwillkürlich. Er beschäftigte sich mit den Fakten; ihm waren logische Zusammenhänge lieber. Er war gut in den Details. Nachdem Michael mich gestern zurückgebracht hatte, war ich dankbar für Ted gewesen. Er hatte mir den durchweichten Mantel abgenommen, meine dreckigen Stiefel gesäubert, den Hund gefüttert. Er erzählte mir, er habe für den nächsten Tag einen Termin in der Entziehungsklinik in Croydon vereinbart, die ein Kollege ihm empfohlen habe. Er hatte sich den Tag freigenommen.

»Wir müssen dem sofort ein Ende bereiten, Jenny. Er braucht schnell Hilfe. Je früher desto besser. Zu Hause zu sein ist eine Qual für ihn, das kann man sehen.«

Natürlich wusste ich, dass Ed Hilfe brauchte. Ich war diejenige gewesen, die mit ihm die Vereinbarung getroffen hatte. Aber er hatte alles so schnell organisiert. Ich hatte kaum Zeit, mich an den Gedanken zu gewöhnen.

»Was sollen wir wegen der Schule unternehmen?«, fragte Ted und hielt den Blick auf die Straße geheftet.

Ich drehte mich auf meinem Sitz nach hinten. Ed beobachtete die Straße, seine Augen zuckten in dem Rhythmus, in dem die Telegrafenmasten vorbeiflogen. Er antwortete nicht, aber seine Wangen waren rosig, er sah besser aus.

»Machen wir uns um die Schule mal keine Sorgen«, sagte ich und sah Ed an. »Das wird sich alles finden. Das ist kein Problem.«

Eds Blick sprang kurz zu mir und wieder weg. Er glaubte mir nicht, aber es stimmte. Wir hatten ein Kind verloren; wir mussten Ed in Sicherheit bringen. Alles andere war unwichtig.

Die Vorposten von London tauchten auf. Brücken, ein Kraftwerk, eine Keksfabrik. Ted hielt an einer Tankstelle, wir kauften Sandwiches, und ich maß Fieber bei Ed; die Temperatur war ein wenig erhöht. Auf dem Verband um seine Armbeuge war in der Mitte ein feuchter gelber Fleck zu sehen. Ich gab ihm sein Antibiotikum für mittags und Paracetamol. Als Ted tankte, dachte ich, dass wir wahrscheinlich wie eine normale Familie aussahen, die unterwegs war. Auf dem Weg zur Uni des Sohnes vielleicht. Niemand hätte vermutet, dass dieser so gelassen wirkende, gesunde, attraktive Mann mittleren Alters vor knapp zwei Wochen seine Tochter verloren hatte oder dass die dunkelhaarige schlanke Frau auf dem Beifahrersitz seines Wagens verzweifelt dagegen ankämpfte, den Verstand zu verlieren. Wenn jemand Ed auf dem Rücksitz gesehen hätte, hätte er denken können, dass er aussah wie jeder andere Teenager auch.

Die Klinik lag umgeben von grünem Rasen und etwas zurückgesetzt in einer ruhigen, abgelegenen Straße in Croydon. Ein altes viktorianisches Gebäude mit hohen Fenstern und einer gotischen Eingangstür.

Ted parkte auf der Kieszufahrt vor dem Haupthaus. Ein barfüßiger Junge mit nettem Lächeln öffnete die Tür. Der Knoten in meiner Brust lockerte sich ein wenig.

»Hallo.« Seine Stimme hatte einen weichen irischen Klang und wirkte herzlich und freundlich.

»Danke, Jake. Ich übernehme jetzt.« Ein kleiner Mann mittleren Alters und mit hellen Augen erschien hinter Jake und zog die Tür noch weiter auf; er hatte lichtes Haar und über seine sommersprossigen Oberarme spannte sich ein T-Shirt. Der Junge, den er Jake genannt hatte, lächelte Ed an und ging mit einem Blick über die Schulter langsam davon.

»Kommt rein. Du musst Ed sein. Ich bin Finac.«

Wir folgten Ed in die Eingangshalle und blieben unsicher, zerzaust und frierend stehen. Ed gähnte mehrfach. Finac musterte uns kurz und abschätzig. Sein Blick besagte: Das Problem sind die Eltern.

Er schüttelte uns ohne ein Lächeln die Hand: »Folgen Sie mir.«

Er führte uns zu einem kleinen Zimmer, in dem dichter Zigarettenqualm über den heruntergekommenen Möbeln hing. Sessel mit abgewetzten, fettigen Flecken standen ordentlich in Gruppen zusammen. Draußen wuchsen hohe blätterlose Bäume um einen Rasen herum.

»Warten Sie hier. Ich hole Mrs. Chibanda.«

Nach ein paar Augenblicken kam eine Frau herein, die leuchtend bunte, locker drapierte Kleidung trug. Ihre dunkle Haut spannte sich weich über ihren Wangenknochen. Sie lächelte, als sie uns die Hand schüttelte; sie duftete schwach nach Rosen. Alles an ihr trug dazu bei, dass es mir besser ging.

»Ich bin Gertrude Chibanda, die Leiterin, ich habe die Fäden in der Hand.« Sie lehnte sich vor und lächelte. Ihre Zähne waren vollkommen. »Ed wird mit Finac zusammenarbeiten, wenn Sie sich alle dafür entscheiden, dass Ed hierherkommen soll.«

Finac warf uns einen kurzen Blick zu und nickte.

»Wenn es für Sie in Ordnung ist, spreche ich unter vier Augen mit Ed, während Finac Ihnen alles zeigt. Und anschließend können wir uns dann unterhalten, während Ed sich anguckt, wo er wohnen wird, wenn er sich einverstanden erklärt, zu uns zu kommen …«

Wir folgten Finac durch enge Gänge und in stille Räume. Wir sahen einen trostlosen Speisesaal und ein Musikzimmer, wo ein Poster von Jimi Hendrix von der Wand blätterte. Ein neues Schlagzeug stand darin, und an der Wand lehnten Gitarren. Die Zimmer der Bewohner durften wir nicht betreten.

Ed leerte gerade einen großen Kaffeebecher, als wir zurückkamen; er verschwand eilig mit Finac.

Gertrude sah mich mit Sorgenfalten auf der Stirn an. »Mein Beileid für das, was in Ihrer Familie geschehen ist. Ich habe vor einigen Jahren einen Sohn durch eine Krankheit verloren.« Es entstand eine kleine Pause. »Es tut mir leid«, sagte sie schlicht.

Ich sah sie an. »Die Sache mit Ihrem Sohn tut mir leid. Ich kann mir nicht vorstellen, wie es sich anfühlen muss; aber Naomi ist nicht tot. Sie ist nur … nur …« Ich konnte den Satz nicht zu Ende führen. Angesichts Gertrudes betroffenem und Teds sorgenvollem Blick sah ich aus dem Fenster. Der Rasen flimmerte und verschwamm, als mir die Tränen die Wangen hinunterliefen. Gertrude stand noch immer neben mir und hielt mir ein gefaltetes Taschentuch hin. Es duftete ebenfalls nach Rosen.

Zwei Stunden später waren alle Vereinbarungen getroffen. Finac hatte uns das Zwölf-Schritte-Programm für Suchtkranke erklärt; Ed hatte sich entschieden, versuchsweise ein paar Tage hierzubleiben. Ich sprach mit der diensthabenden Schwester über seine Verbände. Der Arzt würde nachmittags vorbeikommen und ihm seine Antibiotika verabreichen. In ein paar Tagen würden wir ihm seine Sachen bringen und zwischenzeitlich mit der Schule reden. Bevor wir uns verabschiedeten, schwiegen wir alle. Ed sah uns nicht an, und wir ließen ihn mit starrem Blick auf seinem Bett zurück.

»Mir gefällt es dort«, sagte Ted auf der Rückfahrt. »Die

Frau ist mir sympathisch, Finac allerdings weniger. Weshalb versuchen solche Leute die Schuld immer den Eltern in die Schuhe zu schieben, als wären sie die Feinde?«

»Das liegt daran, dass es unsere Schuld ist.« Ich war beinahe zu müde zum Sprechen. »Wir sind der Feind. Wir haben nicht genau genug hingesehen; wir hatten zu viel um die Ohren.«

Ungelenk schob Ted seinen Arm über die Lücke zwischen den Sitzen auf meine Schulter. »Wir hätten ihn nicht mehr lieben können. Wir haben ihm alles gegeben.«

Ich schüttelte den Kopf.

»Wir hätten nicht dauernd auf sie aufpassen können«, sagte er. »Kinder müssen erwachsen werden und sich lösen.«

»Sich lösen wie Naomi?«

»Ich bin auf deiner Seite, Jen.« Ted sah aus dem Fenster. »Ich bin hier bei dir.«

Bei mir? Wie lange war er bei mir? Beths Tuch kringelte sich vor mir im Handschuhfach; wann hatte sie zuletzt im Auto gesessen? Und wie konnte er im Übrigen bei mir sein, wenn ich keine Ahnung hatte, wo ich eigentlich war?

28

DORSET 2011
DREIZEHN MONATE DANACH

Ich werde früh wach; draußen hat sich der erste Schleier der Dunkelheit bereits gelichtet und den Garten unter dem grauen Himmel so still und flach wie ein Gemälde zurückgelassen. In meinem Traum hatte sie dort unter dem Baum gestanden. Ich sehe nach, ob im Gras ihre dunklen Fußstapfen zu erkennen sind, aber im Traum sah das Gras anders aus; es war länger und Blumen standen dazwischen. Zweige mit Blättern warfen ihre Schatten auf sie, sie sah hoch, und Sonne und Schatten lagen auf ihrem Gesicht. Die Schuluniform, die sie trug, saß eng. Ich hatte genau hier, an diesem Fenster gestanden und versucht zu rufen, aber meine Stimme war nur ein Flüstern gewesen; ich konnte meine Füße nicht heben, und als ich versuchte, sie hochzureißen, wachte ich nass geschwitzt von der Anstrengung auf.

Minuten verstreichen. Die stechende Enttäuschung über den menschenleeren Garten weicht dem vertrauten Schmerz, der irgendwo unter meinem Herzen sitzt und mir tiefer in die Knochen sinkt. Eine Last, die ich tragen muss. Die Fensterbank ist kühl; der Traum entwindet sich meinem Zugang.

Ich habe den Kopf voll; die Fakten, die gestern noch so ordentlich vor mir aufgereiht waren, beginnen schon wieder herumzuwirbeln. Yoska, der Ketamindealer, Yoska, der Bruder, Yoska, der Patient. Gestern war ich sicher, dass sein Name uns zu ihr führen würde, aber die Indizien, die so stichfest schienen, sind zu bloßen Verdächtigungen geschrumpft, die nur vage miteinander zu tun haben und die wie Schlangen dahingleiten, sich umschlängeln und wieder lösen. Es gibt keinen Beweis. Selbst wenn Yoska gefunden wird, lässt er sich durch nichts zweifelsfrei mit Naomi in Verbindung bringen. Er steht auf Michaels Liste von Drogendealern, er war bei seiner Schwester auf der Station, die Kinder in seiner Familie haben das Feuer gelegt, er hat Ed mit Drogen versorgt, er hat mich in meiner Praxis aufgesucht. Ein guter Rechtsanwalt würde argumentieren, das sei alles nur Zufall, weiter nichts.

»Wir brauchen andere Beweise«, wispere ich zu mir selbst. Draußen bewegen sich Zweige in der Morgenluft, und als das Licht heller wird, verschwinden die Schatten zwischen ihnen. »Es muss bessere geben.«

Als ich unten bin, trinke ich eine Tasse Tee nach der anderen; meine Hände zittern, und mein Hals kratzt, aber meine Kopfschmerzen sind verschwunden, und ich fühle mich besser als vorher. Die Küche ist aufgeräumt. Ich erkenne Teds Art, Küchenhandtücher zu falten, wieder: Er faltet sie mehrfach und fest. Spülbecken und Abtropfbrett sind klinisch rein. Diese Seite von Ted war mir entfallen. Selbst seine Hände sehen tadellos aus. Ich stelle mir vor, wie er sich vor einer OP die Hände schrubbt, während seine blauen Augen konzentriert, aber zugleich abwesend über seine OP-Maske blicken. Mit den Gedanken ist er schon bei der bevorstehenden Operation, die OP-Schleuse um ihn herum so kalt und glänzend wie eine Leichenhalle.

Mein Behandlungszimmer, Ketamin, das Krankenhaus, das Feuer. Die kleine Reihe läuft wie ein Lochstreifen durch meinen Kopf, verdrängt die Bilder von Ted. Yoska ist die Verbindung zwischen diesen Welten, aber wo ist der Beweis, den wir brauchen?

Michaels Handy ist aus, vermutlich ist der Akku leer, und die Mailbox springt an. Ich rufe ihn deshalb im Büro an, und eine Frauenstimme meldet sich. Ich höre, wie sie ihm sagt, ich warte in der Leitung. Liegt ein Hauch von Belustigung in ihrer Stimme? Eine Frau schon wieder, schien er zu besagen. Du und deine Frauen ... Dann meldet sich Michael.

»Das reicht schon so, Jenny. Es ist ausreichend, dass wir ihn suchen und verhören wollen. Wir haben mit der Fahndung nach der Familie begonnen.« Sein Tonfall ist sachlich. Er sitzt im Büro, wahrscheinlich laufen Leute herein und heraus, und vielleicht steht die Sekretärin in der Nähe und durchsucht die Hängeregister in einem Metallschrank.

»Du verstehst mich nicht. Er ist schlau. Sehr schlau.« Yoskas Familie hatte auf ihn gehört, als das kleine Mädchen im Krankenhaus lag; Ted hatte gesagt, er sei derjenige gewesen, der wusste, was zu tun war. Er würde genau wissen, was er einem Polizisten erzählen musste, der ihn verhaften, oder einem Anwalt, der ihn überführen wollte.

»Wenn wir ihn finden, sehen wir weiter.« Michael klingt zuversichtlich, aber ich spüre, dass er mir nicht zuhört; er muss müde sein nach der langen Fahrt gestern. Vermutlich gibt er der Sekretärin ein Zeichen, dass sie ihm Kaffee bringen soll.

»Neben seinem Namen stand ein Sternchen«, sage ich langsam. Es ist dunkler geworden in der Küche; vom Meer her müssen Wolken heraufziehen.

Am Telefon entsteht eine kleine Pause. Ich kann das Tippen seiner Finger hören und das kurze Computersignal, als die Liste auf seinem Monitor erscheint.

»Das stand da, weil er vor Jahren mal ein Auto geklaut hat«, erklärt mir Michael.

Ich sehe aus dem Fenster, während ich ihm zuhöre. Die grünen Flecken des North Hill, die durch die Regentropfen am Fenster schimmern, erinnern mich an das nasse Wäldchen und die Buchen am Severn und den verbrannten Lieferwagen unter den Zweigen. In meinem Kopf formt sich ein Plan.

»Welche Daten von ihm gibt es aus der Zeit?«, frage ich ihn.

»Seine DNA.« Ich spüre, dass er etwas liest, während er spricht, vielleicht unterschreibt er mit dem Telefonhörer unter dem Kinn irgendwelche Papiere.

»Wenn wir also frische DNA von ihm finden, die ihn mit Naomi in Verbindung bringt, kann er es nicht leugnen.« Die Bäume, die Blätter, der lehmige Graben, irgendwo.

»Es gibt keine frischen DNA-Spuren, die wir damit abgleichen könnten, wenn du das meinst.« Michael klingt so ruhig wie immer. »Lass gut sein, Jenny. Normalerweise gewinnen wir die DNA eines Kriminellen aus dem Inneren eines Körpers …« Er bricht ab; ich kann sein Schlucken hören, als wolle er die Worte zurücknehmen, aber es ist zu spät. »Es tut mir leid, das war Mist.«

Es entsteht eine Pause, und in meiner Vorstellung trinkt er gerade einen Schluck Kaffee. Hinter der Scheibe ist der

Regen dichter geworden; ich kann ihn auf dem Strohdach hören. Verdränge diese Worte, radiere sie aus.

»Ich fahre noch einmal in den Wald, wo sie waren.« Während ich rede, fange ich an aufzuschreiben, was ich brauche, und konzentriere mich auf das Papier. Taschenlampe. Spaten. Stiefel. Hundeleine.

»Die Polizei hat alles durchgeharkt, jeden Zentimeter.« Ein Hauch Verbitterung schleicht sich in seine Stimme. Seltsam, dass ich sie am Telefon hören kann, ziemlich deutlich sogar. Sie war mir vorher nie aufgefallen.

»Dinge kommen an die Oberfläche, oder?« Ich beeile mich zu reden und klinge ein wenig atemlos. »Wälder verändern sich.«

Im Cottage ist es warm. Ted hat im Ofen Holz nachgelegt, bevor er gefahren ist. Bevor ich gehe, sehe ich mich um, ob es noch etwas aufzuräumen gibt, aber alles ist ordentlich. Es ist immer ordentlich. Im Schuppen steht ein Spaten, wenn auch kein so glänzender wie der von Mary, als ich ihr geholfen habe, das Grab zu schaufeln. Lehmklumpen kleben am Metall, und ich wasche sie am Wasserhahn im Garten ab. Marys Vögel waren in die Lehmgrube hinabgetaumelt; ihre Federn hatten Naomis Lieblingsfarben; aber ich fahre nicht los, um ein Grab zu finden. Ich werde etwas suchen, das er angefasst hat.

Die Fahrt zum Wald in Gloucestershire dauert drei Stunden. Der Verkehr auf der Autobahn schiebt sich durch den strömenden Regen; das Auto erzittert, wenn Lkws vorbeidonnern und die Windschutzscheibe mit dreckigem Wasser bespritzen. Bertie schläft eingerollt neben mir auf dem Sitz; meine Hand ruht während der Fahrt auf seinem warmen Rücken.

Ich erinnere mich, wo die Stelle war: zwischen der Marktstadt Thornbury und der kleinen Ortschaft Oldbury-on-Severn. Ich finde sie leicht und erkenne sofort alles wieder. Ich muss die Kurve mit der Lücke in der Hecke und dem Graben in meinem Hinterkopf genau abgespeichert haben. Wie Michael damals parke ich den Wagen dicht an der Hecke. Mit Bertie neben mir laufe ich am Rand der Wiese entlang, bis ich den Hügel erreiche. Der feuchte Wind bläst mir ins Gesicht. Als die Wiese nach oben ansteigt, möchte ich am liebsten umdrehen und zurückrennen. Der Wind läge hinter mir und würde mich schieben. Am liebsten würde ich Bertie zum Auto bringen und wegfahren. Es ist Mittag. Ich könnte mir ein kleines Café in Thornbury suchen, mich mit einem Sandwich hinsetzen und Leute beobachten, die ihren normalen Alltag leben, und so tun, als sähe mein Leben genauso aus, und ich müsste nicht in das kleine Wäldchen vor uns gehen und nach irgendetwas suchen, das uns helfen könnte, den Mann zu finden, der vor über einem Jahr meine Tochter verschleppt hat.

Meine Füße laufen immer weiter auf die Bäume zu, rutschen hier und da auf dem Matsch aus; ein ganzes Jahr ist vergangen, aber die Landschaft hat nichts davon bemerkt. Das Gehölz ist dasselbe geblieben. Die Bäume, um die jetzt kein Polizeiband mehr flattert, sehen noch genauso aus. Ich zögere, bevor ich in die Dunkelheit unter den Bäumen trete, aber ich finde innerhalb weniger Augenblicke die Stelle, an der sich der Transporter befand, denn der Stamm des Baumes, unter dem er stand, ist noch immer schwarz. Bertie rennt um Baumwurzeln herum und beschnüffelt den Boden. Es hat sich doch etwas verändert: Zwei Bäume sind umgefallen. Einer lehnt gegen den verbrannten Stamm, und die Erde an den herausgerissenen Wurzeln sieht frisch aus. Die Winterstürme müssen ihn umgeworfen haben. Bertie ist begeistert vom Duft frischer Erde und fängt an zu scharren und zu wühlen.

Ich beginne da zu graben, wo ich vermute, dass der Transporter gestanden hat, schichte Blätter mit dem Spaten um, schiebe sie mit Händen und Füßen zur Seite und grabe erneut. Der Spaten hinterlässt fast keine Furche im Boden. Ich suche nach einem Benzinkanister, einem durchweichten Handschuh. Immer und immer wieder stoße ich den Spaten in die Erde, mir ist übel vor Anstrengung und Angst. Nach einer Weile halte ich inne, um Atem zu schöpfen. Der Regen klatscht mir die Haare in die Augen; als ich sie mir aus dem Gesicht streiche, läuft mir Erde von den Handschuhen in die Augen, und es brennt.

Mein Spaten stößt auf Wurzeln. Ich grabe Erde, Steine und zerbrochenes Porzellan aus. Nichts. Bertie winselt, und ich ignoriere ihn. Als ich mit dem ersten Kreis fertig bin, erweitere ich ihn, dann grabe ich einen weiteren darum, dann noch einen. Bertie fängt an zu bellen. Ich strecke mich und laufe zu ihm hinüber; hat er etwas, irgendetwas, gefunden? Unter seinen wild buddelnden Pfoten sehe ich kleine weiße Gegenstände. Der Wald rauscht über mir, und ich lasse mich auf die Knie fallen. Bertie hält nun einen der Gegenstände im Maul, einen gebogenen, weißen, zerfurchten Knochen. Ich darf ihn nehmen. Es ist nur die kleine Rippe eines Schafes oder vielleicht eines Lamms oder eines kleinen Rehs. Bertie wühlt in der Erde; er findet einen Kopf, einen langen gewölbten Totenschädel mit den intakten Backenzähnen eines Pflanzenfressers.

Wälder verändern sich. Dinge tauchen auf.

Ich lehne mich zurück auf meine Fersen. Michael hatte

recht. Hier ist nichts zu finden. Die Indizien müssen irgendwo anders sein. Ich suche an der falschen Stelle. Ich bin nicht schlau genug. Ich lasse den kleinen Knochen zurück in den Matsch fallen. Sie würde lachen, wenn sie mich jetzt sehen könnte, oder, schlimmer noch, mich bemitleiden. Eins von beidem, ich weiß es nicht. Die Tochter, die ich zu kennen glaubte, hat sich vor langer Zeit verändert.

BRISTOL 2009
ZWANZIG TAGE DANACH

Ted und ich wussten nicht mehr, worüber wir reden sollten. Ed war weg. Theo verbrachte viel Zeit im Schulatelier und kam schweigend und angespannt zurück. Er beobachtete mich, und ich spürte, dass er mir etwas sagen wollte, aber nicht konnte, und ich ermutigte ihn nicht dazu; ich konnte genauso wenig sagen. Ich war in der Stille gefangen. Ich hatte nicht die Kraft zu reden.

In der Praxis war es leichter. Dort konnte ich so tun, als ginge es mir gut. Ich wusch mir die Haare und bügelte meine Kleidung, sodass ich normal aussah. Ich untersuchte meine Patienten und kümmerte mich um ihre Sorgen. Ich arbeitete nur noch halbtags. Es funktionierte. Ich lächelte nicht, es gelang mir tatsächlich gegenüber niemandem ein Lächeln, aber ich erledigte meinen Job. Ich konnte Blutdruck messen, Bauchhöhlen untersuchen, sah mir Rötungen an, beobachtete, hörte zu, füllte Formulare aus und schrieb Rezepte. Naomi war nicht häufig in der Praxis gewesen, sodass es sich in meinem Behandlungszimmer für ein paar

Minuten so anfühlen konnte, als wäre nichts geschehen. Ich dachte, so könnte es jetzt lange Zeit weitergehen, aber damit lag ich falsch.

Jade stand an dem Nachmittag nicht auf meiner Patientenliste, deshalb vermutete ich, dass ihre Mutter Jo überredet hat, sie schnell zwischen anderen Patienten hereinzulassen. Sie kam schüchtern und mit einem kleinen Blumenstrauß vor sich durch die Tür. Ihre Mutter schob sie herein, und sie stolperte. Sie war dünn, aber die blauen Flecken waren verschwunden, und sie hatte eine pinkfarbene Mütze tief über die Ohren gezogen, damit man die fehlenden Haare nicht sah. Seit ihrer Überweisung ins Krankenhaus waren erst fünf Wochen vergangen.

Mir gelang ein halbes Lächeln: »Hallo, Jade.«

Mrs. Price setzte sich, und Jade schob sich dicht an ihren korpulenten Körper, zwängte sich fest zwischen die Knie ihrer Mutter.

Mrs. Price runzelte die Stirn. »Ich dachte, wir kommen mal vorbei.«

Ich sah sie an. Hatte einen Kloß im Hals.

»Ich weiß, wie das ist.« Sie spitzte die Lippen. »Ich mein, wenn's das eigene Kind ist.«

Sie unterbrach sich und sah mich an. Jetzt war ich auf der anderen Seite, der falschen Seite; ich war das Opfer. Was sollte man mir sagen?

Sie stand auf und nahm Jade an die Hand. »Ich wollte nur sagen ... Geh hin, Jade.«

Jade hielt mir den Strauß entgegen; sie lächelte kurz und vergrub dann ihr Gesicht im Pelzmantel ihrer Mutter.

Als sie weg waren, schloss ich sorgfältig die Tür hinter ihnen, lehnte mich einen Augenblick dagegen, rutschte herunter und kniete mich ungelenk auf den Boden. Die Blumen fielen neben mir aus dem Zellophanpapier. Mein Kopf sackte über meine Knie nach vorn. Ich roch den Duft von getrocknetem Putzmittel auf dem blassen Linoleumboden und sah die kleinen Risse darin. Ich spürte, wie sich mein Gesicht verzerrte und tiefe Geräusche aus meiner Brust stiegen. Wie bei manchen Tieren, wenn sie Schmerzen haben. Nach einer Weile stand ich auf und drehte den Wasserhahn auf, damit mich niemand hören konnte, zog das blaue Papier von der Behandlungsliege und presste es mir vors Gesicht. Ich war verrückt, wenn ich glaubte, so schnell wieder arbeiten zu können. Ich schaffte es nicht. Ich schaffte gar nichts. Ich wollte nach Hause, mich ins Bett legen und im Dunkeln liegen. Ich wollte aufhören zu atmen.

Langsam zog ich meinen Stuhl zurück, setzte mich an meinen Schreibtisch und rang zitternd nach Atem. Es gelang mir, am Empfang anzurufen, und Jo hörte mir zu. Ich bat sie zu sagen, ich sei zu einem Notfall gerufen worden. Es gab eine Hintertür; die wartenden Patienten würden denken, ich wäre dort hinausgeeilt.

Ich blieb in meinem Zimmer sitzen. Jo brachte mir schweigend eine Tasse Tee und legte mir kurz den Arm um die Schulter; sie hatte Frank Bescheid gesagt, und er übernahm die Patienten, die nicht länger warten konnten. Dann ließ sie mich allein.

Das Zimmer verdunkelte sich um mich herum. Die ganze Welt schrumpfte zusammen auf meine Hand auf dem Tisch. Zwanzig Tage, seit Naomi aus der Küche gegangen war. Jeden Tag, jeden Augenblick jedes Tages hatte ich innerlich die Bilder unterdrückt, dass sie Schmerzen hatte, gefesselt war, verletzt, blutverschmiert. Ihr lebloser Körper in einem Müllsack am Straßenrand oder irgendwo in einem notdürftigen Grab. Ich schloss die Augen. Ich durchforschte mein Hirn nach einer positiven Erinnerung, einem hellen, glücklichen Gedanken, um die Bilder aufzuhalten. Die Party am ersten Abend, an dem wir ihren Auftritt gefeiert hatten. So viele Stimmen waren in unserer Küche gewesen. Plötzlich stand sie mir so lebhaft vor Augen, als hielte ich ein Foto in der Hand: Naomi stand neben dem Herd, sie trug Strümpfe und hatte den Fuß auf Berties Rücken gestellt. Ein paar kurze Momente zuvor war sie allein gewesen. Ich ging auf sie zu, hielt dann aber inne; sie guckte so aufmerksam zur Seite, dass ich ihrem Blick folgte, um zu erkennen, was sie sah, aber draußen vor dem Fenster war nur dunkle Nacht. Als ich sie wieder ansah, hatte sie die Mundwinkel gehoben, aber ihr Lächeln galt niemandem. Es war innerlich, verborgen. Sie sah anders aus. Vielleicht lag es an dem schwarzen Kostüm, das sie für Tonys Todesszene in der *West Side Story* trug. Aber für einen Moment war sie viel älter geworden, auf eine Weise ernsthafter, die ich nicht näher bestimmen konnte. Mich schauderte damals. Eine gewisse Unruhe hatte sich in das lärmende Zimmer geschlichen. Eine Sekunde später ging Theo auf sie zu und sagte etwas, und sie lachte und wurde wieder sie selbst; jemand berührte mich am Arm, und ich drehte mich um, und die kleine Szene entfloh meinen Gedanken. Bis jetzt. Als ich nun so allein in meinem Behandlungszimmer saß, erkannte ich, dass ihr Lächeln mir etwas gesagt hatte. Es war ein Hinweis gewesen.

Als ich die Praxis verließ, war es dunkel und kalt, aber Naomis Zimmer war warm. Ich hatte die Heizung angelassen und saß meistens abends hier. Manchmal glaubte ich, dass Moleküle aus ihrer Haut oder ihrem Haar noch in der Luft schweben könnten und dass sie dann mein Gesicht oder meine Hände berühren würden, und hoffte, wenn ich völlig reglos dasäße, könnte ich sie spüren.

An dem Abend ließ mich die Hoffnung, die ich verspürte, kaum atmen. Ich wünschte mir, dass sie ihren Weggang geplant hatte. Ich wünschte mir, sie hätte deshalb in sich hineingelächelt. Es war mir egal, ob sie unsere Qual in Kauf nahm oder sogar beabsichtigte. Das war alles egal, wenn es bloß hieß, dass sie in Sicherheit war.

Die Polizeibeamten und Michael hatten ihr Zimmer durchsucht. Ich würde es noch einmal versuchen. Ihre dicke Jacke hing zusammen mit ihren Schulröcken im Schrank. Ich griff in die Jackentasche. Nichts. Alle ihre Schuhe standen ordentlich in einer Reihe, die grünen Ballerinas, die Chucks, die Flip-Flops. Ich schob eine Hand in einen der Ballerinas, spürte die weichen Dellen in der Ledersohle, wo ihre Zehen gewesen waren. Ich öffnete die Schubladen ihrer Kommode, fühlte mit der Hand unter den durchwühlten Pullis. Nichts. Jemand hatte die Deko auf dem Kaminsims verschoben; beim Suchen hatten die Spezialisten die Fotos aus den Rahmen genommen, um dahinter nachzusehen, und hatten sie ein wenig schief wieder hineingeschoben. Das kleine Porzellanpferd, die alten Herbstblätter, Steine vom Strand in Griechenland, ein Döschen Rouge, ihr Schmuckkästchen.

Ich hörte, wie unten die Haustür aufging und Ted mit langsamen Schritten durch den Flur lief.

Ich setzte mich aufs Bett, und als ich den weißen Deckel des Schmuckkästchens öffnete, drehte die kleine Plastikballerina in ihrem rosa Tutu ihre Pirouetten zu leiser, nicht mehr ganz einwandfreier Musik. Ich schloss die Augen. Als sie das Schmuckkästchen an ihrem sechsten Geburtstag ausgepackt hatte, hatte die Korallenkette darin gelegen. Schlagartig hob ich meine Augenlider. Wo war sie? Ich sah in dem Kästchen nach. Die Kette lag nicht darin. Sie hatte die Korallen immer darin aufbewahrt. Sie mussten erst kürzlich herausgenommen worden sein. Sie hatten kleine Dellen in dem alten Satin hinterlassen, mit dem das Kästchen ausgekleidet war. Ich sah auf dem Kaminsims nach, auf dem Boden, unter dem Teppich. Dann rannte ich nach unten.

»Sie wusste es. Sie hat es geplant.«

Ted saß im Sessel, starrte geradeaus, hielt ein Glas in der Hand. Mit ausdruckslosem Gesicht drehte er sich zu mir um.

»Sie hat was geplant?«

»Ihre Kette ist weg, die Korallen, die meine Mutter ihr geschenkt hat. Sie sind weg. Sie muss sie mitgenommen haben.« Ich unterbrach mich, um Luft zu holen.

»Woher willst du das wissen?« Teds Stimme war tief und gedämpft. »Sie kann sie schon vor Jahren verloren haben.«

»Sie wurden erst kürzlich herausgenommen; man kann noch den Abdruck sehen.«

»Dann hat sie sie erst kürzlich verloren.«

»Nein. Sie hätte sie nie verloren. Sie hat die Korallen geliebt. Das heißt, dass alles geplant war. Sie hätte sie mitgenommen. Sie wusste, dass sie weggehen würde. Deshalb hat sie in sich hineingelächelt.«

»Sie hat in sich hineingelächelt?«

»Ja, auf der Party.«

»Auf welcher Party?«

Ich überging die Frage. In meinem Kopf drehte sich alles. Ich versuchte, mich an das letzte Mal zu erinnern, als ich sie gesehen hatte. Hatte sie da die Korallen getragen? Vielleicht waren sie in der Tüte mit den Schuhen gewesen? Die Fragen jagten einander im Kreis.

»Jenny, du bist völlig erschöpft.« Er stand auf und legte mir den Arm um die Schulter. »Du siehst aus, als hättest du geweint.«

Sein Arm war schwer, sein Atem roch säuerlich nach Alkohol. Ich trat schnell einen Schritt zurück. »Nicht …«

Er sah mich an, als würde er mich kaum kennen. Er zuckte mit den Schultern und lief in Richtung Treppe.

Ich rief ihm nach: »Das bedeutet, sie wurde nicht verschleppt. Begreifst du das denn nicht?«

Er steuerte weiter auf die Treppe zu. »Ich bin zu müde dafür«, sagte er. »Mach kein Abendessen für mich. Ich habe im Krankenhaus gegessen. Ich lege mich hin.«

Ich sah ihm nach, wie er die Stufen hinaufging, sich am Treppengeländer entlanghangelte. Mir schien, als schleiche er langsam aus meinem Leben. Es war mir egal. Sie hatte ihre Korallenkette mitgenommen. Sie hatte ihren Abschied geplant. Sie war in Sicherheit.

29

DORSET 2011
DREIZEHN MONATE DANACH

Naomi tanzt. Sie ist Maria, die mit Tony tanzt, und man kann sehen, dass sie sich verliebt. Es ist anders als in der echten *West Side Story,* aber das spielt in meinem Traum keine Rolle. Das Tempo ist langsam, und sie tanzen eng miteinander, spiegeln die Bewegungen des anderen wider. Nach und nach wird die Musik schneller, und sie müssen immer schneller tanzen, dann wird sie lauter, bis es keine Musik mehr ist, sondern hässlicher Lärm. Ein Raunen geht durch das Publikum. Die Lichter fangen an zu flackern, die Tanzbewegungen wirken ruckartig und unnatürlich. Etwas stimmt hier nicht, und Gemurmel ist zu hören. Leute verlassen das Theater. Die Trommeln krachen, lassen mich hochschrecken und hallen in meinem Kopf noch nach.

Nach ein paar Minuten wird mein Herzschlag langsamer. Die Träume kommen jetzt jede Nacht.

Ich habe seit Monaten nicht ans Theater gedacht. Ich streiche mir die Haare aus dem Gesicht, damit ich in die

Dunkelheit starren und die Bilder erkennen kann, die mir durch den Kopf wirbeln. Er war eine Gestalt, ein Schatten, die Lehrerin und Nikita haben ihn hinten im Zuschauersaal gesehen. James hat ihn gegen eine Wand lehnen sehen.

Die Gedanken flackern in meinem Kopf wie die Lichter in meinem Traum. Hat er irgendetwas im Theater zurückgelassen? Eine Mütze? Fasern von seiner dunklen Jacke, die auf dem Sitz lag? Alles, was seine Haut berührt hat, kann DNA-Spuren enthalten. Die Polizei hat das Theater durchsucht, aber vielleicht hat sie etwas übersehen. Ich werde Michael anrufen und ihn fragen, was sie unternommen haben. Ich werde selbst hinfahren und suchen. Er wird glauben, dass ich verrückt geworden bin. Vielleicht stimmt das auch. Vielleicht muss ich überall noch einmal suchen – wie soll ich sonst sicher sein, dass nirgendwo noch etwas ist? Irgendwo auf der Welt wird etwas sein, das beweist, dass er sie mitgenommen hat. Ich muss es nur finden.

Ich liege die restliche Nacht wach, Fragen kreisen mir wieder und wieder durch den Kopf. Um sieben rufe ich Michael an.

Seine Stimme klingt zurückhaltend, aber freundlich. »Ich habe versucht, dich zu erreichen, Jenny. Ich wollte gestern Abend zu dir kommen und mit dir reden, aber du bist nicht ans Telefon gegangen. Mir war schrecklich zumute. Ich hätte das über die DNA nicht sagen sollen.«

»Du hattest ja recht.«

»Nein, hatte ich nicht. Es gibt natürlich keine Leiche. Es hat nie eine gegeben. Und dann gibt es natürlich auch keine DNA.«

Vielleicht erzählt er mir jetzt wieder, dass die einzige Stelle, an der man bei der Suche nach einer verschwundenen jungen Frau die DNA eines Kriminellen findet, das Innere ihres Körpers ist, aber das weiß ich bereits. Ich weiß, dass man in ihrer Vagina, ihrer Speiseröhre, auf ihrer Kleidung, ihren Haaren danach sucht. Ich will nichts mehr hören. Wenn er die Worte nicht sagt, muss ich die Bilder nicht sehen, die sie begleiten.

»Ich meine, du hattest recht, dass man in dem kleinen Wald nichts mehr findet«, erkläre ich, um ihn davon abzuhalten, noch irgendetwas zu sagen.

»Du bist also doch hingefahren? Ach, Jenny.« Dabei zieht er vermutlich seine Mundwinkel nach unten. Das gehörte zu den ersten Sachen, die mir an ihm aufgefallen sind; ich fand, dass es ein gutes Zeichen ist, wenn ihn noch etwas traurig macht. »Ich habe doch gesagt, dass die Polizei bereits alles durchsucht hat.«

»Hat sie auch im Theater gesucht?«

»Im Theater.« Er wiederholt die Worte langsam.

»Ja. Ich hatte nämlich einen Traum.« Aber wenn er denkt, dass ich verrückt geworden bin, hilft er mir nicht, deshalb setze ich noch einmal neu an: »Sie hat in der *West Side Story* mitgespielt, weißt du noch?« Es folgt eine kleine Pause.

»Natürlich weiß ich das noch. Wir haben dort gründlich gesucht, bei den Umkleidekabinen angefangen.«

»Was heißt ›gründlich gesucht‹ genau?«

Ein kleiner Seufzer, Rascheln, als er den Laptop aus der Hülle zieht. »Ich schaue die Einzelheiten nach und rufe dich gleich zurück.«

Sie hatten in der Umkleide angefangen, wo sie zu Maria geworden war. Aber dort hatte sie nur ihre Kleidung gewechselt. Wenn sie anschließend ihre eigenen Kleider wieder anzog, schminkte sie sich nie ab. Sie hatte die Schminke auch immer schon zu Hause aufgelegt, bevor sie losgegangen war. Warum? Möglicherweise traf sie ihn auf dem Hin- oder Rückweg. Mit dem Lidstrich und dem Make-up sah sie aus wie achtzehn. Wofür hatte ihm das die Erlaubnis gegeben?

Als das Telefon klingelt, melde ich mich schnell.

»Wie ich mir schon dachte, sie haben überall gesucht.« Michaels Stimme klingt wieder ruhig. »Ich habe hier eine Liste.«

»Ja?«

»Sie haben überall Fingerabdrücke genommen – an den Türklinken, den Wasserhähnen, den Sitzen hinten im Theater, in den Klos. Sie haben jeden Schrank, die Kostümkörbe, Papierkörbe und Mülltonnen durchsucht.« Es entsteht eine kleine Pause. »Sie haben die Dielen angehoben.«

Das wusste ich nicht. Sie hatten also geglaubt, sie könnte tot sein. Selbst damals schon.

»Jenny, das muss aufhören.« Er räuspert sich und spricht dann lauter. »Du machst dich nur verrückt.« Er hält inne und fährt dann leiser fort: »Überlass die Sache uns. Du kannst dich zurücklehnen.«

»Ich werde mich nie zurücklehnen können.« Schweigen in der Leitung. Ich rede trotzdem weiter: »Michael, wenn ihr ihn schnappt, wird er alles leugnen.« Mit halb verborgenem Lächeln im Blick würde Yoska den Kopf schütteln. »Er weiß, dass wir ohne handfesten Beweis nichts in der Hand haben, um ihn zur Strecke zu bringen. Wir brauchen etwas, das beweist, dass er es war.«

»Du kannst aber nicht nur wegen eines Traumes das Theater danach durchsuchen.« Er lacht kurz.

Und ich kann den Traum nicht einfach ziehen lassen; ich kann sie nicht einfach mit ihm ziehen lassen.

Ich nehme das Telefon und wähle die Nummer von Naomis Schule. Die Direktorin ist in einer Kollegiumsbesprechung, aber sie ruft zehn Minuten später zurück.

Sie klingt freundlich. »Wie gut, Sie wieder zu hören. Ich habe so oft an Sie gedacht und mich gefragt, wie es Ihnen geht.«

»Gut, danke, Miss Wenham.«

Sicher würde sie genau das jedenfalls denken, wenn sie mich sähe. Die Monate am Meer haben ihre Spuren hinterlassen. Ich sehe viel besser aus als damals, als sie mich zuletzt gesehen hat. Sie könnte nicht erkennen, dass die Wunden wieder aufgerissen worden waren; das innere Bluten ist von außen nicht sichtbar.

»Ich habe über das Theater nachgedacht«, sage ich vorsichtig. »Es könnte sein, dass Spuren zurückgelassen wurden, die die Polizei übersehen hat.« Ich rede schnell weiter, damit sie mich nicht unterbricht und ich die Nerven verliere. »Ich würde das gern überprüfen. Auch nach der langen Zeit könnte es noch Spuren geben. Ich weiß, das klingt albern. Aber vielleicht hängt irgendwo noch eine Mütze oder eine Jacke …«

Meine Worte sprudeln viel zu schnell heraus, und wenn man schweigend zuhört, klingen sie absurd.

Miss Wenham zögert. »Sie können nachsehen, natürlich können Sie gern nachsehen, meine Liebe. Aber es ist unwahrscheinlich, dass Sie noch etwas finden. Es sieht dort jetzt alles anders aus.«

»Anders?« Vielleicht haben sie jetzt Türen, die sich von selbst verriegeln. Schlösser mit Passwörtern oder einen Portier am Eingang. Vorkehrungen nach den Vorfällen mit Naomi.

»Na ja, wir sind noch nicht fertig«, fährt sie verhalten

fort. »Aber wir sind schon auf der Zielgeraden. Ein früherer Schüler hat uns in seinem Testament Geld für die Renovierung vermacht.« Sie macht eine kleine Pause, aber ich erwidere nichts, und sie fährt fort: »Es wurde viel neu gemacht, die Bühne und noch einiges mehr …« Ihre Stimme verhallt in der Stille. Sie merkt, dass sie taktlos ist.

»Vielleicht könnte ich trotzdem einmal nachsehen, nur für den Fall.« Ich versuche, meine Stimme optimistisch klingen zu lassen, obwohl meine Hoffnung schwindet. Zu spät, viel zu spät.

»Wenn alles fertig ist, führt sie eine Schülerin gern herum. Melden Sie sich doch in einer Woche oder so wieder. Ich bin so froh …«

Ich möchte nicht erfahren, weshalb sie froh ist. Ich lege auf. Es ist zu spät, wenn sie mit allem fertig sind; ich fahre heute hin. Die Jacke hängt vielleicht immer noch an irgendeinem Haken, und jeder hat sich daran gewöhnt, die Mütze könnte über den Boden gerutscht, in irgendeine Ecke getreten worden sein. Ich kann immer noch danach suchen, auch wenn ich fast vierzehn Monate zu spät dran bin.

In der Medizin ist es manchmal genauso. Der Gedanke kommt mir, als ich rückwärts aus der Garage fahre. Man selbst untersucht den Patienten noch einmal oder ein anderer Arzt, und wenn alle schon aufgegeben haben, ergibt sich plötzlich eine Diagnose. Manchmal handelt es sich um etwas völlig Offensichtliches, an das keiner gedacht hat. Für einen kurzen Moment scheint Jades Gesicht im Spiegel aufzutauchen. Es lohnt sich immer, noch einmal nachzusehen.

Bertie sitzt abfahrbereit mit der Nase auf den Pfoten und geschlossenen Augen auf dem Vordersitz, aber als ich den Wagen zurücksetze, klopft es an meinem Fenster. Dan steht auf der Straße. Er wirkt größer und trägt einen neuen

Mantel. Den Kragen hat er wegen des Windes hochgeschlagen.

Ich lasse das Fenster herunter. »Schöner Mantel.«

»Danke. Grannys Weihnachtsgeschenk. In Filmen schneit es in New York immer.«

»Dann gehst du also tatsächlich hin?« Mir war nicht klar gewesen, dass die Zeit auch im Leben der anderen weiterlief.

»Ich fliege morgen. Die Schule fängt nächste Woche an.« Sein Blick ist verhalten, aber seine Stimme klingt begeistert.

»Warte, ich parke da vorn.«

»Nicht nötig, ich komme später wieder.«

Aber das wird er nicht, und wenn doch, werde ich nicht da sein. Ich stelle den Motor ab und steige eilig aus.

»Mary wird dich vermissen. Und ich auch.«

Er sieht einen Moment auf den Boden und schluckt.

»Wie ist der Plan?«, frage ich schnell.

»Ich werde bei Theo und Sam wohnen, bis ich etwas anderes finde.«

»Hast du genug Geld?« Aber die Frage geht zu weit. Er tritt einen Schritt zurück, sein Blick ist verschlossen.

»Du klingst wie meine Mum.«

»Ich bin eine Mum.«

»Aber nicht meine.« Er guckt mich an, sieht mich mit seinen gesprenkelten grünen Augen direkt an. »Ich sage Bescheid, wie es läuft.« Er macht eine Pause. »Oder Theo.«

Es gibt einen Moment, in dem ich ihn berühren könnte, einen Moment, in dem er dasteht und verloren aussieht. Als erriete er meine Gedanken, wird er rot und dreht sich um. »Bis später«, sagt er.

Dann läuft er die Straße hinunter, und ich habe mich noch nicht einmal bei ihm bedankt. Ich halte auf seiner Höhe neben einem Geschäft an und lasse das Fenster herunter, aber genau in dem Augenblick kommen zwei Mädchen aus dem Eingang und begrüßen ihn. Ich sehe ihn im Spiegel, wie er ein bisschen vornübergebeugt auf die Straße tritt und meinem Auto hinterhersieht; einen Moment später kommt eins der Mädchen auf ihn zu und nimmt ihn am Arm. Ich biege mit dem Auto um die Ecke, und sie verschwinden aus meinem Blick. Er geht nach New York; er fängt ein neues Leben an. Alles liegt vor ihm. Er kann sein Leben leben. Ein ganzes unbehelligtes Leben.

Wir erreichen Bristol gegen Mittag. Als ich das letzte Mal hier war, war es Sommer. Die Kastanien in den Downs sind kahl. Wir haben das Fallen der Blätter verpasst. Naomis liebste Zeit des Jahres. Der Polizist, der ihr Zimmer durchsuchte, war erstaunt über ihre Sammlung vertrockneter Blätter und den kleinen Haufen verschrumpelter Kastanien auf dem Schminktisch.

Ich parke vor unserem Haus. Bertie winselt am Tor und wedelt mit dem Schwanz. Der Torpfosten fühlt sich rau an, die Farbe blättert ab. Die Fenster sind schmutzig, und im Vorgarten wuchert das Unkraut. Drinnen ist dank Anya sicher alles ordentlich. Ted muss gerade auf der Arbeit sein. Ich sehe zu den hohen dunklen Fenstern hinauf und erinnere mich, wie in meinen letzten Monaten hier jegliche Helligkeit und Wärme fehlte und sich selbst meine eigenen Schritte in der dunklen Leere mit der Zeit wie ein Traum anfühlten.

Von November bis August habe ich hier auf Naomi gewartet. In diesen neun Monaten, als die Hoffnung schwand und Freunde sich abwandten, zerbrach auch unsere Ehe. Frank hatte Verständnis, dass ich nach dem Abend, an dem ich zusammengebrochen war, nicht mehr arbeiten konnte.

Er fand eine neue Vertretung. Aber die Vorstellung, dass er auf meine Rückkehr wartete, schnürte mir nur zusätzlich vor Beklemmung die Kehle zu, und ich teilte ihm mit, dass ich nicht zurückkehren würde. Die Verlustgefühle versanken in den folgenden Monaten des Nichtstuns. Ich lag reglos auf ihrem Bett oder auf dem Boden in ihrem Zimmer, sah zu, wie das Licht kam und ging, wenn der Tag vorüberzog. Ich wollte sterben. Dann fuhr ich eines Tages ins Cottage. Ed brauchte einige Bücher, die er bei einem Besuch dagelassen hatte. Er blieb weiterhin in der Entzugsklinik und hatte angefangen, für sein Abitur zu lernen. Das Licht wirkte anders in Dorset. Es war klarer, die Luft fühlte sich wärmer an. Im Garten konnte ich die Möwen hören. Ich fuhr wieder nach Hause, aber als die Suche nach Naomi abflaute und die Wochen vorüberzogen, dachte ich immer häufiger ans Cottage. Bis zum Sommer hatte ich mich entschieden und war Ende August gefahren. Ich lebte von der kleinen Erbschaft meiner Eltern. Ted hätte mir gegeben, was ich brauchte, wenn ich ihn darum gebeten hätte, aber ich benötigte seine Hilfe nicht.

Einen Augenblick bin ich versucht zu klingeln. Anya könnte da sein. Aber dieses Haus ist jetzt Teds Terrain, und ich ziehe Bertie vom Tor weg.

Vor dem Theater steht ein Gerüst. Leitern lehnen an der Wand, und ein Berg Heizkörper liegt in einem Container. Einige Lastwagen mit offenen Türen stehen an der Straße; Handwerker sitzen über ihre dampfenden Becher gebeugt und machen Teepause. Die Eingangstüren des Theaters stehen offen. Ich zögere kurz und frage mich, ob ich Bertie mit hineinnehmen kann. Seine Gegenwart macht mir Mut.

Niemand hält uns auf, als wir hineingehen und über die Sperrholzplatten laufen, die die glänzenden neuen Dielen schützen, die im Eingang verlegt wurden. Wurden die alten Holzbohlen beim Hochheben beschädigt, als man nach ihrer Leiche suchte? Die Bar ist jetzt rot gestrichen; sie ist größer, und dahinter hängt ein neuer Spiegel. Staub liegt in der Luft, und es riecht nach Putz. Bertie niest zweimal. Ich öffne die schweren Holztüren zum Zuschauersaal. Sofort schlägt uns der strenge Geruch von Farbe und Holzstaub entgegen. Er ist größer und heller als früher. Bei dem grellen Licht, das von den neuen glatten Wänden reflektiert, gibt es nirgendwo albtraumhafte Schatten. Die Bühne ist weg. Auf einem Stapel liegen zersplitterte Bretter, manche sind durchgebrochen. An der Wand lehnen jede Menge lange, glänzende Dielen für die neue Bühne. Bertie zieht mich hinter sich her und fällt fast in die Unterbühne, die dunkle Grube, die sich unter der Bühne befand und die nun offen liegt. Als wir an der Kante stehen und hinunterblicken, sehen wir einen grauhaarigen Mann, der den Boden mit einer Wasserwaage misst. Dort unten stehen einige Holzschemel, ein Kamin, der nach Plastik aussieht, und in der Ecke einige verdreckte Leinensäcke. Er sieht hoch. Seine Stirn glänzt vor Schweiß. Er nickt mir kurz zu, dann sieht er den Hund und seine Miene hellt sich auf. Er kommt zu uns und reckt sich hoch, um ihn zu streicheln.

»Er darf hier nich' rein, auch wenn er sehr hübsch ist. Habe einen ähnlichen zu Hause. Suchen Sie jemanden?«

»Meine Tochter hat in einem Stück mitgespielt, letzte … vor … Sie hat ein paar Sachen vergessen. Vielleicht wurden sie irgendwo hingelegt?«

»Die Fundsachen wurden schon vor einiger Zeit weggebracht.« Er schüttelt den Kopf. »Sind im Müll gelandet, im Sommer schon.«

Mir sinkt der Mut. Dumme Idee, herzukommen.

Der Mann nickt erneut und dreht sich um, aber in dem Moment springt Bertie in den Graben hinunter, und die Leine spannt sich. Ich lasse los, damit er sich nicht erhängt. Der Mann lacht und beugt sich hinunter zu dem Hund.

»Wie Sie sehen, mag er mich«, sagt er triumphierend und streichelt Berties Ohren.

»Es tut mir leid.« Ich setze mich auf die Kante, lasse die Beine hinunter und springe nach unten; es ist tiefer, als ich dachte, ich lande ungeschickt und verstauche mir den Knöchel. Ich spüre einen stechenden Schmerz, als ich mein Gewicht auf den Fuß verlagere und kann kaum stehen. »Es tut mir leid«, sage ich wieder, und mir ist klar, dass ich nur lästig bin, und will schnell wieder weg.

»Passen Sie auf.« Der Mann kommt näher und hilft mir dabei, zu einem der prallen Säcke in der Ecke zu humpeln.

»Setzen Sie sich dahin. Sind nur Kostüme. Da kann nix passieren. Tee?«

»Kostüme?« Ich lasse mich neugierig auf einen der Leinensäcke fallen.

»Die Polizei hat sie hiergelassen. Startklar für den nächsten Einsatz.« Er beugt sich zu Bertie, um ihn zu streicheln und kommt in Fahrt. »Keine neuen Stücke, seit das junge Mädchen verschwunden ist. Üble Geschichte.«

Ich muss weg von diesem Mann, bevor er weiterredet, aber als ich aufzustehen versuche, legt er mir die Hand auf die Schulter.

»Keine Sorge.« Er grinst. »Setzen Sie sich. Sie is' nich' in den Säcken.«

Ich starre ihn an. Mir wird übel; mir fehlen die Worte.

»Sie sehen ein bisschen bleich aus.« Er macht eine Pause

und kratzt sich am Kopf. Dann sagt er munter: »Wissen Sie was, Sie ruh'n sich hier mal aus, und ich hol Ihnen 'nen Tee. Bin in null Komma nix wieder da.«

Er wuchtet sich hoch und verschwindet aus meinem Blickfeld.

Es sind mindestens sechs Säcke. Vielleicht hat man irgendwas von Yoska gefunden und aus Versehen da hineingepackt. Ich rutsche von dem Sack, auf dem ich sitze, und öffne ihn im Knien. Das ist reine Spekulation, und mir bleiben nur wenige Minuten, bevor der Mann zurückkommt. Ich wühle darin herum und fühle Leinen und Seile. Ich öffne einen weiteren Sack und zerre eine dicke schwarze, mit Gold abgesetzte Samtjacke heraus und eine Fellmütze mit einer gebogenen Krempe und einer schmuddeligen gelben Feder. Ich stopfe sie wieder zurück. Im dritten Sack liegen ordentlich gefaltete Armeeuniformen. Aus welchem Stück stammen die wohl? Naomi hat es vermutlich gesehen. Hat sie mir davon erzählt? Wenn ja, ist das noch etwas, das ich nicht mitbekommen habe. Im vierten Sack sind Kleidungsstücke, die sich ganz weich anfühlen. Ich ziehe einen blauen Rock heraus und, mit klopfendem Herzen, eine Polizeimütze: die von Officer Krupke. Ich kippe schnell den Sack auf die Seite und zerre alles durch die schmale Öffnung heraus: rote und blaue Röcke, Rüschenblusen, Spitzenkleider, Seidenschals. Als ich den Sack ganz umdrehe, fallen ein rosa Stoff, ein Paar Stiefeletten, Tücher und Strumpfhosen heraus. Keine Jungenkostüme – wahrscheinlich haben die Jungen bei den stampfenden Tänzen über den Hausdächern ihre eigene Kleidung getragen. Einen Augenblick lang betrachte ich alles; ich sehe die Tanzszenen vor mir, in denen die Röcke herumwirbelten und Bernsteins Musik den Zuschauersaal ausfüllte. Aber ebenso wenig wie

Bäume und Matsch sagen mir heute die bunten Kleider und durcheinandergewürfelten Schuhe etwas. Nur Kostüme, wie der Mann gesagt hat.

Ich nehme die Stiefel wütend hoch, um sie zurück in den Sack zu stopfen, da berühren meine Fingerspitzen etwas Seidiges, das jemand zusammengerollt und ganz tief hineingeschoben haben muss. Socken? Ein Tuch? Als ich es auseinanderrolle, ist es größer, als ich dachte. Auf dem Boden ausgebreitet entpuppt es sich als Seidenkleid. Ein kurzes rotes Kleid mit tiefem Ausschnitt. Perlmuttknöpfe. Nikitas Kleid. Das Kleid, das Naomi sich für die Generalprobe ausgeliehen und nicht wieder mit nach Hause gebracht hatte. In dem Stiefel muss die Polizei es übersehen haben. Ich halte es mir vors Gesicht. Liegt ein schwacher Zitronenduft darauf? Ich darf jetzt nicht weinen. Ich breite es wieder vor mir aus und mit dem Teil meines Gehirns, der stur weiterarbeitet, entdecke ich einen unregelmäßigen, weißgelben Fleck auf der Taille. Als ich den Saum hochhebe, sehe ich, dass er auch innen im Kleid zu sehen ist. Schritte nähern sich, deshalb rolle ich den weichen Stoff schnell auf und stecke ihn in meine Jackentasche. Den Rest stopfe ich so zurück in den Sack, wie er daliegt. Der Mann schwingt sich schwerfällig über den Rand der Unterbühne und reicht mir einen Becher Tee.

»Sie haben sich die Kostüme angeguckt.« Er sieht mich amüsiert an. »Und, Glück?«

Ich schüttele den Kopf; der Tee ist schwarz, sehr süß und belebt die Sinne.

»Hab's Ihnen ja gesagt«, brummt er gleichmütig. »Alles im Müll.«

Als ich langsam über die Straße zum Auto humpele, würde ich mir das Kleid am liebsten direkt unter meiner

Kleidung um den Hals binden und auf der Haut tragen. Aber ich lasse es in meiner Tasche. Michael wird es zur Spurensicherung schicken.

Die Fenster des hohen Hauses sind immer noch dunkel. Ich lasse Bertie ins Auto springen und fahre weg. Mein Herz pocht bis zum Hals. Aus Hoffnung und Furcht.

BRISTOL 2009
EINUNDZWANZIG TAGE DANACH

Ich konnte es nicht erwarten, Ed von den verschwundenen Korallen zu erzählen. Er würde verstehen, dass das ein gutes Zeichen war, und er musste dringend Hoffnung schöpfen. Ed würde wissen, dass es hieß, dass sie ihren Abschied geplant hatte und dass sie etwas mitnehmen wollte, das sie mit zu Hause verband, bis sie wiederkam. Er würde sich so freuen wie ich.

Auf Eds Handy meldete sich nur die Mailbox, deshalb rief ich in der Zentrale an. Mrs. Chibanda meldete sich. Sie ging, um ihn zu suchen, und nach einer scheinbar endlosen Pause, hörte ich ihn mit langsamen Schritten näher kommen.

»Hi Mum.« Er klang müde, älter.

»Alles klar, Liebling?«

»Warum?«

»Es ist länger als eine Woche her, dass wir telefoniert haben. Ich habe mich nur gefragt, wie es dir geht.«

Eds Seufzer drang nur schwach durch die Leitung, aber er erwiderte nichts.

»Aber ich weiß, dass ich es erfahren würde, wenn etwas nicht in Ordnung wäre …« Ich merkte, dass ich die Stille überspielte.

»Lass gut sein, Mum«, unterbrach er mich. »Lass mich in Ruhe.«

Ich schloss die Augen. Seit Naomis Verschwinden war alles lauter. Geräusche schmerzten, als würde ich krank werden, als hätte ich eine äußere Hülle verloren. Ich hatte vergessen, wie ich mit Ed reden musste. Dieses Gespräch lief bereits jetzt in die falsche Richtung. Ich wünschte schon, ich hätte nicht angerufen.

»Wir denken die ganze Zeit an dich.« Ich hatte nicht vorgehabt, das zu sagen; er konnte so etwas nicht leiden.

»Typisch.« Jetzt flüsterte er.

»Was meinst du?« Ich hätte nicht fragen sollen. Das ist nicht der Grund, weshalb ich angerufen habe.

»Ich meine, dass du das jetzt sagst.« Ich musste mich anstrengen, ihn zu verstehen; es war, als rede er mit sich selbst. »Vorher hast du nie mit mir geredet.«

Er trauert um Naomi. Er ist auf Entzug. Er ist einsam. Er meint es nicht so.

»Ich habe dauernd mit dir geredet, Ed.«

»Du hast *zu* mir geredet.«

Ich ließ eine kleine Pause und sprach weiter. »Weißt du was? Naomis Korallenkette ist verschwunden!«

»Welche Kette?« Seine Stimme klingt wie aus der Ferne.

»Die mit den kleinen orangefarbenen Stäbchen.«

»Und?«

»Sie muss sie mitgenommen haben. Das heißt, sie wusste, dass sie weggehen würde.«

»Himmel, Mum. Sie hat sie wahrscheinlich verloren oder verschenkt.«

Will er alles zunichtemachen? »Granny hat sie ihr vor Jahren geschenkt.«

»Na und, noch ein Grund mehr. Du kennst sie nicht, Mum. Du hast keine verdammte Ahnung.«

Als ich mich verabschiedet hatte und darauf wartete, dass er zuerst auflegte, ließ ich meine Hand noch eine Weile auf dem Telefon liegen. Ich wollte seine Worte abschütteln. Ich wollte weder über sie noch über die Wut, die dahinterlag, nachdenken.

Am Ende rief ich Shan an. Mir fiel sonst niemand ein. Obwohl wir keinen Kontakt mehr gehabt hatten, seitdem wir nebeneinander auf der Polizeiwache gesessen hatten.

»Jen. Ich wollte dich heute auch anrufen.«

Ich wusste nicht, was ich darauf antworten sollte, aber es spielte auch keine Rolle, denn sie plapperte munter weiter: »Es war so viel los.« Sie lachte. »Weiß Gott, warum eigentlich. Wahrscheinlich ist Weihnachten schuld.«

Weihnachten? Wie konnte Weihnachten daran schuld sein? Ich sah aus dem Fenster, aber die Straße sah noch genauso aus wie vorher. Ich war schon seit Wochen in keinem Laden mehr gewesen. Geschenke überstiegen meine Kraft.

»Wie geht es dir?« Sie verfiel in Schweigen und klang wieder mehr wie sie selbst.

»Ich komme klar. Es ist aber etwas Positives passiert. Ich dachte, vielleicht kann ich vorbeikommen.« Ich wollte ihr Lächeln sehen; wenn ich ihr von den Korallen erzählte, würde sie mich umarmen und sagen, dass alles gut werden würde.

»Oder willst du, dass ich zu dir komme?«

»Nein, ich muss mal raus.« Ich duschte und fand eine frische Jeans und ein neues Shirt. Ich schminkte mich sogar ausgiebig. Aber die Grundierung fühlte sich trocken an, und der Lippenstift wirkte grell in meinem blassen Gesicht, daher wusch ich alles wieder ab. Während der Fahrt liefen Nachrichten, aber das waren nicht mehr als Hintergrundgeräusche, bis ich nach einigen Momenten ihren Namen hörte: »... wird nun schon seit einundzwanzig Tagen vermisst.« Die angenehme Stimme fuhr fort: »Die Suche dauert an; alle Flughäfen ...« Ich schaltete ab. Mir war übel. Michael hatte mir geraten, keine Nachrichten zu hören.

Shan öffnete die Tür und umarmte mich sofort. »Es tut mir leid, dass ich auf der Polizeiwache so unausstehlich war. Ich war eine lausige Freundin.«

Sie zog mich in ihr Wohnzimmer, und wir setzten uns gemeinsam hin.

»Du siehst dünn aus, Jen.« Sie klang besorgt, dann nahm sie meine Hand und lächelte warmherzig. »Es ist schön, dich zu sehen.«

»Naomi besaß diese Kette«, erzählte ich ihr schnell. »Ich habe mich gestern in ihrem Zimmer umgesehen und dabei auch in ihr Schmuckkästchen geschaut ...« Dann hielt ich inne. Aus der Küche waren Geräusche zu hören: der Wasserkocher wurde angestellt, jemand kramte im Schrank nach Tassen. Shan wandte ihren Kopf in die Richtung und rief durch die offene Tür: »Wenn du Kaffee machst, Nik – Jenny hätte gerne eine Tasse und ich auch. Stark bitte.«

»Kommt sofort«, rief Nikita zurück.

Shan wandte sich mir wieder zu. »Sie hat zu kämpfen«, flüsterte sie.

»Zu kämpfen?«, wiederholte ich.

Das Bild von Naomi, wie sie gegen einen Mann ankämpfte, der sie festhalten wollte, ließ mich verwundert aufhorchen. Nikita war im Nebenzimmer und machte in aller Seelenruhe Kaffee. Ihr Leben ging weiter. Naomi war entführt worden. Ich sollte keine Wut aufkommen lassen; es war nicht Shans Schuld.

»Ja«, fuhr Shan leise fort. »Sie hat ein schlechtes Gewissen. Sie hätte uns früher erzählen sollen, dass Naomi für diesen Kerl schwärmte.«

Mir wurde schon wieder übel. Ich hätte nicht herkommen sollen. In der kurzen Stille wurde Shan rot und lächelte mich schnell an.

»Es tut mir leid. Ich Trottel. Vergiss, was ich gesagt habe. Du hast mir gerade von der Kette in dem Schmuckkästchen erzählt.«

Sie legte ihre Hand auf meinen Arm; ich spürte die Wärme durch meinen Ärmel auf der Haut. Es war nicht ihre Schuld, dass ihre Worte falsch geklungen hatten; es gab keine richtigen. Ich lächelte zurück.

»Es war eine Korallenkette. Kennst du diese Ketten mit den kleinen orangefarbenen Stäbchen, die aneinandergebunden sind? Ich kann sie nirgendwo finden.«

Die Geräusche in der Küche hatten aufgehört; ich konnte Nikitas leise Schritte hören. Sie stieg eilig die Treppe hinauf, die aus der Küche in die darüber liegenden Zimmer führte. In der Stille hörte ich in meiner eigenen Stimme Hoffnung schwingen.

»Sie war ein Geschenk von meiner Mutter, als Naomi klein war. Naomi hat sie immer in einer kleinen Musikschatulle aufbewahrt. Aber jetzt liegt sie nicht mehr darin. Ich habe überall gesucht.«

Shan starrte mich an; ich sah, dass sie erstaunt war über mein Lächeln. Als ich mich nach vorn lehnte, um die Sache zu erklären, kam Nikita ein wenig außer Atem herein. Sie balancierte vorsichtig zwei Kaffeebecher auf einem Tablett.

Als sie sich über den Tisch beugte, um den Platz freizuräumen, fiel ihr Haar dunkel und glänzend nach vorn.

»Danke, Nikita.« Ich lächelte sie an. Sie war trotz allem Naomis beste Freundin gewesen.

»Gern geschehen.« Als sie sich wieder aufrichtete, sah ich, dass ihr Gesicht gerötet war.

Sie streckte mir ihre offene Hand entgegen. In der Mitte lag ein aufgewickeltes Band mit orangefarbenen Steinen. Sie sahen zerbrechlich und wunderhübsch aus.

»Ich habe Sie vorhin gehört. Sie sind nicht verloren gegangen«, sagte sie eilig. »Naomi hat sie mir gegeben. Aber keine Sorge, die sind nicht wertvoll oder so. Sie sagte, dass sie sie sowieso nie mochte. Sie wollte sie wegwerfen.«

Ich würde sicher in Kürze in der Lage sein, aufzustehen und mich zu verabschieden.

»Mein Gott, Jen, du bist ja ganz blass geworden. Du kannst sie zurückhaben. Du hast doch nichts dagegen, Nik, oder?« Shan sah besorgt aus.

»Nein, behalte sie ruhig.« Wenn ich langsam sprach, würde meine Stimme nicht zittern. »Wann hat sie sie dir gegeben, Nikita?«

»Vor ihrer letzten Aufführung. Sie hat sie mir zugeworfen und dabei gelacht.«

Ich starrte sie an. Ich versuchte, mich zu erinnern, wann ich sie zuletzt lachen gehört hatte.

»Ich werde dann jetzt wohl aufbrechen.« Ein paar Augenblicke später stand ich auf und ging.

Als ich nach Hause kam, war es kalt und dämmrig. Der Tag war irgendwie vorübergegangen, und ich hatte es nicht bemerkt.

»Du kennst sie nicht, Mum.«

Ich legte mich hin und zog mir die Decke über den Kopf. Von irgendwo in weiter Ferne hörte ich Bertie nach seinem Abendessen bellen, dann verstummte er. Ich musste eingeschlafen sein, denn ich wachte auf und sah Ted neben mir schlafen. In verschwitzten Wellen strömte mir Hitze von ihm entgegen, und ich rollte mich so weit weg wie möglich. Ich lag eingeigelt da, hielt mich an der Bettkante fest und wartete, dass die Stunden bis zum Morgen vergingen.

»Du hast keine verdammte Ahnung.«

30

DORSET 2011
VIERZEHN MONATE DANACH

Die frischesten Schneeglöckchenknospen zeichnen sich messerscharf vor dem Matsch ab; andere sind bereits aufgegangen, haben weichere Kanten. Ihre geneigten Köpfchen sind grün geädert und verletzlich. Als ich mich näherbeuge, um sie zu betrachten, sickern Morgengeräusche durch die Stille: Ein Rotkehlchen rumort in der Hecke, in der Ferne schreien Möwen, das Meer atmete leise aus und ein. Ein empfindlicher Friede erstreckt sich eine Minute, dann noch eine, und dann höre ich hinter mir das Rascheln einer Bewegung. Michael. Im nassen Gras sind seine Schritte beinahe geräuschlos. Er wirkt klein in der grünen Landschaft des Gartens. In seinem dunklen Anzug und den glänzenden Schuhen sieht er unwirklich aus. Ihm fallen Theos eingelaufener Pyjama und Teds Gummistiefel an mir auf. Für einen Augenblick starren wir uns wie Fremde an.

»Warum bist du hier?«, frage ich schnell. »Was hast du herausgefunden?« Ich stehe still da und warte auf seine

Antwort. Die kleinen Geräusche um uns herum treten in den Hintergrund.

»Geht es dir gut? Du siehst …« Er unterbricht sich.

Will er sagen, ich sehe komisch aus? Verrückt? Welche Rolle spielt es, wie ich aussehe?

»Ich habe die Schneeglöckchen aus dem Fenster gesehen und dann … Um Gottes willen, Michael, erzähl mir, was passiert ist.«

»Gute Neuigkeiten. Wir haben beinahe die Gewissheit, dass Yoska Naomi mitgenommen hat, und glauben, dass sie freiwillig mitgegangen ist.«

Ich strecke mich blindlings nach ihm aus, Tränen steigen mir in die Augen.

»Woher wisst ihr das?«

»Ich erkläre es dir drinnen.« Er nimmt meine Hand. »Du frierst ja, deine Lippen sind blau.«

Er wirkt ernst, fast wütend. Wahrscheinlich habe ich ihn erschreckt.

»Seid ihr sicher, dass er es war?«

»Er wurde gesehen. Ich erzähle dir mehr, wenn du dich aufgewärmt hast. Du brauchst ordentliche Kleidung.«

Seine Stimme dröhnt in meinen Ohren, und sein Arm um meine Schultern auf dem Weg zur Hintertür ist irritierend. Ich hätte es ohne ihn nie so weit geschafft, aber ich muss vorsichtig sein, wir sind noch nicht angekommen. Ich ziehe mich im kalten Schlafzimmer um, hantiere ungeschickt mit den Knöpfen, reiße mir ein Loch in meine Wollstrumpfhose. Michael wartet unten an der Treppe auf mich. In jeder Hand hält er einen Becher dampfende heiße Schokolade.

»Ich habe Milch und Kakao gekauft. Ich wusste, dass dein Kühlschrank leer ist.«

Er ist genauso irritiert wie ich. Sie schafft es nicht, für sich selbst zu sorgen, denkt er, selbst nach so langer Zeit nicht. Er macht mit dem Kopf ein Zeichen Richtung Wohnzimmer.

»Ich habe gerade Feuer gemacht. Komm, wir setzen uns hier hin, hier ist es wärmer.«

Er wartet, bis ich mich neben die Feuerstelle gesetzt habe, und stellt den Becher vorsichtig neben mich auf den Tisch. Dann zieht er einen Sessel heran. Unsere Knie berühren sich fast, als er sich nach vorn lehnt.

»Wir haben ihn.«

»Ihr habt ihn?« Sitzt er in einem Polizeiwagen? Oder irgendwo in einer verriegelten Zelle?

»Na, wir haben ihn noch nicht physisch, aber so gut wie, dank deiner Hilfe. Wir mussten ein paar Tage auf die Ergebnisse warten, aber es hat sich herausgestellt, dass die DNA vollständig mit der DNA von seinem letzten Verbrechen übereinstimmt.«

»Welche DNA?« Was will er mir sagen? Ich spüre mein Herz an meinem Gaumen pochen.

Er sieht mich an und stockt. Verunsichert runzelt er die Stirn; er fragt sich, wie er mir sagen soll, was er herausgefunden hat. Langsam sagt er: »Sein Sperma war auf dem Kleid, das du gefunden hast.«

Mir wird speiübel. Ich will aufstehen, aber er legt mir eine Hand auf den Arm.

»Warte.« Er räuspert sich. »Als sie die Flecken im Stoff analysiert haben, haben sie auch Blut gefunden. Naomis Blut.«

Wie naiv ich gewesen war. Natürlich hätte mir dieser Gedanke kommen sollen, als ich ihm das Kleid gab. Ich hatte gehofft, es würde weiterhelfen, aber da hatten meine

Gedanken auch schon aufgehört. Ich habe inzwischen meisterhaft gelernt, sie auszublenden. Blut und Sperma. Hat er sie vergewaltigt und dann ihr Kleid in den Stiefeln versteckt? Aber als dieser Gedanke heranreift, folgt ihm sofort ein anderer. An dem Abend, an dem sie in ihrer Schuluniform nach Hause kam und das Kleid dagelassen hatte, war sie hungrig, müde, und sie lächelte. Sie war nicht vergewaltigt worden, ebenso wenig wie sie damals von James im Cottage vergewaltigt worden war. Sie musste in dem Kleid Sex mit Yoska gehabt haben und es dann sorgfältig aufgerollt und dort versteckt haben, wo es niemand finden würde: in einem Paar Stiefel, von dem sie wusste, dass es nicht benutzt wurde. Sie hätte nicht so besonnen, so überzeugend ihre Rolle spielen können, wenn sie vergewaltigt worden wäre. Sie muss Yoska gewollt haben. Sie wollte Sex mit ihm.

Bei diesem Gedanken stehe ich auf. Michaels beunruhigter Blick über dem Tassenrand folgt mir, als ich im Zimmer hin und her laufe. Es war nicht ihr erstes Mal gewesen. Sie war bereits schwanger. Aber James kannte sie seit Jahren. Sie waren im selben Alter, Kinder, die Erwachsene spielten, auf ihre Art unschuldig. Sex mit Yoska war etwas anderes. Sie brach bewusst die Regeln. Ich dachte an ihr heimliches Lächeln. Das war Yoska gewesen. Sie muss sich Sorgen wegen der Schwangerschaft gemacht haben. Aber er hatte sie glücklich gemacht.

Ich gucke aus dem Fenster, aber statt Garten und Himmel sehe ich Naomi vor mir, wie sie in der dunklen, stickigen Unterbühne mit dem Rücken an der Wand lehnt. Ihr weiches rotes Kleid ist weit hochgerutscht, der Slip hängt ihr um einen Knöchel, ein Bein hat sie um seine Hüfte geschlungen, und sie umarmt ihn fest. Sein dunkler Kopf ist in ihrem Hals vergraben, sein Körper schiebt sich gegen ihren. Sie hat die Augen geschlossen, die dicke Make-up-Schicht auf ihren Wangen ist vor Schweiß und Spucke verlaufen. Ich schüttele den Kopf, um das Bild zu vertreiben, aber die Gedanken jagen weiter. Anschließend sagt er ihr, sie solle nach Hause gehen, damit ihre Eltern keinen Verdacht schöpfen. Sie hält sich an ihm fest, zieht das Kleid aus, um sich zwischen den Beinen abzuwischen. Sie zieht die Schuluniform an, die sie mitgebracht hat, und schiebt das Kleid schnell in den Stiefel, den sie in dem Leinensack für die Kostüme gefunden hat. Dann muss sie den Stiefel tief unten im Beutel versteckt haben, vielleicht mit der Absicht, es irgendwann zu holen. Aber sie hat es vergessen.

Das Blut ... »Wie viel Blut?« Ich setze mich wieder hin und sehe ihn kurz an, dann wieder weg.

»Nicht viel. Nicht mehr als normal.«

Meine Hände klammern sich um die Tasse. Ich zwinge mich zu fragen: »Normal für ein Paar, das Sex hat, oder normal für eine Vergewaltigung?«

»Nach einvernehmlichem Sex findet sich häufig Blut, kleine Mengen zwar, aber sie lassen sich mikroskopisch feststellen.«

Hat er deshalb gesagt, dass sie freiwillig mitging? Michael hatte dieselben Schlussfolgerungen gezogen wie ich; er hatte geschlossen, dass sie Sex hatten und dass sie anschließend bei ihm bleiben wollte.

»Der Muttermund ist während einer Schwangerschaft stärker durchblutet.« Ich rede vor allem mit mir selbst. »Darum wäre die Wahrscheinlichkeit noch höher gewesen, dass sie blutet.« Am nächsten Tag hatte sie mit James geschlafen und versucht, das Baby zu verlieren, aber das hatte nicht funktioniert.

Auch Infektionen können eine Ursache sein, dass Frauen bluten. Vielleicht hatte es vor ihm noch jemanden gegeben; sie konnte sich eine Infektion zugezogen haben, bevor sie schwanger geworden war.

Du musst dich schon vor langer Zeit verändert haben. Du bist heimlich eine ganz andere geworden. Wie hätte ich das ahnen sollen, wo du dich so sorgfältig hinter dem Kind versteckt hast, für das wir dich hielten? Wie hätte ich dich beschützen können?

»Es wird nicht mehr lange dauern, bis wir ihn haben.« Er sieht aus dem Fenster und hat den Blick in die Ferne gerichtet; seine Augen funkeln, wenn sie den weißen Januarhimmel reflektieren. »Wir haben die Familie bis zu einem Romalager in Mittelwales verfolgt.« Er senkt instinktiv die Stimme, als ob jemand zuhören könnte, der die Leute warnen würde. »Ein illegaler Stellplatz auf der Wiese eines verfallenen Bauernhofes.«

Als er mir davon erzählt, fallen mir die Walisischen Hügel über dem Fluss Severn ein, die so nah gewirkt hatten; als hätte man sie von dem kleinen Waldstück aus, in dem der Pick-up gefunden worden war, berühren können. Am Ufer hatten Boote gelegen. Nachdem sie den Wagen verbrannt hatten, hätte es nur zwei oder drei Stunden gedauert, den Fluss zu überqueren, wenn die Tide die richtige Höhe hatte. Er konnte leicht gewusst haben, wie man mit einem Boot umgeht. Und er hatte kräftige Hände. Ich sah vor mir, wie sie ein Boot steuerten und es auf der anderen Seite wieder bis oberhalb der Gezeitenlinie hochzogen. Ich stellte mir vor, wie er Naomi seine Hand entgegenstreckte, ihr vorsichtig heraushalf, sie in Sicherheit brachte.

»Wir werden nachts in das Lager gehen«, fährt Michael fort.

»Wann? Woher wisst ihr, dass sie da sind?«

Er senkt den Blick; er wird mir nicht sagen, wann sie planen hinzufahren. Glaubt er, dass ich losstürme, in das Lager renne und ihren Namen rufe? Würde ich es tun?

»Wir haben den Stellplatz beobachtet«, sagt er nach einer kleinen Pause. »Wie gesagt, er wurde gesehen.« Er sieht mich kurz an. »Ich will keine falschen Hoffnungen wecken, Jenny, aber es wurde dort auch ein Teenagermädchen mit hellem Haar beobachtet, das gestern kurz einen Wohnwagen verließ und in einen anderen ging. Man hat sie nur aus der Ferne gesehen, und es hat sonst nichts darauf hingewiesen, dass es sich um Naomi gehandelt hat. Ich darf dir das eigentlich gar nicht erzählen …«

Ich spüre nur, dass ich dastehe. Ich kann weder atmen noch mich rühren. Das sind die Worte, auf die ich vierzehn Monate lang gewartet habe. Vielleicht ist sie es nicht. Es musste nicht zwangsläufig Naomi sein. Aber mein Herz klopft so laut, dass es fast seine Worte übertönt.

»Es könnte Schwierigkeiten geben.« Er presst die Lippen zusammen. »Wir werden Hunde dabeihaben. Waffen.«

Ich sehe in sein entschlossenes Gesicht und beginne mich zu fürchten.

»Kann sein, dass er sich versteckt, aber wir werden jeden Wohnwagen, jeden Anhänger, jeden Pferdetransporter, jeden Müllhaufen durchsuchen.« Es ist, als spräche er mit sich selbst.

Sie sind zusammen. Jetzt in diesem Moment.

»Kann sein, dass wir alle verhaften müssen.«

»Alle?«

Kinder werden in der Dunkelheit anfangen zu weinen, verwirrte Personen in Schlafanzügen werden auftauchen und in das grelle Licht starker Taschenlampen blinzeln.

Unter dem Gebell der Polizeihunde, die an ihren kurzen Leinen zerren, ist vielleicht eindringlich das dünne Wimmern eines Babys zu hören. Diese Gedanken flimmern mir durch den Kopf wie die alten Schwarz-Weiß-Filme über die Gestapo, die nachts ihre Opfer zusammentrieb.

Als er mir den Blick wieder zuwendet, ziehen sich schnell seine Pupillen zusammen, was ihm einen wütenden Ausdruck verleiht.

»Ja«, sagt er mit harter Stimme. »Das ganze Pack.«

Die Sonne, die durch die Fenster strömt, hebt das Grau in seinen Haaren hervor. Die Furchen zwischen seinen Augenbrauen sind so tief, als hätte sie jemand mit einem Messer eingekerbt. Das ist mir bisher nie aufgefallen. Das Morgenlicht ist gnadenlos.

Naomi ist da. Sie und das Baby sind jetzt Teil seiner Familie. Roma sind Familienmenschen. Sie war schwanger; ihre Beziehung mit Yoska hatte ihr erlaubt, das Kind zu behalten, in der Umgebung von Menschen, die sich Zeit für Kinder nahmen. Sie waren mit dem kleinen Mädchen in Teds ambulanter Sprechstunde gewesen, waren auf der Station geblieben, wenn andere ihre Kinder allein zurückgelassen hätten. Kinder, deren Mütter so viel arbeiteten wie ihre Väter, so viel wie ich früher. Kinder von Eltern, die so viel Stress hatten, dass sie nie über Dinge sprachen, die wirklich von Belang waren, und die nicht merkten, wenn ihre Kinder sich veränderten.

»Die Frauen haben ihr sicher geholfen, als das Baby geboren wurde.« Ich versuche, ruhig zu bleiben, aber am liebsten würde ich schreien und singen und tanzen. Sie ist am Leben. Am Leben! Er hat sie nicht umgebracht. Sie lieben sich. Vielleicht hat er sich ihr genähert, um Rache zu üben, aber dann muss alles eine unerwartete Wendung genommen haben. Er hat sich verliebt, ganz entgegen dem Plan. In den Monaten der heimlichen Treffen muss er die Seiten gewechselt haben, von Rache zu Liebe; vielleicht sogar erst nach seinem Besuch bei mir. Er hatte eine andere Welt zu bieten, er hat sie zum Lächeln gebracht; sie muss ihn ebenfalls geliebt haben. Er hat sie nicht entführt; sie ist mit ihm gegangen. Er hat ihr den Ring geschenkt, er liebt sie, ihr geht es gut. Die Tränen laufen mir über die Wangen. Ich laufe schnell durch das Zimmer, lächele, stecke mir die Hand in den Mund, um mich selbst vom Lachen abzuhalten; ich kann mich später freuen. Jetzt muss Michael verstehen, wie wichtig Yoska ist. »Naomi, das Baby und Yoska. Sie könnten zu dritt eine Familie sein.«

Michael steht auf. Er stellt den Becher ab. »Er hat Verbrechen begangen. Sex mit einer Minderjährigen, Entführung, Freiheitsberaubung. Jeder, der davon wusste, war ein Komplize.«

»Vielleicht wusste er nicht, wie alt sie war. Sie sieht so anders aus mit Schminke. Vielleicht hat sie ihm ein falsches Alter genannt.« Ich strecke ihm meine Hand entgegen, bitte ihn, sich wieder neben mich zu setzen. »Wenn sie da ist, dann vielleicht, weil sie es will.«

Er schweigt und sieht mich an. »Sieh das nicht … in allzu romantischem Licht, Jenny«, sagt er nach einer Weile. »Er ist ein Krimineller. Er gehört ins Gefängnis.«

Ich suche nach den Worten, die ihn die Sache verstehen lassen. »Sie hat ihn im Juli im Krankenhaus kennengelernt; im November ist sie mit ihm weggegangen. Das war Zeit genug, um herauszufinden, was sie wirklich wollte. Sie hat James in der Zeit verlassen; sie hat sich für einen Mann entschieden, nicht für einen Jungen. Michael, vielleicht dachte sie, wenn sie mit ihm weggeht, kann sie ihr Baby behalten.«

Michael stößt ungeduldig einen kurzen Seufzer aus. »Sie konnte ihr Baby behalten, aber unter welchen Umständen? Die Leute, die so leben, sind, na ja, nicht wie wir.«

Hat er so auch als Polizist in den südafrikanischen Townships gedacht? Ich habe ihn vorher nie so reden gehört.

»Und das bedeutet?«

»Sie haben eine andere Lebensweise.«

Und ich glaube, genau das war der Punkt. Ich sehe mich um, sehe meine Bücher und Gemälde, die alten Teppiche, die mein Vater so liebte. Spiegelungen eines Lebens, nicht das Leben selbst. »Sie hat ihre Kette verschenkt. Vielleicht hat sie etwas anderes gewollt.« Und während ich rede, schlägt mein Herz immer schneller und schneller; ich kann die Gedanken an ihr Gesicht zulassen, den Gedanken an ihr Kind.

Er spricht nun lauter und langsamer, als ließe mich ihn das verstehen. »Sie leben im Elend. Sie haben keinerlei Besitz. Sie stehlen alles.«

Ich betrachte sein vertrautes Gesicht; vielleicht kenne ich ihn doch nur wenig.

Mit dem Herzen rede ich mit ihr.

Ich spüre, dass du ein kleines Mädchen hast. Sie muss jetzt sechs Monate alt sein; bald wirst du mir sagen, wie sie heißt.

»Wenn sie tatsächlich da ist, dann nur deshalb, weil sie ihnen irgendwie nützlich ist. Vergiss nicht, dass er mit Drogen dealt. Naomi hat Ketamin für ihn gestohlen. In Cardiff gibt es Drogenbanden und andere Verbrecher, mit denen er zu tun hat.« Er spricht nicht von Prostitution, aber das Wort schwebt irgendwo zwischen uns.

Als Yoska mich in meinem Behandlungszimmer angrinste, sah er nicht aus wie ein gefährlicher Krimineller.

Vielleicht sind die Menschen gefährlich, von denen man glaubt, man könne ihnen vertrauen, wie Michael. Männer, die Urteile fällen, Männer, die Macht brauchen. Könnte Ted recht gehabt haben mit seiner Behauptung über ihn? Dass er sich mit mir eingelassen hat, weil ich so verletzlich war? Es ist mir egal, ob er die Situation ausgenutzt hat oder ob er Macht über mich erlangen wollte. Wichtig ist nur, dass er Naomi sicher zurückbringt.

»Ich muss gehen.« Er trinkt seine Tasse leer und steht auf. »Das ist selbstverständlich alles streng vertraulich, aber es kann trotzdem irgendwie in die Medien gelangen. Ich wollte, dass du Bescheid weißt, falls das passiert.« Er schlüpft in seinen dicken schwarzen Mantel und fügt leise hinzu: »Ted sollte es auch wissen. Ich rufe ihn an.«

»Lass mich ihn anrufen«, sage ich schnell. »Es ist besser, wenn ich das mache.«

Sein Blick wird weicher, und er nimmt mein Gesicht in seine Hände. »Natürlich, Jenny. Rede aber bald mit ihm. Als Vater muss er davon wissen.«

»Danke«, fällt mir noch ein zu sagen, »dass du gekommen bist, um es mir zu erzählen. Sei vorsichtig … mit ihr.«

»Ich halte dich auf dem Laufenden, Jenny. Tu nichts …«

»Was?«

»Tu gar nichts.«

Ich setze mich hin und betrachte meine Hände, als die Motorengeräusche auf der Straße leiser werden. Ich habe seit Langem nichts getan. Ich werde Ted noch nichts sagen. Ich warte, bis sie hier in Sicherheit ist. Michael wird sie mitbringen. Ich öffne das Fenster, um frische Luft ins warme Zimmer zu lassen. Sie wird auf mich zugelaufen kommen. Mir kommen wieder die Tränen. Sie fühlen sich kühl an auf meinen Wangen, als der Wind über mich hinwegweht.

Ich werde sie umarmen. Ich werde mein Gesicht an ihres lehnen – wird sie noch genauso riechen? Vielleicht sind ihre Haare länger. Sie wird größer sein. Sie wird ihr kleines Mädchen mitbringen.

Ich habe vierzehn Monate gewartet; jetzt kann ich noch ein paar Tage länger warten.

Aber es dauert keine Tage mehr. Es sind nur ein paar Stunden.

Langsam wache ich von dem nachdrücklichen Klopfen auf, bin verwirrt von der Kälte und der Dunkelheit. Mein Nacken tut weh, weil ich mich auf dem Sofa verlegen habe. Die Flammen sind verloschen, der Feuerrost ist voller Asche. Das Terrassenlicht ist von selbst angesprungen, und ich erkenne Michael durchs Glas. Er muss etwas vergessen haben und den ganzen Weg zurückgekommen sein. Ich öffne die Tür. Er sieht mich an. Ich hatte immer geglaubt, ich würde ihm sofort ansehen können, was los ist, aber ich habe mich geirrt. Er sieht erschöpft aus. Sein Mund bewegt sich, und ich sehe genau hin, denn er sagt Worte, die keinen Sinn ergeben. Er sagt immer wieder dasselbe, und die Worte kommen mir immer näher, bis ich sie endlich begreife.

»Es tut mir leid. Es tut mir so leid.« Er fängt mich auf, als sich das Zimmer dreht, und legt mich vorsichtig auf den Rand der Treppe. »... schon vor Monaten«, sagt er.

Wenn ich nicht hinhöre, ist sie vielleicht doch noch in der Dunkelheit hinter der offenen Tür. Sie könnte draußen stehen, nicht sicher, ob sie willkommen ist, und dort mit ihrem Baby im Arm warten. Ich stehe auf und versuche, mich an ihm vorbeizudrängen, aber er hält mich auf und zwingt mich, stehen zu bleiben.

»Es ist nach der Geburt geschehen.« Nur seine Umrisse

sind vor dem Licht zu sehen, und ich kann sein Gesicht nicht erkennen. »Sie hatte eine Infektion.«

»Aber du hast gesagt, sie war da.« Ich schreie ihm die Worte ins Gesicht. »Ein Mädchen mit hellem Haar, hast du gesagt …«

»Ich hätte es dir nicht erzählen sollen. Es hat sich herausgestellt, dass es eine Mutter mit zwei Kindern war, sie ist Mitte zwanzig. Ich habe mit ihr gesprochen. Es tut mir leid, Jenny.«

»Fasst ihn. Er wird geflohen sein. Ihr müsst ihn finden.« Es ist seine Schuld. Er hat sie sterben lassen.

»Yoska ist tot, Jenny. Er wurde erschossen. Er ist kurz nach Mitternacht gestorben.«

Michael hält mich fest und beginnt zu erzählen. Die Worte fliegen wie schwarze Krähen über meinen Kopf hinweg.

»Er kam aus einem Lieferwagen, hat geschossen. Wir wissen nicht, weshalb; vielleicht dachte er, das Lager würde von einer Drogenbande attackiert. Es hat dort schon Schießereien wegen Drogen gegeben. Er hat uns keine Chance gelassen zu verhandeln. Er hat immer weiter auf uns geschossen; wir haben ihn gewarnt.« Er schüttelt den Kopf. »Er ist einfach auf uns zugelaufen und hat gefeuert. Es war, als wollte er erschossen werden. Wir hatten keine Wahl.« Er macht eine Pause. »Er wurde in der Brust getroffen und starb sofort.«

Yoska erschossen. Naomi seit Monaten tot.

Meine Beine versagen. Michael hebt mich hoch und trägt mich zum Sofa im Wohnzimmer. Es ist dunkel, aber das spielt keine Rolle.

»Das Baby, Michael.« Ich fasse ihn an der Jacke. »Wo ist das Baby?«

Er hält mich fest, und ich werde an seine Brust gedrückt. Ich kann seine Worte durch meine Gesichtsknochen spüren.

»Das Baby ist mit Naomi gestorben. Sie hatten dieselbe Infektion.«

Die Worte haben ihre Macht verloren; sie ergeben nicht einmal viel Sinn. Sein Tonfall erinnert mich daran, wie er anfangs mit uns in der Küche in Bristol geredet hat, als er zum ersten Mal bei uns war. Langsam und behutsam, mit vielen Pausen.

»Yoskas Schwester Saskia hat uns erzählt, was passiert ist. Seine Eltern befinden sich derzeit in Polizeigewahrsam.« Seine Jackenknöpfe drücken sich schmerzhaft in meine Wangen, aber ich halte vollkommen still. »Das Baby ist im Wohnwagen auf die Welt gekommen. Du hattest recht; die Frauen aus der Familie haben ihr geholfen.«

Naomi musste den schmierigen kleinen Körper mit ihren schlanken Kinderhänden hochgenommen und gehalten haben, während der Schmerz bereits nachließ und sie von Liebe durchströmt wurde. Hatte sie dabei an mich gedacht? Hatte sie in dem Augenblick verstanden, was ich bei ihrem Anblick gefühlt hatte?

»Es war ein Mädchen, oder?«

»Ja.« Er klingt erstaunt. »Ja, das stimmt.«

Naomis Welt war auf das kleine schlafende Gesicht geschrumpft, den kleinen nuckelnden Mund, die winzigen vollkommenen Zehen, die in ihrer Hand nach oben und unten rollten.

Michael redet noch immer: »... und nach fünf Tagen fühlte sie sich unwohl, war unruhig und weinerlich. Sie dachten, es wären nur Gefühlswallungen.«

»Sie weint nie.« Es klingt wie ein Echo aus längst vergangenen Tagen.

»Das Baby bekam Fieber«, fährt er fort, »und da wurde ihnen klar, dass Naomi ebenfalls hohes Fieber hatte.«

Ich wusste immer, wenn ihre Temperatur erhöht war. Ich berührte mit den Lippen ihre Stirn und wusste die Höhe bis auf ein halbes Grad genau. Es konnte Wochenbettfieber gewesen sein. Durch Streptokokken ausgelöst, ohne schnelle Behandlung tödlich.

Michael rutscht auf dem Sofa nach vorn. »Willst du, dass ich dir das alles jetzt erzähle?«

Draußen sind schon die ersten Lichtstreifen zu sehen. Ich stehe auf und halte mich an der Armlehne fest. »Natürlich.«

»Als sie anfing, sich zu erbrechen, rief Yoska den Arzt. Sie haben drei Stunden gewartet, und in der Zeit wurde sie bewusstlos.«

Es müssen viele Menschen in dem Wohnwagen gewesen sein; es war stickig. Der Ventilator, den sie für Sommerabende besaßen, dröhnte im Kreis wie der Takt eines Albtraums. Naomi lag reglos in ihrem durchnässten Bett, das gefleckte Baby klebte an ihrer Haut.

»Yoska war außer sich. Er beschloss, sie selbst ins Krankenhaus zu fahren. Als sein Onkel ihn warnte, irgendjemand werde sie in der Notaufnahme erkennen, brach er ihm die Nase. Gerade als er sie hochhob, hörte Naomi auf zu atmen. Das Baby starb wenige Minuten danach; es war zu spät.«

Zu spät. Die Worte hängen zwischen uns wie das Schnappen einer Tür, die ins Schloss fällt.

Michael steht auf, um an meiner Seite zu sein, legt mir seinen Arm um die Schultern. »Saskia hat erzählt, dass er sie in ein Laken gehüllt und ganz vorsichtig auf den Rücksitz gehoben hat.«

Er hält inne. »Dann hat er alles aus dem Wohnwagen

geschleppt, ihre sämtlichen Sachen, alle Babysachen, das Bett, den Tisch, alles. Er hat alles draußen auf einen großen Stapel geworfen, es mit Benzin übergossen und ist gegangen.«

Ein Scheiterhaufen. Die lodernden Flammen müssen hoch in die Luft geschlagen sein. Niemand konnte sich nähern. Nichts blieb übrig. Keine Bürste, in der sich lange goldene Haare verfangen hatten, keine Armbänder oder Haargummis. Es kann ein Tagebuch oder einen angefangenen Brief an mich gegeben haben. Vielleicht hatte sie wieder Herbstblätter gesammelt und sie hinter einen Spiegel gesteckt. Kein Babyfoto, keine Babykleidung.

»Wohin hat er sie gebracht?«, frage ich Michael.

»Die Roma haben die Tradition, ihre Leute heimlich zu begraben. Alle sagen, sie wissen nicht, wohin er sie gebracht hat.«

Ihre Leute? Naomi hat zu mir gehört.

Es ist immer noch fast dunkel im Zimmer, aber als ich sehe, wie die Lichtstreifen sich ausbreiten, beginnt eine kleine Hoffnungsflamme in der Stille meiner Gedanken aufzuflackern. »Woher willst du wissen, dass das alles stimmt? Warum glaubst du seiner Schwester? Vielleicht war sie nicht einmal dabei ...«

Er antwortet nicht, greift aber in seine Jacke und zieht etwas aus der Tasche; er legt es mir in die Hand, schließt meine Finger um die runde Oberfläche.

»Saskia sagt, du sollst es haben.«

Ich spüre die Griffe, und obwohl ich in der Dunkelheit nichts erkenne, weiß ich, dass oben um den Rand ein Muster aus hüpfenden Fröschen ist. Ganz unten in der Tasse sitzt ein gemalter, etwas erhobener Frosch, der lächelt.

»Trink aus, Süße.« Naomis Augen waren so blau, als sie

mich über den Rand ihrer Tasse ansah. »Der kleine Frosch wartet ...«

Ihre eigene Babytasse für ihr Baby. Ich habe nicht einmal bemerkt, dass sie verschwunden ist. Ich frage mich, was sie mit den Knöpfen gemacht hat, die ich darin aufbewahrt habe.

Michael hält mich jetzt fest im Arm; als er spricht, bewegen sich meine Haare von seinem Atem. »Selbst die Kinder konnten uns erzählen, wie sie gestorben ist. Jeder hat dasselbe gesagt. Sie haben uns das versengte Gras und den leeren Wohnwagen gezeigt ...«

Er spricht weiter. Ich höre ihn entfernt davon reden, dass sie Fingerabdrücke genommen und Abstriche gemacht haben, aber jeglichen Verdacht weiter aufrechterhalten und ab morgen am Schauplatz ermitteln wollen. Die Wohnwagen wurden bereits durchsucht. Einige Schlüsselpersonen der Roma sind in Untersuchungshaft; andere durften gehen – mit der Auflage, vor Ort zu bleiben. Die Polizei muss den Fall weiter untersuchen.

Sie müssen ihre Leiche finden. Das weiß ich. Ich höre nicht weiter zu.

Das also war ihr Zuhause. Ihr gemeinsames Zuhause. Inzwischen nur noch ein leerer Kasten, in dem das Mondlicht durch die Fenster auf den nackten Fußboden scheint. Vielleicht trifft es auf ein kleines Spielzeug, das in eine Ecke gerollt ist und darauf wartet, gefunden zu werden.

Michaels Stimme wird lauter. »Yoska war zwei Wochen verschwunden, und als er zurückkam, soll er nur geschwiegen haben. Er habe jeden Tag stundenlang im Wohnwagen seiner Schwester gesessen und in die Luft gestarrt ...«

Ich unterbreche ihn schnell: »Ich will das Lager sehen, Michael.«

Yoskas Schwester hat der Polizei erzählt, sie wisse nicht genau, wo er sie begraben hat; aber vielleicht erzählt sie es mir.

»Ich fahre bald mit dir hin, Jenny, sobald wir unsere Ermittlungen abgeschlossen haben. Versprochen. Wir müssen vorher sämtliche Zeugen ins Kreuzverhör nehmen, den Tatort umgraben und jedes Fahrzeug noch einmal durchsuchen.«

Michael geht in die Küche, zieht eine Flasche aus seiner Tasche. Ich höre den Wasserkocher sprudeln, das Klimpern und Klirren von Besteck. Er kommt zurück und sieht mir zu, wie ich den Kaffee mit Whisky trinke. Heute Morgen, als er mir die heiße Schokolade gemacht hat, war sie noch am Leben. Oder war das gestern? Ach nein. Sie ist ja schon vor Monaten gestorben.

In dem heller werdenden Licht sehe ich, dass Michaels Gesicht weiß vor Erschöpfung ist, und nach einer Weile geht er hoch zum Schlafen. Ich höre seine Schuhe zu Boden fallen, die kleinen Seufzer der Anstrengung, als er sich die Kleidung auszieht, dann das quietschende Bett. Danach ist alles ruhig. Die Stille ist so durchdringend, als sei ein schwacher Ton im Hintergrund verstummt.

Ed sagte, ich hätte keine verdammte Ahnung gehabt.

Die genau hätte ich aber haben sollen. Es hat seit Langem jede Menge Hinweise gegeben, direkt vor meiner Nase. Ich schließe die Augen und denke an das letzte Mal, als ich in ihrem Zimmer war; an dem Tag, an dem Ted mich verlassen hat, an dem Tag, an dem ich das Haus verließ. Selbst da hätte ich die Hinweise sehen können.

BRISTOL 2010
NEUN MONATE DANACH

Ted ging morgens aus dem Haus. Er sagte, er wolle bei meinem endgültigen Abschied nicht dabei sein. Es war ein Sonntag. Ich erinnere mich daran, denn seit Jahren war ich gewohnt, dass er an jedem Tag der Woche aus dem Haus ging – außer sonntags. Als er weg war, lief ich nach oben in Naomis Zimmer. Die Männer vom Umzugsunternehmen wollten gegen Mittag kommen. Wir hatten alles zusammengepackt, was ich fürs Cottage brauchen würde. Der Rest sollte bei Ted im Haus bleiben.

Es war bereits heiß. Die Sonne stand hell am hohen wolkenlosen Himmel. Es war einer dieser perfekten Sommertage, den Kinder angeblich ihr ganzes Leben lang in Erinnerung behalten. Das Zimmer war leer, abgesehen vom Bett und den zugezogenen Vorhängen. Die Luft war stickig. Ich öffnete das Fenster und zog den Vorhang ein wenig zurück. Die Straße unten war leer. Die Reporter waren längst verschwunden, weitergezogen zu anderen Tragödien, bei denen die Ausbeute besser war. Während ich mit der warmen Luft auf meiner Haut aus dem Fenster sah, bog eine Frau im Sommerkleid um die Ecke und schob vornübergebeugt mit einer Hand den Kinderwagen. Sie hielt sich ihr Handy ans Ohr, und ihr Kopf bewegte sich. Von hier aus sah sie aus wie eine kleine nickende Puppe, die ich als Kind geliebt, aber vor Jahren verloren hatte. Der Kinderwagen war dick gepolstert, und ich konnte das Kind nicht erkennen. Ich sah ihr nach, bis sie, immer noch kopfnickend, aus meinem Blick verschwand.

Der Vorhang unter meiner Hand fühlte sich verstaubt an, er war schwer und weich. Der Stoff war rot und golden gestreift. Wir hatten ihn zusammen ausgesucht, Naomi und ich, bei John Lewis, vor drei oder vier Jahren. Aber wir waren uns nicht einig gewesen, nicht wirklich. Ich hatte eine Rolle Baumwollstoff mit einem Blättermuster in Grau, Weiß und Zitronengelb ausgesucht und mir das weiche Licht vorgestellt, das den Raum in frischen Farben erscheinen lassen würde. Auf einem anderen, den ich mochte, waren winzige Blumen. Ich hatte mich umgedreht, um Naomi zu fragen, aber da lief sie bereits mit einer Rolle exotisch anmutenden Stoffes zur Kasse, die größer war als sie selbst. Der Stoff war knallbunt mit glänzenden Bändern in Gelb und Rot. Er sah kitschig aus mit seinen breiten Streifen. Ich erklärte ihr, dass er das Licht nicht hereinlassen und ihr Zimmer anders aussehen würde als die anderen in unserem Haus, dunkel und abgeschirmt. Wie eine verschlossene Höhle, ohne Licht und voller Geheimnisse. Sie hatte gelächelt. Ein Vorbote ihres schiefen Lächelns. »Das ist genau das, was ich will«, hatte sie gesagt.

31

DORSET 2011
VIERZEHN MONATE DANACH

Bei Tagesanbruch mischt sich in die Stille der Küche plötzlich ein Geräusch, das klingt, als würde etwas zerreißen oder brennen; im nächsten Moment offenbart es sich als Regen, der laut und heftig aufs Strohdach prasselt. Das Wasser an der Scheibe hat dieselbe Farbe wie der graue Himmel. Ich muss mich mit den Briefen beeilen. Ich will los, und im Regen wird alles noch länger dauern. Als ich dafür die leeren Seiten aus meinem Skizzenbuch reiße, löst sich die schwache Bindung und die Bilder fallen herunter, breiten sich auf dem Boden aus: die Zeichnung von ihren Schuhen, ihrem Kapuzenshirt, einer Spielzeuggiraffe, einer Elster. Andere Seiten flattern darauf, und ich lasse sie liegen, wo sie sind.

Lieber Ted,
während ich diese Zeilen schreibe, schläfst du noch, aber wenn du sie liest, habe ich schon mit dir gesprochen und du hast es den Jungs erzählt. Ich dachte, es könnte helfen, wenn

ich euch noch Briefe schreibe. Ich habe mich immer gefragt, ob es besser wäre, Gewissheit zu haben, als zu hoffen.
Ich weiß es nicht. Es fühlt sich alles noch irreal an.
Es war nicht deine Schuld, oder wenn doch, dann war es auch meine. Ich hätte achtsamer sein sollen, als Yoska zu mir kam. Vielleicht hätte er uns vergeben. Er muss sich selbst damals noch unsicher gewesen sein; er gehörte zu einer Familie und wusste somit, wie sehr wir leiden würden.
Mittlerweile glaube ich, dass er sie mitgenommen hat, weil sie sich liebten; das hätten wir nicht ändern können.
Ich mache mich auf nach Wales. Ich hoffe, jemand im Lager sagt mir, wo er sie begraben hat.
Ich komme nach Bristol, sobald ich kann.
Jenny

Bei dem unablässigen Regen ist das Kratzen der Feder nur schwach zu hören. In meiner Küche ist es warm und sicher, aber wo wird er sein, wenn er dies liest? Die Jungs werden bei ihm sein; vielleicht rumort Anya im Hintergrund. Ich sehe ihr Gesicht, Tränen laufen ihr über die Wangen.

Ed, mein Liebling,
inzwischen wird Dad dir erzählt haben, was mit unserer geliebten Naomi geschehen ist.
Immerhin hat sie gefunden, was sie wollte; vielen Menschen ist das nicht vergönnt.
Wäre sie nicht krank geworden, hätte sie uns früher oder später ihr Baby gezeigt.
Ich bin so froh, dass du Sophie hast.
Wir sehen uns vielleicht heute Abend oder sonst morgen.
Ich denke die ganze Zeit an dich.
Mum

Ich hoffe, Sophie hält ihn gerade in den Armen. Ich hoffe, sie trägt ihre bunten Farben. Sie wird ihm zuhören, sie wird es ihm leichter machen.

Ich stelle den Wasserkocher an, Bertie zuckt bei dem Geräusch ein wenig zusammen, dann schläft er weiter. Der Kaffee ist schwarz und brühend heiß.

Theo zu schreiben fällt mir schwer; es fühlt sich an, als würde ich seine Lebensfreude mit dicker schwarzer Farbe beschmieren.

Theo, mein Lieber,
du wirst schon auf dem Weg nach Hause sein, daher schicke ich dir diesen Brief nach Bristol. Ich hoffe, Sam ist bei dir und sitzt neben dir.
Du hast gesagt, dass sie nicht viel mit dir geredet hat, bevor sie verschwand. So war es bei mir auch. Ich glaube, sie hat sich verabschiedet.
Sie hat ihre Babytasse mitgenommen, die mit dem Frosch auf dem Boden. Ich habe sie jetzt hier.
Wenn wir sie und das Baby finden, bringe ich sie nach Hause. Wir werden sie hier auf dem Friedhof begraben, damit wir wissen, wo sie sind.
Mum

Der Regen ist schwächer geworden, das Licht heller. Zwei Briefe noch.

Liebe Nikita,
ich werde deine Mum heute anrufen, sodass sie dir inzwischen erzählt haben wird, was passiert ist.
Michael sagte, du habest gewusst, dass sie schwanger war. Sie wäre dir dankbar dafür, dass du ihr Geheimnis gehütet hast.

Sie hatte eine kleine Tochter. Ihren Namen kenne ich nicht.
Ich glaube, die Korallenkette war ihr Abschiedsgeschenk für dich, auch wenn du nicht wusstest, dass sie fortgehen würde.
Ich bin froh, dass du sie hast.
Jenny

Michaels Brief ist am schwierigsten. Ich kenne ihn so gut und doch nur so wenig – es ist, als schriebe ich an einen Fremden. Ich laufe durch die Küche, während ich mir im Kopf die Sätze zurechtlege, aber auf dem Papier klingen sie gekünstelt. Es gäbe so viel zu sagen, dass ich nicht die richtigen Worte finde und am Ende fast gar nichts schreibe.

Lieber Michael,
ich fahre jetzt los und weiß noch nicht, wann ich zurückkomme.
Für Bertie ist es besser, wenn er hierbleibt. Könntest du ihn hinauslassen und füttern, bevor du fährst? Im Kühlschrank steht eine halbe Dose Hundefutter. Mary nimmt ihn zu sich, bis ich zurück bin. Ich werde sie anrufen. Sie kommt dann und holt ihn ab.
Ich muss bei meiner Familie sein. Ich weiß, das wirst du verstehen.
Jenny

Ich stelle Michaels Umschlag gegen das Schraubglas mit Kaffeepulver auf dem Tisch und schreibe auf die anderen unsere Adresse in Bristol. Auch auf Nikitas – ich habe ihre Adresse vergessen. Ich habe keine Briefmarken, aber ich kann unterwegs irgendwo halten.

Michaels Finger liegen entspannt auf der Bettdecke. Als ich meine Hand unter seine schiebe, schließt er seine Finger, aber seine Augen bleiben geschlossen. Ich frage ihn flüsternd, wo Yoskas Eltern hingebracht wurden, damit ich weiß, wo ich anfangen muss zu suchen. Verschlafen murmelt er einen Ort, dann lockert sich sein Griff wieder und sein Atem wird tief und regelmäßig.

Newtown. Eine Marktstadt in Powys in Mittelwales am Ufer des Flusses Severn. Auf der Website der Stadt erfahre ich die Postleitzahl und gebe sie in mein Navi ein. Ich muss langsam fahren; ich habe nicht geschlafen. Es ist vier Stunden her, seitdem Michael mich geweckt hat, und die Zeit hat sich aufgelöst, verflüchtigt. Der Schrecken hallt nach in meinem Kopf; ich warte noch immer auf den Schmerz.

Ich lasse den Wagen leise den kleinen Hügel auf die Straße hinunterrollen und starte den Motor außer Hörweite vom Cottage.

Die hügelige Landschaft Dorsets gleitet über ins Flachland von Somerset. Ich fahre an Bristol vorbei; es ist nur ein Schild auf der Autobahn, das hinter mir verschwindet. Von einer Tankstelle außerhalb Newports aus rufe ich kurz Mary an. Ohne weitere Fragen zu stellen, erklärt sie sich sofort bereit, sich um Bertie zu kümmern. Dann rufe ich Ted an. Als er sich meldet, höre ich im Hintergrund Radiogeräusche. Vor meinem inneren Auge erscheint ein Bild, wie er am Schlafzimmerfenster steht, den Knoten seiner Krawatte hinaufschiebt und in Gedanken den Tag durchgeht.

Ich warne ihn vor, ich hätte schlechte Nachrichten, und höre, wie er das Radio ausschaltet und sich aufs Bett setzt. Dann erzähle ich ihm, was passiert ist. In der anschließenden Stille höre ich mich sagen, sie habe zu einer anderen Familie gehört. Sie habe eine Tochter geboren. Sie sei nicht vergewaltigt oder verstümmelt, sondern geliebt worden. Er fängt an zu weinen, und ich versuche, noch weiter mit ihm zu reden. Ich erzähle ihm, dass ich ihm einen Brief schicken werde, aber es herrscht nur Stille. Nach einer Weile legt er auf.

Ich kaufe mir einen Kaffee, aber er schmeckt so bitter, dass ich ihn auf die Erde gieße und weiterfahre. Die Straßen füllen sich mit Autos und Lkws. Ich beschleunige. Michael hat gesagt, sie hätten den richtigen Zeitpunkt abgepasst; vielleicht packen sie gerade, um weiterzuziehen.

In Cardiff biege ich ab und nehme die Straße nach Pontypridd und Merthyr Tydfil. Die Schwarzen Berge. Es fängt an zu regnen, und angesichts der Senken und Kurven hier in der Gegend um die Bergkette Brecon Beacons fahre ich lieber vorsichtig. Theo muss mit ihr für sein Projekt irgendwo hier in die Nähe gefahren sein; auf den Fotos waren ihre Augen so voller Leben. Wir waren auch einmal zusammen hier gewesen, Naomi und ich. Sie muss neun oder zehn gewesen sein. Ihre blonden Zöpfe drückten von innen gegen die ausgebeulte Wollmütze, ihre Beine steckten in einer Regenhose, als wir die braunen Abhänge hinaufkletterten, sie immer vor mir. Sie stellte sich auf hohe Felsen, auf zu hohe Felsen, und lehnte sich gegen den Wind. Ich konnte nicht hinsehen.

Ich erreiche Newtown gegen Mittag und finde an der Straße einen kleinen Pub mit Parkplatz. Vier Stunden hat die Fahrt bislang gedauert. Es ist warm im Pub, der Geruch von abgestandenem Bier und Hunden überwältigend. Aus einer Jukebox an der Wand dröhnt Musik, und am Fenster sitzen ein paar Männer, lesen Zeitung und trinken. Ein alter Collie liegt unter dem Tisch und beäugt mich schläfrig. Die Frau hinter der Bar rollt mit den Augen, als ich sie frage, ob es in der Nähe ein Romalager gebe; sie schweigt.

Hinter mir mischen sich Männerstimmen ein. Der freundliche Singsang steht im Widerspruch zu ihrer Redeweise.

»In der Nähe von Llanidloes ist seit Monaten ein Lager, auf Hughs alter Farm.«

Sie beobachten mich, reden mit Zigaretten im Mundwinkel, blinzeln wegen des Qualms. Ich dachte, Rauchen sei in Pubs nicht mehr erlaubt, aber ich sage nichts.

»Geklaut haben die. Kommen in die Stadt und machen Ärger.«

»Und die Polizei rührt sich nicht.«

»Nomaden. Habt ihr in der Zeitung von den Drogen gelesen?«

»Zigeuner.«

Ohne jeden Gruß verlasse ich schnell den Pub.

Llanidloes ist ein hübscher Ort mit einer alten Markthalle aus Fachwerk. In einem Supermarkt an der Kreuzung räumt ein Mann im blauen Overall Erdnussbuttergläser in die Regale. Er richtet sich auf und sieht mich an.

»Da sollten Sie nicht hinfahren«, sagt er. Als ich weiterdränge, zuckt er mit den Schultern, nimmt meine Karte und lehnt sie gegen ein leeres Regal.

»Das ist hinter Bwlch y sarnau«, sagt er und zeigt mit seinem orange verfärbten Zeigefinger darauf. »Nehmen Sie die B 4518 aus der Stadt raus. Wenn Sie auf der rechten Seite den Briefkasten neben dem grauen Bungalow sehen, biegen Sie die nächste links ab und dann rechts. Es liegt in einer Senke. Dort werden Sie einen steinigen Weg sehen, der auf das Feld führt. Da sind Hunde, passen Sie auf.«

Er will noch etwas hinzufügen. Vielleicht will er mir erzählen, dass es gestern Abend dort Tumult gab, dass die

Polizei da war. Höchste Zeit, sagt er dann vielleicht. Er mustert mich, als ich mich umdrehe.

Ich fahre auf einer Straße, die kurvig bergab führt, als ein Toyota Land Cruiser mir entgegenkommt. Ich fahre rückwärts in eine Einfahrt. Dahinter folgt ein Wagen mit Pferdeanhänger. Ich warte ab, bis er langsam vorbeigefahren ist. Als ich ein Stück vorfahre, kommt ein Minibus, daher setze ich erneut zurück. Er fährt vorbei, Kinder starren aus den Fenstern. Taschen und Kisten und Koffer stapeln sich hinter der Scheibe; da realisiere ich, dass einige Roma weiterziehen, genau wie Michael vorhergesagt hat. Zumindest diejenigen, die nicht in Polizeigewahrsam genommen wurden.

Wenn ich weiterfahre, kann ich in den Weg einbiegen, den der Mann im Laden mir genannt hat. Ich kann sie immer noch einholen, wenn ich mich beeile. Nach der Kurve kommen Weg und Feld in Sicht. Am Ende des Feldes, neben einigen Bäumen, steht eine Gruppe Wohnwagen, hundert Meter entfernt von der Stelle, an der ich mein Auto parke. Die meisten Wohnwagen stehen hinter dem Flatterband, das an einigen Pfosten befestigt ist, die den Platz unterteilen. In mittlerer Entfernung, fast am hinteren Ende des Feldes, graben etwa zehn Polizisten und Männer in gelber Regenkleidung nebeneinander in einer Reihe.

Ein einzelner Wohnwagen steht vor dem Band, und ein Mann befestigt gerade seine Deichsel hinten an einem dreckigen Land Rover. Das muss die letzte Familie sein, der die Polizei erlaubt hat zu fahren. Der Regen hat aufgehört, und ein kleiner dunkelhaariger Junge von etwa sechs Jahren lehnt mit dem Daumen im Mund in der Sonne am Wohnwagen und sieht dem Mann bei der Arbeit zu. Als ich aus dem Auto steige und das Tor öffne, bemerkt das Kind die

Bewegung, die Polizisten in der Ferne sehen mich aber nicht; andernfalls würden sie mich vermutlich aufhalten. Der Junge dreht sich um und beobachtet mich, und der Mann neben ihm richtet sich auf. Graue Stoppeln umranden sein Gesicht, und es ist vor Anstrengung gerötet. Es sieht älter aus, als sein Körper vermuten lässt. Vielleicht ist er sechzig? Siebzig? Er sieht kurz zu mir herüber, nickt, dann bückt er sich wieder über seinem Vorhaben. Einen Moment später ruft er etwas, das ich nicht verstehe. Eine Frau mittleren Alters steigt steif die Stufen des Wohnwagens herunter; sie ist schwarz gekleidet und hat ein schwarzes Tuch um ihre langen dunklen Haare gebunden. Sie trägt eine große Leinentasche über der Schulter und nimmt die freie Hand des kleinen Jungen. Ohne mich anzusehen, öffnet sie die Tür des Land Rovers. Der kleine Junge klettert vor ihr ins Auto. Während sie nach ihm einsteigt, dreht sie ihren Kopf zur offenen Tür des Wohnwagens.

»Carys«, ruft sie fast singend in ihrem walisischen Akzent.

Ich sehe mich um. Neben den Wohnwagen sind blasse Rechtecke im grünen Gras zu erkennen, wo weitere Wohnwagen gestanden haben müssen. Nirgendwo sind Hunde an Ketten zu sehen; mehrere ordentlich verknotete Mülltüten liegen auf einem Haufen beisammen. In der Mitte ist ein Streifen verkohlte Wiese. Ein Polizist in der Ferne ruft etwas und gibt mir Zeichen. Ich weiche durch das Tor zurück.

»Carys«, ruft die Frau erneut und duckt sich dann in den Land Rover.

Die Wohnwagentür geht noch weiter auf, und eine junge Frau kommt heraus. Als ich sie sehe, stockt mir der Atem, und ich klammere mich ans Tor. Sie hat ihren Kopf kahl rasiert, sodass er sehr klein wirkt. Die Stoppeln sind rot gefärbt, passend zu ihrem langen Rock. Ihre Haut ist sehr hell. Ein Tattoo schlängelt sich um ihren Hals, und von hier aus sieht es wie Blätter aus. Sie trägt ein etwa sechs Monate altes Mädchen auf dem Arm. Das Kind hat ebenfalls rötliches Haar, ich kann seine hellen Locken von hier aus sehen. Das Kind ist in eine gelb-rot gestreifte Decke gewickelt und sieht aus, als würde es schlafen. Unten auf den Stufen dreht sich die junge Frau halb um und blickt nun in Richtung Tor. Das Baby hält sie wie einen Schild vor sich.

Die Finger, die die Decke halten, sind lang, aber ich kann die Sommersprossen nicht erkennen, die sich wie brauner Zucker bis zu ihrem zweiten Fingerknöchel erstrecken, und sehe nicht, ob ihre Nägel noch immer zerkaut sind. Ich bin zu weit weg, als dass ich das kleine Muttermal unter ihrer linken Augenbraue erkennen könnte. Unsere Blicke treffen sich; ihre Augen wirken ruhig, nur darunter liegen rote Flecken, als ob sie geweint hätte. Wir sehen uns an. Ich werde noch lange darüber nachdenken, aber in ihrem Blick liegen Dinge, für die ich niemals Worte finden werde. Erkennen. Ja. Vergeltung, Verschlossenheit. Sie hat Maria rachlüstern dargestellt, nachdem Tony gestorben war. War das eine Warnung? Dann ist da noch etwas, was das Gegenteil besagt, etwas Weicheres … Sorge? Oder Vergebung? Ich kann es nicht benennen. Sie ist da. Das zählt. Sie ist da. Die Welt verschwindet um sie herum. Die Lügen, die sie der Polizei erzählt haben müssen, die sie sogar ihren Kindern eingebläut haben, all das weicht. Ich weine nicht, ich lache nicht, ich lächele nicht. Dafür ist kein Raum. Keine Zeit.

»Carys, wir fahren.«

Ich laufe auf sie zu, aber im Matsch vor dem Tor rutschen mir die Füße weg. Ich verrenke mir den Kopf, um weiterhin ihr Gesicht zu sehen, selbst noch als ich das Gleichgewicht verliere und unbeholfen auf die Seite falle. Aber während ich hinsehe, dreht sie sich weg. Sie drückt den Kopf ihres Babys dicht an ihren dünnen Hals, duckt sich auf ihrem Sitz nach unten und verschwindet aus meinem Blick.

Ich rappele mich auf, lehmverschmiert, und stolpere los, um hinzurennen. Inzwischen wurde der Motor angelassen und die Räder drehen sich im nassen Gras. Ich renne schneller, und einen Augenblick lang sieht es so aus, als würde ich es rechtzeitig erreichen, aber das Auto braust los und fährt Richtung Tor. Wenn ich ihm frontal entgegenlaufe, hält es sicher an, aber als es immer näher auf mich zurast, weiche ich unwillkürlich aus. Die eine Hälfte ihres Gesichts ist halb von ihrem Kind verdeckt, aber sie ist so nah, dass ich den Arm ausstrecken und sie berühren könnte, wenn das Fenster offen wäre. Dann hebt sie plötzlich ihre Hand an die Scheibe und spreizt ihre Finger. In diesem Sekundenbruchteil sehe ich deutlich die rote Lebenslinie auf ihrer Handfläche, die gebogen ist wie ein Strich auf einer Landkarte. Dann ist das Auto vorübergefahren; es bleibt nicht stehen, als es nach links auf die Straße biegt, es beschleunigt am Hügel und ist außer Sicht.

FÜNFZEHN MONATE DANACH

Carys. Ein walisischer Name. Ich habe ihn nachgeschlagen. Er bedeutet Liebe.

DANKSAGUNG

Ich danke meinen Agenten Eve White, Jack Ramm und Rebecca Winfield.

Vielen Dank an das Team bei Penguin, besonders an Maxine Hitchcock, Samantha Humphreys, Celine Kelly, Clare Parkinson, Beatrix McIntyre, Elizabeth Smith und Joe Yule.

Vielen Dank auch an das Team bei HarperCollins USA, besonders an Rachel Kahan, Kim Lewis, Lorie Young und Mumtaz Mustafa.

Mein Dank geht zudem an meine Lehrer Patricia Ferguson, Chris Wakling, Tessa Hadley, Mimi Thebo und an meine persönliche Mentorin Tricia Wastvedt. Und an Rowena Pelling.

Danke an meine Schreibgruppe: Tanya Atapattu, Hadiza Isma El-Rufai, Victoria Finlay, Emma Geen, Susan Jordan, Sophie McGovern, Peter Reason, Mimi Thebo und Vanessa Vaughan.

Ich bin Constable Nick Shaw dankbar für sein polizeiliches Wissen und seine freundliche Hilfe beim Manuskript und meiner Schwester Katie Shemilt für ihre fotografischen Fähigkeiten.

Am wichtigsten war meine Familie. Mit Marthas Ermutigung fing alles an, und Henry und Tom haben mir ihr technisches Wissen großzügig zur Verfügung gestellt.

Steve, Mary und Johny waren das entscheidende Unterstützerteam.

Für meinen Vater und meine Mutter, die ich jeden Tag vermisse. Vielen Dank.